Light & Darkness

© Larissa Kneidl

Laura Kneidl wurde 1990 in Erlangen geboren und wuchs in Röttenbach auf. Nach ihrem Abitur studiert sie heute an der Hochschule der Medien in Stuttgart Bibliotheks- und Informationsmanagement. Sie liebt den täglichen Umgang mit Büchern und kann ihr eigenes Bücherregal nicht oft genug neu sortieren. Inspiriert von zahlreichen Fantasyromanen begann sie 2009 an ihrem ersten eigenen Projekt zu schreiben. Neben dem Verfassen von Romanen gilt ihr Interesse dem Lesen.

Light & Darkness

Laura Kneidl

Von Laura Kneidl außerdem als E-Book bei Im.press erschienen:

Elemente der Schattenwelt, Band 1: Blood & Gold

Elemente der Schattenwelt, Band 2: Soul & Bronze

Elemente der Schattenwelt, Band 3: Magic & Platina

Ein *Im.press*-Titel im Carlsen Verlag

August 2016

Umschlaggestaltung: formlabor

Corporate Design Taschenbuch: bell étage

Druck und Bindung: CPI books GmbH, Leck

ISBN 978-3-551-31594-6

Printed in Germany

www.impress-books.de

Alle Bücher im Internet: www.carlsen.de

Für Yvonne.

Die Normalität ist eine gepflasterte Straße,
man kann gut darauf gehen – doch es wachsen
keine Blumen auf ihr. (Vincent van Gogh)

1. Kapitel

»Vom Staat benannte Bürger, sogenannte Delegierte, verpflichten sich aus freiem Willen, den ihnen zugewiesenen paranormalen Bürgern Schutz und Sicherheit zu gewähren. Delegierte sammeln ihre erste Praxiserfahrung mit Vollendung des 17. Lebensjahres.«
(Buch der Delegation, Artikel 2)

22. November 2047

»Beeil dich«, zischte Kane. Light drückte seine kalte Hand und gemeinsam rannten sie durch den menschenleeren Schulkorridor. Ihre Schritte hallten von den Wänden wider. Sie liefen durch den Gang, der zu ihrem Klassenzimmer führte. Light keuchte, sie hatte bereits Seitenstechen. Kane verlangsamte seine Geschwindigkeit, als sie sich dem Raum näherten, und ließ ihre Hand los.

»Alles in Ordnung?«

Augenblicklich verflüchtigte sich die Gänsehaut auf ihrem Arm und Wärme kroch in ihre Fingerspitzen.

»Alles bestens«, presste sie schwer atmend hervor und wischte sich eine blonde Haarsträhne aus der Stirn. »Unglaublich, der letzte Schultag vor meiner Delegation und ich komme zu spät.«

»Jeder kommt mal zu spät«, erwiderte Kane mit einem Lächeln. Angedeutete Grübchen formten sich auf seinen Wangen. »Es ist nicht unsere Schuld. Wer konnte denn ahnen, dass Jude krank wird?«

»Delegat Roland wird es egal sein, dass wir uns heute Morgen noch um meinen hustenden Bruder kümmern mussten«, seufzte Light. Sie blieb vor der verschlossenen Tür stehen. »Er wird uns nachsitzen lassen. Ich komme zu spät und sie vergeben mein Wesen an jemand anderen.«

»Blödsinn.« Kane rollte mit den Augen. »Erstens bist du Rolands Lieblingsschülerin, zweitens lebt er für die Delegation. Er würde nicht zulassen, dass du deine verpasst. Und drittens wurde dieses Wesen für *dich* ausgewählt und für niemand anderen sonst.«

In diesem Moment wurde die Tür zum Klassenzimmer aufgestoßen. Vor ihnen stand Anna, Lights beste Freundin, die Hände in die Hüfte gestemmt.

»Wo wart ihr?«

Eine kleine Falte bildete sich auf ihrer blassen, mit Sommersprossen übersäten Stirn. Rotes Haar fiel ihr über die Schultern und wellte sich bis zur Taille. Obwohl Winter war, trug sie ein ärmelloses Shirt.

»Jude ist krank«, erwiderte Kane, als wäre das Erklärung genug.

Anna nickte. »Ihr habt Glück. Roland ist noch in einer Besprechung. Ich wollte euch gerade anrufen.« Sie schob ihr Handy zurück in die Hosentasche. Zum Leidwesen der Schüler hatte man den Handyempfang im ganzen Schulgebäude eingedämmt. Man konnte keine Nachrichten versenden oder empfangen. Es sei denn, man wusste von dem Empfang in der Mädchentoilette bei gekipptem Fenster.

»Siehst du«, sagte Kane selbstgefällig, während sie Anna ins Klassenzimmer folgten. »Kein Nachsitzen. Du verpasst deine Delegation nicht.«

Anna klatschte begeistert in die Hände. »Ich kann es gar nicht erwarten, dein zukünftiges Wesen kennenzulernen.« Dann wurde ihr Gesichtsausdruck ernst. »Aber was wirst du anziehen?«

Light legte den Rucksack auf ihren Tisch und ließ sich in den Stuhl sinken. Kane machte es sich neben ihr gemütlich. Anna, die eine Reihe vor ihnen saß, beugte sich erwartungsvoll nach hinten. Ihre glänzenden Augen flehten Light regelrecht an, ihr die Auswahl des Kleides zu überlassen.

»Ich habe mir noch keine Gedanken gemacht«, log Light. In Wirklichkeit hatte sie den gestrigen Abend damit verbracht, sich für das grüne Cocktailkleid zu entscheiden. »Du kannst mir helfen. Komm einfach nach der Schule vorbei.«

»Danke! Du bist die Beste.« Über den Tisch hinweg umarmte Anna sie. »Was glaubst du, was für ein Wesen du bekommst? Ich hoffe auf eine Vampirin. Die meisten von ihnen haben einen guten Modegeschmack und ein volles Bankkonto.«

Kane, der selbst ein Vampir war, zischte verächtlich. »Danke für das Kompliment, aber nicht *alle* haben ein volles Bankkonto. Jedenfalls kann ich mir Light nicht mit einer Vampirin vorstellen. Ich tippe auf eine Nephilim.«

»Wieso eine Nephilim?« Light zog die Unterlagen aus ihrer Tasche und stellte sie auf den Boden.

»Du bist freundlich, gutherzig, offen und hast ein enormes Pflichtbewusstsein. Du bist klein und zierlich. Was würde besser zu dir passen als ein Engelswesen?«, erklärte Kane mit sanfter Stimme.

»Da ist was dran«, stimmte Anna zu und holte einen Lutscher aus ihrer Tasche. Sie wickelte das rosarote Papier ab und stopfte es zu dem Handy in die Hosentasche. »Hoffentlich ist es keine Werwölfin, das wäre unpraktisch.«

Panisch nickte Light. Seit ihrem siebten Lebensjahr litt sie an einer starken Hundehaarallergie, und was wäre sie für eine Delegierte, wenn sie gegen ihr eigenes Wesen allergisch wäre?

»Der Rat weiß, dass Light eine Allergie hat. Sie bekommt keinen Werwolf.« Zur Beruhigung tätschelte Kane ihre Hand. »Mach dir keine Sorgen. Sie haben deine Daten und suchen das perfekte Wesen für dich aus. Ich wette um zehn Dollar, dass es eine ganz entzückende Nephilim sein wird.«

»Die Wette gilt.« Anna reckte Kane die Hand entgegen. »Zehn Dollar, dass es keine Nephilim ist, sondern eine Vampirin.« Kane zögerte nicht und schlug mit seinen kalten Fingern in Annas Handfläche.

»Was, wenn es weder eine Nephilim noch eine Vampirin ist?«, erkundigte sich Light. In ihrem Kopf keimte noch immer die Horrorvision einer Werwölfin.

»Dann werden Kane und ich für einen Schultag die Klamotten tauschen«, schlug Anna vor.

Kane prustete los. »Wie bitte? Das geht nicht! Wie soll ich denn in deine Hosen passen?«

Anna schnalzte mit der Zunge. »Na gut, dann gehst du in Badehose und ich im Bikini. Einen Schultag lang.«

»In Ordnung, aber ich darf mir die Badehose aussuchen.«

»Natürlich«, kicherte Anna und versteckte den Lutscher unter der Schulbank, denn im selben Augenblick flog die Tür auf und Delegat Roland betrat das Klassenzimmer.

Wie verabredet war Anna um 15 Uhr zu Light gekommen. Sie hatte ihren halben Kleiderschrank mitgebracht und zwang Light dazu, jedes einzelne Kleid anzuprobieren. Es spielte keine Rolle, dass Light knapp zehn Zentimeter kleiner war als sie, denn mit ihren Stecknadeln ließ Anna den überschüssigen Stoff auf geradezu magische Weise verschwinden. Unter Annas Anweisungen fühlte sich Light wie eine lebendige Anziehpuppe.

Gerade als sie in einem schwarzen Mini steckte, klopfte es an der Tür. Mit den Händen presste sie das Kleid an ihren Körper, denn der Stoff hing lose um ihre Hüften. Anna steckte eine letzte Nadel in den Stoff, um das Problem zu beheben, als sich die Tür öffnete.

»Habt ihr euch entschieden?«, fragte Kane, halb im Zimmer, halb im Flur. Seine breiten Schultern wurden von einem schwarzen Sakko bedeckt, darunter trug er ein weißes Hemd. Light hätte gerne ihren älteren Bruder Jude bei ihrer Delegation dabeigehabt, doch wie vermutet war ihr Bruder immer noch zu krank, um an der Feier teilzunehmen.

»Noch nicht«, antwortete Anna.

Ein Lächeln umspielte Kanes Lippen. »Light, du siehst fantastisch aus.« Er betrachtete ihre nackten Füße – wobei sich ihre Zehen in den flauschigen Teppich gruben –, dann ihre langen Beine und schließlich glitt sein Blick über ihren Oberkörper bis zu ihrer ausgeprägten Schlüsselbeinpartie und zurück zu ihrem noch ungeschminkten Gesicht.

»Danke.« Eine zarte Röte färbte ihre Wangen. Schüchtern blickte sie zu Boden, während ihre Zehenspitzen weiterhin die Teppichfransen erkundeten.

Kane räusperte sich. »Ich wollte dir ausrichten, dass dein Dad in dreißig Minuten fahren möchte. Ihr solltet bis dahin fertig sein. Er ist so nervös, mich würde es nicht wundern, wenn er ohne dich abhaut.«

Light nickte. Wie nervös ihr Dad auch war, er konnte unmöglich nervöser sein als sie. Bereits jetzt waren ihre Hände schweißnass und zitterten so stark, dass sie die Kleider, die sie anprobierte, nicht selbstständig zuknöpfen konnte. Mit jedem Ticken der Wanduhr rückte ihre Delegation näher, und sie war dankbar dafür, dass Anna bei ihr war, um ihr zu helfen, sich auf diesen Moment vorzubereiten. Seit ihrem zehnten Lebensjahr schulte man sie darauf, eine gute Delegierte zu werden, wie ihr Bruder Jude einer war und wie ihre Eltern es bereits gewesen waren, bevor ihr Bruder auf die Welt kam.

»Langsam ist es wirklich eindeutig, dass er in dich verschossen ist«, riss Anna sie aus ihren Gedanken, kaum dass Kane verschwunden war.

»Versuch nicht, mich abzulenken. Ich möchte nicht über Kane reden.« Light streifte sich den schwarzen Mini vom Körper. Die Zeit wurde zu knapp, um Kleider anzuprobieren, die sie nicht tragen konnte oder nicht tragen wollte. Und es war auch nicht genügend Zeit da, um über Kane zu reden, geschweige denn über seine Gefühle nachzudenken. Kanes Gefühle, ein Thema, das Light am liebsten verdrängte. Er war Judes Wesen, er war ihr wie ein Bruder. Seine immer offensichtlicheren Gefühle für sie fühlten sich falsch an. Light bückte sich, um das Kleid aufzuheben. »Welches soll ich anziehen?«, fragte sie Anna ein letztes Mal.

Ihre Freundin rümpfte die Nase, als könnte sie das passende Kleid riechen. »Nimm das grüne Cocktailkleid. Es betont deine Figur. Du wirst fantastisch aussehen.«

Und damit kehrte Light zu ihrer ersten Wahl zurück.

Im Laufe des Abends steigerte sich Lights Nervosität bis ins Unermessliche. Sie kaute auf ihren Nägeln und ihre Finger zupften unruhig am Saum ihres Kleides. Im Wohnzimmer warteten ihre Eltern, Jude und Kane auf sie. Die Anspannung war zum Greifen nahe und die Sehnsucht nach dem Ereignis des heutigen Abends schwängerte die Luft.

Alle lächelten verkrampft, nur Jude wirkte gelassen. Er lag unter einer dicken Decke begraben auf der Couch. Sein braunes Haar stand wirr in alle Richtungen ab und seine Nase war gerötet. Auf dem Tisch stand eine Kanne Tee, die den süßlichen Duft von Kräutern verströmte.

»Ich kann nicht glauben, dass ich deine Delegation verpasse«, beschwerte sich Jude. Er nippte an seiner Tasse und hustete. Es war ein röchelndes Geräusch, das ihn bis ins Mark erschütterte. Kane nahm ihm die Tasse aus der Hand und klopfte ihm auf die Schulter. »Ich habe eine Kamera dabei. Du wirst keine Sekunde verpassen.« Ein brüderliches Lächeln umspielte seine Lippen. Kane war in vielerlei Hinsicht das ideale Wesen für Jude. Sie waren die besten Freunde und ergänzten sich so perfekt, als wäre Jude geboren worden, um Kanes Delegierter zu sein.

Aus diesem Grund mochte Light Kane. Er war nicht nur Judes Wesen, er war Teil der Familie. Dennoch fühlte sie sich in seiner Gegenwart unwohl. Sie konnte mit ihm nicht mehr reden wie früher, denn zwischen ihnen hatte sich etwas verändert. Es hatte vor ein paar Wochen begonnen. Zuerst war es nur Kanes Lächeln, das jedes Mal breiter wurde, wenn er sie sah, doch dann begann auch seine Haltung sich zu wandeln. Seine Schultern strafften sich und seine Brust schien jedes Mal anzuschwellen, wenn er sie sah. Zuerst hatte Light es für ein Spiel gehalten, einen Scherz, um sie zu verunsichern. Doch inzwischen dauerte dieses Spiel bereits zu lange an.

Light verdrängte diesen Gedanken, denn sie wollte sich diesen Abend nicht verderben. Immerhin war es ihre erste Delegation und hoffentlich auch ihre letzte. Seit sie ein Kind war, träumte sie davon, ihr Leben mit ein und demselben Paranormalen zu verbringen. Sie konnte es auch kaum mehr erwarten, endlich eine vollwertige Delegierte zu werden, auch wenn es bis dahin noch ein paar Jahre und Examen hin waren. Sie würde zwischen Menschen und Wesen vermitteln und sie den gegenseitigen Respekt lehren. Ihr paranormales Wesen würde durch sie Teil der menschlichen Gesellschaft sein und gemeinsam würden sie Schritt für Schritt die Kluft zwischen den Rassen schließen.

»Viel Glück«, hatte Anna gesagt, kurz bevor sie gegangen war. Doch die Delegation hatte nichts mit Glück zu tun. Seit Jahren bereitete Light sich auf dieses Leben vor. Jedes Jahr musste sie psychologische Tests über sich ergehen lassen und Fragebögen ausfüllen, die sich mit ihrer Persönlichkeit befassten. Mit Hilfe der Ergebnisse suchte ein speziell programmiertes System das perfekte Wesen für sie aus.

»Light, bist du so weit?«, fragte ihre Mum. Sie trug ein schlichtes schwarzes Kleid, das ihre schmale Figur betonte. Ihre Rundungen waren ebenso unscheinbar wie die von Light. Dad schien das jedoch nicht zu stören. Er legte seiner Frau einen Arm um die nicht vorhandene Hüfte und lächelte stolz. »Mein kleines Mädchen bekommt ihr Wesen«, seufzte er. »Ich erinnere mich noch daran –«

»Ryan«, unterbrach ihre Mum. »Wir alle kennen die Geschichte von dir und Simon.« Light hatte Simon nur einmal getroffen.

Er lebte inzwischen in Europa und war das Wesen ihres Dads gewesen, bevor Jude auf die Welt kam. Damals hatten er und ihre Mum sich dazu entschlossen, das Delegiertenamt niederzulegen und sich ganz auf ihr Neugeborenes zu konzentrieren.

»Ach, Silvia, ich werde bei solchen Ereignissen immer nostalgisch.« Dad ließ seinen Arm sinken und fuhr sich durch das braune Haar. »Besser, ich fahr schon mal das Auto vor«, verkündete er und zog seinen Mantel über. Es war bereits dunkel und kalte Novemberluft strömte in das Wohnzimmer, als er durch die Tür verschwand.

Lights Hände begannen stärker zu zittern. Sie ballte ihre Hände zu Fäusten und schlang sie um ihren Körper. Ihre Mum gab Jude ein paar letzte mütterliche Anweisungen und drückte ihm zum Abschied einen Kuss auf die Stirn, ehe sie ihrem Mann in die Kälte folgte.

»Ich filme alles und wir schauen es uns heute Abend gemeinsam an«, versprach Kane und klopfte Jude etwas zu fest auf die Schulter, so dass dieser zusammensackte. »Nicht wahr, Light?«

Sie zwang sich zu einem Lächeln und glaubte zu spüren, wie selbst ihre Mundwinkel vor Aufregung zitterten. »Wenn du möchtest, spiele ich dir meine Delegation später im Wohnzimmer vor.«

Jude grinste breit. »Das wäre nett, aber ich will dich nicht davon abhalten, dein Wesen besser kennenzulernen. Auf die Gefahr hin, dass ich mich wie Dad anhöre: Als ich Kane das erste Mal traf, haben wir die ganze Nacht geredet.«

»*Du* hast geredet«, warf Kane ein. »Über eine komische Zeichentrickserie, die ich nicht kannte.«

Jude ignorierte ihn. »Wir haben uns unter der Bettdecke versteckt, damit uns die Krankenschwestern nicht hören konnten.

Am nächsten Morgen war ich so müde, dass ich bis zum Abendessen durchgeschlafen habe.« Light konnte sich noch gut an die Zeit erinnern. Damals fand sie es komisch, dass ein erwachsener Mann mit ihrem Bruder in einem Bett saß und sich benahm, als wäre er zwölf. Aber Kane war genau das, was Jude gebraucht hatte, um wieder gesund zu werden.

»Wir sollten besser gehen«, sagte Kane mit einem Blick auf die Uhr. Er hielt Light seine Hand entgegen. Sie zögerte und dachte an die Kälte, die von ihr Besitz ergreifen würde, sobald ihre Finger sich berührten. Seine Haut war immer kalt, denn kein Tropfen warmes Blut floss durch seine Adern.

»Was ist? Kommst du?« Kane sah sie an, eine Augenbraue leicht in die Höhe gezogen.

»Tut mir leid«, sagte sie mit unruhiger Stimme und ergriff seine Hand. Eine Gänsehaut überzog ihren Arm und kroch ihr bis in den Nacken. Sie schluckte hart in ihrer Bemühung, sich die Kälte nicht anmerken zu lassen. Kane drückte ihre Hand und zog sie aus der Haustür zum Wagen, der mit röhrendem Motor auf sie wartete.

Das Kapitol von Ferrymore Village spiegelte die Stadt perfekt wider. Es war ein elegantes Gebäude mit weißer Fassade und Sonnenkollektoren auf den schwarzen Dachziegeln. Die Größe war für die rund 200.000 Einwohner starke Stadt ansehnlich, aber nicht anmaßend.

Der Parkplatz war hoffnungslos überfüllt. Ein Zustand, der sich jeden Monat wiederholte – am Tag der Delegation.

Ihr Dad ergatterte einen Parkplatz direkt vor dem Haupteingang. Dennoch fror Light auf dem kurzen Weg bis zum Eingang.

Ihre Knie zitterten und ihre Zähne schlugen aufeinander. Kanes Jacke lag über ihren Schultern, aber nicht einmal diese konnte die winterlichen Temperaturen von ihr fernhalten. Im Kapitol wiederum herrschte eine vor Aufregung brütende Hitze. Light schloss ihre Augen, um die warme Luft zu genießen, die ihren betäubten Körper einhüllte.

»Mr und Mrs Adam«, begrüßte eine freundliche Stimme ihre Eltern und Light öffnete die Augen. Vor ihr stand eine hochgewachsene Frau mittleren Alters. Ihre hellbraunen Haare trug sie zu einem Zopf gebunden, und ihr dunkelblaues Kleid war elegant, aber zurückhaltend.

»Guten Abend, Mrs Elisa«, grüßte ihre Mum. »Wie geht es Ihnen?«

»Mir geht es gut, danke der Nachfrage«, erwiderte sie mit einem breiten Lächeln und winkte den Jungen heran, der für die Garderobe verantwortlich war. »Ist bei Ihnen zu Hause schon alles vorbereitet?«

Ihr Dad nickte und ließ sich von dem Jungen die Jacke abnehmen. »Wir haben ein wunderbares Zimmer direkt neben dem von Light eingerichtet«, sagte er voller Stolz. »Es ist in einem hellen Cremeton gestrichen und das gemeinsame Badezimmer verbindet die Räume miteinander.« Light konnte dem nur zustimmen. Es war ein heller und freundlicher Raum. Die Wände waren vielleicht noch etwas kahl, doch das würde sich bald ändern.

»Fantastisch.« Zufrieden beobachtete Mrs Elisa, wie der Junge ihre Jacken und Mäntel davontrug. Sie klatschte überschwänglich in die Hände, als hätte sie zu viel Kaffee getrunken, und deutete auf eine große Flügeltür. »Ich bringe Sie zu Ihren Plätzen.«

Der Saal, in dem die Delegation stattfand, war schlicht und elegant wie das Kapitol selbst. Künstlich erzeugtes Kerzenlicht beleuchtete den Raum, der zu zwei Dritteln mit runden Tischen bestückt war, an denen je fünf Stühle standen. Ein Stuhl für den Delegierten, drei Stühle für die Angehörigen und ein Stuhl für das Wesen, das sich im Laufe des Abends dazugesellen würde.

Den runden Tischen gegenüber stand eine lange Tafel, das Herzstück des heutigen Abends. Dort hatten sich die Wesen eingefunden. Einige von ihnen wirkten entspannt und redeten mit ihrem Tischnachbarn. Sie deuteten auf die Menschen, als würden sie darum wetten, welcher Delegierte zu ihnen gehörte. Sie lachten und seufzten hingerissen, wenn ihnen ein Anzug, ein Kleid oder eine Frisur gefiel. Andere Wesen wiederum waren still und in sich gekehrt.

»Hier sind wir.« Mrs Elisa führte sie zu einem Tisch in der zweiten Reihe. Es war ein guter Platz, von dem aus man den ganzen Saal überblicken konnte.

Während Light sich setzte, spürte sie die Blicke der Wesen auf sich ruhen. Kane, der ihre Hand nicht eine Minute lang losgelassen hatte, nahm links von ihr Platz. Ihre Eltern setzten sich ihr gegenüber. Der rechte Stuhl neben ihr blieb für ihr Wesen frei. Bei dem Gedanken, dass er in weniger als einer Stunde nicht mehr leer sein würde, krampfte sich Lights Magen zusammen. Ihr Blick zuckte zu dem langen Tisch, ohne dass sie Gesichter erkennen konnte. Sie wollte die Wesen nicht anstarren wie all die anderen. Unruhig begann sie damit, die Speisekarte zu studieren, die vor ihr auf dem Tisch lag.

»Das braunhaarige Mädchen sieht nett aus«, hörte Light ihre Mum flüstern.

»Allerdings«, stimmte Kane zu. »Vielleicht ist sie eine Waldelfe.«

»Oder das Mädchen mit ... dem ... pinken«, stotterte ihr Dad und verstummte. »Sieh dir den an.« Der abwertende Klang in seiner Stimme machte Light neugierig, doch sie wollte keinem der Wesen das Gefühl geben, ein Objekt zu sein wie ein Stück Kleidung im Schaufenster. Sie begann die Karte erneut zu lesen: »Vorspeise: Suppe mit –«

»Er starrt Light an«, hörte sie ihre Mum sagen.

»Schwachsinn«, zischte ihr Dad. »Der starrt einfach in den Raum. Seine Augen sind total leer.«

»Er sieht aus, als wäre er auf Drogen«, mischte sich Kane ein. Mit dem Daumen streichelte er sanft über Lights Handrücken.

»Seid nicht so unhöflich«, tadelte Light. »Er kann euch vielleicht hören.«

»Möglich«, sagte ihre Mum an Kane gewandt, als hätte sie ihre Tochter nicht gehört. »Gott sei Dank bin ich nicht die Mutter des armen Jungen, der diesen Kerl dort abbekommt.«

Light presste die Lippen zusammen. »Hauptspeise 1: Entenbrustfilet mit –«, las sie weiter.

Der Drang, den Kopf zu heben, um die Wesen zu beobachten, war groß.

»Willst du sie dir nicht ansehen?« Kanes Lippen waren unerwartet nah an ihrem Ohr.

»Nein.« Light schüttelte den Kopf. »Was ist, wenn ich ein Wesen sofort sympathisch finde und sich rausstellt, dass es nicht *mein* Wesen ist? Ich wäre enttäuscht und das möchte ich nicht sein.«

»Verstehe«, sagte Kane leicht amüsiert, bevor ihn das Rauschen eines Mikrofons unterbrach. Man hörte ein Räuspern und einen tiefen Atemzug. Die Leute verstummten, bis nur noch leises Tuscheln zu hören war. Letzte Stühle wurden zurechtgerückt.

»Herzlich willkommen zur elften Delegation in diesem Jahr.«

2. Kapitel

»Der Delegierte und der ihm zugeteilte paranormale Bürger gehören ausnahmslos demselben Geschlecht an.«
(Buch der Delegation, Artikel 9)

Das einzige Geräusch, das im Saal zu hören war, war die Stimme des Bürgermeisters. »Meine Damen und Herren, es ist mir eine große Ehre, heute Abend vielen jungen Delegierten ihren ersten paranormalen Bürger zuzuteilen«, sagte er stolz. »Aber auch einige erfahrene Delegierte werden von heute an ihr Leben mit einem neuen Paranormalen teilen, der sie vor neue Herausforderungen stellen wird.« Einige Leute lachten und klatschten begeistert in die Hände.

»Vor über dreißig Jahren erfuhr die Menschheit von der Existenz anderer Rassen«, fuhr der Bürgermeister fort und ignorierte dabei, dass kaum einer ihn ansah. »Es war ein Zufall, ein von den Medien erzeugter Hype um die Vampire, der diese entlarvt hat. Es folgten Proteste. Hinrichtungen wurden gefordert. Doch es waren die anderen Geschöpfe, die sich für die Vampire starkmachten und sich selbst als nicht menschlich offenbarten.« Viele kannten die Fakten der Ansprache auswendig und waren zu sehr damit beschäftigt, den Wesen zuzuzwinkern oder sie anzulächeln. »Gemeinsam mit den Ranghöchsten ihrer Rassen arbeiteten wir das System der Delegierten aus. Seither ist das Zusammenleben von Menschen und Paranormalen ein fester Bestandteil unserer Gesellschaft. Dafür sollten wir dankbar sein.« Ausschweifend erzählte er von der Bereicherung, die die

Wesen für die Menschheit darstellten, und dankte ihnen für die neuesten Entwicklungen im Bereich der Industrie und Medizin. Neue Medikamente aus Vampirspeichel, Nixen- und Feenblut kamen auf den Markt und heilten Krankheiten wie Alzheimer oder stoppten das Wachstum von Tumoren.

Obwohl Light es nicht wollte, streifte ihr Blick abermals den Tisch der Wesen. Sie erkannte eine Vielzahl von Persönlichkeiten, wobei vor allem die blauhäutige Venetus-Nixe ihre Aufmerksamkeit auf sich zog. Ihre dünnen Lippen formten ein Lächeln, und ihre Hand, deren Finger mit Häuten verbunden waren, winkte Light zu. Schüchtern erwiderte sie die Geste, während der Bürgermeister von der Historie ihrer Gesellschaft zu der neuesten Errungenschaft ihrer Stadt wechselte: der Kolonie.

»Diese Kolonie ist eine Auffangstation für Wesen, deren Scheu vor den Menschen unverändert ist. Es erfüllt mich mit Scham, wenn ich daran denke, was unsere Vorfahren den Paranormalen bis Ende des 19. Jahrhunderts angetan haben. Man denke nur an die Hexenverbrennungen. Dabei hätte man die unglaublichen Fähigkeiten der Paranormalen schon viel eher nutzen können.« Eine Anekdote zur Sol-Air folgte, der innovativsten Erfindung der Magier, eine Schwebebahn, die mit magisch erzeugter Solarenergie betrieben wurde. Allmählich füllte ungeduldiges Räuspern den Saal, und Füße schabten erwartungsvoll über das Parkett, als der Bürgermeister endlich mit verheißungsvoller Stimme verkündigte: »Und nun der Moment, auf den Sie alle gewartet haben, wir beginnen mit der Delegation. Im Anschluss werden Sie das erste gemeinsame Mahl mit Ihrem neuen Familienmitglied einnehmen.«

In ihren Gedanken wiederholte Light die Menüfolge, um ihre Nerven zu beruhigen. Gemäß der Tradition wurden die Wesen der alphabetischen Reihenfolge ihrer Nachnamen entsprechend vergeben, so dass man als Delegierter nicht wissen konnte, ob man der Erste oder der Letzte war, der sein Wesen zugeordnet bekam.

Kane, der noch immer ihre Hand hielt, schenkte Light ein liebevolles Lächeln. Seine Haut war nicht länger kühl, denn ihre feuchten, verschwitzten Hände hatten sie erwärmt.

»Adrian, Rane«, rief der Bürgermeister den ersten Namen. Die Spannung im Raum war kaum zu ertragen. Niemand wagte es, Luft zu holen, aus Angst, etwas zu verpassen. »Adrian, Rane«, wiederholte er. »Ist das Wesen von Singer, Nicolai.« Die Stille wurde vom Applaus zerschnitten. Die Leute pfiffen und jubelten, während Rane sich zu Familie Singer setzte.

Da Rane für Light ohnehin keine Option gewesen war, erlaubte sie sich einen flüchtigen Blick zu den Singers. Rane war ein Lykanthrop, wie unschwer zu erkennen war, vielleicht ein Werwolf oder eine Werkatze. Er war groß und hatte einen drahtigen Körper, ganz ähnlich dem von Nicolai. Die beiden grinsten einander an und schienen sich auf Anhieb zu verstehen. Die Familie wirkte zufrieden, sie klopften Rane auf die Schulter und hießen ihn willkommen.

»Nicht mehr lange«, flüsterte Kane. Er sah sie aus dem Augenwinkel heraus an und lächelte sanft. Vor seinem Gesicht hielt er eine Kamera, um den Moment, in dem Light ihr Wesen erhalten würde, genauestens einzufangen.

Die Delegation war eine nervenaufreibende Prozedur. Alle im Raum hielten gespannt den Atem an und warteten auf die Verkündung der nächsten Namen. Anschließend brachen sie in lauten Jubel aus. Dieses Spiel wiederholte sich immer und immer wieder. Brandy Lane, ein Mädchen aus Lights Parallelklasse, bekam eine Furie zugeteilt. Light war erleichtert, noch nicht aufgerufen worden zu sein, denn Furien hatten den Ruf, anstrengend und diebisch zu sein.

Wann war sie endlich an der Reihe? Nervös wippte Light mit ihren Füßen auf dem Boden hin und her. Die lange Tafel, an der die Wesen saßen, leerte sich. Das sympathische Mädchen mit den braunen Haaren, von dem ihre Mum geschwärmt hatte, hatte ihre Delegierte bereits gefunden.

»Leroy, Dante«, verkündete der Bürgermeister und wieder herrschte Schweigen im aufgeheizten Raum. »Leroy, Dante ist das Wesen von Adam, Light.«

Lights Herz hörte für einen Moment auf zu schlagen. Sie bekam keine Luft mehr. Adrenalin pumpte durch ihren Körper. Sie riss den Kopf in die Höhe, um ihr Wesen anzusehen. Ihr Blick fuhr suchend die Tafel entlang, doch keines der Wesen erhob sich, um zu ihr zu kommen. Nur am Rande hörte Light das Jubeln und Klatschen der anderen, das allmählich verstummte wie abklingender Regen.

»Leroy, Dante«, wiederholte der Bürgermeister mit Nachdruck. »Bitte erheben Sie sich, um Ihre Delegierte Adam, Light willkommen zu heißen.« Hilfe suchend sah er zu Mrs Elisa, die aufgeregt mit einem Mann sprach. Die Stimmen der anderen Gäste im Saal wurden lauter. Alle starrten Light an, die nicht wusste, was sie tun sollte.

Sie spürte, wie Kane seinen Griff lockerte und kaum merklich die Achseln hob. Sollte sie lachen oder weinen?

»L-e-r-o-y, Dante«, sagte der Bürgermeister noch einmal klar und deutlich.

Ein bitterer Geschmack breitete sich auf Lights Zunge aus. In ihren Ohren rauschte es. Dieses Wesen war ihr keine Minute zugeteilt und schon zeigte es Ungehorsam. Was sollten die anderen Leute denken?

»Vielleicht ein Fehler in der Liste«, tuschelte die Frau am Nachbartisch, deren Tochter ihr Wesen bereits erhalten hatte. Plötzlich wurde ein Stuhl am linken Rand der langen Tafel zurückgeschoben. Wie auf Befehl drehten sich alle Köpfe in diese Richtung. Jeder wollte wissen, welches Wesen so unverschämt war, sich seiner Delegierten zu entziehen, und das schon am ersten Tag.

Dante Leroy war kein sympathisches, braunhaariges Mädchen. Sie war auch nicht blond oder rothaarig. Sie war noch nicht einmal ein Mädchen. *Sie* war ein sportlich gebauter junger Mann um die zwanzig. Seine Jeans waren verwaschen, ebenso wie sein T-Shirt. Zwischen den elegant gekleideten Gästen wirkte er fehl am Platz. Die Krönung seines schlechten Äußeren aber waren seine Haare, die er seitlich abrasiert hatte. In der Mitte kräuselten sich ein paar gefärbte Strähnen in exakt demselben Grün wie das von Lights Cocktailkleid.

Lights Kopf war wie leer gefegt. Die Leute starrten sie an, aber das war ihr egal. Sie sah, wie sich die Lippen ihrer Mum bewegten, aber sie konnte nichts hören außer des Rauschens in ihren Ohren.

Er sollte ihr Wesen sein? Er war ein Mann! Doch selbst wenn Light die Regel missachtete, welche die Geschlechter voneinander trennte, und Dantes Äußeres ignorierte, konnte sie nicht glauben, dass er ihr Wesen sein sollte. Er war ein Dämon, sie erkannte es an seiner gebieterischen Haltung und seinen tiefschwarzen Augen, die niemandem einen Blick in seine Seele gewährten. Und doch war seine Seele zu spüren, wie Nebel war er von einer dunklen Aura umgeben, die Light ein nervöses Lachen entlockte.

2,5 Prozent der Weltbevölkerung waren Wesen. 0,02 Prozent davon waren Dämonen. Die Chancen, einen Dämon als Wesen zu bekommen, standen gering – sehr gering. Ihre Eltern sagten oft, sie sei ihr Engel, und ausgerechnet sie, ein »Engel«, sollte einen Dämon als Wesen bekommen?

»Das muss ein Fehler sein«, rief ihr Dad entrüstet.

Gleichgültig, ohne irgendjemanden anzusehen, setzte sich Dante zu ihnen an den Tisch. Die Leute klatschten und jubelten nicht. Sie sahen schockiert und sprachlos zum Bürgermeister auf, der mit Mrs Elisa und dem Mann diskutierte. Auch bei ihnen fiel das Wort: Fehler.

Kane zog Lights Stuhl näher an sich heran, weg von Dante. Dessen Gesicht war eine emotionslose Maske und seine schwarzen Augen wirkten tot. Light wollte etwas sagen, aber die Worte erstarben auf ihren Lippen.

Mrs Elisa und ihre Begleitung kamen zu ihnen an den Tisch. »Es tut uns schrecklich leid«, entschuldigte sich der Mann mit gequältem Ausdruck. »Mrs Adam, darf ich Sie und Ihre Familie darum bitten, mit mir zu kommen, damit wir diesen Vorfall besprechen können?«

Wutentbrannt stieß Lights Dad seinen Stuhl zurück. »Diesen Vorfall?«, bellte er. »Meine Light soll einen männlichen Dämon als Wesen bekommen und Sie nennen es einen Vorfall!? Sie haben überhaupt keine Ahnung! Es ist kein Vorfall, es ist ein Fehler, Sie Idiot!« Beschwichtigend legte ihre Mum eine Hand auf den Arm ihres Mannes und flüsterte eindringlich, er solle sich beruhigen.

»Selbstverständlich. Ein Fehler. Würden Sie mir bitte folgen, damit wir diesen Fehler beheben können, ohne die Veranstaltung aufzuhalten?« Light rechnete es dem Mann hoch an, dass er trotz des ausfallenden Verhaltens ihres Dads freundlich blieb, auch wenn sein Lächeln dabei gezwungen wirkte.

Light war die Erste, die sich von ihrem Platz erhob. »Wir sollten wirklich vor die Tür«, sagte sie ruhig, obwohl in ihrem Inneren ein Sturm tobte. In diesem Punkt ähnelte sie ihrer Mum. So auszurasten wie ihr Dad war für sie undenkbar. Bestimmend zog sie an Kanes Hand, damit er ihr folgte. Seufzend fügte er sich ihrer Bitte. Nur Dante blieb regungslos auf seinem Platz sitzen. Die Arme überkreuzt studierte er die Speisekarte, die Light bereits auswendig kannte. Er wirkte gelangweilt, und niemand, abgesehen von Light, beachtete ihn. Neugierig ließ sie ihren Blick über seinen Körper wandern.

Schnell sah Light sich nach ihrem Dad um. Er beschimpfte noch immer Mrs Elisas Begleiter, der beteuerte, dass irgendjemand versäumt haben musste, das vom System ausgegebene Ergebnis zu überprüfen. Ihre Mum stand den beiden Männern gegenüber und schüttelte apathisch den Kopf.

»Ich komme gleich nach«, flüsterte Light Kane zu und ließ seine Hand los. Ohne lange darüber nachzudenken, kniete sie sich neben Dantes Stuhl. »Hi, ich bin Light«, stellte sie sich unnötigerweise vor. Sie wusste nicht, wie sie anfangen sollte. »Offensichtlich gab es im System einen Defekt bei der Auswertung unserer Daten. Würdest du bitte mit uns mitkommen, damit wir den Irrtum beheben können?« Dante regte sich nicht. »Wir sollten diesen Vorfall so bald wie möglich aufklären, damit wir den Delegierten finden können, der wirklich zu dir passt.«

Dante drehte seinen Kopf zu ihr. Das erste Mal überhaupt sahen sie einander an. Light schluckte, als sie ihr eigenes Spiegelbild in seinen schwarzen Augen erkannte. Dabei merkte sie, dass sie sich von seinen markanten Gesichtszügen hatte täuschen lassen. Denn auch wenn sie sein wirkliches, dämonisches Alter nicht kannte, so sah er für menschliche Verhältnisse doch nicht älter aus als neunzehn, vielleicht zwanzig.

»Ich mag die Farbe deines Kleides«, sagte er mit rauer Stimme. In einer fließenden Bewegung stand er von seinem Stuhl auf und ließ Light alleine auf dem Boden sitzen.

Kaum hatte Light den Saal verlassen, hörte sie ihren Dad schreien. »Wir werden dieses ... diesen Kerl nicht mit nach Hause nehmen.«

»Es tut mir leid, aber es gibt keine andere Möglichkeit«, entschuldigte sich der Mann.

»Andere Möglichkeit?«, schnappte Light die Worte auf und stellte sich neben ihren Dad. Ihr Blick zuckte zu Dante, der tatenlos an der Wand lehnte und seine dreckigen Fingernägel betrachtete.

»Mr Bennett sagt, wir müssen den Dämon mit zu uns nach Hause nehmen«, erklärte Kane genervt.

»Das ist richtig«, bestätigte Mr Bennett. »Die offizielle Übergabe des Wesens an seinen Delegierten hat stattgefunden. Niemand außer Ihnen« – er deutete auf Light – »ist von nun an befugt, Dante irgendwelche Anweisungen zu geben. Die beiden dürfen nur noch auf gerichtliche Anordnung getrennt werden.«

Light spürte, wie Kane nach ihrer Hand tastete. »Wieso holen wir keinen Richter, der diese Anordnung gibt?« Dante stand leise lachend in seiner Ecke.

»Ein Wesen von seinem Delegierten zu lösen ist ein komplizierter Vorgang, der genau festgelegt ist«, erklärte Mr Bennett sachlich. »Zuerst müssen Ihre Eltern, mit Ihrer Einwilligung, in Revision gehen. Ein Gericht überprüft alle von Ihnen und Dante angegebenen Daten. Ist der offensichtliche Fehler gefunden, wird ein Gerichtstermin festgelegt, an dem Sie sich von Dante lossagen können. Anschließend werden Dokumente vorbereitet, die von Ihnen, Ihren Eltern und Dante unterschrieben werden müssen. Das Ganze dauert bis zu acht Wochen.«

Light neigte ihren Kopf. »Und was ist, wenn kein offensichtlicher Fehler vorliegt?« Ein Krampf durchzog ihren Magen. Sie biss die Zähne zusammen und versuchte sich nichts anmerken zu lassen. Ihre Aufgabe als Delegierte war es, sich um Wesen zu kümmern, und dabei sollte weder ihr Geschlecht noch die Abstammung eine Rolle spielen.

Mr Bennett lächelte gutmütig. »So etwas gibt es nicht. Es gibt immer einen Fehler.«

»Was, wenn es *mein* Fehler war? Wenn ich etwas falsch ausgefüllt habe?« In Gedanken spielte Light die psychologischen Tests der letzten Jahre noch einmal durch, doch sie waren zu lange her, als dass sie sich hätte erinnern können.

»Mach dich nicht lächerlich«, zischte ihr Dad.

»Kann sich nicht einfach das dämonische Konsulat um ihn kümmern?«, warf ihre Mum ein.

»Nein.« Mr Bennett schüttelte den Kopf. »Light wurde die Verantwortung übertragen, nicht dem Konsulat.«

Kane schnaubte verächtlich. »Aber diese Delegation ist nicht rechtens. Sie lassen diesen männlichen Dämon bei uns leben und verstoßen damit gegen Artikel 9, der besagt: Der paranormale Bürger und sein Delegierter gehören stets demselben Geschlecht an.«

»Ignorieren stimmt nicht«, sagte Mr Bennett mit zunehmender Unruhe. »Eine Delegation ist ein rechtlicher Prozess, es gibt Vorschriften, an die wir uns halten müssen. Glauben Sie mir, wenn es nur nach mir ginge, würde ich Dante sofort wieder mit in die Kolonie nehmen. Aber es gibt Regeln, wie bei einer solchen Anomalie im System vorzugehen ist.«

»Anomalie?«, schrie ihr Dad. »Was soll es für eine Anomalie geben? Das verdammte System liegt falsch!«

»Beruhigen Sie sich, Mr Adam. Wir finden den Defekt im System und lösen die Delegation auf. Machen Sie sich bitte keine Sorgen. Ich bin mir sicher, das ist alles nur ein Irrtum. Ich bitte vielmals um Entschuldigung für die Unannehmlichkeiten.« Mr Bennett wandte sich an Mrs Elisa. »Bitte stellen Sie der Familie Adam einen zusätzlichen Unterhaltsscheck aus, als kleine Wiedergutmachung.«

»Eine große Wiedergutmachung wäre besser«, brummte Lights Dad und beobachtete Mrs Elisa dabei, wie sie ein Scheckbuch der Stadt Ferrymore Village hervorzog.

»Natürlich«, beteuerte Mr Bennett. »Ich kann nur wiederholen, wie leid es mir tut, Mr Adam. Doch ich bin mir sicher, dass Ihre Tochter diese Hürde meistern wird. Sie erscheint mir sehr kompetent und neutral, wenn es um die Diversifikation verschiedener Spezies geht.«

Zustimmend nickte ihr Dad und nahm das Lob entgegen. »Light ist wirklich eine gute Delegierte. Sie ist sehr vorbildlich –«

Light seufzte. Das Letzte, was sie brauchte, war eine Lobeshymne auf ihr Können, das sie noch nicht einmal unter Beweis gestellt hatte. Sie wandte sich von dem Gespräch ab und ging zu Dante. Er wirkte einsam und verlassen, wie er alleine an der Wand lehnte, die Arme vor der Brust verschränkt. »Tut mir leid, dass ich dich geholt habe, nur damit du dir das anhörst.« Dante zog die Augenbrauen in die Höhe, sagte jedoch nichts. »Sie reden über dich, als wärst du nicht hier. Das ist nicht in Ordnung. Du bist mein Wesen und ich werde für dich einstehen«, sagte Light mit fester Stimme, obwohl ihre Hände zitterten. »Meine Aufgabe als deine Delegierte ist es, mich um dich zu kümmern, egal was meine Eltern oder Kane sagen.« Ein nervöses Lächeln zuckte in ihren Mundwinkeln.

»Sehr edel, aber ich muss nicht bemuttert werden. Besonders nicht von einem schwachen Menschenmädchen. Geh lieber zu deinem Freund, um mit ihm Händchen zu halten.« Dante sah sie nicht an, um seine Lippen lag ein harter Zug, als hätte er Schmerzen.

»Kane ist nicht mein Freund«, stellte Light klar. »Er ist das Wesen von meinem Bruder.«

Dante rollte genervt mit den Augen. »Wie auch immer.«

Wut kochte in Light auf. »Ich versuche nur nett zu sein!«

»Ich habe dich nicht darum gebeten, nett zu sein.«

»Es ist mein Job, nett zu dir zu sein, du Idiot.« Sie ballte ihre Hände, die noch immer zitterten. »Vermutlich ist es für jemanden wie dich nicht –«

»Light, könntest du bitte zu uns kommen«, wurde sie von ihrer Mum unterbrochen. Ohne ihren Zorn auf Dante offen zu zeigen, ließ sie ihn alleine an der Wand stehen. Ihr Dad hielt einen Scheck in den Händen, dessen Summe weit höher war als die gewöhnliche Unterhaltszahlung für sechs Monate. Er wirkte nicht glücklich, aber das Geld und Mr Bennetts lobende Worte über seine Tochter hatten ihn beschwichtigt. »Möchtest du zurück in den Saal?«, fragte ihre Mum.

Light zögerte. Nicht in den Saal zu gehen bedeutete sich einzugestehen, dass etwas nicht stimmte, aber in den Saal zu gehen bedeutete, den ganzen Abend angestarrt zu werden. »Wir sollten besser nach Hause gehen«, seufzte sie schließlich. Den Abend ihrer Delegation hatte sie sich anders vorgestellt. Wo waren die herzlichen Umarmungen? Die neugierigen, aber freundlichen Fragen und das gesellige Beisammensein?

Tröstend strich ihre Mum Light über den Rücken. »Mach dir keine Sorgen, deine nächste Delegation wird dafür umso schöner. Wir holen uns etwas Leckeres zu essen und genießen den Rest des Abends mit Jude, nicht wahr, Ryan?«

»Selbstverständlich.« Sein Lächeln wirkte gezwungen.

»Ich hole unsere Jacken und schon kann es losgehen«, sagte ihre Mum mit gespielter Freude und griff nach der Hand ihres Ehemannes, um ihn mit sich zur Garderobe zu ziehen. Ihr Vorgehen war nicht gerade subtil, denn schon wenige Schritte weiter konnte Light hören, wie sich ihre Mum über Dante beschwerte.

Light atmete tief durch, um sich, ihrem Dad und Mr Bennett zu beweisen, was für eine kompetente Delegierte sie war. »Dante?«, wandte sie sich an den Dämon. »Was möchtest du essen? Pizza? Indisch? Griechisch?«

Er blinzelte sie ausdruckslos an. »Wie wäre es mit dem Blut aus deinen Eingeweiden?«

Ein dumpfer Aufschlag erfüllte den Raum, als Kane sich auf ihn stürzte und ihn zu Boden riss. Keuchend kämpfte sich Kane über Dante und setzte sich rittlings auf seine Hüften. Er packte den Kragen von Dantes Shirt und schüttelte ihn. Immer wieder schlug sein Hinterkopf auf die kalten Fliesen. Er stöhnte, aber Kane hielt ihn unter seinem Gewicht gefangen. »Nimm das zurück!«, brüllte er. »Nimm es zurück oder ich bring dich um!« Mit der flachen Hand schlug er Dante ins Gesicht. Dieser zuckte zusammen und Blutfäden benetzten seine Lippen.

»Du schlägst wie ein Mädchen«, lachte Dante und entblößte seine vom Blut eingefärbten Zähne.

»Lass ihn los!«, kreischte Light, die noch zu verstehen versuchte, was soeben passiert war. Dantes Kopf schlug abermals gegen die Fliesen. Sein Lachen war vom Schmerz gezeichnet. »Kane!« Light griff in seine Haare und riss seinen Kopf nach hinten, bis er vor Schmerzen aufschrie und von Dante abließ. »Kane, hör auf damit. Dante hat das nicht ernst gemeint.«

»Bist du dir wirklich sicher?« Kanes Stimme war rau vor Zorn.

»Sag ihm, dass es nur ein Scherz war«, forderte Light ihn auf. Sie begegnete Dantes Blick, und ein erwartungsvoller Ausdruck züngelte über sein Gesicht, als hätte er die Auseinandersetzung sichtlich genossen. Doch bevor er etwas sagen konnte, was den Kampf womöglich nur wieder entfachte, versuchte Light es auf die sanfte Art. Beschwichtigend legte sie Kane eine Hand auf die Schulter. Seine Muskeln entspannten sich unter ihrer Berührung. »Kane, bitte lass ihn los – für mich. Wenn du ihn umbringst, ist das meine Schuld. Ich bin seine Delegierte und für ihn verantwortlich. Willst du, dass man mir meine Lizenz entzieht?«

Kane seufzte. »Nein, das will ich nicht.« Er ließ von Dante ab und rappelte sich auf. Angewidert musterte er das Blut, das an seinen Knöcheln klebte.

»Danke«, sagte Light zu Kane, doch ihr Blick ruhte auf Dante. »Alles in Ordnung?«

Dante spuckte Blut auf den Boden und hustete. »Ich habe schon Schlimmeres erlebt.« Tatsächlich wirkten seine Wunden bei näherer Betrachtung weniger schlimm. An seinem Kopf prangte eine Beule, die allerdings schon wieder verheilte, und auch die Haut an seinen aufgeplatzten Lippen zog sich wieder zusammen.

»Wir sollten meinen Eltern besser nichts davon erzählen.« Light streckte Dante die Hand entgegen, um ihm auf die Beine zu helfen. Er ignorierte sie und wischte sich mit dem Unterarm über den rot verschmierten Mund. »Ich möchte Thailändisch«, sagte er entschlossen. Seine Augen funkelten wie schwarze Diamanten, wunderschön und bedrohlich zugleich.

Kane säuberte seine blutigen Knöchel gerade rechtzeitig, bevor ihre Eltern zurückkamen. Sie trugen ihre Mäntel bei sich und ihre ausdruckslosen Gesichter verrieten nichts über ihr Gespräch. Light warf einen letzten Blick zu Dante. Seine Wunden waren noch sichtbar, aber vermutlich hatten ihre Eltern ihn nicht genau genug angesehen, um den Unterschied tatsächlich zu bemerken.

»Können wir thailändisch essen?« Light verteufelte sich für das verräterische Zittern in ihrer Stimme und konnte nur hoffen, dass sich der Schock über das Geschehene nicht in ihren Augen spiegelte. Doch ihre Mum schenkte ihr nur ein müdes Lächeln und versicherte ihr, dass sie alles bekommen könnte, was sie wollte.

3. Kapitel

»Die Lossagung eines Delegierten von seinem paranormalen Bürger, die sogenannte Revision, ist dann zulässig, wenn die Zusammenführung Ergebnis eines Irrtums oder Defektes ist. Die Loslösung muss in längstens acht Wochen abgeschlossen sein.«
(Buch der Delegation, Artikel 21)

Lights Mum rief von ihrem Handy aus im thailändischen Restaurant an und bestellte das Familienmenü. Kurz darauf verschwand ihr Dad in ein Haus, das einen betörenden Geruch nach Curry verströmte, und kehrte mit zwei duftenden Tüten zurück. Kane, Light und Dante saßen auf der Rückbank. Demonstrativ hatte sich Kane zwischen sie gesetzt und hielt Lights Hand so fest, dass es schmerzte, doch Light sagte nichts.

Ihr Dad brachte den Wagen vor ihrem Haus zum Stehen. Light öffnete die Autotür, als Kane ihren Arm berührte. Er streifte sein Jackett ab und legte es ihr um die Schultern. »Es ist kalt. Nicht, dass du krank wirst.« Light konnte das Gefühl nicht abschütteln, dass er versuchte Dante etwas zu beweisen.

»Danke.« Light lächelte und stieg aus dem Wagen. Wieder begann sie am ganzen Körper zu zittern. Es war die Kälte, die ihr zu schaffen machte, aber auch die Angst davor, wie Jude auf Dante reagieren würde.

Ihr blieb keine Zeit, darüber nachzudenken, denn Kane drängte sie in Richtung Haus, und in einer schnellen Bewegung, der Lights Blick kaum folgen konnte, sperrte er die Tür auf und hielt sie ihr auf. Die Luft im Haus schien zu kochen.

»Ihr seid schon zurück?«, fragte Jude überrascht aus dem Wohnzimmer. Ohne zu antworten, folgte Light seiner Stimme. Träge lag er noch immer auf dem Sofa. Er wirkte kraftlos und fiebrig, dennoch rappelte er sich auf und die Decke rutschte von seinem Oberkörper. »Wo ist dein Wesen?«

Light seufzte. Sie fand nicht die richtigen Worte, um das zu sagen, was passiert war.

»Gib ihr nicht die Schuld dafür. Das System hat einen Fehler gemacht.« Kane drängte sich an ihr vorbei in das Zimmer und setzte sich auf den Couchtisch. Er bückte sich, um ein paar der Taschentücher aufzuheben, die Jude achtlos auf den Boden geworfen hatte.

»Was –« Judes Augen weiteten sich. Dante war hinter Light getreten. Seine Anwesenheit legte sich über sie wie ein dunkler Schatten. In ihrem Kopf herrschte Dunkelheit, als wäre sein Schatten bis in ihr tiefstes Inneres vorgedrungen. Er vernebelte ihren Verstand und kein klarer Gedanke wollte sich formen.

Jude begann zu lachen. Ein echtes Lachen, tief aus seiner Seele, drang an die Oberfläche. Husten mischte sich darunter und sein Kopf färbte sich rot. Light konnte nicht anders, als ihn anzustarren. Kane klopfte ihm auf den Rücken. »Ich hätte es euch fast geglaubt«, sagte Jude nach Luft ringend. »Witzig. Jetzt schick den Penner zurück unter seine Brücke und zeig mir dein Wesen.«

Light ballte die Hände zu Fäusten. Sie presste ihre Lippen aufeinander, bis sie so dünn waren wie ein Bleistiftstrich. Kaum merklich schüttelte sie den Kopf und Verzweiflung schnürte ihr den Hals zu.

Judes Lachen verstummte. Sein Blick wurde ernster und wanderte zwischen Light und Kane hin und her. »Bitte sagt mir, dass das ein Witz ist.« Er deutete auf Dante. »Dieser Kerl kann nicht dein Wesen sein.«

Kane seufzte. »Es gab einen Fehler im System.«

Ausdruckslos sah Jude seine Schwester an. Nur langsam regte sich etwas in seinem Gesicht und tiefstes Mitgefühl sprach aus seinen Augen. »Es tut mir so leid.« Bedauernd schüttelte er den Kopf. »Du hast etwas Besseres verdient, als ... als –«

»Diesen Dämon«, ergänzte Kane.

Jude biss sich auf die Lippen. »Es tut mir leid«, sagte er erneut, als wäre jemand gestorben.

Mit diesen Worten brach etwas in Light. Eine Welle der Wut erfasste sie und verdrängte den Schatten, den Dante in ihrem Kopf hinterlassen hatte. Mit geballter Hand schlug sie hart gegen den Türrahmen. Ihre Knöchel knackten und Schmerz erfasste ihren Körper – es war ihr egal. Ohne Jude oder Kane anzusehen, ergriff sie Dantes Handgelenk und zerrte ihn aus dem Zimmer.

»Wie können sie nur solche Dinge über dich sagen?«, fragte Light. Sie sprach zu sich selbst, nicht zu Dante. »Wieso reden sie über dich, als wärst du nicht anwesend? Jahrelang bringen sie uns Delegierten bei, jedes Wesen als Individuum zu sehen. Dass wir keine Vorurteile haben dürfen und stolz auf unser Wesen sein sollen, egal welcher Rasse es angehört.« Wütend stampfte Light die Treppe nach oben. »Sie tun so, als wärst du der Teufel.«

»Vielleicht bin ich es«, sagte Dante amüsiert.

Light rollte mit den Augen. »Bist du nicht. Der Teufel sieht anders aus.«

»Wirklich? Woher willst du wissen, wie er aussieht?« Zum ersten Mal klang er interessiert.

»Deine Haare sind grün«, stellte Light fest und blieb an der obersten Treppenstufe stehen. Sie betrachtete ihr Kleid, das exakt dieselbe Farbe hatte. »Grün steht für die Hoffnung.« Sie wandte sich an Dante und lächelte schwach. »Wieso sollte der Teufel die Hoffnung tragen?« Sie zuckte mit den Schultern, wobei sie bemerkte, dass sie sein Handgelenk noch immer mit ihrer Hand umfasste. Seine Haut war warm und lebendig, nicht kalt und tot wie die von Kane. Sie ließ ihn los.

»Dein Zimmer«, sagte Light mit einer einladenden Geste. Ausdrucklos ließ Dante seinen Blick durch den Raum gleiten. Seine dunkle, ungewaschene Erscheinung wirkte zwischen den hellen Wänden deplatziert. »Morgen kommen deine Koffer. Wenn du dich eingerichtet hast, passt das Zimmer schon viel besser zu dir«, versicherte Light und fuhr mit den Fingerspitzen über die Kante des Schminktisches.

»Es werden keine Koffer kommen.« Dante zog eine Schublade auf. »Ich habe nichts.« Es hörte sich nicht danach an, als würde er diesen Zustand bedauern. »Ich habe mich der Delegation entzogen. Man hat mich festgenommen und eingesperrt. Ich besitze nur das, was ich bei mir trage.«

»Oh.« Light zupfte verlegen an ihrem Rock. Hatte der Rat ihm nichts mit auf den Weg gegeben? »Wir können morgen in die Stadt fahren.«

Selbstgefällig zog Dante eine Augenbraue in die Höhe. »Du willst mit mir einkaufen gehen?« Er lachte. »Bist du wirklich so ein naives Dummchen oder spielst du diese Rolle nur für deinen Freund?« Seine schwarzen Augen fixierten sie. »Ich hasse die Menschen. Ich hasse die Delegation. Doch nun sitze ich hier –

mit dir. Kannst du dir vorstellen, was das bedeutet?« Er ließ ihr keine Zeit, um zu antworten. »Ich hasse dich und du solltest nicht nett zu mir sein. Du solltest Angst haben. Mit mir alleine in einem Zimmer sein? Schlechte Idee.«

Light konnte es nicht länger ertragen, ihn anzusehen. Sie schloss ihre Augen und versuchte sich einzureden, dass er es nicht so meinte. Er war den Umgang mit Menschen nicht gewohnt. Sie hatten ihn gefangen genommen, festgehalten und gegen seinen Willen zu ihr gebracht. Wie würde sie an seiner Stelle handeln?

Light atmete tief durch. »Hass mich, aber es wird dir nichts nützen. Du sitzt bei mir fest, und wenn du fliehst, werden sie dich einfangen und zu mir zurückbringen. Und wenn du glaubst, mir Angst machen zu können, täuschst du dich.« Sie war von der Festigkeit ihrer Stimme überrascht. »Du bist nicht dumm, das höre ich aus deinen Worten und deswegen wirst du mir nichts tun. Es sei denn, du möchtest den Rest deines Lebens in Gefangenschaft verbringen.«

»Wow«, erwiderte Dante sarkastisch. »Du hast mehr Schneid, als ich dachte.« Mit langen, gemächlichen Schritten durchschritt er den Raum, bis er direkt vor ihr stand. Es kostete sie viel Überwindung, nicht vor ihm zurückzuweichen. Doch sie konnte es sich nicht leisten, jetzt Schwäche zu zeigen. »Du hast Recht, ich werde dir nichts tun. Ich werde aber alles dafür tun, dir das Leben schwer zu machen. Frag nicht nach meinen Gründen. Ich brauche keine Gründe. Ich bin ein Dämon.«

Light verschränkte die Arme vor der Brust. »Versuch es, du wirst es nicht schaffen. In der Schule lernen wir an Beispielen wie dir. Ich weiß genau, wie ich mit dir umzugehen habe.«

Anerkennend pfiff Dante durch seine Lippen. »Das klingt nach einer Wette, kleines Mädchen.«

Light imitierte seine Geste und zog die Augenbrauen in die Höhe. Eine Wette? Sie hatte keine Wetten mehr abgeschlossen, seit sie zehn Jahre alt war. So ein Verhalten passte zu Anna, Kane und vielleicht Jude, aber nicht zu ihr.

»Was ist?« Feindselig musterte Dante sie. In seinen Augen lag wieder dieses diamantartige Funkeln, das Light einen Schauer über den Rücken trieb. »Von mir aus. Der Einsatz?«

Dantes Mundwinkel zuckten. »Die Wette läuft zehn Tage. Wenn ich es bis dahin schaffe, dich zu brechen, wirst du aufhören, meine Delegierte zu sein. Du wirst mich zu nichts mehr zwingen. Ich bekomme die volle Freiheit.«

»Einverstanden. Was, wenn ich gewinne?«

»Dann werde ich aufhören, mich wie ein Dämon zu benehmen. Ich werde alles sein, was du willst, und alles tun, was du mir sagst.« Er streckte ihr die Hand entgegen. Light zögerte nicht, und obwohl sie bereits wusste, wie sich seine Haut anfühlte, wurde sie von der Wärme überrascht.

»Abgemacht«, bestätigte Light. Sie ließ seine Hand los. »Ich habe ein Willkommensgeschenk für dich.« Sie nutzte das Geschenk als Ausrede, um Abstand zwischen sie zu bringen. Seine Blicke brannten auf ihrem Rücken, als sie durch das Badezimmer ging, das ihre Zimmer miteinander verband.

Light war froh, dass Dante kein Interesse daran zeigte, ihr zu folgen. Sie öffnete die Schublade ihres Nachttisches und zog ein dunkelblau eingepacktes Geschenk hervor. Auf ihrem Weg zurück zupfte sie die rote Schleife zurecht. Wortlos überreichte sie ihm das Päckchen.

Er starrte das Geschenk an, als hätte er so etwas noch nie zuvor gesehen. Vorsichtig zog er an der Schleife, die sich daraufhin öffnete. Anstatt das Papier wild aufzureißen, wie Light es vermutet hätte, fuhr er vorsichtig mit seinen Fingern unter das Klebeband. Zum Vorschein kam der Bilderrahmen mit einem Foto der Familie: Light, ihren Eltern, Jude und Kane.

»Es ist in Ordnung, wenn es dir nicht gefällt«, erklärte Light.

»Der Rahmen ist ganz nett.« Dante fuhr mit seinen Daumen über den dunkelbraunen Bilderrahmen, der mit kunstvollen Schnitzereien versehen war. »Ich kann das Bild austauschen.« Er zuckte mit den Achseln und warf das Geschenk achtlos auf das Bett.

»Dante, nimmst du eine Gabel oder die Stäbchen?«, fragte ihre Mum mit einem aufgesetzten Lächeln. Es waren die ersten Worte, die sie mit Dante wechselte, und jedes einzelne davon wirkte erzwungen.

Er überlegte kurz und entschied sich für beides. Doch als er ihrer Mum die Hand entgegenstreckte, um das Besteck entgegenzunehmen, legte sie es auf den Tisch, als würde eine Berührung mit Dantes Haut eine Krankheit übertragen. Light schluckte ihren Ärger darüber herunter und schob sich eine weitere Minifrühlingsrolle in den Mund. Auch wenn Dante alles tun würde, um ihr das Leben schwer zu machen, konnte sie es nicht leiden, wenn ihre Familie ihn behandelte, als wäre er Dreck. Aber er war kein Dreck, sondern ihr Wesen für die nächsten Wochen, und daran würde sich nichts ändern.

Am Tisch hörte man nur das Klappern und Schaben des Bestecks. Niemand sagte etwas, alle kauten und schluckten mechanisch, ohne von ihren Tellern aufzusehen. Auch Dante, von dem Light dachte, er würde das Abendessen nutzen, um sie bloßzustellen, verhielt sich ruhig. Geistesabwesend tippte Light mit der Spitze ihrer Frühlingsrolle in das Wasabi. Ob Dante genauso müde war wie sie?

»Gibst du mir den Reis, mein Engel?«, fragte ihr Dad und deutete auf die Schale, die direkt vor ihr stand. Sie wischte sich ihre Hände an einer Serviette ab und reichte ihm den Reis. Er schaufelte sich eine großzügige Portion auf den Teller. »Dante«, seufzte er. Light zuckte innerlich zusammen. »Wie es aussieht, werden wir noch eine Weile mit dir leben müssen.«

Dante nickte.

Ihr Dad tröpfelte Sojasoße auf den Reis. »Ich hoffe, du nimmst es mir nicht übel, wenn ich sage, dass du unsere Erwartungen nicht erfüllst.« Wieder nickte Dante. Es war kein verständnisvolles Nicken, vielmehr wollte er damit sagen: »Rede weiter, damit ich in Ruhe essen kann.« Light wurde auf ihrem Stuhl immer kleiner. Das Wasabi brannte scharf in ihrem Mund. »Man wird über dich und meine Tochter reden. Keiner von uns kann daran etwas ändern. Ich möchte, dass sich der Schaden so gering wie möglich hält. Verstanden? – Und wenn du es wagst, noch einmal zu nicken, ohne mir in die Augen zu sehen, ist was los!«, drohte er grollend.

Dante sah von seinem Teller auf. »Verstanden.«

»Ich erwarte von dir«, fuhr ihr Dad fort, »dass du dich der Familie anpasst. Und wir beginnen mit deinem Äußeren. Ich werde es nicht dulden, dass jemand in meinem Haus lebt und Zeit mit meiner Tochter verbringt, der aussieht wie ein Penner. Ich weiß, dass keine Koffer von dir kommen werden. Du wirst morgen mit

Light einkaufen gehen. Sie wird entscheiden, was gekauft wird und was nicht.«

»Ich habe kein Geld.« Dante griff nach dem Wasabi-Schälchen.

»Das brauchst du nicht. Du lebst jetzt in dieser Familie. Light ist deine Delegierte, somit bezahlen wir für dich.« Er klopfte auf seine Brusttasche. »Das nötige Kleingeld habe ich von Mr Bennett bekommen. Ich verlange von dir, dass du dir deine Haare wachsen lässt, bis dieser widerwärtige Irokesenschnitt verschwunden ist. Ihr werdet Haarfarbe kaufen und ich meine eine vernünftige Farbe: Blond, Braun, Schwarz. Eine natürliche Farbe. Habe ich mich deutlich ausgedrückt?« Dieses Mal sah er Light an.

»Klar und deutlich, Dad«, bestätigte sie.

»Gut.« Er lehnte sich zur Küchentheke und zog ein Scheckbuch von der Anrichte. »Ich werde morgen früh im Büro sein. Ihr könnt euch das Geld von meinem Konto holen.« Er schrieb mit einem Kugelschreiber ein paar Zahlen auf den kleinen Block.

Light nahm das Stück Papier entgegen. Ihre Augenbrauen zogen sich zusammen. »Dad?«

»Ja, mein Engel?«

»Das Geld wird nicht reichen.«

»Das sind fünfhundert Dollar!« Ungläubig sah er seine Tochter an.

»Dante hat nichts«, betonte Light, als wäre ihm das nicht längst bewusst. »Er braucht Sachen für die Schule. Ein Handy wäre nicht schlecht. Ein Rasierer.« Sie deutete auf die unregelmäßigen Bartstoppeln, die sich wie Flaum über sein Kinn und die Wangen zogen. »Gegen ein paar persönliche Dinge wäre auch nichts einzuwenden. Bücher, Filme, vielleicht ein Poster für das Zimmer.«

»Übertreibst du es nicht?«, fragte eine Stimme hinter ihr. Light drehte sich um. Im Türrahmen stand Kane. Er trug zwei leere Teller zum Spülbecken. »Der Kerl ist nur für ein paar Tage bei uns, und du verlangst, dass deine Eltern ein Vermögen für ihn ausgeben.«

»Ein Vermögen, das sie für jedes andere Wesen gerne ausgeben würden«, zischte Light und sah Hilfe suchend zu ihrer Mum. »Jeder hat es verdient, ein paar persönliche Dinge zu besitzen.«

»Natürlich«, sagte diese und sah ihren Mann entschuldigend an.

»Die Delegierten haben Dante aus seinem Umfeld gerissen, ohne ihm Zeit zu geben, etwas mitzunehmen.« Light setzte einen Blick auf, von dem sie wusste, dass ihr Dad ihm nicht widerstehen konnte, und schob die Unterlippe nach vorne. Ihr Dad seufzte und nahm erneut sein Scheckbuch in die Hand.

4. Kapitel

»Intime Beziehungen zwischen dem Delegierten und dem ihm zugewiesenen paranormalen Bürger sind verboten. Ein Verstoß gegen dieses Verbot ist mit der Aberkennung der Delegiertenposition zu ahnden.«

(Buch der Delegation, Artikel 6)

Froh, endlich ihr Kleid ausziehen zu können, schlüpfte Light in eine Jogginghose und einen übergroßen Pullover. Gewaltsam kämmte sie den Festiger aus ihren Haaren, denn Anna hatte mindestens eine halbe Dose auf ihrem Kopf verteilt.

Vor dem Badezimmer blieb Light stehen. Sie lauschte, ob womöglich Dante dabei war, etwas zu tun, was sie nicht sehen wollte. Es war still. Automatisch flackerte das Licht in dem fensterlosen Raum auf, als sie die Tür öffnete. Vor dem Waschbecken träufelte sie etwas von dem Make-up-Entferner auf einen Wattepad, als sie aus Dantes Zimmer ein Klopfen und Schaben hörte. Der Drang nachzusehen, was er tat, war groß, doch Light weigerte sich und starrte geradeaus in den Spiegel. Dante sollte nicht den Eindruck bekommen, sie würde sich übermäßig für sein Tun interessieren. Dennoch putzte sie ihre Zähne länger als nötig in der Hoffnung, Dante würde ins Badezimmer kommen, um ihr etwas über die Geräusche zu verraten.

Er kam nicht und nach Minuten des Wartens ging Light zurück in ihr Zimmer. Sie zog ihr in braunes Leder gebundenes Tagebuch hervor und schrieb ein paar flüchtige Zeilen, ehe sie ihren Handywecker stellte. Dabei entdeckte sie eine SMS von Anna.

Hey! Will dich und dein Wesen nicht stören. Ihr habt euch sicher viel zu erzählen. Sag mir nur, ob ich am Montag im Bikini in die Schule kommen muss. xoxo

Lights Magen zog sich zusammen. Die Bettdecke bis über ihre Brust gezogen tippte sie eine kurze Antwort:

Zieh den roten an, der hat am meisten Stoff. Light

Sie legte ihr Handy auf den kleinen Nachttisch neben sich und schaltete die Lampe aus. Trotz ihrer Erschöpfung wollte sich kein Schlaf einstellen. Mit ruhelosem Blick verfolgte sie die Schatten an den Wänden, als würden sie ihr die Antwort auf ihre Fragen geben. Doch je länger sie in die Dunkelheit starrte, desto klarer wurden die Geräusche aus Dantes Zimmer. Nicht laut genug, um das Haus in Aufruhr zu versetzen, aber laut genug, um sie wach zu halten.

Dante war wie eine kryptische Schrift: Man konnte sie sehen, aber dennoch nicht entziffern, es sei denn man gehörte zu den wenigen Auserwählten, die sie trotz aller Schwierigkeiten entziffern konnten.

In dem einen Moment verhielt Dante sich angriffslustig, drohte ihr und wollte sie in die Verzweiflung treiben. Kurz darauf saß er wie ein dressierter Hund am Tisch, aß zivilisiert und gab keinen Laut von sich, während er die Predigt ihres Dads über sich ergehen ließ. Störte es ihn nicht, wie die Leute über ihn redeten, oder war er nur ein guter Lügner, der seine Gefühle verbergen konnte?

Light gähnte und rekelte sich unter ihrer Bettdecke. Ein Teil von ihr freute sich unheimlich darauf, mit Dante einkaufen zu gehen. Etwas Zeit mit ihm zu verbringen half ihr womöglich dabei, ihn besser zu verstehen.

Ein Poltern holte Light aus ihrem unruhigen Schlaf. Sie öffnete die Augen und wurde von gleißendem Licht in Empfang genommen. Senkrecht sitzend starrte sie auf die Wanduhr, ohne etwas zu sehen. Sie blinzelte. War es schon Morgen? Sie konnte sich nicht daran erinnern, eingeschlafen zu sein.

Da entdeckte sie die Gestalt auf der anderen Seite des Zimmers – Dante. Er schloss die Tür und erstickte die Lichtquelle im Keim. Sein Schatten bewegte sich langsam auf sie zu. »Ist was?«, fragte sie atemlos. Der Schreck saß ihr in den Gliedern.

Dante hüllte sich in Schweigen.

Light war dankbar, dass er die Angst in ihren Augen nicht sehen konnte. Wieso war er in ihrem Zimmer? Was hatte er vor? Wollte er ihr nur einen Schreck einjagen oder ihr tatsächlich etwas antun? Sie schüttelte den Kopf. Ausgeschlossen. Er würde ihr nichts tun, das hatte er selbst gesagt – aber er war ein Dämon, und Dämonen waren bekannt dafür zu lügen.

»Dante, was ist los?«, wiederholte sie ihre Frage. Ihre Stimme war eine Nuance zu hoch.

»Mach dir nicht ins Hemd. Das würde meinen Plan vermiesen«, antwortete er ruhig.

»Was hast du vor?«

Unaufhörlich näherte er sich, bis er ihr gegenüber auf der anderen Bettseite stand. »Das wirst du sehen.« Er lachte. Light konnte nicht erkennen, was er tat, aber es hörte sich so an – als würde er sich die Hose ausziehen?

»Dante?«, presste Light atemlos hervor. Sie hörte das Zippen eines Reißverschlusses und Stoff, der mit einem leisen Rascheln zu Boden glitt. »Hör auf oder ich rufe um Hilfe.« Seine schattenhaften Arme hoben sich in die Höhe und zogen das verwaschene T-Shirt über den Kopf.

»Du wirst nicht um Hilfe rufen«, stellte Dante fest. Er faltete in aller Ruhe sein Shirt zusammen und legte es auf den Nachttisch. »Wenn du schreist, müsstest du dir eingestehen, dass du versagt hast. Willst du das?« Er setzte sich mit einer Selbstverständlichkeit auf das Bett, als wäre es sein eigenes.

Light wich zurück, so weit sie konnte. »Was willst du?«, fragte sie mit mehr Nachdruck und rümpfte die Nase, als würde sie Dantes Duft verabscheuen. Er roch nach Wald und erinnerte sie an die sonnigen Tage, die sie mit ihren Eltern im Park verbracht hatte.

»Wonach sieht es denn aus?« Er sah sie über seine Schulter hinweg an und zog seine Socken aus.

»Ähm.« Light befeuchtete ihre Lippen. »Willst du mich vergewaltigen?«

Dante lachte. »Du denkst, ich will dich vergewaltigen, und bleibst dennoch im Bett liegen?« Verständnislos schüttelte er den Kopf. »Ich habe schon gesagt, ich werde dir nichts tun.« Er schob seine Beine unter die Bettdecke. »Doch ich hab mir dieses Regelwerk durchgelesen und finde Artikel 6 sehr interessant.« Mit der flachen Hand klopfte er auf das Kissen, um es sich gemütlich zu machen.

»Eine Beziehung zwischen Wesen und Delegierten ist verboten«, zitierte Light sinngemäß.

»Genau. Ich werde hier schlafen. Erwischt man uns zusammen, wird man denken, wir hätten gegen diese Regel verstoßen, und du verlierst deinen Job.«

Light starrte ihn an. Er lag in ihrem Bett und schilderte ihr seinen Plan, als wäre es das Normalste auf der Welt. Sie wollte ihren Job nicht verlieren. »Wie kannst du es wagen«, zischte sie und entriss ihm die Decke. Fest presste sie den Stoff gegen ihre Brust.

»Ich habe schon an weitaus unbequemeren Orten geschlafen. Ich brauche deine Decke nicht.« Er wandte ihr den Rücken zu und verschränkte die Arme vor der Brust. Schüchtern betrachtete Light das Muskelspiel auf seinem Rücken, unfähig sich zu bewegen. Ihre Müdigkeit war verflogen. Sie rutschte weiter an den Rand, sich durchaus bewusst, dass Dante jede ihrer Bewegungen durch die Matratze spürte. Sie sammelte ihre Decke zusammen und stand auf. Wenn Dante in ihrem Bett schlafen wollte, dann würde sie eben in seinem Bett schlafen. Er fragte sie nicht, wohin sie ging, aber sie war sich seines forschenden Blickes bewusst. Sie schlich durch das Bad in Dantes Zimmer. Aber dort, wo das Bett stehen sollte, lag nur ein Haufen aus Kissen.

Weniger leise als zuvor ging sie in ihr Zimmer zurück. »Was hast du mit deinem Bett gemacht?«

Dante rollte sich auf den Rücken, um sie anzusehen. »Ich habe es abgebaut.«

»Wieso hast du das getan?«, fragte Light.

»Du hast es selbst gesagt, ich bin nicht dumm. Ich wusste, dass du versuchen würdest in meinem Zimmer zu schlafen, und bevor du dir überlegst ins Wohnzimmer zu gehen ... dein kranker Bruder ist auf der Couch eingeschlafen. Entweder legst du dich neben mich oder du pflanzt deinen Hintern auf den Boden.« Er drehte sich wieder auf die Seite, die Arme vor der Brust verschränkt. Er wirkte wie aus Stein, als hätte er sich nicht bewegt.

Light zog es in Erwägung, in Judes Zimmer zu schlafen, aber sollte er in der Nacht aufwachen und in sein Bett wollen, wie sollte sie ihm die Situation erklären?

Für einen Augenblick erwog sie auch, Dantes Vorschlag in die Tat umzusetzen und auf dem Boden zu schlafen, aber diesen Sieg wollte sie ihm nicht gönnen. Er lag in ihrem Bett. Wieso sollte sie das stören? Er wollte nur schlafen. Doch sie konnte ihre Beine nicht dazu bringen, zu ihrem Bett zu gehen.

Das mulmige Gefühl in ihrer Magengrube wuchs mit jeder Sekunde. Sie hatte noch nie neben einem Mann geschlafen, der nicht ihr Dad oder ihr Bruder war.

Die Minuten vergingen.

»Willst du die ganze Nacht dort stehen und mich anstarren?« Dante öffnete ein Auge. »Ich kann nicht schlafen, wenn du mich beobachtest. Leg dich einfach hin. Wir wissen beide, dass du mich nicht verraten wirst.« Er klopfte neben sich auf das Kissen.

Light straffte ihre Schultern und drückte die Decke gegen ihre Brust. Er hatte Recht, sie würde ihn nicht verraten. Zögerlich ging sie auf die andere Seite des großen Bettes. Wenn sie sich an die Kante der Matratze kuschelte, war zwischen ihnen ein guter Meter.

Ungewohnt steif legte sich Light schließlich auf die Bettkante und breitete die Decke über sich aus. In der Stille hörte sie ihr eigenes Herz schlagen. Bei jeder von Dantes Bewegungen hielt sie die Luft an, bereit aufzuspringen, sollte es nötig sein.

Irgendwann bewegte sich die Matratze weniger und auch Lights pochendes Herz wurde ruhiger. Sehr leise hörte sie Dantes flache Atmung und die kaum hörbaren Schlafgeräusche, die seine Lippen verließen. Unfreiwillig musste Light lächeln. Sie spähte über ihre Schulter. In der Dunkelheit erkannte sie nur die Silhouette seiner breiten Schultern.

»Was sind eigentlich die genauen Aufgaben eines Delegierten?«, fragte Dante unerwartet und drehte sich erneut auf den Rücken.

Light zuckte zusammen. Er war also doch noch wach. Sie atmete tief ein. »Hat man dir das nicht erzählt?«

Er lachte. »Schon, aber ich kann nicht behaupten zugehört zu haben.«

In der Dunkelheit rollte Light mit den Augen. »Solange ich die Schule besuche, ist es meine einzige Aufgabe, dafür zu sorgen, dass du keinen Ärger bekommst.« Sie legte eine Pause ein, aber Dante reagierte nicht. »Nach abgeschlossener Ausbildung besuchen Delegierte reguläre Schulen, Kindergärten und manchmal Büros, um dort die Menschen über Wesen aufzuklären. Gelegentlich werden wir zu politischen Veranstaltungen eingeladen oder treten im Radio und Fernsehen auf. Und natürlich gehen wir gelegentlich auch in Kolonien, um mit den Wesen über die Menschen zu reden.«

»Und dafür bekommst du Geld?«, zischte Dante.

»Erst nach der Ausbildung.«

Dante brummte seine Zustimmung. Er drehte sich wieder mit den Rücken zu Light, die trotz Pullover zu frösteln begann. Es war spät und die Heizung war bereits abgeschaltet. Sie schluckte ihre letzte Wut über Dantes unwillkommenes Gastspiel herunter und wagte es, die Bettdecke neu zu arrangieren. Ohne ihn zu berühren, mit weit ausgestrecktem Arm, legte sie ein Stück des wärmenden Stoffes über seinen Körper.

Er würde es ihr nicht danken, aber sie konnte es nicht ertragen, ihn schlecht zu behandeln. Er war ein Dämon, aber deswegen noch lange kein Monster.

Mit erleichtertem Gewissen rollte Light sich auf ihre Seite. Sie lauschte Dantes flacher Atmung, die in der Stille erst wie ein Fremdkörper wirkte. Doch nach einer Weile passte sich ihr eigener Atem seinem an. Hypnotisiert lauschte Light dem Geräusch, bis sie einschlief.

Eine ungewohnte Bewegung der Matratze holte Light aus dem Schlaf. Ihr Bett federte und bewegte sich, als wäre es mit Wasser gefüllt. Ihr Wecker hatte noch nicht geklingelt und kein Licht drang durch die halb heruntergelassenen Rollläden. Nur langsam klärte sich ihr Dämmerzustand und die Erinnerung an Dante kehrte zurück. Dante, ihr Wesen. Dante, der Dämon.

Sie seufzte und starrte auf ihr Handy. Die Uhr zeigte 6:53 Uhr und Anna hatte ihr geantwortet:

Kommt Kane in Badehose? Und können wir uns heute treffen?!?! Ich bin so neugierig. Wie ist dein Wesen so? Ist sie nett? Natürlich ist sie das, sie ist schließlich dein Wesen! Ich rede schon wieder Müll. Wir sehen uns. xoxo

Light antwortete, dass Kane in Badehosen kommen würde. Annas Vorschlag, sich zu treffen, ignorierte sie.

Light dehnte ihre müden Glieder. Sie fühlte sich überraschend ausgeruht und erholt. Mit einem Blick zur Seite beobachtete sie, wie Dante wortlos ins Badezimmer verschwand. Sie nutzte die Zeit, um ihre Schlafsachen schnellstmöglich durch eine Jeans und einen schwarzen Rollkragenpullover zu ersetzen.

Sie hörte das Rauschen der Dusche, und während sie darauf wartete, das Bad nutzen zu können, schrieb sie erneut ein paar

Sätze in ihr Tagebuch, klickte gelangweilt auf ihrem Tablet herum und blätterte in einer Zeitschrift für Delegierte, die sie im wöchentlichen Abonnement hatte. »London: Anschlag auf den Buckingham Palast«, las Light die Headline, darunter stand in ebenso fetten Buchstaben: »Censio oder Impia? Zwei Parteien, die unterschiedlicher nicht sein könnten und doch mit denselben Mitteln kämpfen.«

Wie in fast jeder Ausgabe gab es einen Artikel über die »Censio«, eine extreme Widerstandsgruppe, die es sich zur Aufgabe gemacht hatte, das System der Delegierten zu stürzen. Sie kämpften für die Gleichberechtigung zwischen Menschen und Paranormalen und schreckten nicht davor zurück, Gewalt anzuwenden. Ihre Gegenpartei waren die »Impia«, eine Gruppe, formiert aus Menschen, welche die Ausrottung aller Paranormalen forderte.

Unter dem Artikel über London befand sich eine Meldung zu Galen Collin, einem der Vorsitzenden im Rat der Delegierten. Galen wurde seit Anfang der Woche vermisst, und der Rat vermutete, dass die Censio etwas mit seinem Verschwinden zu tun hatten.

»Du kannst«, sagte eine Stimme hinter Light. Erschrocken keuchte sie auf und presste eine Hand gegen ihre Brust. Sie drehte sich zu Dante, um ihn wütend anzufunkeln. Doch ihr böser Blick verflüchtigte sich beim Anblick seines Körpers. Alles, was Dante von der vollkommenen Nacktheit trennte, war ein Handtuch, das locker um seine Hüfte hing.

Light räusperte sich. »Deine Klamotten liegen auf meinem Nachttisch.«

Neckend zog Dante eine Braue in die Höhe. »Mache ich dich nervös?«

»Natürlich nicht«, log Light, doch konnte sie sich nicht davon abbringen, ihn anzustarren. Denn auch wenn Dante alles andere egal war, sein Körper war es nicht. Viel zu ausgeprägt waren seine Muskeln, die sich fein unter seiner gebräunten Haut abzeichneten und Hitze in Light aufsteigen ließen.

»Wenn du das sagst.« Dante drehte sich um und steuerte auf den Nachttisch zu. Light wollte schon erleichtert aufatmen, als er in einer flinken Handbewegung den Knoten seines Handtuchs öffnete. Bevor sie reagieren konnte, rutschte das Tuch zu Boden und gab den Blick auf seinen Hintern frei. Light kniff die Augen zusammen und stürmte ins Badezimmer. Hinter sich hörte sie sein raues, kehliges Lachen.

Langsam stieg Light die Treppe nach unten, dicht gefolgt von Dante. Selbst nach einer ausgiebigen Dusche und dem übertrieben langen Föhnen ihrer Haare konnte sie das Bild von Dantes nacktem Körper nicht aus ihrem Kopf vertreiben.

»Hat mein Anblick von vorhin dir die Sprache verschlagen?«, neckte er sie von hinten.

»Nicht dein Anblick«, zischte Light über die Schulter. »Deine Schamlosigkeit macht mich sprachlos.«

Kane erschien am Ende der Treppe. »Guten Morgen, Light.«

»Guten Morgen.« Sie konnte nicht anders, als ihn anzulächeln. Kane trug seine schulterlangen schwarzen Haare zu einem Zopf gebunden, eine Jeans und ein Shirt in seiner Lieblingsfarbe Rot.

»Hast du gut geschlafen?« Er begleitete sie in die Küche.

»Ja. Anfangs war ich etwas aufgewühlt, aber später hab ich geschlafen wie ein Stein«, sagte Light mit einem Lächeln.

In der Küche war ein typisches Samstagsfrühstück für sie angerichtet. Zwei Teller mit je zwei Toastscheiben, ein Glas Orangensaft und eine Auswahl an verschiedenen Marmeladen, Wurst- und Käsesorten warteten auf sie.

Kane zog Light den Stuhl nach hinten, damit sie sich setzen konnte. Wie ein Gentleman schob er sie an den Tisch und reichte ihr eine Serviette. Dabei berührten sich ihre Hände eine Sekunde zu lange. »Dein Dad ist schon weg, deine Mum ist joggen und Jude schaut sich unmögliche Kinderserien im Fernsehen an. Ich wollte mich gerade auf den Weg machen, um Blutkonserven zu kaufen«, berichtete er ihr in übertrieben freundlichem Plauderton. »Soll ich dir etwas mitbringen?«

»Nein, danke«, lehnte Light ab. »Möchtest du etwas?« Dante, der sich mittlerweile zu ihr gesetzt hatte, schüttelte den Kopf, ohne von seinem Toast aufzusehen. Sein Blick war konzentriert, als wäre es eine große Herausforderung, die Butter ebenmäßig zu verstreichen, um anschließend eine Scheibe Wurst daraufzulegen.

»Wann fahrt ihr beiden in die Stadt?«, fragte Kane interessiert. Seine Augenbrauen zog er dabei erwartungsvoll in die Höhe, als könnte er den Ausflug kaum mehr erwarten, denn was er wirklich von Light wissen wollte, war: Soll ich euch begleiten?

»Nach dem Frühstück, wenn die Läden aufmachen. Es wird sicherlich ein langer Tag«, sagte Light mit einem Seitenblick zu Dante, der stumm sein Essen kaute. »Aber Dante und ich werden das hinbekommen, nicht wahr?« Sie lächelte ihn an, doch Dante reagierte nicht auf sie, sondern aß genüsslich weiter.

»Ich sollte mich besser auf den Weg machen«, seufzte Kane. Als er den Raum verließ, glitt sein Blick ein letztes Mal warnend zu Dante. Seine Augen waren zusammengekniffen und zeugten von einer unausgesprochenen Drohung.

»Der kann seine Finger ja gar nicht von dir lassen«, bemerkte Dante, kaum war die Tür hinter Kane ins Schloss gefallen. »Kann ich das haben?« Er deutete auf ihren Toast.

»Halt die Klappe«, zischte Light und schob ihm den Teller zu.

Dante lachte auf. »Schämst dich wohl für deinen Freund? Dazu hast du auch allen Grund.«

»Er ist nicht mein Freund«, fauchte Light. »Und ich schäme mich nicht für ihn. Allerdings habe ich das Gefühl, dass ich mich im Laufe des Tages für dich schämen werde.« Sie verschränkte ihre Arme vor der Brust und sah zu, wie Dante sich den Toast von ihrem Teller nahm.

»Damit könntest du Recht haben.« Verschmitzt grinste er sie an. In ihrem Nacken begann es zu kribbeln. Was immer sie auch tat, sie durfte Dante unter keinen Umständen aus den Augen lassen. Er hatte etwas vor – die Frage war nur: was und wann?

5. Kapitel

»Überschreitet der Aufenthalt in einer Strafkolonie vier Generationen (100 Jahre), so entscheidet ein neues Gerichtsverfahren über eine mögliche Tötung des paranormalen Bürgers.«
(Buch der Delegation, Artikel 24)

Crispin starrte aus dem runden Fenster seiner Kabine und beobachtete die Stadt, die vor ihm lag. Triste Wolken bedeckten den Himmel und ließen ihn glauben, dass schon bald die Nacht hereinbrechen würde. Er befand sich auf einem Schiff nahe dem Hafen von Ferrymore Village. Sanft wiegte sich die Jacht im Rhythmus der Wellen.

Um 5:00 Uhr stand Crispin auf, um sein Kraft- und Lauftraining zu absolvieren. Pünktlich um 8:00 Uhr stand er unter der Dusche und machte sich bereit, um eine halbe Stunde später sein Frühstück zu sich zu nehmen. Von 9:00 bis 9:30 Uhr kümmerte er sich um die kleinen Dinge des Lebens. Er überprüfte, ob seine Kabine seinen Ansprüchen genügte und ob seine Stiefel noch ordentlich poliert waren. Bis er um 10:00 Uhr – meist mit beabsichtigter Verspätung – in den Konferenzraum ging, in dem alle auf ihn warteten.

Es war 9:58 Uhr. Er machte sich bereit, den Mitgliedern seiner Censio-Zelle gegenüberzutreten, doch etwas ganz Entscheidendes fehlte – *jemand* ganz Entscheidendes fehlte. Crispin hatte ihn während des Trainings vermisst, beim Frühstück und auch jetzt wartete er darauf, dass sein Sohn durch die Tür kam, um ihn für das Treffen abzuholen. Aber Dante würde nicht kommen.

Bei dem Gedanken an Dante kochte in Crispin die Wut. Die Hände zu Fäusten geballt hätte er am liebsten gegen das Fenster geschlagen. Vor Jahren hatten sie ihm seine Frau genommen und jetzt auch noch seinen Sohn. Seit neun Tagen wurde er vermisst – eine Ewigkeit, wie es Crispin erschien. Er hatte sich bemüht Dante vor den Delegierten zu schützen, denn er wusste, wie leicht sein Sohn zu manipulieren war. Doch er hatte versagt und dadurch nicht nur Dante verloren, sondern die Censio in Gefahr gebracht. Dantes Persönlichkeit war Druck nicht gewachsen, die Delegierten mussten ihm nur den richtigen Köder zuwerfen und er würde die Censio verraten. Crispin schämte sich für die Schwäche seines Sprösslings, aber er musste ihn zurückholen. Nicht um seinetwillen, sondern vor allem um die Censio vor weiterem Schaden zu beschützen.

Fünf seiner fähigsten Männer waren mit der Suche beauftragt. Tot oder lebendig, er würde ihn finden. Wenn Dante nicht mehr am Leben war, wollte er ihn neben dem Körper seiner Mutter begraben, und wenn man ihn gefangen hielt, würde er ihn befreien. Anschließend würde er Rache nehmen. Die Männer, die ihm Dante genommen hatten, sollten leiden, wie er gelitten hatte. Ihre Frauen, Kinder und Freunde, er wollte ihnen alles nehmen.

Leise klopfte es an der Tür. Crispin antwortete nicht. An der zögerlichen Art, wie die Tür aufgeschoben wurde, erkannte er, dass es einer der Auszubildenden war. »Offizier Leroy, es ist Zeit für die Sitzung.«

»Ich weiß.« Er wandte sich von dem Fenster ab und musterte den Jungen. Der Gesichtsausdruck des Rekruten war voller Ehrfurcht. Sein Respekt vor dem Anführer der Censio spiegelte sich in seinen verängstigten Augen. Dante hatte ihm nie diese Art von Respekt erwiesen.

Crispin betrat die Sitzung und die Stimmen verstummten. Der Konferenzraum war nicht größer als seine Kabine. Dort, wo für gewöhnlich sein Bett stand, war ein Tisch aufgebaut, an dem nun drei Leute auf ihn warteten. Stillschweigend beobachteten sie jeden seiner Schritte.

Geschmeidig ließ Crispin sich auf seinen Stuhl sinken. Er räusperte sich. »Guten Morgen. Ich hoffe, Sie haben alle gut geschlafen. Es war eine stürmische Nacht.« Seine Zuhörer grunzten zustimmend. »Beginnen wir die heutige Sitzung mit einer kurzen Zusammenfassung des gestrigen Tages.«

Offizier Flame zu seiner Linken erhob sich. Durch seinen massigen, aber kleinen Leib wirkte er träge, langsam und ungefährlich, doch Crispin wusste es besser. »Guten Morgen Offizier Leroy«, begrüßte Flame ihn. »Der gestrige Angriff auf einen der Bahnhöfe in Everdeen ist geglückt. Die Sprengkapseln detonierten wie geplant um 10:08 Uhr beim Eintreffen des Regionalzuges aus Ferrymore. Fünfzehn Menschen starben, vierundzwanzig wurden leicht, weitere sieben schwer verletzt. Die restlichen Insassen kamen laut offiziellen Berichten mit einem Schock davon.« Flame lächelte selbstgefällig. »Wir haben mit mehr Toten gerechnet, aber wir haben trotzdem Grund zur Freude: Einer der Schwerverletzten war Gregory Hemingway. Inzwischen Rentner, früher saß er im Rat. Sein Enkel Arthur ist Vorsitzender im Rat der Delegierten und ein guter Freund Collins'.«

Crispin nickte. »Gibt es schon eine Stellungnahme vom jungen Hemingway?«

»In einem kurzen Statement ließ er verlauten, dass er alle Opfer in seine Gebete einschließt. Nichts von Tragweite. Ich glaube, wir haben ihn gebrochen. Er hat seinen Kampfgeist verloren.«

Das wollte Crispin nicht glauben. Arthur kam ganz nach seinem Großvater. Er war geübt darin, mit solchen Situationen umzugehen. Viele paranormale Bürger hassten seine Strafkoloniepolitik. Er wollte inhaftierte Wesen schon nach fünfzig Jahren zur Hinrichtung freigeben. Ein Vorhaben, das Crispin nicht unterstützen konnte und wollte. »Das mit Hemingways Großvater war nur ein Zufall. Wir müssen ihn dort treffen, wo es richtig wehtut. Ich möchte, dass wir als Nächstes einen Anschlag auf den Kindergarten planen«, verkündete Crispin. »Finden Sie heraus, in welchem Teil des Gebäudes sich Hemingways Kinder befinden. Bringen Sie dort die Sprengkapseln an – und nur dort. Er soll wissen, dass dieser Anschlag ihm gilt.«

»Natürlich, Sir.« Flame verbeugte sich und berichtete von drei weiteren Anschlägen des gestrigen Tages. Zwei Bomben waren planmäßig detoniert, wobei zwölf Menschen ums Leben gekommen waren. Unter den Opfern befanden sich leider auch drei Wesen – ein Verlust, den Offizier Flame sehr bedauerte, aber es gab keine Kriege ohne Opfer, und zwar auf beiden Seiten. Die dritte Bombe war vor ihrer Zündung entschärft worden.

Siebenundzwanzig Tote an einem Tag, kein schlechter Schnitt, aber auch keine Bestleistung.

»Was sind unsere heutigen Ziele?«, erkundigte sich Crispin.

Nun meldete sich Offizierin Ash zu Wort. Ash war eine hochgewachsene Frau, die Flame um mindestens zwanzig Zentimeter überragte. Wie bei einem Mann war ihr Haar kurz rasiert. »Wie vor einigen Tagen besprochen befinden sich einige entzündliche

Gasflaschen in der Schwebebahn, die zwischen dem Randgebiet und dem Zentrum von Ferrymore hin- und herpendelt.« Ihre Stimme war dunkel und ihre kraftvollen Bewegungen alles andere als weiblich. »Einer unserer Attentäter sitzt in diesem Zug und wird das Gas zum Brennen bringen, sobald die Bahn gut gefüllt ist.«

Crispin runzelte die Stirn. »Wieso keine Bombe?«

»Seit wenigen Wochen befinden sich in allen Zügen in Richtung Zentrum Detektoren, die Sprengstoff erfassen und signalisieren. Unsere Experten arbeiten allerdings schon an ihrer Deaktivierung.«

»Wer ist der Attentäter?« Crispin hasste es, einen seiner Männer zu verlieren, und noch mehr hasste er es, wenn diese Idioten nicht ums Leben kamen, sondern geschnappt wurden. Denn dann begann für ihn die wirkliche Arbeit. Jemanden aus den Händen des Rats zu befreien war nicht einfach.

»Ethan – irgendwas. Ein Mensch. Er glaubt, er könnte dieses Attentat überleben.«

Crispin rollte mit den Augen. Das sah Ash ähnlich. »Was hast du ihm versprochen?«

Ashs Mundwinkel zuckten. »Ich hab versprochen, ihn zum Vampir zu machen.«

Crispin schüttelte den Kopf. Wie naiv konnte man sein? In Ashs Körper floss kein einziger Tropfen Vampirblut. Sie war vielmehr das Gegenteil eines Vampirs: eine Lykanthropin. Crispin signalisierte Ash, dass sie sich setzen sollte, und wandte sich an Offizier Valix. »Was macht unser Gefangener?«

Offizier Valix, einer seiner engsten Verbündeten und Freunde, machte sich nicht die Mühe aufzustehen, um Bericht zu erstatten. »Er schweigt weiterhin. Ich habe ihm die Fingernägel gezogen. Er hat geschrien wie ein Baby. Hat aber kein Wort über deinen Sohn verloren. Ich glaube nicht, dass er uns noch etwas bringt. Wir sollten ihn töten.«

»Ihn zu töten bedeutet Dante aufzugeben«, stellte Crispin klar.

»Keineswegs«, versprach Valix. »Wir suchen uns einen anderen.«

»Haben wir dafür auch genügend Zeit?« Crispin lehnte sich nach vorne. »Ihr kennt Dante. Er ist jung und beeinflussbar. Machen wir uns nichts vor, der Junge kommt nach seiner Mutter. Vielleicht hält Galen unserer Folter stand, aber ich bezweifle, dass Dante stark genug ist, um eine Folter durch die Delegierten zu überstehen. Ich mache mir ehrliche Sorgen, er könnte uns verraten.« Es fiel Crispin nicht leicht, diese Worte auszusprechen und seinen Sohn als möglichen Verräter darzustellen, aber jeder im Raum wusste, dass es die Wahrheit war. Dante hatte einen starken Sinn für Gerechtigkeit. Er war manipulativ und wankelmütig. Die richtigen Worte zur richtigen Zeit und er würde die Seiten wechseln. Dass sein Vater der Feind war, spielte dann keine Rolle mehr.

Valix straffte seine Schultern. »Ich denke, du unterschätzt Dante.«

Crispin zog die Brauen in die Höhe. »Wirklich? Denkst du das?« Er lehnte sich in seinem Stuhl zurück. »Von mir aus besorgen wir uns einen neuen Gefangenen. Aber zuvor möchte ich Galen einmal persönlich verhören, um auf Nummer sicher zu gehen. Ich hoffe, das geht in Ordnung, Valix?«

Ein wenig überrascht sah sein Freund ihn an. Für gewöhnlich machte sich Crispin nicht die Mühe, Gefangene zu verhören. Es war eine schmutzige, undankbare Arbeit, die nicht nur die Nerven, sondern auch das Gehör strapazierte. Ständig wurde man angeschrien, aber Valix wagte es nicht, ihm zu widersprechen. »Selbstverständlich, Crispin. Ich bereite alles vor.«

Galens Zelle befand sich mehrere Meter unter dem Meeresspiegel. Eine lose Glühbirne flackerte an der Decke über dem Kopf des Gefangenen. Noch immer trug er seinen schwarzen Anzug, doch der Stoff hing in blutigen Fetzen von seinem Körper. Seine Lippe war aufgeplatzt und auch an seiner Stirn klaffte eine hässliche Wunde. Die Hände hatte Valix ihm auf den Rücken gebunden. Ein roter Fleck am Boden zeugte von der brutalen Folter. Einer der herausgerissenen Fingernägel lag einsam in der Lache.

Angewidert rümpfte Crispin die Nase. Er wusste genau, wieso er es verabscheute, Menschen zu quälen. Der Gestank nach Urin, Blut und Schweiß im Raum war bestialisch und Galen bot keinen schönen Anblick. »Delegat Collin«, grüßte Crispin seinen Gefangenen. »Wie schön Sie wiederzusehen. Sie haben da etwas.« Er tippte sich mit dem Finger gegen den Mund und lachte. »Sie wissen, wer ich bin, oder?«

Galens Augenlider waren zugeschwollen. Vermutlich konnte er Crispin nur als schemenhaften Schatten erkennen. »Crispin Leroy. Anführer der Censio.« Das Sprechen fiel ihm offensichtlich schwer. Er schluckte hart und spuckte Blut aus. Speichel tropfte von seinem Kinn auf den teuren Anzug. »Auf Sie ist ein Kopfgeld ausgesetzt. Jeder im Umkreis von zweihundert Meilen sucht nach Ihnen.«

»Ich weiß«, sagte Crispin selbstzufrieden und setzte sich auf einen Stuhl gegenüber von Galen. Das Holz bog sich unter seinem Gewicht. Er schlug die Beine übereinander und musterte Galen eindringlich. Dieser Mann war nur noch ein Schatten seiner selbst. Er sah nicht länger aus wie der Politiker auf den Wahlplakaten. »Kommen wir gleich auf den Punkt. Ich habe noch andere Dinge zu erledigen. Wo ist mein Sohn?«

»Keine Ahnung, wovon Sie reden«, erwiderte Galen und hustete.

»Ich glaube Ihnen kein Wort. Wir haben die Akten gefunden, die bezeugen, dass Sie der politische Befehlshaber waren. Sie und ihr Rat haben entschieden, was mit meinem Sohn passiert. Wo ist er?« Mit jedem Wort wurde er lauter, die letzten Silben schrie er in Galens schmerzverzerrtes Gesicht. »Was haben Sie ihm angetan?«

»Ich sagte Offizier Valix schon, dass ich nichts darüber weiß«, betonte Galen erneut. Er zitterte am ganzen Leib und versuchte seine Angst zu überspielen, aber Crispin konnte ihn lesen wie ein offenes Buch. »Glauben Sie ernsthaft, ich hätte Zeit, mich um jedes Wesen zu kümmern, das ein Verbrechen begangen hat? Diese Entscheidungen werden vom Gericht getroffen. Nicht von mir.«

»Sie lügen.« Crispin stand von seinem Stuhl auf und schlenderte zu dem Tisch, der links neben ihm stand. Mit jedem Schritt kam er den Folterinstrumenten näher. »Wissen Sie, woher ich weiß, dass Sie lügen? Ich sehe es in Ihren Gedanken. Jede Lüge baut eine Mauer um die Wahrheit und ich kann diese Mauern vor meinem inneren Auge sehen.« Er griff sich einen Hammer vom Tisch. »Und ich scheue mich nicht, diese Mauern mit Gewalt niederzureißen. Sagen Sie mir: Wo ist mein Sohn?«

Galen presste die Lippen zu einem Strich zusammen, als drohten die Worte seinen Mund von selbst zu verlassen. Mit ruhigen Schritten ging Crispin auf ihn zu. Mit den Fingern quetschte er Galens Nasenflügel zusammen, bis diesem nichts anderes mehr übrigblieb, als den Mund zu öffnen. »Mein Sohn, Galen!«

»Ich ... ich weiß nicht, wo er ist«, brachte er atemlos hervor.

»Lügner!«, schrie Crispin und verpasste ihm einen Schlag auf die bereits gebrochene Nase. Blut sickerte daraus hervor und lief über seinen Mund. Galen wimmerte, und seine Lider flatterten, als würde er jeden Moment ohnmächtig werden. Doch diese Genugtuung gönnte Crispin ihm nicht. Er griff nach dem Eimer Eiswasser, den Valix ihm bereitgestellt hatte, und kippte ihn über Galen.

»Ich weiß nicht, wo Dante ist«, wiederholte dieser. »Doch bevor Sie mich entführt haben, hat ... hat ein Gericht entschieden, dass er vermittelt wird, an einen Delegierten. Wer dieser Mensch ist oder wo er lebt? Ich kann es Ihnen nicht sagen.«

Crispin wünschte sich, er würde die Mauer sehen. Eine Mauer, gebaut aus Lügen, die ihm zeigte, dass Galen ihm nicht die Wahrheit erzählte, doch da war nichts. Es war die reine, ungeschönte Wahrheit. Man hatte Dante in die Obhut eines Delegierten gegeben. »Wieso ist Dante dann nicht hier? Kein Mensch könnte meinen Sohn davon abhalten, zu mir zurückzukommen! Er würde fliehen!«, bellte Crispin die Lüge, denn er kannte den Grund: Die Delegierten hatten einen passenden Köder gefunden. Ein Grund mehr, schnell zu handeln, bevor Dante die Gelegenheit bekam, etwas über die Censio zu verraten.

Galen geriet ins Stottern. »Ich ... ich ... ich weiß es nicht. Ich ... hab den Jungen nur etwa fünf ... Minuten gesehen. Vielleicht hat man es sich nach meinem ... meinem Verschwinden noch einmal anders überlegt. Der Rat ist nicht … nicht dumm, er weiß, wer … wer mich entführt hat, und er weiß, wer Dante ist.«

Crispin ließ seinen Hammer fallen und schlug Galen mit der blanken Faust ins Gesicht, so dass ein leises Knacken zu hören war. Weiteres Blut ergoss sich aus der Wunde und tränkte Galens weißes Hemd. Crispin hatte keine Lust mehr auf das Spiel. »Gibt es noch etwas anderes über Dante, was Sie mir sagen möchten?«

»Nein. Es gibt nichts mehr zu sagen. Lassen Sie mich nun frei?« Hoffnung schwang in seiner Stimme, aber Crispin wusste, dass er ihn nicht gehenlassen konnte und wollte. Galen kannte ihr Versteck. Ihre Gesichter. Womöglich hatte er auch ein paar ihrer zukünftigen Pläne gehört. Valix achtete nicht darauf, ob ein Gefangener im Raum war, wenn er dabei war, mit anderen Mitgliedern der Gruppe Anschläge zu planen. Es war allgemein bekannt, dass es nur einen Weg gab, den Censio zu entkommen. Und dieser Weg trug den Namen Tod.

Ohne zu zögern, griff Crispin hinter seinen Rücken und zog die Pistole hervor, die er immer bei sich trug. Selbst in den Nächten lag sie neben ihm, wie eine Frau, mit der er das Bett teilte.

Als Galen sah, wie Crispin die Schusswaffe in seiner Hand hin und her wog, fing er an zu schluchzen. Tränen liefen über sein Gesicht und er begann zu flehen, zu betteln wie ein Kind. »Bitte. Bitte nicht. Ich werde …« Crispin ignorierte die unverständlichen Worte, die Galen nur mühsam zwischen seinem Schluchzen hervorpresste. Was für ein bemitleidenswertes Wesen, dachte Crispin und verspürte ein Gefühl von Macht und Genugtuung. Er würde sich an Galen rächen, für alles, was er ihnen – den Paranormalen – je angetan hatte.

Das kühle Metall in seinen Händen entlockte Crispin ein Lächeln. Seine schwarzen Augen funkelten Galen voller Mordlust an. Sein Flehen wurde zur Hintergrundmusik seines Todes. Crispin ging einen Schritt auf ihn zu. Er war bereit Gott zu spielen. Adrenalin rauschte durch seine Venen, als er zielte – und abdrückte.

6. Kapitel

»Paranormale Bürger werden innerhalb eines Kontinents an einen Delegierten vermittelt. Paranormale Bürger, die eine weltweite Vermittlung wünschen, müssen dafür die im jeweiligen Konsulat vorliegenden Dokumente beantragen.«
(Buch der Delegation, Artikel 27)

Das Einkaufszentrum öffnete seine gigantischen Flügeltüren pünktlich. Menschenmassen strömten in das Gebäude und der reguläre Samstagmorgenbetrieb nahm seinen Lauf.

Das Zentrum war klassisch konstruiert. Ein breiter Gang mit hellgrauen Fliesen, gesäumt von Geschäften über vier Etagen. Die meisten Wesen strebten in den dritten Stock, wo es neben Restaurants auch kleine Läden speziell für ihren Bedarf gab. Blutkonserven für Vampire und spezielle Feilen für Furien, deren Fingernägel hart wie Stahl waren, gehörten zum Standardsortiment. Das Erdgeschoss und die erste Etage verfügten über ein vielseitiges Modesortiment, während man sich im Untergeschoss auf die aktuellsten technischen Geräte spezialisiert hatte.

»Wo möchtest du zuerst hin?« Light blieb vor einer Drogerie stehen. Eine Gruppe Mädchen zog an ihnen vorbei. Hinter vorgehaltener Hand lachten sie und musterten Dante geringschätzig. Mit einem Blick, tödlich wie ein Giftpfeil, sah Light ihnen nach.

»Bin ich dir peinlich?«, fragte Dante mit einem Grinsen. Ihm war es egal, dass die Leute ihn anstarrten, als wäre er eine lebendig gewordene Anomalie. Er fuhr mit der Hand über die abrasierte Stelle an seinem Kopf. Kaum merklich zog er die Augenbrauen zusammen, als er den leichten Ansatz neuer Haare ertastete. Dieses wuchs, wie bei allen Wesen, auch bei Dämonen ungewöhnlich schnell.

»Du bist mir nicht peinlich«, stellte Light klar. »Es sind diese Leute.« Sie löste ihren Blick von den Mädchen und atmete tief ein. »Kaufen wir zuerst die Haarfarbe. Ein Rasierer wäre auch nicht schlecht und ein Deo. Haargel?« Light kräuselte die Lippen. »Weißt du was, wir schauen einfach, was du brauchen kannst.« Sie nahm sich einen der Körbe, die am Eingang der Drogerie standen.

Gemeinsam schlenderten sie durch die langen Gänge und blieben vor einem Regal stehen, das bis zur Decke reichte. Hunderte Haarfarben säumten nach Marken sortiert die Bretter. »Welche Farbe?«, fragte Light.

Dante hatte die Arme vor der Brust verschränkt. Sein Gesichtsausdruck war lustlos und zeugte von Desinteresse. »Nimm, was immer dir gefällt.«

Light seufzte. »Was ist deine Naturhaarfarbe?«

Er nahm eine Packung aus dem Regal und stellte sie an eine andere Stelle, um die Ordnung durcheinanderzubringen. »Ich wüsste nicht, was dich das angeht«, sagte er und grinste schief. »Außerdem hast du mich nackt gesehen. Du solltest wissen, welche Haarfarbe ich habe.«

Light schnappte nach Luft. »Ich hab dich von hinten nackt gesehen. Das heißt noch lange nicht –« Sie verstummte, als sie den schockierten Blick einer älteren Verkäuferin auffing, die wenige Meter entfernt die Regale auffüllte. »Sag mir einfach deine Haarfarbe«, zischte Light. »Oder ich such dir eine aus. Deine Entscheidung. Dann färbe ich dich blond.«

»Damit ich so aussehe wie du? Nein danke.« Zielstrebig, als hätte er sich schon längst entschieden, griff Dante nach einem sehr dunklen Kastanienbraun und ließ es in den Korb fallen. »Zufrieden?«, fragte er mit einem genervten Stöhnen und schob die Hände in die Hosentaschen.

»War das so schwer?« Light rieb sich über die Stirn. »Du möchtest nicht hier sein, das verstehe ich, aber je mehr du dich dagegen wehrst, desto länger dauert es. Sei etwas kooperativ und wir sind in zwei oder drei Stunden fertig. Einverstanden?« Sie sah zu Dante auf, dessen schwarze Augen sie aufmerksam beobachten. Langsam beugte er sich zu ihr. Ihr Herz machte einen Satz und ihr Atem stockte. Sein Gesicht war nur noch wenige Zentimeter von ihrem entfernt. Er roch nach Holz, Wald und einem Hauch süßer Marmelade.

»Wer hat gesagt, dass ich es eilig habe?« Sein Blick glitt über Lights Lippen.

»Hast du nicht?« Light schluckte hart. Es waren nicht seine Worte, die sie nervös machten, sondern seine Nähe. Die Art, wie sein Atem ihre Haut streifte. Die Art, wie er sie musterte, als wäre sie etwas Wunderschönes, das nur darauf wartete, zerstört zu werden. Plötzlich musste Light an ihre Wette denken und trat einen Schritt zurück. Mit beiden Händen umklammerte sie den Korb, in der Hoffnung, er würde das Zittern ihrer Hände nicht bemerken. »Suchen wir einen Rasierer für dich«, verkündete sie, um das Gespräch in eine andere Richtung zu lenken. Dantes Grinsen wurde breiter, aber anstatt Widerworte zu leisten, rieb er sich nur sein stoppeliges Kinn.

Knapp eine Stunde später und fünfzehn Gänge weiter fanden Light und Dante sich an der Kasse wieder. Die Schlange vor ihnen wurde kürzer, so dass Light damit begann, die Einkäufe auf das Kassenband zu legen. Sie runzelte die Stirn. »Also, das habe ich nicht in den Korb gelegt.« Sie hielt eine kleine silberne Schachtel in der Hand. Fragend sah sie zu Dante. »Warst du das?«

»Natürlich. Du wolltest alles einkaufen, was ich gebrauchen könnte.« Er zuckte mit den Schultern.

»Für was brauchst du – schon klar.« Light legte die Packung Kondome auf das Band. Der Kauf war ihr peinlich, und sie hoffte inständig, dass ihr Dad nicht darauf bestehen würde, die Quittung zu sehen. Light zahlte und ließ den Kassenzettel zur Sicherheit liegen.

»Wow, das war dir peinlich, oder? Du bist ganz rot im Gesicht«, bemerkte Dante mit einem schelmischen Grinsen im Gesicht. Light starrte ihn mit glühenden Wangen an, unfähig zu antworten. Schweigend wandte sie Dante den Rücken zu und marschierte zielstrebig in Richtung Rolltreppe.

Nach neunzig Minuten und vier Läden, um 560 Dollar ärmer und mit schmerzenden Füßen fand Light sich in einem der selten gewordenen CD-Läden wieder. Sie stand zwischen den Regalen *Pop und Rock bis 2020*, während Dante den *Metal*-Stand durchwühlte. Bepackt mit den gesamten Einkäufen beobachtete Light Dante dabei, wie er einen stetig wachsenden Stapel an CDs neben sich auftürmte. Sie war froh darüber, dass ihr Dad noch einen alten CD-Spieler hatte und ihnen so zumindest der Weg in ein Antiquariat erspart blieb. Denn sie hatten noch immer keine Klamotten für Dante, dafür alle möglichen Hygieneprodukte, ein Handy und seine Schulunterlagen.

»Du hörst wohl sehr gerne Musik«, bemerkte Light, die anfing sich zu langweilen.

»Manchmal«, erwiderte er, ohne sie anzusehen ,und legte eine weitere CD auf den Stapel.

»Glaubst du nicht, du hast langsam genug?« Light sehnte sich nach einer warmen Dusche, aber sie wusste, dass Dante noch ein paar neue Hosen und Shirts brauchte. Schmerzhaft ließ sie ihre Schultern kreisen.

Dante hob seinen Blick. Schulterzuckend schob er die Hülle, die er gerade in den Händen hielt, zurück in das Regal. »Wie du willst. Die hier reichen mir vorerst.« Vorerst? Light sparte sich ihren Kommentar und folgte Dante zur Kasse. Es herrschte reger Betrieb, so dass es fast zehn Minuten dauerte, bis sie endlich an der Reihe waren. Light drückte Dante einige der Einkaufstaschen in die Hand und suchte nach ihrem Geldbeutel.

»98,16 Dollar«, verkündete der Junge an der Kasse. Light reichte ihm einen Hundertdollarschein und steckte das Rückgeld in die kleine Trinkgelddose. Sie sortierte ihre Taschen neu und gab Dante einen leichten Schubs in Richtung Ausgang. Er zischte sie an, ging aber vorwärts, bis ein schrilles Piepen die anderen Kaufhausgeräusche zerriss. Der Ton war durchdringend und schmerzte in den Ohren. Verdutzt sah Light sich um, doch erst als der Wachmann vor ihnen stand, wurde ihr klar, dass das Warnsignal der Diebstahlsicherung ihr galt.

»Könntest du bitte deine Taschen ausleeren«, sagte der Wachmann, der in seiner blauen Uniform vor ihr aufragte. Lights Blick glitt zu Dante, dessen Mundwinkel amüsiert zuckten. Sie stellte ihre Taschen auf den Boden und ballte die Hände zu Fäusten. Wie konnte er ihr das antun, nach allem, was sie für ihn getan hatte?

Die Minuten – oder waren es nur Sekunden? –, in denen der Wachmann ihre Taschen durchsuchte, erschienen Light endlos. Nervös kaute sie auf ihrer Unterlippe und ihre Fingernägel drückten sich schmerzhaft in die Haut ihrer geballten Hände, während Dante vergnügt neben ihr stand.

»Ich muss dich leider bitten mit mir zu kommen«, sagte der Wachmann schließlich. Er stopfte alles zurück in die Taschen und brachte sie zu einer Tür mit der Aufschrift: *Privat! Betreten verboten*. Light deutete Dante, auf sie zu warten, und folgte dem Wachmann.

Hinter der Tür lag ein kleines Zimmer, in dessen Mitte ein Tisch mit vier Stühlen stand. Einige Monitore an der Wand zeigten das Bildmaterial der Überwachungskameras aus dem Laden. Davor saß ein etwas älterer Mann, ebenfalls in blauer Uniform.

»Setz dich«, deutete der jüngere Wachmann ihr. »Wie ist dein Name?«

»Light Adam.« Sie wühlte in ihrer Handtasche herum und reichte ihm ihren Ausweis.

»Also gut, Light Adam, könntest du mir sagen, wie das hier in deine Tasche gekommen ist?« Er legte eine eingeschweißte SD-Movie-Card auf den Tisch – den Datenträger, der die DVD vor zehn Jahren endgültig abgelöst hatte. Das Cover trieb Light die Schamesröte ins Gesicht. »Laut Ausweis bist du erst siebzehn und damit viel zu jung, um dir derartige Filme anzusehen.«

Light hätte sich am liebsten in ein tiefes Loch vergraben. »Es tut mir leid.«

Der Wachmann rieb sich über die Stirn. »Hör zu, ich muss jeden Diebstahl zur Anzeige bringen, aber mein Gefühl sagt mir, dass nicht du es warst, die diesen Film eingesteckt hat.« Für den Bruchteil einer Sekunde zuckten seine Augen in Richtung Tür.

Light schob die SD-Movie-Card, deren Anblick sie nicht ertragen konnte, auf die Seite. »Bitte, machen Sie eine Ausnahme, nur dieses eine Mal. Ich bin seine Delegierte und wir kennen uns erst seit gestern. Wir haben noch ein paar Schwierigkeiten, die wir aus dem Weg räumen müssen. Ich habe nicht vorgehabt etwas zu stehlen und Dante wollte mich damit nur ärgern. Bitte«, flehte sie.

Der Wachmann spannte seinen Kiefer an. »Er ist dein Paranormaler?«

Light nickte. »Ja, es gab einen Fehler im System und ... und bitte lassen Sie uns gehen.«

Voller Mitleid sah er sie an und blickte zu seinem Kollegen, der nur noch halb den Monitoren zugewandt war. »Was sagst du dazu, Steve?«

»Ich würde sie gehen lassen.« Er zuckte mit den Schultern. »Die Kleine hat mit ihrem Wesen genug Ärger am Hals. Allerdings solltest du das lieber mit dem Geschäftsführer absprechen, Michael.« Damit widmete er sich wieder voll und ganz seinen Bildschirmen.

Fünf Minuten später fand sich der Geschäftsführer ein, ein Respekt einflößender Mann im höheren Alter. Er begrüßte Light mit einem gemurmelten »Guten Tag« und setzte sich auf einen der Stühle. Schweigend und mit ausdrucksloser Miene hörte er sich ihre Geschichte an. »... daher bitte ich Sie, auf eine Anzeige wegen Diebstahl zu verzichten«, schloss Light ihren Monolog ab. Das Herz raste in ihrer Brust, und ihre Hände waren so feucht, wie bei ihrer Delegation. Sie konnte nicht glauben, dass diese erst einen Tag her war.

»In Ordnung, dieses eine Mal lassen wir dich gehen«, sagte der Geschäftsführer. »Mein Bruder ist selbst Delegierter, und ich weiß, wie schwer ihr es manchmal mit euren Wesen habt.« Mit diesen Worten verabschiedete er sich und schob seinen Stuhl zurück. Als er durch die Tür verschwand, erhaschte Light einen Blick auf Dante. Die Erleichterung, die sie eben noch verspürt hatte, machte Platz für ihre Wut. Wie konnte er nur?

Light wollte ihn anschreien. Sie wollte ihn schlagen. Sie wollte losheulen und sich ihrem Frust hingeben, aber sie tat nichts davon. Der Wachmann nickte ihr kurz zum Abschied, als sie das Büro verließen, und widmete sich wieder seiner Aufgabe – herumstehen.

Dante lehnte gegen die Wand und beobachtete sie aus seinen schwarzen Augen. Light reckte ihr Kinn in die Höhe, um größer zu wirken. Zielstrebig, mit sicheren Schritten, steuerte sie auf ihn zu. Er sollte nicht das Gefühl bekommen, ihrem Ego auch nur den geringsten Riss verpasst zu haben. Mit all ihrer angestauten Wut ließ sie die Einkaufstaschen vor Dante auf den Boden fallen. »Trag deinen Mist selbst«, befahl sie mit strenger Stimme und ging an ihm vorbei.

Schweigend folgte er ihr, dabei spürte sie seinen intensiven Blick auf ihrem Rücken. Es war wie eine unsichtbare Spannung, die Light wissen ließ, dass er da war, auch wenn sie seine Schritte nicht hören konnte. Das elektrisierende Kribbeln seiner Anwesenheit zog sich bis in ihre Fingerspitzen.

»Wieso haben sie dich gehen lassen?«

Ihr Zorn ließ Light erzittern. »Einfach so.«

»Was hast du ihnen erzählt?«, bohrte Dante nach.

»Ich musste ihnen überhaupt nichts erzählen. Kaum war ich mit dem Wachmann alleine, hat er seine Vermutung geäußert, dass du Idiot der Dieb bist und nicht ich.« Light drehte sich zu Dante und bohrte ihren Zeigefinger in seine Brust. »Was hast du dir eigentlich dabei gedacht? Denkst du denn überhaupt nicht nach? Was, glaubst du, stellen sie mit dir an, wenn du eine Anzeige wegen Diebstahl bekommst? Verbringst du deine Zeit lieber in der Strafkolonie als mit mir? Hasst du mich wirklich so sehr? Oder ist es dein reiner Selbsthass, der dich antreibt?«

Dante zog die Augenbrauen zusammen. Etwas ungeschickt stieß er ihre Hand weg. »Muss ich dich daran erinnern, dass ich ein Dämon bin und versuche, eine Wette zu gewinnen?«

Light verschränkte die Arme vor der Brust, seufzte und ließ sie wieder sinken. »Du musst mich nicht daran erinnern, was du bist. Und was die Wette betrifft: Tu, was du für nötig hältst, um sie zu gewinnen, aber bitte bring dich dabei nicht selbst in Gefahr. Ich möchte nicht, dass man dich irgendwo einsperrt.«

Amüsiert schüttelte Dante den Kopf. »Du bist wirklich eigenartig, Light Adam.« Er machte einen Bogen um sie. Light starrte ihm hinterher, bis sie sich wieder gefangen hatte und ihm folgte. Was meinte er mit *merkwürdig*? War das etwas Gutes oder etwas Schlechtes?

Als sie das Schild »Ausgang« erblickte, war die Verlockung groß, nach Hause zu fahren und Dante am Montag mit schmutziger Kleidung in die Schule gehen zu lassen. Er hätte es verdient, doch trotz ihrer Wut war sie noch immer seine Delegierte und musste sich um ihn kümmern.

Kurz darauf blieb Light vor *Waterstone* stehen, einem Laden, in dem besonders Studenten gerne einkauften. Ein Blick in das Sortiment verriet Light, dass die Klamotten weder zu jugendlich, zu bunt, zu flippig, zu – »Was hältst du von diesem hier. Sieht doch ansprechend aus, oder?«

Dante musterte das Schaufenster und dachte kurz nach. »Ein Versuch ist es wert.«

»Schön«, seufzte Light, erleichtert einen Laden gefunden zu haben, der von Dante wenigstens eine Chance bekam. »Wie möchtest du vorgehen?« Sie sah zu Dante, der gedankenverloren ein Shirt nach dem anderen aus einem Ständer zog.

»Nehmen, was mir gefällt. Zahlen. Gehen.« Seine Hände hielten ein sehr einfaches langärmliges Shirt in die Höhe, von dem Light wusste, er würde gut darin aussehen.

»Du musst die Sachen anprobieren. Vielleicht wäre es sinnvoll, mit den Hosen –«

»Ich soll alles anprobieren, bevor wir es kaufen?« Er legte das Shirt zurück auf seinen Platz.

»Natürlich«, erwiderte Light gereizt. »Wie sollen wir sonst wissen, ob es passt?«

Dante schürzte die Lippen. »Augenmaß?«

Eine Verkäuferin in eng geschnittenen Jeans kam auf sie zu. Ihr braunes Haar war noch kürzer geschnitten als das von Light. »Mein Name ist Ava. Kann ich euch beiden behilflich sein?«, fragte sie mit einer freundlichen Stimme, wie sie nur eine Verkäuferin haben konnte. Sie war Light sympathisch, denn sie starrte Dante weder an noch ignorierte sie ihn.

»Wir suchen neue Klamotten für ihn«, erklärte Light lustlos und sah sich nach einem Platz zum Hinsetzen um.

»Klamotten«, wiederholte die Verkäuferin verständnislos. »Was für Klamotten sucht ihr denn?«

Light biss sich auf die Unterlippe. »Alles. Er hat nichts – gar nichts. Wir brauchen genug, dass er die nächsten acht Wochen gut über die Runden kommt, ohne nach Schweiß zu riechen.«

»Oh, okay.« Ava drehte sich zu ihrem Kollegen um, um ihm zu sagen, dass es länger dauern könnte. Ihr Kollege – Matt – nickte und Ava wandte sich wieder Dante zu. »Gehen wir strategisch vor, und beginnen wir mit dem, was man zuerst anzieht: Unterwäsche – und Socken. Socken sollten kein Problem sein. Welche Schuhgröße hast du?«

Schief grinste Dante sie an und wackelte mit den Zehen in seinen alten, abgetragenen Schuhen. »Ich weiß nicht. Groß?«

»Ich hole eben das Messgerät.« Bevor Light Ava sagen konnte, dass Dante nur scherzte, verschwand sie hinter einer Tür, die als »Privatraum« gekennzeichnet war. Kurze Zeit später huschte sie mit einem Messgerät wieder in den Laden. »Zieh bitte deine Schuhe aus«, forderte sie Dante auf und kniete sich vor ihm auf den Boden. Sein Blick glitt in ihren Ausschnitt, während er sich die Schuhe von den Füßen streifte.

»Fünfundvierzig bis sechsundvierzig. Wirklich groß.« Sie lächelte ihn an – er sah ihr nicht in die Augen. Sie brachte das Gerät zurück in den Raum, bevor sie gemeinsam in die Unterwäscheabteilung gingen. Zuerst suchte Ava einige Socken aus, die Dante – zu seiner Freude – nicht anprobieren musste. Sie wanderten direkt in den Warenkorb.

»Eine davon musst du aber anprobieren.« Ava reichte Dante eine graue Short und zwinkerte ihm zu. »Wir wollen ja nicht, dass irgendetwas Großes keinen Platz hat.« Dante lächelte anzüglich und verschwand in der Umkleidekabine. Light ließ sich auf einen Stuhl sinken. Sie war es leid zuzusehen, wie Dante die Verkäuferin angaffte. Mit einem Seufzer zog sie ihre Tasche auf den Schoß und drückte sie fest gegen ihre Brust, denn in dieser spürte sie ein Stechen, das dort nicht hingehörte.

7. Kapitel

»Delegierte und Paranormale Bürger haben das Recht, Gemeinschaften zu gründen. Ausgenommen sind rechtswidrige Vereinigungen mit dem Ziel, das politische System negativ zu beeinflussen.«
(Buch der Delegation, Artikel 4)

Ava hatte die bisherige Auswahl mit einer tragbaren Kasse eingescannt, die einer Pistole ähnelte. »Ihr seid bisher bei einem Preis von 64 Dollar und 86 Cent. Ab einem Einkaufswert von 150 Dollar bekommt ihr 5 Prozent Rabatt.« Light hatte keinen Zweifel daran, dass sie die 150 Dollar bei weitem überschreiten würden. »Kümmern wir uns um deine Hosen«, sagte Ava an Dante gewandt. »Wollen wir uns auf lange Hosen beschränken oder auch kurze?«, fragte sie Light.

»Lange Hosen.« Light dachte an die Wärme, den Sommer und dass Dante dann nicht mehr bei ihr wäre. Nur noch acht Wochen. Dann würde sie ein Wesen bekommen, das besser zu ihr passte, und Dante hätte einen Delegierten, der seinen Ansprüchen gerecht wurde. Einen Delegierten, mit dem er seine gestohlenen Pornos ansehen konnte.

»Ich finde, die Hose, die du trägst, steht dir.« Ava musterte Dante. »Vielleicht sollten wir nach so einer suchen, nur ohne Dreck und Löcher.« Sie nahm das Flying-Board, das am Regal lehnte, um die höher gelagerten Jeans zu erreichen. Das Bord, das in etwa die Größe einer Personenwaage hatte, gab ein brummendes Geräusch von sich, als es sich langsam durch die Luft bewegte und Ava die Hosen einsammelte, von denen sie dachte, sie würden Dante gefallen.

»Ich hab keine Lust.« Dante stellte sich mit verschränkten Armen vor Light und versperrte ihr den Blick auf Ava, die ihr gerade eine Hose zeigen wollte. »Lass uns einfach ein paar Sachen in den Korb schmeißen und verschwinden.«

»Probier die Hosen und Shirts an, dann laufen wir nicht Gefahr, am Montag noch einmal kommen zu müssen, um die Sachen umzutauschen«, erklärte sie.

Dante verzog die Lippen. »Nein danke. Ich möchte lieber gehen. Ich langweile mich.«

»Ach, und wenn wir daheim sind, langweilst du dich weniger?« Light zog die Brauen zusammen.

»Ich möchte gehen«, wiederholte Dante mit Nachdruck.

Light wand sich. Sie fühlte sich unwohl dabei, Dante die Stirn zu bieten. »Hör zu, was ich sage, widerspricht allem, was ich je in der Schule gelernt habe.« Sie holte tief Luft. »Du probierst die Sachen an und als Gegenleistung dafür bekommst du von mir fünfzig Dollar.«

»Hundert.«

»Nein. Fünfzig.«

»Hundert.«

Light seufzte. Er würde nicht aufgeben. »In Ordnung, hundert Dollar, wenn du dich anständig benimmst und die Klamotten, ohne zu meckern, anprobierst.« Sie streckte ihm die Hand entgegen, um ihre Abmachung zu besiegeln.

Ihre Haut kitzelte, als Dante ihre Finger berührte und gerade als sie sich zurückziehen wollte, packte er entschlossen ihr Handgelenk. Erschrocken keuchte Light, als er sie an sich zog.

Sie prallte gegen seinen Oberkörper. Noch bevor sie realisieren konnte, was geschehen war, beugte er sich zu ihr. »Hundert Dollar, und ich möchte, dass du jede Nacht neben mir schläfst«, sagte er mit tiefer Stimme, die Light einen Schauer über den Rücken trieb. Sie versuchte nicht, sich seinem Griff zu entziehen. »Nicht dass du eine Wahl hättest. Ich würde ohnehin zu dir kommen, aber ich möchte, dass du neben mir schläfst, ohne jedes Mal eine große Nummer daraus zu machen.«

Light biss sich auf die Lippe. »Das kannst du nicht von mir verlangen.«

»Und ob ich das kann«, zischte Dante.

»Ich geb dir zweihundert Dollar«, versuchte Light ihn zu bestechen.

Er lachte. »Du kannst dein Geld auch ganz behalten und ich verschwinde für immer aus deinem Leben. Das wäre mir genauso recht.« Seine Worte trafen Light hart. Ein Kloß bildete sich in ihrem Hals und Tränen stiegen ihr in die Augen. Sofort kniff sie ihre Lider zusammen. Sie wollte sich nicht die Blöße geben, vor Dante zu weinen und somit ihre Wette zu verlieren. Sie schüttelte den Kopf, um einen klaren Verstand zu bekommen.

»In Ordnung. Hundert Dollar und wir teilen uns das Bett«, murmelte sie und schaute zu Boden.

»Bei euch alles in Ordnung?« Ava war von dem Flying-Board gestiegen und hielt einen Stapel Hosen in den Händen. Sie schien sich Sorgen zu machen. »Soll ich euch einen Moment alleine lassen?«

»Nicht nötig«, antwortete Dante. »Light und ich haben nur über das Mittagessen geredet.«

Light blinzelte. »Wir wollen thailändisch essen«, erklärte sie, um Ava zu täuschen. Diese öffnete den Mund, um etwas zu erwidern, schloss ihn jedoch wieder, bevor sie ihn erneut öffnete. »Hier sind die Hosen«, sagte sie mit ihrem freundlichsten Verkäuferlächeln. Sie legte den Stapel auf einen der Stühle und zog die oberste Hose hervor. »Diese ist aus der letzten Wintersaison. Sie ist sportlich geschnitten, aber mit einem weißen Hemd auch für feierliche Anlässe perfekt geeignet. Der dunkelblaue Stoff ist überaus strapazierfähig und fühlt sich sehr bequem an. Fühlt mal.« Sie streckte ihnen die Hose entgegen. Der Stoff war wirklich weich, und ohne Widerspruch nahm Dante die Hose entgegen, um sie anzuprobieren.

Plötzlich erfüllte ein fürchterlicher Schrei die Luft. Dante krümmte sich, sein Gesicht war eine Maske aus Schmerz. Tränen standen ihm in den Augen. Er stieß Ava vor die Brust und taumelte rückwärts. Er ließ die Hose fallen und seine Hand presste er fest gegen den Körper. Unsicher auf den Beinen wankte er weiter zurück und stolperte über den Warenkorb. Mit den Armen rudernd versuchte er das Gleichgewicht zu halten, dennoch stürzte er unsanft zu Boden. Sein ganzer Körper zitterte. Jeder im Laden starrte ihn an. Regungslos und schockiert.

Lights Starre löste sich zuerst. »Dante!« Sie trat näher an ihn heran. Er sah sie nicht an. Sein Blick war fest auf die Hand gerichtet. Seine Atmung war schnell und unregelmäßig. Langsam, um ihn nicht zu verschrecken, kniete Light sich neben ihn. Sanft berührte sie seine Schulter. »Lass mich sehen.« Ohne Widerworte legte Dante seine Hand in ihre. Seine Fingerspitzen waren kühl und in der Mitte seiner Handfläche prangte eine fleischige Wunde. Es floss kein Blut, aber Brandblasen hatten sich um die Wunde gebildet, die aussah, als hätte man eine toxische Säure über ihn gekippt. Unter der dünnen Haut glaubte Light seine

Knochen hindurchschimmern zu sehen. Unweigerlich musste sie würgen. Sie presste die Lippen zusammen, stellte aber fest, dass es noch viel schlimmer war, durch die Nase zu atmen. Der Gestank von verbranntem Fleisch lag in der Luft. »Wie ist das passiert?«

»Gold.« Dantes Stimme zitterte ebenso wie seine Hand. »Ava trägt einen Ring aus Gold. Dämonen vertragen kein Gold. Das ist reinstes Gift für uns.« Er schloss die Augen und versuchte sich wieder unter Kontrolle zu bringen. Schweiß trat auf seine Stirn.

Der Schock löste sich aus Lights Gliedern und sie griff nach ihrer Handtasche. Hektisch wühlte sie nach ihrer Wasserflasche und nahm eine Boxershort vom Boden. »Ava, habt ihr was für Brandverletzungen?«, fragte Light, noch während sie den Stoff mit Wasser tränkte. Abwesend nickte Ava und wankte in Richtung des Privatraumes. »Ich werde das Tuch auf deine Hand legen. Es wird brennen, bevor es besser wird«, sagte Light zu Dante. Sie legte die durchnässten Shorts auf seine Wunde und hielt seine Hand, damit er sie nicht zurückziehen konnte. Er biss die Zähne zusammen, als der feuchte Stoff seine Haut berührte. Sie konnte nur erahnen, was für Schmerzen er hatte. Gold war schädlich für Dämonen und Silber für Vampire und Werwölfe, das hatte man ihr beigebracht.

Ava kam zurück und reichte Light eine kleine Sprühdose mit dem Aufdruck »Drachenspray«. Drachen waren seit Hunderten von Jahren ausgestorben. Vereinzelt hatten Magier Drachenspeichel aufgehoben, um damit Brandwunden zu heilen. Der Wissenschaft war es gelungen, die chemische Zusammensetzung des Speichels so zu kopieren, dass der günstige Ersatz aus der Dose eine fast ebenso effektive Wirkung hatte.

»Danke«, sagte Light und schüttelte die Dose. »Bist du bereit?«

Mit zusammengebissenen Zähnen nickte Dante stumm. Light zog das Tuch vorsichtig von seiner Hand, um die verätzte Haut darunter nicht zu verletzen. Brandblasen quollen aus dem Fleisch und eine leicht eitrige Flüssigkeit trat aus den offenen Bläschen hervor. Light presste die Lippen zusammen und schüttelte das Spray ein letztes Mal, bevor sie es gleichmäßig auf seiner Handfläche verteilte.

Die Heilung setzte sofort ein. Die kühlende Wirkung des Drachensprays entlockte Dante einen Seufzer. Die Wunde hörte auf zu nässen. Die kleinen Blasen bildeten sich zurück, und die große Wunde versiegelte sich, so dass es aussah, als wäre sie schon ein paar Stunden oder sogar Tage alt.

»Besser?«, fragte Light und reichte Ava die Dose. Sie ließ Dantes Hand nicht los.

Dante nickte. »Besser«, bestätigte er. Wärme kehrte in seine Hand zurück. Er versuchte aufzustehen, aber seine Beine waren noch nicht bereit dafür. Light griff ihm unter die Arme, um ihn zu stützen, obwohl ihr kleiner Körper ihm kaum Halt geben konnte. Gemeinsam gingen sie zu den Stühlen. Schwer atmend setzte sich Dante.

»Willst du etwas trinken?« Light hielt ihm die Flasche vor die Nase. Dankend nahm er an. Er zuckte zusammen, als seine verletzte Handfläche die Flasche berührte. Wasser tropfte ihm auf die Brust, als er gierige große Züge nahm.

»Es tut mir so leid«, sagte eine Stimme hinter ihnen. Es war Ava. »Ich wollte das nicht. Ich habe überhaupt nicht daran gedacht, dass Gold für Dämonen schädlich ist. Es ... tut mir leid.« Ihre Entschuldigung klang ehrlich und war voller Reue.

Dante sah Ava nicht an, als er antwortete. »Sobald es mir besser geht und wir hier weitermachen, nimmst du den Ring ab«, sagte er ruhig. Ihre Entschuldigung würdigte er mit keinem Wort. »Gebt mir noch zehn Minuten.«

»Wäre es nicht besser, wenn wir am Montag weitermachen?«, fragte Light besorgt.

»Es war nur ein Ring«, zischte Dante. Doch seine rot unterlaufenen Augen straften ihn Lügen. Es war weitaus mehr als nur ein Ring. Er hatte Schmerzen und war zu stolz, es zuzugeben. Light seufzte und setzt sich auf den Stuhl neben ihm.

»Lässt du uns bitte für zehn Minuten alleine?«, bat sie Ava. Diese nickte verständnisvoll und ging zu Matt, der das Geschehen vom Tresen aus beobachtet hatte. Light schnappte Worte wie »Versicherung« und »verklagen« auf, doch sie hatte andere Sorgen. Sie wandte sich Dante zu, der gekrümmt auf seinem Stuhl kauerte. Sie griff nach seiner verletzten Hand, die mit der Wunde nach oben auf seinem Knie ruhte. Ihre Finger strichen über die unverletzte Haut und über sein Handgelenk. »Mir tut es auch leid, dass das passiert ist. Kein Tag ist vergangen und du verletzt dich. Ich bin eine schlechte Delegierte.«

»Schwachsinn!« Dante entzog ihr seine Hand. »Du bist keine schlechte Delegatin. Es war ein Unfall. Wenn jemand die Schuld trägt, dann diese Verkäuferin. Wenn sie weiß, dass es Wesen gibt, die kein Gold vertragen, dann sollte sie auch keinen Goldschmuck tragen. Nicht in ihrem Job.« Eine Bitterkeit, die Light nicht verstehen konnte, schwang in seinen Worten mit. Er wandte seinen Blick ab, so dass Light nur sein Profil sehen konnte. Seine Nase war eine gerade Linie, fast zu perfekt für ein Männergesicht, und seine Lippen wirkten selbst aus dieser Perspektive voll. Er sah gut aus, jung und kaum älter als sie, obwohl er vermutlich schon ein paar Jahrzehnte oder Jahrhunderte lebte. »Dante? Wie alt bist du?«

Er blinzelte sie an. »Wieso fragst du?«

»Nur so.« Light zuckte mit den Schultern. »Ich habe gehört, ihr Dämonen werdet sehr alt.«

Arrogant lächelte Dante sie an. »Hat dein toller Rat dir keine Informationen über mich gegeben?«

»Hätten wir die Delegationsveranstaltung nicht zu früh verlassen, hätte ich deine Daten«, antworte Light schnippisch. Sie selbst hatte gar nicht mehr an den Datenträger gedacht. »Also, wie alt bist du?«

»Wie alt schätzt du mich?«, fragte er neckisch und seine schwarzen Augen fanden ihre.

Mit der Zunge fuhr sich Light über die trockenen Lippen. »Zweihundert?«

Dante schnaubte. »Streich eine Null.«

»Zwanzig? Du bist erst zwanzig Jahre alt?« Sie ließ ihren Blick noch einmal über sein Gesicht gleiten. Wie schon des Öfteren stellte sie auch dieses Mal fest, dass seine Züge jugendlich wirkten, aber nie wäre sie auf die Idee gekommen, dass er wirklich erst zwanzig Jahre alt war. Er war nur ein Jahr älter als Jude. Kane war hundertfünfzehn.

»Auch Dämonen müssen erst einmal geboren werden und fangen jung an«, sagte Dante.

»Wieso war deine Familie nicht bei der Delegation?« Aus ihren Schulbüchern wusste Light, dass es üblich war, dass die Wesen von ihren Eltern begleitet wurden, wenn es ihre erste Delegation war. Denn auch für die Wesen war es ein ganz besonderer Tag im Leben.

»Darf ich dich daran erinnern, dass ich ein Flüchtling bin, der sich der Delegation entzogen hat? Meine Eltern – mein Vater – ist wie ich. Glaubst du wirklich, so jemand kommt zur Delegation seines Sohnes?« Dante ließ seine Schulter hängen. »Sei froh, dass er nicht da war, vermutlich hätte er aus Spaß den Bürgermeister erschossen.«

Light neigte den Kopf. Hatte sie ihn eben richtig verstanden? »Wie meinst du das?«

»Ich meine es so, wie ich es sagte. Mein Vater kennt keine Gnade. Er ist gegen die Delegation und das ganze System. Wir Wesen werden von euch Menschen unterdrückt und werden wie Kinder behandelt«, sagte er bitter und fuhr sich mit der gesunden Hand durch das Haar. »Er hasst euch, noch weit mehr, als ich euch Menschen hasse. Weshalb hätte er zu meiner Delegation kommen sollen?«

Light kaute nervös auf ihrer Unterlippe. »Es tut mir leid, dass ihr beide so denkt.«

»Es muss dir nicht leidtun. Es ist nicht deine Schuld, dass das System scheiße ist.«

»Das System ist nicht scheiße.« Es war die Delegierte, die aus Light sprach. »Zwischen Menschen und Wesen muss es Vermittler geben. Wir Delegierten dienen den Menschen als Vorbild, damit sie lernen, mit den Wesen umzugehen. Sie müssen verstehen, dass ihr zwar anders, aber nicht besser oder schlechter seid als sie.«

»Das hast du schön gesagt«, spottete er und senkte seine Stimme, dass nur sie ihn hören konnte. »Das Problem ist, die Censio wird es nicht interessieren, was du oder irgendein anderer Mensch denkt. Für sie ist und bleib die Delegation eine legalisierte Form des Sklavenhandels. Wir, die Wesen, werden aus unseren Familien gerissen. Von Mensch zu Mensch gereicht.« Verächtlich schnaubte er und blickte sich um, als würde er sich versichern wollen, dass niemand ihnen lauschte. »Ihr seid jünger, unerfahrener, schwächer, und dennoch sollt ihr auf uns aufpassen und dafür sorgen, dass wir wohlbehütet leben können.«

Light blieb stumm. Sie schloss ihre Augen für einen Moment, und als sie sie wieder öffnete, sah sie in Dantes glühende Dämonenaugen. »Ihr, du und dein Vater, seid Mitglieder der Censio?«, fragte Light, verunsichert.

»Mein Vater ist Mitglied. Ich war Mitglied, bevor die Delegierten in unser Versteck kamen.« In Dantes Gesicht spiegelte sich keine Emotion. Ein Schauer lief Light über den Rücken. Dante war ein Dieb, doch die Censio waren Mörder. Gehörte Dante wirklich zu ihnen?

Fassungslosigkeit spiegelte sich in Lights Gesicht. Fragen über die Censio lagen ihr auf der Zunge, doch bevor sie auch nur eine davon stellen konnte, gesellte sich Ava zu ihr und Dante. »Können wir weitermachen oder braucht ihr noch ein wenig Zeit?«

Ein flüchtiger Ausdruck von Schmerz huschte über Dantes Gesicht, als er aufstand. »Machen wir weiter«, sagte er mit fester Stimme.

Ava lächelte schuldbewusst. »Willst du die Hose von vorhin anprobieren?«

Dantes Blick glitt zu Light. »Gilt unsere Vereinbarung?«

»Natürlich«, seufzte Light. Sie wollte nicht streiten. Über die Folgen ihrer Entscheidung konnte sie später nachdenken. Viel wichtiger war es, Dantes Vertrauen zu gewinnen, um noch mehr über seine Vergangenheit zu erfahren. Wussten die Delegierten, die ihn gefasst hatten, dass er ein Mitglied der Censio war? Anhänger dieser Gruppe wurden für gewöhnlich verhaftet und nicht vermittelt.

»Ich bin gleich wieder da.« Dante grinste und verschwand mit der Jeans hinter dem Umkleidevorhang. Erschöpft vergrub Light das Gesicht in ihren zitternden Händen. Ihre Atmung verfiel in einen unregelmäßigen Rhythmus, während Gedanken über die Censio ihren Kopf fluteten. Dante Leroy und Crispin Leroy. Wieso hatte sie Dante nicht früher danach gefragt? Natürlich waren ihr die identischen Nachnamen aufgefallen, doch nie hätte sie gedacht, dass Dante wirklich der Sohn von Crispin, dem Anführer der Censio, war.

Kühle Finger berührten ihr Handgelenk. »Ist alles in Ordnung mit dir?« Ava wirkte entspannter, jetzt, wo Dante nicht mehr da war.

»Alles bestens. Ich mache mir nur Sorgen um ihn.« Sie nickte in Richtung Kabine.

»Um seine Verletzung? Das wird schon wieder.«

»Ja, um seine Verletzung«, log Light. Was hätte sie sagen sollen? Dass sie sich Sorgen um seine Vergangenheit macht? Dass er früher Mitglied einer der gefährlichsten Widerstandsgruppen war? Und dass sie dennoch den unerklärlichen Drang verspürte, ihn zu beschützen?

Nach kurzer Zeit hatte Dante drei passende Hosen gefunden, und während Ava zwei der Jeans in ihrem Einkaufskorb verstaute, bat Light ihn, eine von ihnen anzubehalten. Seine alten Lumpen ließen sie von Ava entsorgen. Es dauerte noch eine halbe Stunde, bis sie schließlich fertig waren. Zu Lights Freude führte der *Waterstone*-Laden auch ein kleines Sortiment Schuhe. Sie hatten Glück: Dante fand zwei passende Paare, was ihnen einen Ausflug in den Schuhladen ersparte.

»Hier, deine Quittung.« Ava schob den Zettel über den Tresen und Light verstaute das Papier in einer der zahlreichen Tüten. »Einen schönen Tag.« Die Erleichterung in Avas Stimme war deutlich zu hören.

Light griff nach Dantes Hand, um ihm zwei der großen Taschen abzunehmen, während sie den Laden verließen. Im Austausch gegen die Einkäufe drückte sie ihm einen Hunderter in die Hand. »Dein Geld«, sagte sie so leise, dass niemand außer ihm die Worte hören konnte. Kommentarlos schob er den Schein in die Hosentasche. Er trug jetzt ein schwarzes T-Shirt mit einem V-Ausschnitt, aber noch immer keine Jacke. Dämonen empfanden keine Kälte, unter ihrer Haut loderte die Hitze der Hölle.

Immer wieder schielte Light unauffällig in seine Richtung. Obwohl sie nun wusste, wie gefährlich Dantes Gegenwart war, wuchs in ihr der absurde Wunsch, seine warme Haut zu berühren und seinen Körper noch einmal nackt zu sehen. Sie dachte an den vergangenen Morgen und an seine perfekt definierten Muskeln. Sein Körper war schön – *er* war schön –, und das war eine Tatsache, nichts, wofür Light sich schämen müsste. Nur weil sein Äußeres es wert war, bewundert zu werden, bedeutete das nicht, dass auch er selbst perfekt und begehrenswert war.

8. Kapitel

»Paranormale Bürger werden mit Vollendung des 17. Lebensjahres von ihren Eltern gelöst. Sie sind verpflichtet, sich einem Delegierten zuzuordnen oder in der Kolonie zu leben.«
(Buch der Delegation, Artikel 5)

Die Schiebetür vor Light glitt automatisch auf und frische Luft schlug ihr ins Gesicht. Erleichtert atmete sie auf, und obwohl sie kaltes Wetter hasste, freute sie sich über die angenehme Frische, die sich über sie legte. Das angespannte Kribbeln, das Dantes Anwesenheit auf ihrer Haut erzeugte, wich dem prickelnden Stechen der Kälte.

Sie marschierten geradewegs Richtung Bahnstation, als die Schwebebahn einfuhr. Die Menge rannte zu den Eingängen, um einen der seltenen Sitzplätze zu ergattern. Als Light und Dante einstiegen, fanden sie nur einen Stehplatz neben der Treppe, die zur ersten Klasse führte.

Mit einem kaum spürbaren Ruck setzte sich die Bahn in Bewegung. Ein heller Klingelton verkündete, dass nun die Ansage der Haltestellen folgte. Kurz darauf ertönte eine freundliche Frauenstimme aus den Lautsprechern. Light kannte die Worte inzwischen auswendig, und sie leise mitzusprechen war ein Tick, den sie sich mit der Zeit angewöhnt hatte.

Dantes Blick ruhte auf ihren Lippen, die geräuschlos die Worte formten: Everdeen. »Könntest du bitte damit aufhören?«

»Entschuldigung. Angewohnheit.« Light biss sich auf die Innenseite ihrer Wange. Ein Mann mit schwarzem Mantel und tief gezogener Mütze drängte sich an ihnen vorbei. Dantes Muskeln verhärteten sich, und sein Kopf neigte sich zur Seite, als würde er einem Geräusch lauschen, das nur er hören konnte. Angewidert rümpfte er die Nase, und etwas, das Light nicht benennen konnte, blitzte in seinen schwarzen Augen auf.

»Warte hier«, befahl er und folgte dem Mann. Kurz bevor er die Tür zur Toilette erreichte, packte Dante ihn an der Schulter und wirbelte ihn herum. Mit voller Wucht knallte die düstere Gestalt gegen die Wand. Im selben Herzschlag umfasste Dante den Hals des Mannes und drückte zu. Eine Gruppe Jugendlicher wich aufgeregt zurück, um Platz für einen möglichen Kampf zu machen. Ein Mädchen schrie erschrocken auf, während eine Mutter mit Kind hastig die Flucht ergriff.

»Was tust du da?«, schrie Light, nachdem sie den ersten Schock überwunden hatte. Sie ließ ihre Taschen fallen und schlängelte sich durch das volle Abteil, um Dante zu erreichen. Immer wieder entschuldigte sie sich flüchtig bei den Fahrgästen, die sie anrempelte und unsanft gegen die Wände presste. Bei den Toiletten angekommen packte Light Dante an der Schulter und versuchte ihn von dem Mann loszureißen.

»Lass mich«, zischte Dante. Noch im selben Herzschlag riss er dem Fremden die Mütze vom Kopf. Der strohblonde Haarschopf eines Jungen kam zum Vorschein. Dantes Augen weiteten sich. »Ethan.«

Der Junge – Ethan – wirkte ebenso erschrocken. »Dante!« In seiner Stimme lag ein Ton, den Light nicht deuten konnte. Sie hatte das Gefühl, etwas Wesentliches verpasst zu haben.

Dante lockerte seinen Griff, hielt ihn aber weiterhin fest. »Was machst du hier?«

»Lass ihn bitte los.« Light berührte Dantes Arm, aber er ignorierte sie und starrte Ethan wütend an. Die anderen Passagiere wurden unruhig. Einige von ihnen hatten bereits ihr Handy gezückt, um die Polizei zu informieren. Andere wiederum hielten Ausschau nach einem Bahnangestellten.

»Die Frage ist wohl eher: Was machst *du* hier?«, sagte Ethan. Seine Augenlider zuckten nervös. »Offizier Leroy sucht nach dir.«

»Natürlich sucht er nach mir, ich bin sein Sohn. Also, wieso bist du hier?«

Ethan schluckte schwer. »Offizierin Ash hat mir einen Auftrag gegeben.«

»Einen Auftrag?«, wiederholte Dante. »Was für einen Auftrag?«

Ethan packte Dantes Arm und versuchte ihn wegzudrücken, doch er bewegte sich keinen Millimeter. Schließlich gab Ethan auf. »Gasflaschen. Wir haben im Zug Gasflaschen montiert, ich war gerade auf den Weg, sie zu entzünden.« Erstickend keuchte er auf, als Dante ihm die Luftröhre abdrückte. Halt suchend ruderten Ethans Hände in der Luft.

Light zerrte an Dante. »Lass ihn los!«

»Du wirst mir zeigen, wo diese Gasflaschen sind«, flüsterte Dante Ethan ins Ohr. »Wir werden sie abmontieren und du wirst von hier verschwinden. Richte Ash aus, dass es keine Anschläge mehr auf diese Zuglinie geben wird. Hast du mich verstanden?« Er lockerte den Griff um Ethans Kehle, aber nur so weit, dass er sprechen konnte. Seine Stimme klang gequetscht und unnatürlich rau. »Ich ... nicht ... Befehle ... dir.« Er begann zu husten und musste gleichzeitig würgen. Dante presste ihn fester gegen die Mauer.

Mit weit geöffneten Augen beobachtete Light das Szenario. »In ... Ordnung«, presste Ethan hervor. »Ich ... zeig ... Gasflaschen.«

Dante ließ ihn los und klopfte ihm auf die Schulter, als wären sie alte Freunde. »Geht doch.« Er wandte sich zu Light um. »Könntest du die Einkäufe nehmen?« Dante klang überraschend freundlich und gutmütig. Im Schock tat Light wie ihr gesagt.

Mit rot unterlaufenen Augen rieb sich Ethan über den Hals. Dante hielt den Stoff seines Mantels fest, als hätte er Angst, Ethan könnte versuchen zu fliehen. Nur wohin hätte er gehen können? So schnell sie konnte, nahm Light die Einkaufstaschen an sich und folgte den beiden. Die Blicke der anderen Fahrgäste waren auf sie gerichtet. Light erkannte die Frau mit dem Kind, die kurz zuvor die Flucht ergriffen hatte, als ein heller Ton verkündete, dass sie schon bald die nächste Haltestelle erreichen würden. »Geh weiter«, forderte Dante. Die Menschenmassen schoben sich ihnen entgegen in Richtung Ausgang. Light kämpfte gegen den Strom aus Händen und Füßen an, bis sie den letzten Waggon erreichten. Dort entdeckte sie die vier Gasflaschen sofort. Paarweise hatte Ethan sie tief unter die letzten drei Sitzreihen geschoben. Waren die Flaschen wirklich unbemerkt geblieben? Oder kam nur ihr das Versteck so offensichtlich vor, da sie wusste, wonach sie Ausschau halten musste?

Der nächste Gedanke, der sich Light unweigerlich aufdrängte, war: Wie wollten sie die Flaschen aus dem Zug bekommen, ohne dass jemand sie bemerkte? Was, wenn man ihre Absichten erkannte und Dante wegen Beihilfe zum Terrorismus verhaftete? Diebstahl erschien ihr auf einmal wie eine nicht erwähnenswerte Belanglosigkeit. »Dante.« Light war stehen geblieben. »Wie wollt ihr die Flaschen aus der Bahn bekommen?«

Er streckte ihr die Hand entgegen, ein klares Zeichen weiterzugehen. »Das sind normale Gasflaschen«, sagte er so leise, dass nur sie es hören konnte. »Wenn wir aussteigen, tun wir so, als wäre nichts. Die Leute werden denken, wir brauchen die Flaschen für eine Grillparty oder etwas Ähnliches.«

Ethan stellte sich neben die Gasflaschen und wandte sich zu ihnen. »Wann müsst ihr aussteigen?«

»Endstation«, erwiderte Dante. Eine Lüge, denn ihre Haltestelle war die nächste.

»Wer ist –?«, setzte Ethan an, aber Dantes Blick brachte ihn zum Schweigen. Wieder drängten sich Light Fragen über Dantes Vergangenheit auf, die Ethan ihr womöglich hätte beantworten können. Doch die Art, wie Dante sie mit seinem Körper von ihm abschirmte, zeigte, dass sie nicht mit Ethan reden sollte.

Lights Mund wurde trocken, als ihr bewusst wurde, was gerade geschah, und für einen Augenblick war es, als würde die Zeit stillstehen. Nichts um sie herum schien mehr wirklich zu sein. Alles, was von der Realität blieb, war der Gedanke, dass Dante gerade vielen Menschen das Leben gerettet hatte – vermutlich auch ihr eigenes. Ohne ihn hätte Ethan … sie wollte gar nicht daran denken. Wie viele wären gestorben? Zehn? Zwanzig? Dreißig?

Mit noch immer zitternden Händen lehnte Light sich gegen eine der Haltestangen, um einen normalen Eindruck zu erwecken. Als sie plötzlich den Mann bemerkte, der ein paar Plätze weiter vorne saß. Sein Blick glitt über die Gasflaschen zu ihren Füßen, dabei wirkte seine Miene ernst, geradezu besorgt. Unsicher trat Light einen Schritt nach vorne, um ihm die Sicht zu versperren. Er wandte seinen Blick ab, doch gerade als Light aufatmen wollte, erhob sich sein bulliger Körper und steuerte direkt auf sie zu. Light drängt sich noch dichter an die Gasflaschen, aber ihr Körper war zu zierlich, um alles zu verbergen. Nervös zupfte sie an Dantes Ärmel.

»Was ist?«, fragte dieser genervt. Unfähig zu sprechen deutete Light auf den Mann, doch dieser war inzwischen stehen geblieben. Geduldig wartete er darauf, dass sich die Tür öffnete und er aussteigen konnte.

»Nichts«, sagte Light und kam sich dumm vor. Wie sollte irgendjemand sie verdächtigen? Es war, wie Dante gesagt hatte, die Leute glaubten, sie würden eine Grillparty veranstalten.

Unerwartet schob sich ein Bahnangestellter durch die Menschenmasse, die an der Tür wartete. Er ignorierte die Protestrufe der anderen Fahrgäste, als er sie anrempelte. Wütend drängte er sich an ihnen vorbei, während er mit starrem Blick Dante fixierte. Seine Hände waren in die Hüfte gestemmt, ganz in der Nähe des Elektroschockers.

»Dante«, zischte Light und deutete mit einem Blick auf den Mann.

Dante sah auf und erkannte den Bahnangestellten, der mit zurückgekämmten Haaren wie ein Stier auf sie zustampfte. »In Ordnung, überlass mir das Reden«, sagte er an Ethan gewandt. Dante ließ seine Schultern kreisen, um sie zu lockern, und setzte ein gespieltes Lächeln auf.

Mit einem zornigen Funkeln in den Augen überquerte der Mann die letzten Meter. »Mir wurde eine Prügelei zwischen zwei jungen Männern und einer Frau gemeldet«, sagte der von Aknenarben entstellte Mann. »Wissen Sie etwas darüber?« Es war eher eine Feststellung als eine Frage. Er hatte sein Urteil schon gefällt und wartete nur noch auf die Bestätigung.

Dante räusperte sich. »Es tut uns wirklich leid, Mr Ottman«, las er den Namen von dem Schild an seiner Brust ab. »Mein Delegierter hat meine Freundin … unangemessen angefasst.« Er nickte zu Ethan und legte Light einen Arm um die Taille. Fest zog er sie an sich. Light wurde warm und ihr Herz begann schneller zu schlagen. »Ich bin wütend geworden und habe ihn gegen die Wand gedrückt. Es war keine echte Prügelei und niemand wurde verletzt.«

Mit hochgezogenen Brauen musterte Mr Ottman Ethan. »Wann steigen Sie aus?«

»Endstation.« Entschlossen reckte Dante sein Kinn nach vorne.

Ottman nickte und war schon dabei, sich umzudrehen, als er es sich anders überlegte. »Eine Frage hätte ich noch. Was haben Sie mit den Gasflaschen vor?«

Wieder setzte Dante sein nettestes Lächeln auf. »Mein Dämonenverein hat heute eine Grillparty am Strand.«

»Eine Grillparty? Ist es nicht etwas kalt zum Grillen?« Mürrisch verschränkte Mr Ottman die Arme vor der Brust.

»Nein, Sir.« Dante schüttelte den Kopf. »Wie bereits gesagt, wir reden hier von Dämonen. Wir spüren keine Kälte, und mein Mädchen halt ich in den Armen, bis ihr warm wird.« Dante legte auch noch den anderen Arm um Lights Taille. Noch mehr von der angenehmen Wärme breitete sich in Light aus, als Dante sie noch näher an sich zog.

»Wirklich?« Ottman zog die Lippen kraus. Es war ihm anzusehen, dass er Dante nicht vertraute und nur nach einem triftigen Grund suchte, ihn zu verurteilen. Menschen wie er vertrauten den Paranormalen nicht und machten den Beruf des Delegierten unabdingbar. Light war sich sicher, dass Mr Ottman Dante schon längst verhaftet hätte, wären nicht sie und Ethan bei ihm.

»Wirklich«, bestätigte Dante.

Seine Ruhe reizte Ottman nur noch mehr, dieser berührte abwesend seinen Elektroschocker. »Wieso braucht ihr Dämonen so viele von den Gasflaschen? Eine würde genügen.«

»Natürlich«, sagte Dante entschlossen. »Aber die Flaschen waren im Angebot. Wir wollen die restlichen im Vereinshaus lagern, oder ist das verboten?« Ottman antwortete nicht, denn ihm war klar, dass er nichts gegen Dante in der Hand hatte. »Hören Sie zu, Mr Ottman. Wir wollen keinen Ärger machen. Alles, was wir möchten, ist, einen schönen Tag am Strand zu verbringen.«

»Gut«, presste Mr Ottman voller Abscheu hervor. »Heute lass ich Sie gehen, aber wenn ich mitbekomme, dass Sie in meiner Bahn Ärger machen, verweise ich Sie von der Strecke. Und das gilt auch für Ihren Delegierten und Ihre Freundin, verstanden?« Mahnend deutete er auf Ethan und Light und wandte sich schon im nächsten Augenblick ab. Seine Schritte waren noch donnernder als zuvor.

»Das war knapp«, seufzte Ethan. »Was für ein Idiot.«

»Halt die Klappe, Ethan! Ohne dich wären wir gar nicht in diese Situation gekommen.« Erst jetzt entließ Dante Light aus seiner Umarmung. Der plötzliche Wärmeverlust ließ sie frösteln. »Alles in Ordnung?«, fragte er. »Du siehst blass aus.«

Light blinzelte, um sich wieder zu fangen. »Nein, alles in Ordnung.«

Schweigend und in Gedanken versunken verbrachten sie weitere vierzig Minuten in der Bahn, bis sie die Endstation erreichten. Dante und Ethan trugen die Gasflasche und warteten drauf, dass Light sich in Bewegung setzte. Ihre Arme waren schon taub von den vielen Einkaufstaschen, die sie die ganze Zeit getragen hatte. Sie biss die Zähne zusammen und suchte sich ihren Weg nach draußen, wobei sie öfters an Sitzen oder Haltestangen hängen blieb. Ungeschickt stolperte sie über die Treppe ins Freie. Vereinzelte Sonnenstrahlen ließen helle Pünktchen vor ihren Augen tanzen.

»Geh weiter«, forderte Dante. Schnell verließen sie den Bahnhof und betraten eine Straße, die direkt an das Meer grenzte. Man konnte das Rauschen der Wellen hören, die sich seicht im Wind wiegten. Schiffe tummelten sich am Hafen und der starke Geruch nach Fisch stieg Light in die Nase. »Nun gut, Ethan, ab jetzt musst du alleine zurechtkommen.« Dante stellte die Gasflaschen ab. »Ich erinnere dich noch einmal: Ich möchte weder dich noch jemand anderen in der Nähe dieser Schwebebahn wissen.«

»Kommst du nicht mit mir?«

»Nein. Es fällt zu sehr auf, wenn ich einfach verschwinde.«

Ethan schürzte die Lippen. »Soll ich deinem Vater etwas ausrichten?«

»Nein. Sag ihm nur das mit der Zuglinie.« Dantes warme Finger berührten Lights Hände, als er ihr ein paar der Taschen abnahm. Er musste spüren, dass sie zitterte. »Wir müssen jetzt los. Wir sehen uns, Ethan.« Er lächelte den Jungen an und wandte sich von ihm ab. Light warf Ethan einen letzten Blick zu und folgte Dante. Keiner von ihnen sagte etwas, während sie der Straße folgten.

Nach etwa einer Viertelmeile bog Dante in eine Sackgasse ein. Er ließ die Taschen sinken und lehnte sich gegen eine Hausmauer. Plötzlich wirkte er sehr erschöpft. »So ein Idiot. Diese Gasflaschen hättest selbst du besser verstecken können. Was hat sich Ash nur dabei gedacht, Ethan diesen Job zu geben?«

Light stellte ihre Taschen ab. Ihre Arme begannen zu kribbeln und ihre gedehnten Muskeln zogen sich schmerzhaft zusammen. »Wer ist Ash?«

»Niemand von Bedeutung«, seufzte er. »Vergiss, was ich gesagt habe. Lass uns noch eine Viertelstunde warten, dann fahren wir zurück.«

Light blickte durch die Gasse zu dem blauen Fleck Meer, den sie erkennen konnte. »Wieso sind wir hierhergefahren?«

»Liegt das nicht auf der Hand? Ethan wird meinem Vater erzählen, dass er mich gesehen hat. Wären wir an deiner Haltestelle ausgestiegen, hätte er gewusst, wo er nach mir suchen muss.« Dante zuckt mit den Schultern. »Nun denkt er, ich würde mich in der Nähe des Hafens aufhalten.«

»Du hast meine Familie beschützt«, stellte sie fest. »Und du hast vielen Leuten das Leben gerettet. Sie alle hätten in diesem Sol-Air sterben können.« Ihre Knie drohten einzuknicken. Sie lehnte sich neben Dante an die Mauer und ließ sich zu Boden gleiten.

Abwehrend hob Dante die Hände. »Übertreib es nicht, schließlich war ich auch im Zug.«

»Aber du bist ein Dämon, du kannst nicht sterben.«

»Glaub mir, ich wäre gestorben. Nicht endgültig, aber ich hätte ein paar Jahre auf meine Wiedergeburt warten müssen.« An seiner zittrigen Stimme erkannte sie die Ausrede. Er wollte nicht zugeben, etwas Gutes getan zu haben. Er fühlte sich in seiner Rolle des unnahbaren Dämons zu wohl, um seine Schutzschilder fallenzulassen.

Crispin saß an seinem Schreibtisch aus schwerem Eichenholz, als es leise an der Tür klopfte. »Herein«, brummte er und klappte seine Unterlagen zu. Er war gerade dabei, einen Artikel über das Verschwinden von Galen Collin zu lesen. Seine Leiche würde man sicherlich bald finden. Er hatte Valix damit beauftragt, den toten Körper dekorativ an einem belebten Ort abzulegen.

»Entschuldigen Sie, Sir. Dürfte ich kurz mit Ihnen sprechen?«, fragte der blonde Junge, der in die Kabine getreten war. Ängstlich tasteten seine grünen Augen den dunklen Raum ab. Das Bullauge bot wenig Licht, nur vereinzelt gelangten Sonnenstrahlen durch das runde Glas. Von Crispins Person eingeschüchtert schloss der Junge die Tür hinter sich.

Crispin konnte sich daran erinnern, den Jungen schon einmal gesehen zu haben, konnte sein Gesicht jedoch nicht einordnen. War er einer der Auszubildenden? Oder arbeitete er in der Küche? Vielleicht war er auch einer von Ashs persönlichen Sklaven? Womöglich auch eine Mischung aus allem. »Wer bist du?«

»Mein Name ist Ethan Declain. Ich wurde von Offizierin Ash beauftragt –«

Crispin hob die Hand. »Ich weiß, Ash hat mir heute Morgen Bericht erstattet. Wie ist es gelaufen?«

Ethan senkte den Kopf. »Genau darüber wollte ich mit Ihnen reden.«

»Wenn du glaubst, ich kann dich vor Ash retten, weil du den Auftrag nicht erfüllt hast, dann täuschst du dich. Ash ist eigenverantwortlich für ihre Auszubildenden«, sagte Crispin.

»Darum wollte ich Sie auch nicht bitten.« Ethan hob seinen Blick. »Ich konnte meinen Auftrag nicht ausführen, weil ich aufgehalten wurde.« Er presste die Lippen zu einem dünnen Strich zusammen.

»Waren es die Impia?«

Ethan versteifte sich. »Nein, nicht die Impia ... Dante. Dante war im Zug.«

Crispin Hände gruben sich in das Papier, das vor ihm auf dem Tisch lag. Es knirschte und riss, als er die Hände zu Fäusten ballte. In seiner Schläfe begann es wild zu pochen. »Wieso hast du ihn nicht hierhergebracht?«

»Er wollte nicht mit mir kommen, und ich kann ihn nicht zwingen, schließlich ... Sie wissen schon.« Crispin wusste ganz genau. Dante kam, obwohl er noch in der Ausbildung war, in der Rangordnung direkt nach den Offizieren, schließlich war er der Sohn des Anführers.

Crispin stand von seinem Stuhl auf und umrundete den Schreibtisch. Kaum merklich zuckte Ethan zurück. »Du hast also mit meinem Sohn gesprochen.«

Hektisch nickte Ethan. »Er sagt, wir sollen in Zukunft keine Anschläge auf diese Zuglinie planen.«

Crispin ging zu einem kleinen Tisch am Ende des Raumes, auf dem eine mit Rum gefüllte Glaskaraffe stand. Er atmete den herben Duft des Alkohols ein. Sein Hals begann allein vom Geruch zu brennen und Hitze breitete sich in seinem Magen aus. Aber vielleicht war das Brennen auch nur die Freude darüber, dass Dante unversehrt und in Freiheit war. Er goss sich einen großzügigen Schluck der braunen Flüssigkeit ein. »War er alleine?«

Ethan zögerte. »Nein. Ein Mädchen war bei ihm.«

»Ein Mädchen?« Crispin zog die Brauen zusammen. »Kanntest du sie?«

»Nein, Sir«, stotterte er. »Dante kannte sie aber offensichtlich sehr gut. Sie waren sehr vertraut miteinander. Er hat sie

Layla, Light oder so ähnlich genannt und sie durfte ihn berühren.«

Crispin setzte das Glas an seine Lippen. »Ich habe vorhin mit Collin gesprochen. Er hat verraten, dass man sich dazu entschlossen hat, Dante an einen Delegierten zu vermitteln. Was denkst du darüber?«

Hilflos starrte Ethan ihn an. »Ich … also, das Mädchen ist sicherlich nicht seine Delegierte, vielleicht ihr Bruder? Dante und sie waren einkaufen. Mädchen kennen sich mit solchen Dingen besser aus.« Er schnappte nach Luft, bevor er weitersprach. »Die beiden sind bis zur Endstation Hafen gefahren, etwa eine halbe Meile nördlich von hier. Offensichtlich wohnt die Delegiertenfamilie ganz in der Nähe.«

Crispin wandte sich ab. Die Verlockung, sich noch ein Glas des teuren Rums zu gönnen, war groß. »Wieso ist Dante noch nicht zu mir zurückgekommen?« Seufzend gab er der Versuchung nach.

»Er meinte, es wäre zu auffällig. Sicherlich überwacht man ihn und die Familie.«

In diesem Punkt stimmte Crispin ihm zu. Der Delegiertenrat wusste genau, wer Dante war. Ihn nicht zu überwachen wäre nicht nur leichtsinnig, sondern auch überheblich. Aber war es nicht gerade diese Überheblichkeit, die er an den Delegierten so hasste? Womöglich waren sie von sich selbst so überzeugt, dass sie darauf verzichteten, Dante zu überwachen. Wäre das möglich?

»Warte einen Moment.« Crispin deutete Ethan stehenzubleiben. Er selbst ging zu seinem Telefon und aktivierte die Durchwahltaste zwei auf dem Display. »Hallo, Ash? Könntest du bitte in mein Büro kommen?«

Eine Minute später klopfte es erneut an der Tür. Offizierin Ash wartete nicht auf eine Einladung, sie kam einfach herein. Kaum begegnete ihr Blick dem von Ethan, straffte der Junge seine Schultern. Er wirkte regungslos wie ein Betonpfeiler. Fast hätte Crispin lachen müssen, aber es gab wichtigere Dinge zu erledigen. In aller Kürze erzählte er Ash von den aktuellen Entwicklungen im Fall Dante und wie er den Anschlag verhindert hatte.

»Was werden wir als Nächstes tun?«, fragte Ash, als Crispin abgeschlossen hatte.

Crispin ging wieder um seinen Schreibtisch herum und setzte sich. »Du wirst Ethan das geben, was du ihm versprochen hast. Du wirst ihn zum Vampir machen, und anschließend möchte ich, dass er sich auf die Suche nach Dante und seiner geheimnisvollen Begleiterin macht.«

Ash verzog die Lippen. »Was versprichst du dir davon?«

»Ich verschaffe mir nur einen Überblick. Man muss seinen Feind kennen, um ihn zu besiegen. Ich hoffe, das ist kein Problem für dich.« Er schlug seine Unterlagen wieder auf. Das Erste, was er sah, war ein Bild von Collin, wie er lächelnd Werbung für seine Kampagne machte. Crispin riss das Bild aus der Zeitung und warf es in seinen Mülleimer.

Demütig senkte Ash ihren Kopf. »Natürlich nicht. Aber wieso lässt du nicht mich nach Dante suchen?«

»Ethan« – der Junge zuckte zusammen, als er seinen Namen hörte – »hat seine Loyalität bewiesen. Findest du nicht, damit hat er sich eine Beförderung verdient?« Crispin wartete die Antwort nicht ab. »Gib dem Jungen etwas Freiraum, aber greif ihm unter die Arme, wenn es Probleme gibt.« Mit einer Handbewegung wies er sie an zu gehen. »Ach, und noch etwas, Offizierin Ash. Ich möchte, dass der Junge an unseren Treffen teilnimmt, um mir Bericht zu erstatten.«

Ein missmutiger Ausdruck lag auf Ashs Gesicht. »Jawohl, Sir.«

9. Kapitel

»Paranormale Bürger sind verpflichtet in der Öffentlichkeit ihr menschliches Aussehen zu bewahren. Eine Darstellung ihrer magischen Gestalt ist ausschließlich auf Privatgrund, auf Delegationsveranstaltungen und in dafür gekennzeichneten Bereichen gestattet.«
(Buch der Delegation, Artikel 12)

Während des ganzen Rückwegs wechselten Light und Dante kein Wort miteinander. Die Schwebebahn war überraschend leer und sie hatten einen Sitzplatz ergattert. Immer wieder huschte Lights verlegener Blick zu Dante. Mit angespanntem Kiefer starrte er aus dem Fenster. Ein wütendes Funkeln lag in seinen Augen. Gegen wen richtete sich seine Wut? Gegen die Censio? Gegen Ethan? Gegen sich selbst? Schon der Gedanke daran bereitete Light Kopfschmerzen.

»Ich nehme die Taschen«, brummte Dante, als sie ihre Station erreichten. Wenig später sperrte Light die Tür zu ihrer Wohnung auf und das Gelächter von Jude und Kane schlug ihnen entgegen. Sie deutete Dante, die Einkäufe in sein Zimmer zu bringen. Sie selbst blieb noch eine Weile in der offenen Tür stehen und kalte Luft strömte in das Haus.

»Light? Bist du das?«, rief Jude.

»Ja.« Ihre Stimme war dünn und schaffte es kaum, den Fernseher zu übertönen. Sie räusperte sich und folgte den Geräuschen des Fernsehers. Halb sitzend, halb liegend, wie auch schon am Tag zuvor, saß Jude auf der Couch. Kane lümmelte auf dem Boden vor dem Sofa, eine Schale Chips in den Händen.

»Wie war's in der Stadt?«, fragte Jude.

Light ließ sich auf einen der Sessel sinken. »Anstrengend. Meine Füße bringen mich um.« Sie kickte ihre Schuhe in die Ecke. Ihre Zehen waren steif und schmerzten. »Ich werde für den Rest des Wochenendes nicht mehr laufen.« Demonstrativ legte sie ihre Füße auf den Tisch. Jude rümpfte angewidert die Nase.

Kane verzog seine Lippen zu einem Lächeln. »Wo hast du denn deinen Dämon gelassen?«, fragte er unschuldig. Seine Schüssel Chips stellte er auf den Boden, als er zu ihr rutschte und einen von ihren Füßen in die Hände nahm. In kreisenden Bewegungen begann er damit, ihn zu massieren. Dabei übte er gerade so viel Druck aus, dass es sich gut anfühlte und nicht schmerzte. Der schweißige Geruch, den er viel intensiver wahrnehmen musste als Jude, störte ihn offensichtlich nicht.

»Vermutlich stopft er seine neuen Klamotten in seinen Schraaank«, stöhnte Light vor Entzücken.

»Hat er dir Probleme gemacht?« Kane sah ihr direkt in die Augen. Seine Hände fanden die richtigen Stellen von ganz allein.

Light sank tiefer in den Sessel. »Als es darum ging, Sachen anzuprobieren, war er etwas widerspenstig. Und wie geht es dir?« Sie wandte sich an Jude, um das Gespräch in eine andere Richtung zu lenken. Sie wollte nicht über Dante sprechen.

»Besser. Ich denke, am Montag kann ich wieder mit in die Schule.«

»Bist du dir sicher?« Zweifel spiegelte sich in Kanes Gesicht wider.

»Ich bin nicht todkrank.« Kane zog die Augenbrauen in die Höhe. »Hier herumzuliegen macht mich verrückt«, seufzte Jude.

»Es ist nicht schlimm, dass du dich länger erholen musst als andere«, sagte Kane.

Light machte sich noch kleiner, als sie ohnehin schon war. Jude hasste es, wenn man versuchte, ihn auf Grund seiner Krankheit zu schonen. Er wollte nicht bevormundet werden. Selbst damals im Krankenhaus, als die Leukämie diagnostiziert wurde, hatte Jude nur dann auf die Ärzte gehört, wenn ihm danach war. Obwohl er wusste, dass sein Leben davon abhing, denn Leukämie konnte trotz der magischen DNA der Paranormalen bis heute nicht geheilt werden. Schuld daran war eine Mutation der Krankheit um 2020. In Light keimte noch immer Wut, wenn sie daran dachte, dass Judes Selbstüberschätzung und sein eigener Starrsinn ihn damals beinahe das Leben gekostet hätten.

»Ich werde am Montag in die Schule gehen.«

»Wirst du nicht, und wenn ich dich dafür ans Sofa binden muss.« Kane hielt Lights Fuß weiterhin in seinen Händen. Die Kälte seiner Fingerspitzen drang langsam durch den dünnen Stoff ihrer Socken. Eine Gänsehaut überzog ihre Arme. Langsam zog Light ihren Fuß aus Kanes Händen. Ohne Eile verließ sie das Wohnzimmer, um die Aufmerksamkeit nicht auf sich zu lenken, während Jude und Kane lautstark diskutierten. Sie schlich den Flur entlang, warf einen letzten Blick hinter sich und verschwand nach oben. Vor ihrem Zimmer bemerkte sie erstmals die wummernden Bässe, die durch die Tür drangen. Eine verzerrte Melodie und ein Gesang, der sich anhörte, als wäre man dabei, den Sänger zu ermorden, begleiteten den Bass.

Light seufzte und beschloss nachzusehen, ob Dante seine Einkäufe ordentlich verstaut hatte, bevor sie sich dem Geschrei eines pensionierten Sängers aussetzte. Zu ihrem Erstaunen lagen die Einkaufstaschen ordentlich zusammengefaltet auf dem Schreibtisch in Dantes Zimmer. Sie lächelte und nahm die Tüten vom Tisch, um sie in die Küche zu räumen, als ihr Blick auf den Inhalt des Mülleimers fiel.

Ihr Lächeln verhärtete sich und wich einem enttäuschten Ausdruck. Unter den Quittungen und der leeren Packung Kondome lag das Foto, das sie Dante geschenkt hatte – zerrissen. Ein hässlicher Riss durchzog Kanes Gesicht und teilte es in zwei. Ein unerwarteter Kummer stieg in Light auf und schnürte ihr die Brust zu. Sie sah sich im Zimmer um und erblickte den Bilderrahmen direkt neben sich. Er lag auf dem Schreibtisch, umgekippt und unbenutzt. Ein Knoten schnürte ihr die Kehle zu. In einer Mischung aus Trauer und Zorn ließ sie die Einkaufstüten achtlos auf den Boden fallen. Ihr war die Lust vergangen, für Dante aufzuräumen.

Sie stürmte in ihr Zimmer. Ein Beat, der sich kaum vom vorherigen unterschied, schlug ihr entgegen. Die Musik legte sich schmerzend auf ihr Trommelfell. Was man vor der Tür nur flüchtig hatte hören können, war in Wirklichkeit der reinste Lärm. Ihre Ohren schmerzten schon nach der ersten ins Mikrofon gegrölten Strophe des Sängers. Dante lag auf ihrem Bett. Die Arme hinter dem Kopf verschränkt und mit geschlossenen Augen lauschte er dem Krach.

Lights Herz begann wild zu schlagen und passte sich dem aggressiven Klang der Musik an. Der Bass durchlief ihren Körper und ließ ihr Innerstes beben. Sie ballte ihre Hände zu Fäusten. Das Bedürfnis, auf Dante loszugehen, wuchs mit jedem Takt.

Wieso hatte er ihr Geschenk kaputt gemacht? Der Bass steigerte sich und dröhnte in Lights Kopf. Der Sänger gab einen grellen Schrei von sich. Die Melodie verklang und die Explosion einer detonierten Bombe leitete das Ende des Songs ein und schleuderte Light zurück in ihre Wirklichkeit. Eine Wirklichkeit, in der Dante Menschen das Leben rettete.

Die Wut fiel so plötzlich von ihr ab, wie sie gekommen war. Ihre Fäuste öffneten sich, und sie konnte die Kerben sehen, die ihre Fingernägel hinterlassen hatten. Sie atmete tief ein und ging zur Stereoanlage, um die Lautstärke zu senken, bevor der nächste Song durch ihr Zimmer hallte. »Wollen wir deine Haare färben?«, fragte Light, denn sie wusste nicht, was sie sonst hätte sagen können.

Dante hob die Schultern, was im Liegen komisch aussah. »Ich hab nichts anderes vor.«

Light lächelte schwach. Im Badezimmer setzte sich Dante umgedreht auf den Wannenrand. Sie suchte ein paar alte Handtücher aus dem Schrank, um sie auf dem Boden auszubreiten. Eines legte sie über Dantes Schultern, damit sich die Farbe nicht in seine Kleidung saugen konnte. Sie öffnete die Farbe und der süße Geruch von Kokos stieg in die Luft. »Bereit?«, fragte Light und zog die Handschuhe über. Sie stellte sich hinter Dante und wurde sich seiner Nähe erst bewusst, als sie auf ihn herabblickte. Hätte sich das Kokosaroma nicht im ganzen Bad verteilt, würde sie den Duft des Waldes einatmen, den Dante immerzu versprühte.

»Bereit«, sagte dieser. Light griff nach einem Kamm. Zögerlich legte sie Dante die Hand auf die Stirn, um ihn festzuhalten, während sie seine Haare bürstete. Obwohl das ausgewaschene

Grün in der Mitte seines Kopfes leicht verfilzt aussah, glitt der Kamm hindurch, als wären es seidene Fäden. Light bereute es, die Handschuhe angezogen zu haben. Sie wollte wissen, wie sich sein Haar zwischen ihren Fingern anfühlte. War das Haar von Dämonen anders als das von Menschen?

»Kennst du Ethan schon lange?« Light legte den Kamm auf die Seite und griff nach der Flasche mit der Farbe. Sie schüttelte die dunkelbraune, fast schwarze Flüssigkeit, bevor sie damit begann, sie stellenweise auf Dantes Kopf aufzutragen.

»Seit etwa einem Jahr. Er gehört zu den Rekruten von Offizierin Ash.«

»Aber er ist ein Mensch«, stellte Light fest.

»Einige Menschen schließen sich den Censio an, in der Hoffnung, die Censio würden sie unsterblich machen. Meistens werden sie von den Offizieren nur ausgenutzt. Häufig sterben die Menschen während ihrer Ausbildung. Nur wenige von ihnen werden am Ende mit der Unsterblichkeit belohnt.«

Mit zwei Fingern massierte Light die dunkle Paste auf Dantes Kopf. »Was passiert jetzt mit Ethan?«

»Er bekommt einen neuen Auftrag, vermute ich.«

Light trug erneut etwas Farbe auf. »Wir hätten ihn der Polizei übergeben sollen.«

»Und riskieren, dass sie mich finden?«

Light hielt in ihrer Bewegung inne. Er überraschte sie. »Möchtest du denn nicht wieder zurück?«

Schweigen war Dantes Antwort. Er neigte leicht seinen Kopf, was sowohl ein »Ja« als auch ein »Nein« hätte sein können. Light begann erneut damit, die Farbe einzumassieren. Nun waren seine Haare klebrig und ähnelten einem Haufen braunem Matsch, wie Erde nach dem Regen. »Wie lange wird es dauern, bis deine Haare seitlich nachgewachsen sind?«, versuchte Light sein Schweigen zu brechen. In Wirklichkeit kannte sie die Antwort aus ihrem Biologieunterricht.

»Unsere Zellen regenerieren sich schneller«, sagte er gelangweilt. »Dadurch wachsen auch unsere Haare schneller. In einer Woche sollten sie zwei Zentimeter lang sein. Aber solltest du das nicht wissen?«

Light verkniff sich ein Lächeln, er hatte sie durchschaut. »Kanes Haare wachsen nicht so schnell.«

Dante schnaubte amüsiert. »Kane ist schließlich auch tot. Ich bin es nicht.«

»Dafür bist du wesentlich unfreundlicher.«

»Ich bin schließlich auch ein Dämon.«

»Immer diese Ausreden.« Light schüttelte die Tube, um den letzten Rest Farbe herauszubekommen. »Kanes Rasse ist auch nicht für ihre Nettigkeit bekannt. Er gibt sich jedoch Mühe, was man von dir nicht behaupten kann.«

»Ich habe eine Wette zu gewinnen.« Ein Lächeln klang in seiner Stimme mit.

»Wirklich sehr zielstrebig, wie du auf deinen Sieg hinarbeitest«, sagte Light und entsorgte die leere Farbtube im Mülleimer. »Die Farbe muss fünf Minuten einwirken.«

Dante drehte sich um, so dass seine Füße nicht länger in der Wanne standen. Er sah sich selbst im Spiegel an. Braune Flüssigkeit lief zähflüssig über seine Wange. Light griff nach einem der Handtücher. Sanft wischte sie über sein Gesicht, denn der Stoff war schon alt und kratzig. »Darf ich das Haus verlassen?«, fragte Dante unvermittelt.

Verunsichert sah Light ihn an. »Interessiert es dich, was ich oder was die Regeln dazu sagen?«

Nachdenklich zog Dante seine Brauen zusammen. »Beides.« Er nahm Light das Handtuch aus der Hand, um sich Farbe aus dem Nacken zu wischen.

»Die Regeln sagen, dass du in deiner Freizeit tun und lassen kannst, was du willst, solange du dich an die allgemeinen Grundregeln für paranormale Mitbürger hältst und deine Verpflichtungen erfüllt hast«, erklärte Light. Unwillkürlich musste sie an das zerrissene Bild im Mülleimer denken, und in ihr wuchs der Drang, Dante das Verlassen des Hauses zu verbieten. Doch sie wollte sein negatives Bild der Delegierten nicht bestärken. »Ich hab auch kein Problem damit, wenn du heute Abend gerne ausgehen möchtest.«

»Hast du keine Angst davor, dass ich nicht zurückkomme?«

Light lehnte sich gegen das Waschbecken. Sie stand Dante direkt gegenüber, die Arme vor der Brust verschränkt. Keine sehr bedrohliche Pose bei ihrem Körperbau, aber sie genoss das Gefühl, auf Dante herabzublicken. »Wenn du nicht hierbleiben möchtest, kann ich dich nicht aufhalten. Der Delegiertenrat wird nicht mir die Schuld geben, wenn du verschwindest. Sie kennen deine Herkunft, und wenn du wegrennst, bezweifle ich, dass du eine zweite Chance bekommst, sollten sie dich erneut fangen.« Light presste die Lippen zusammen und verzog sie zu einem wehmütigen Lächeln. »Komm her, damit ich dir die Farbe auswaschen kann. Ich will nicht, dass es zu dunkel wird.«

Er seufzte und baute sich zu seiner vollen Größe auf. Lights Gefühl der Überlegenheit schrumpfte in sich zusammen. Mit den Fingerspitzen testete sie die Wärme des Wassers, bis es die richtige Temperatur hatte. Dante beugte sich über das Becken, die Augen fest geschlossen. Light blickte zu den Handschuhen, die neben ihr auf dem Tisch lagen. Sie schüttelte den Kopf und begann ihm die klebrige Masse aus den Haaren zu waschen.

Bei der ersten Berührung schauderte sie. Es fühlte sich genauso an, wie sie es sich vorgestellt hatte. Ihre Finger strichen durch Dantes Haar, berührten den seitlich nachwachsenden Flaum. Das Wasser, das jetzt so schwarz war wie das Blut einer Meerjungfrau, plätscherte in den Abfluss. Es war das einzige Geräusch. Nicht einmal ein Atemzug war zu hören.

Viel zu schnell musste Light die seidigen Strähnen loslassen, nachdem sich auch der letzte Tropfen Farbe verabschiedet hatte. Light warf Dante ein trockenes Handtuch zu und machte sich auf den Weg in den Keller, um die verschmierten Tücher in die Wäsche zu geben.

Zurück in ihrem Zimmer stand Dante noch immer im Bad. Kritisch betrachtete er sein Spiegelbild und zupfte an seinen braunen Haaren. Sein Gesicht war zu einer Grimasse verzogen.

»Gefällt es dir nicht?« Light setzte sich auf den Wannenrand, wo kurz zuvor Dante gesessen hatte. Seine Wärme war verflogen, der Platz so kühl, als wäre er nie dort gewesen.

Er zuckte mit den Schultern. »Nein, es ist nur anders.«

Durch den Spiegel konnte Light sein Gesicht sehen. Es gefiel ihr, was sie dort sah, nur würde sie das ihm gegenüber nie zugeben. »Besser als das Grün«, sagte Light, sich der Röte ihrer Wangen durchaus bewusst. Sie versuchte nicht, das Offensichtliche zu verbergen.

»Und du bist dir sicher, dass sie kein Mensch ist?«, fragte der Türsteher Dante zum zweiten Mal. Light konnte immer noch nicht fassen, dass sie hier war: vor einem Club für Paranormale. Seit einer halben Stunde warteten sie und Dante auf Einlass, da die Location hoffnungslos überfüllt war.

»Glaubst du wirklich, ich würde mich mit einem Menschen abgeben?«, erwiderte Dante beleidigt. »Sie sieht zwar jung aus, aber Light hat es faustdick hinter den Ohren.« Demonstrativ legte er ihr einen Arm um die Schulter und fast war sie ihm dankbar dafür. Zwischen all den fremden Wesen fühlte sie sich unwohl. Einige von ihnen hatten ihre menschliche Tarnung fallenlassen und trugen nun messerscharfe Zähne. Andere wiederum hatten das zarte Rosa ihrer Haut aufgegeben und waren nun grün oder gar blau gefärbt. Ein paar wenige menschlich aussehende Wesen trugen bedrohliche Tätowierungen und Piercings. Was war das hier für ein Laden, an dessen Tür ein Schild prangte: »No Humans«?

Wem versuchte sie etwas zu beweisen, sich selbst oder Dante? »Wir sollten uns einen cooleren Club suchen«, bemerkte Light und würdigte den Türsteher dabei keines Blickes.

»In Ordnung. Geht rein«, seufzte der Türsteher. Was hatte sie gesagt? »Aber lasst es mich nicht bereuen«, rief er ihnen nach, als Light sich an ihm vorbei in die Lounge schlängelte. Für einen Dollar konnte man seine Jacken und Taschen abgeben. Light fischte einen Zwanziger aus ihrem Geldbeutel, ehe sie ihre Jacke abstreifte und zur Garderobe brachte.

»Das macht zwei Dollar«, sagte der Vampir und überreichte ihr zwei Datenchips, mit denen sie ihre Sachen später wieder abholen könnte.

»Dort steht, ein Dollar.« Sie deutete auf die grün-pinke Neontafel.

»Ein Dollar pro Stück«, antwortete der Vampir gelangweilt. »Jacke und Tasche. Du kannst doch rechnen, oder?«

»Du scheinst deinen Job wirklich zu lieben«, murmelte Light, sich bewusst, dass er sie hören konnte, und gab ihm das Geld. Er nickte und wandte sich den nächsten Gästen zu. An der Eingangstür zum Clubbereich wartete Dante auf sie. »Ganz schön unhöfliches Personal.«

»Was erwartest du? Dieser Kerl hat in den letzten dreißig Jahren vermutlich nichts anderes getan, als Jacken und Taschen in Empfang zu nehmen.« Sein Blick glitt von ihrem Gesicht abwärts zu ihrem Outfit. Sie trug eine eng geschnittene Hose und ein trägerloses schwarzes Oberteil, das sich an ihren Körper schmiegte, als wäre es ihre zweite Haut. Dante räusperte sich. »Sag mal, Light, hast du dir den BH ausgestopft?«

»Was? Nein!«

»Sicher?« Fragend zog Dante die Augenbrauen nach oben. »Ich könnte schwören, die waren vor einer Stunde noch kleiner.«

Noch kleiner? Light schob die Hände in ihre Hosentaschen, um sich daran zu hindern, ihre Arme vor der Brust zu verschränken. »Du musst ja nicht hinschauen, wenn es dir nicht gefällt.« Mit gestrafften Schultern schob sie sich an ihm vorbei in den Club, wo sie von wummernden Bässen in Empfang genommen wurde. Erfreut identifizierte Light die Musik als Dubstep. Nicht dass sie diese Musik mochte, aber es war eine Genugtuung festzustellen, dass ihr in diesem Club nicht alles fremd war. DJ B, wie sich Annas Exfreund Brad nannte, war ein großer Fan dieser minimalistischen Songs. Er wartete noch immer auf einen

Plattenvertrag, was bei diesen schiefen Beats kein Wunder war. Wer wollte so etwas schon hören? Und dennoch tummelten sich einige Paranormale auf der Tanzfläche.

Lights Seufzen ging in der Musik unter, als sie sich durch die tanzenden Massen zur Bar quetschte. Es war heiß und der Geruch von Alkohol und Schweiß lag in der Luft. Körper drängten sich aneinander, und mehrfach griffen Arme nach ihr, um sie mit in das Getümmel zu zerren. Ein Vampir streichelte ihr aufreizend über ihren Hals und ließ dabei seine Fänge aufblitzen. Light schüttelte den Kopf und atmete erleichtert auf, als sie den Tresen erreichte. Sie ließ sich auf einem Barhocker in der hintersten Ecke nieder und sah sich nach Dante um, doch sie konnte ihn nirgendwo sehen. Vermutlich rieb er sich gerade an einer vollbusigen Banshee.

»Ich bin Jay, kann ich dir etwas zu trinken bringen?«

Light drehte sich zur Bar um. »Ähm, ich weiß nicht.«

Jay lächelte sie an. »Willst du die Karte?« Sie nickte und beobachtete ihn dabei, wie er eine Karte aus der hintersten Ecke seiner Bar fischte. »Bitte schön.«

»Danke, Jay.« Verlegen lächelte sie zurück, ehe sie die Karte aufschlug. Viele der aufgelisteten Drinks waren Light fremd. Was war ein »Blut-Quickie«? Hieß das Getränk nur so, weil es die Farbe von Blut hatte, oder war tatsächlich Blut beigemischt? Schließlich war es ein Club für Paranormale – auch für Vampire. »Gibt es hier auch Cola?«

»Natürlich.« Jay nahm ihr die Karte aus der Hand und blätterte ein paar Seiten weiter. »Hier: Cola light, Lemon, Cherry, Apple und Orange, was immer du möchtest.« Light bestellt sich eine Cola Lemon in der Hoffnung, der frische Zitronenduft würde den Gestank von Schweiß vertreiben. Sie wandte sich wieder der tanzenden Menge zu und beobachtete ihre rhythmischen Bewegungen zur unrhythmischen Musik. Wollte Dante wirklich hierherkommen oder war dieser Club nur ein weiterer Versuch, sie zu vertreiben?

»Hey, möchtest du tanzen?« Wie aus dem Nichts war ein Junge vor ihr aufgetaucht. Light schnappte nach Luft, als sie das lodernde Feuer in seinen Augen sah. Die Flammen tanzten und strahlten ein warmes Licht aus, das ihren Blick gefangen hielt. »Entschuldige. Ich wollte dich nicht erschrecken«, sagte der Junge. »Mein Name ist Dean.«

Light blinzelte in das grelle Licht eines Scheinwerfers, um Deans Bann zu entkommen. Sie atmete tief ein und versuchte ihren Gesichtsausdruck unter Kontrolle zu bringen. Vermutlich schnitt sie eine Grimasse, als hätte sie einen Geist gesehen, doch Dean war kein Geist. »Light«, stellte sie sich vor und reichte dem Phoenix ihre Hand. Natürlich hatte sie schon Bilder dieser Wesen gesehen, aber noch nie war sie einem begegnet und auf keinem der Fotos sah das Feuer in ihren Augen so lebendig aus. »Was machst du hier?«

Dean lachte. »Meinst du, in diesem Club oder in Amerika?«

»Beides?«, kicherte Light nervös.

»Mir wurde es in Japan etwas zu langweilig. Nach fünfhundert Jahren hatte ich Lust auf einen Tapetenwechsel. Ich weiß, dass Ferrymore Village und Umgebung nicht gerade die erste Anlaufstelle für einen Phoenix ist, aber als ich Bilder dieser Stadt gesehen habe, musste ich herkommen.« Dean setzte ein verschmitztes Grinsen auf. »Und wieso ich in diesem Club bin?« Sein Blick wurde aufreizender. »Um so nette Menschen wie dich kennenzulernen.«

Light sog scharf die Luft ein. »Du weißt es?«, flüsterte sie. Ihr Herz begann schneller zu schlagen.

»Natürlich.« Dean glitt neben ihr auf den Barhocker. »Unter all den Wesen siehst du aus wie Bambi, das nur darauf wartet, erschossen zu werden.«

Unwillkürlich färbten sich Lights Wangen rot. »Du … du wirst mich doch nicht verraten, oder?«

Dean schüttelte den Kopf. »Aber dafür möchte ich hier sitzen bleiben.«

»Gerne«, lächelte Light und wandte sich ihrem Drink zu. Immer wieder glitt ihr Blick zu Dean. Erst jetzt fiel Light auf, wie ebenmäßig seine Gesichtszüge waren und wie seidig seine Haut wirkte. Sie hatte weder Narben noch Unreinheiten. Er war wunderschön, was bei seinem Alter auch nicht verwunderlich war. Phoenixe hatten dieselbe Lebensspanne wie Menschen, doch nach ihrem Tod verbrannte man ihre Leichen, damit sie aus ihrer Asche auferstehen konnten. Und jedes Mal, mit jedem weiteren Tod, wurde ein Phoenix schöner und das Feuer in seinen Augen kräftiger.

»Also, Light, du Nicht-Mensch, was hat dich hierher verschlagen?«

»Meinst du, in diesen Club oder nach Amerika?«, wiederholte sie seine Worte.

Dean schmunzelte. »Mhh, beides?« Dabei glitt sein Blick von ihrem Dekolleté über ihre Hüften bis zu ihren Füßen, die in schwarzen, zu großen Ballerinas steckten, die Anna gehörten.

»Ich wurde in Farrymore geboren. Dass ich in diesem Club bin?« Sie zuckte mit den Schultern. »Ein Missgeschick.«

Dean lachte, als hätte sie einen Witz gemacht, und griff nach der Karte, die noch immer vor ihr auf dem Tisch lag. »Möchtest du etwas trinken?«

»Ich habe etwas zu trinken.« Light hob leicht ihr Glas an.

»Ich meine, etwas Richtiges.« Dean zog die Stirn kraus. »Bist du überhaupt schon einundzwanzig?«

»Ähm, also –«

»War doch nur ein Witz.« Flüchtig berührte er ihren Oberarm, ehe er sich erneut der Karte zuwandte. »Also, wenn man es genau nimmt, bin ich auch noch keine einundzwanzig.« Dean winkte Jay zu sich und bestellte zwei Cocktails. Dieser nickte nur und machte sich daran, die Drinks zu mischen. Fünf Minuten später hatte Light ihre Cola gegen ein rotoranges Getränk eingetauscht, das noch viel süßer schmeckte als der klebrige Softdrink. Sie unterhielt sich mit Dean über Ferrymore Village, die Leute und die Einkaufszentren. Die ohrenbetäubende Dubstep-Musik glitt immer weiter in den Hintergrund, bis sie das Gespräch richtig genießen konnte. Einen Dämpfer gab es allerdings, als ihr herausrutschte, dass sie Delegierte war. Sofort erkundigte sich Dean nach ihrem Wesen, doch Light verspürte keine Lust, ihm die Situation zu erklären, also lenkte sie das Gespräch in eine andere Richtung. »Und bei dir, Dean, wo ist dein Delegierter?«

»Jacob hat heute ein Date«, sagte Dean und klang dabei fast etwas beleidigt.

»Magst du sie nicht?«

»Nein, Sandra ist in Ordnung. Aber wir sind kaum eine Woche hier und er muss schon ein Date haben.« Dean nippte an seinem Drink. »Ich sollte mich nicht darüber aufregen, schließlich ist er extra für mich nach Amerika gezogen.«

»Wer ist nach Amerika gezogen?« Plötzlich stand Dante neben Lights Hocker. Mit ausdruckslosem Gesicht musterte er Dean. Seinen lodernden Augen schenkte Dante überhaupt keine Beachtung.

»Wer ist das?«, fragte Dean.

»Das Missgeschick, weswegen ich hier bin«, murmelte Light so leise, dass Dean sie nicht verstehen konnte.

»Ich bin Dante«, stellte er sich vor. »Ihr Freund, also verzieh dich, Feuerzeug.«

Dean verengte die Augen zu Schlitzen. »Ihr Freund? Und wo warst du die letzten eineinhalb Stunden?« War wirklich schon so viel Zeit vergangen? Light warf einen Blick auf ihre Armbanduhr und konnte es nicht glauben, aber Dean hatte Recht. Unglaublich, wie sehr sie in ihr Gespräch versunken war.

»Das geht dich nichts an und jetzt verzieh dich.«

»Nein.« Entschlossen straffte Dean die Schultern. Unweigerlich fragte sich Light, wer gewinnen würde, sollte es zu einem Kampf kommen. Dante war zweifellos muskulöser als Dean, aber Dean war älter und beherrschte mächtige Magie. Doch so weit würde sie es nicht kommen lassen, das durfte sie als Delegierte nicht zulassen.

»In Ordnung. Bleib«, zischte Dante und packte Light am Handgelenk. »Wir gehen.« Mit einem Ruck zog er sie vom Hocker. Light hörte Glas splittern und Jay, der laut fluchte, aber sie konnte nur Dean ansehen, dessen flammende Blicke ihr folgten.

»Lass mich los«, protestierte Light, versuchte jedoch nicht sich loszureißen. Dante konnte oder wollte sie nicht hören, denn wortlos zerrte er sie über die Tanzfläche, bis sie wieder in der Lounge waren, wo der Vampir an der Garderobe gelangweilt an seinen Haaren zupfte. Dante wirbelte sie herum, bis er hinter ihr stand und ihr den Weg zurück in den Club versperrte. »Hol deine Sachen.«

Light stemmte die Hände in die Hüfte. »Was ist los mit dir?«

»Hol deine Sachen«, fauchte Dante und trat einen Schritt näher. Es kostete Light Überwindung, nicht zurückzuweichen.

»Nein.« Entschlossen streckte sie ihr Kinn nach vorne. »Zuerst erklärst du mir, was hier los ist.«

Dante schüttelte den Kopf und blickte auf sie herab. »Light, bitte, hol deine Sachen.«

»Ich –«

»Bitte«, wiederholte Dante. Als sie sich nicht rührte, um ihre Sachen zu holen, griff er nach ihren Hüften, um sie festzuhalten. Schneller, als Light reagieren konnte, schob er zwei Finger in ihre Hosentasche und angelte die Chips hervor, unter denen sie ihre Jacke und Tasche hinterlegt hatte. Gemächlich lehnte Dante sich nach vorne, bis seine Lippen über ihrem Ohr schwebten. »Ich habe dich höflich darum gebeten«, zischt er und wandte sich ab, um die Chips einzulösen.

Fassungslos starte Light ihn an. »Ich kann nicht glauben, dass du das wirklich tust.«

»Ein Phoenix ist nicht der richtige Umgang für dich«, knurrte Dante und reichte ihr Jacke und Tasche.

»Ach, aber ein Dämon ist es?« Light riss Dante ihre Sachen aus den Händen. »Dean war sehr nett zu mir, er hat sich mit mir unterhalten und mich auf einen Drink eingeladen. Wo warst du in dieser Zeit? Du warst es, der mich mit hierhergeschleppt hat, nur um mich dann alleine sitzenzulassen!«

»Ich soll dich mitgeschleppt haben?« Dante lachte trocken auf. »Ich habe dich gefragt und du hast ›Ja‹ gesagt.«

Tränen der Wut schlichen sich in Lights Augenwinkel. Sie wandte den Blick ab, damit Dante sie nicht sehen konnte. »Ich wollte dich nicht im Stich lassen«, log sie und blinzelte. »Ich wollte für dich da sein, so wie du hier im Club hättest für mich da sein müssen. Ich war hier der einzige Mensch und du wusstest es.«

Dante zog die Brauen nach oben. »Du wirktest auf mich nicht gerade einsam.«

»Richtig, weil Dean –« Light schüttelte ihren Kopf. »Ich bin deine Delegierte, Dante! Du kannst nicht über mich bestimmen.«

»Ach, und weil du meine Delegierte bist, darfst du über mich bestimmen?«

»Ja, Dante«, sagte sie sachlich und streifte sich die Jacke über die Schultern. »Genau das bedeutet es, eine Delegierte zu sein. Über einen Paranormalen zu befehlen, damit sich dieser der Gesellschaft anpasst.« Dante bedachte sie mit einem Blick, aus dem mehr Verachtung sprach, als man mit Worten hätte ausdrücken können. »Lass uns einfach gehen«, seufzte Light resigniert.

Kurze Zeit später befanden sie und Dante sich auf dem Heimweg. Sie mussten die vier Meilen zu Fuß zurücklegen, da sie die letzte Schwebebahn verpasst hatten. Dante hatte versucht ein Taxi anzuhalten, doch die wenigen Fahrzeuge, die ihnen begegneten, waren bereits besetzt.

Die Nacht war kälter geworden und einmal glaubte Light selbst Dante schaudern zu sehen. Oder zitterte er vor Wut? Eiskristalle bildeten sich an den Fensterscheiben und ließen sie trüb und milchig wirken. Es war sehr ruhig um diese Uhrzeit, nur gelegentlich hörte man einen Motor aufheulen oder das Lachen betrunkener Menschen und Wesen.

»Möchtest du etwas essen?«, fragte Dante völlig unverhofft und deutete auf einen Imbiss in einer Seitenstraße. Das flimmernde Licht der Leuchtreklame verkündete, dass es sich um einen asiatischen Imbiss handelte, der vierundzwanzig Stunden am Tag geöffnet hatte. Dampf stieg aus den offenen Türen hervor. Light lief ein angenehmer Schauer über den Rücken, wenn sie an die Wärme dachte, die sie dort umhüllen würde. Sie hatten etwa den halben Weg hinter sich und ihre Glieder waren inzwischen steif vor Kälte.

»Du lädst mich ein?«, fragte sie mit ausdrucksloser Miene.

Dante seufzte. »In Ordnung, aber hör auf zu schmollen, das ist ja unerträglich.«

Light verkniff sich ein Lächeln und folgte ihm zu dem Imbiss. »Wieso eigentlich immer thailändisch?«

»Asiatisch ist nicht zwangsläufig thailändisch«, antwortete Dante, ohne sie anzusehen.

»Aber wieso thailändisch? Ich persönlich sehe dich eher als Burger-Fan.«

»Die mag ich auch«, sagte Dante, und gerade als Light dachte, er würde ihre eigentliche Frage nicht beantworten, wandte er sich zu ihr um und sagte: »Meine Mum war Thailänderin.« Seine Stimme klang weich und auf seinem Gesicht lag ein Ausdruck von Zärtlichkeit. »Ich wurde dort geboren. Thailändisches Essen fühlt sich wie nach Hause kommen an. Nur nicht ganz so gut, denn niemand kocht besser als meine Großmutter Raylai.«

»Vielleicht kocht sie auch mal für mich«, sagte Light, ohne darüber nachzudenken. Als sie ihren Fehler bemerkte, hätte sie sich am liebsten die Hand vor den Mund geschlagen. Natürlich würde Raylai nie für sie kochen, denn in wenigen Wochen würde Dante für immer aus ihren Leben verschwinden. Er würde einen neuen Delegierten bekommen, vielleicht in New York, Florida oder Los Angeles. Bevor er ihr antworten konnte, wechselte sie das Thema. »Gehören deine Mum und Raylai auch zu den Censio?«

Dantes Kiefer spannte sich an. »Nein, sie starben beide, bevor mein Dad den Censio beigetreten ist.«

»Oh, tut mir leid das zu hören. Wie sind sie –«

Ein weiteres Mal überraschte Dante sie mit seiner Ehrlichkeit. »Meine Großmutter war schon alt. Kurz nach ihrem achthundertfünfzigsten Geburtstag und der Ermordung meines Großvaters hat sie den Tod gewählt. Meine Mum wurde von Anhängern der Impia umgebracht.« Light unterdrückte den Impuls, Dante zu trösten. »Ich war gerade vier. Zu alt, um sie zu vergessen. Zu jung, um mich wirklich an sie zu erinnern. Seitdem hat mein ...« Dante stockte. »Crispin hat Rache an den Menschen geschworen, die seine Frau ermordet haben. Darum ist er zu den Censio gegangen.«

»Crispin.« Light flüsterte den Namen des Censio-Anführers, als wäre er verboten. »Erzähl mir was über ihn.«

Dante schüttelte den Kopf. »Ich will nicht über ihn reden.«

»Wieso hast du mir nicht früher von ihm erzählt?«

»Früher?« Dante lachte. »Wir kennen uns seit gestern und heute habe ich es dir gesagt. Ist das nicht früh genug?« Er wartete keine Antwort ab. »Ich will nicht über ihn sprechen, Light. Er ist ... alles, was du wissen musst ist: Ich bin nicht wie er, verstanden?«

Light nickte. »Wärst du wie er, würde ich tot in einer Gasse liegen.« Sie gab ein trockenes Lachen von sich, doch Dante reagierte nicht darauf. Verschlossen starrte er auf das Schild des Asia-Imbisses, den sie erreicht hatten.

Im Imbiss gab es lediglich einen kurzen Tresen für die Essensausgabe und eine Handvoll Tische, doch das Innere war überraschend gemütlich gestaltet. In einer Ecke im hintersten Teil des Restaurants stand ein kleines Aquarium. Das exotische Aussehen der Fische beeindruckte Light ebenso wie die fremdartige Musik, die aus den Boxen spielte.

»Guten Tag.« Die Frau hinter der Theke neigte den Kopf zur Begrüßung. »Was kann ich Ihnen bringen?« Sie deutete auf das Aushängeschild mit den Gerichten, das in der Luft zu schweben schien. »Grünes Curry ist heute im Angebot.«

Light studierte die Karte, enttäuscht, dass die Frau ihre Unterhaltung mit Dante unterbrochen hatte. »Ich hätte gerne die gebratenen Nudeln mit der Kokossoße«, sagte sie und Dante bestellte sich das Grüne Curry in einer extrascharfen Version. Sie setzten sich an den Tisch neben dem Aquarium. Die sanft plätschernden Wassergeräusche beruhigten Lights Nerven und ließen sie den Zwischenfall im Club allmählich entspannter sehen.

»Wenn ich dir eine Frage stellen würde, würdest du sie mir ehrlich beantworten?« Light senkte den Blick und fuhr mit ihren Fingerspitzen über die goldene Kerze, die auf ihrem Tisch stand. Das Feuer züngelte hin und her, als würde es tanzen, aber in Wirklichkeit kämpfte die Flamme um ihr Leben. Der Luftzug aus der Heizung drohte das Feuer auszulöschen und plötzlich musste sie an Dean denken.

»Ich glaube, das hängt davon ab, wie deine Frage lautet«, antwortete ihr Dante leise.

»Ich weiß, was die Censio tun, wer sie sind, und ich komme nicht umhin mich zu fragen, ob ...«

»… ich Menschen getötet habe?«, beendete Dante den Satz. Light nickte. Sie war sich nicht sicher, ob sie die Antwort hören wollte. Was sollte sie tun, wenn er ihre Frage bejahte? Wie sollte sie mit einem Mörder umgehen?

»Darauf werde ich nicht antworten«, erwiderte Dante entschlossen. »Was ich dir sagen kann, ist, dass die Delegierten darüber informiert sind, was für eine Rolle ich bei den Censio gespielt habe, und dennoch haben sie sich dazu entschlossen, mich zu vermitteln. Du kannst mich verraten, aber es wird dir nichts nutzen.« Ein trügerisches Lächeln umspielte seine Lippen. Seine schwarzen Augen blitzten verschwörerisch auf.

»Versprich mir, dass du meiner Familie und Kane gegenüber die Censio nicht erwähnst. Mein Dad wird dich im Keller einschließen, wenn er etwas davon erfährt.« Light leckte sich mit der Zunge über ihren Finger. Es zischte, als sie die lebensschwache Flamme der Kerze löschte und Dean in die hinterste Ecke ihrer Gedanken schob.

»Wäre das nicht in deinem Sinne, wenn ich im Keller übernachten müsste?«

Light schüttelte den Kopf. »Überhaupt nicht. Das würde es nur schlimmer machen. Du bist die Freiheit gewohnt. Dich einzusperren wäre falsch.« Sie verwischte den Ruß auf ihren Fingerspitzen und sah zu Dante. »Wir Delegierten sind dafür da, euch Wesen den richtigen Weg zu zeigen. Wir sollen euch auf eure Fehler aufmerksam machen, damit ihr daraus lernen könnt. Es ist nicht unsere Aufgabe, euch zu verurteilen, das ist Sache des Gerichts.«

Dante öffnete seinen Mund, schloss ihn aber wieder, denn im nächsten Augenblick kam die Frau vom Tresen und stellte zwei

Gläser Wasser auf den Tisch. »Essen kommt in einer Minute«, erklärte sie und verschwand wieder.

Light nippte an ihrem Glas. »Was wolltest du sagen?«

Bevor er antwortete, tat Dante es ihr gleich und gönnte sich einen Schluck Wasser. »Ich frage mich nur, was dich davon abhält, mich zu verraten. Wieso erzählst du dem Rat nicht von unserer Wette? Oder davon, dass ich dich zwinge, mit mir in einem Bett zu schlafen? Sie würden dir glauben und du würdest dir den Ärger mit mir sparen.«

Light musste lachen. »Du bist kein Ärger ... noch nicht. Du versuchst den bösen Dämon zu mimen, aber glaub nicht, ich würde dich nicht durchschauen. Wärst du wirklich so böse, wie du es gerne vorgibst, hätte der Rat dich nie an einen Delegierten übergeben.« Eine Falte bildete sich auf ihrer Stirn. »Ich werde dich nicht verraten, egal wie du dich benimmst. Es wäre für mich eine Niederlage. Ich komme alleine mit dir zurecht. Ich brauche keine Hilfe.«

Die Frau kam zurück und brachte Dante erneut zum Schweigen, noch bevor er etwas sagen konnte. Auf ihren Händen balancierte sie zwei duftende Teller, die sie vor ihnen auf den Tisch stellte. Lights Magen knurrte vor freudiger Erwartung. Sie wickelte ein paar Nudeln um den Zinken ihrer Gabel und wartete darauf, dass Dante ihre letzte Bemerkung kommentierte.

Er tat es nicht.

Der nächste Tag verlief ruhig. Es war ein typischer Sonntag. Nach einem gemeinsamen Familienfrühstück, dem sich Dante nur ungern anschloss, verbrachten sie den Rest des Tages im Haus. Es war zu kalt, um etwas außerhalb der eigenen vier Wände zu unternehmen. Mehrfach hatte Light mit dem Gedanken gespielt, ihre Freundin Anna anzurufen, um ihr von Dante zu erzählen. Doch schnell hatte sie die Idee verworfen, denn manche Dinge erzählt man besser von Angesicht zu Angesicht.

Kane war immer noch davon überzeugt, dass Jude nicht bereit war, am nächsten Tag mit in die Schule zu gehen. Was wiederum nur bewirkte, dass Jude unbedingt gehen wollte, um Kane das Gegenteil zu beweisen. Light hingegen wäre nur zu gerne zu Hause geblieben. Das nervöse Gefühl, das ihren Magen zusammenkrampfte, wuchs jedes Mal, wenn sie daran dachte, morgen mit Dante den Unterricht zu besuchen. Was würden ihre Freunde sagen?

Am Abend lag Light schon in ihrem Bett, als Dante sich neben sie legte. Verstohlen drehte sie sich zu ihm um und starrte auf seinen Rücken. Seine Haare waren schon wieder länger geworden. Leichter Flaum bedeckte seinen Kopf links und rechts neben der längeren Mitte. Light gähnte. Es störte sie nicht, Dante neben sich liegen zu haben. Er verhielt sich ruhig und nahm sich nie mehr von der Decke, als ihm zustand. Es war beinahe so, als wäre er gar nicht da – aber auch nur beinahe.

10. Kapitel

»Paranormale Bürger sind verpflichtet, ihren Delegierten während der Ausbildung zu begleiten. Nach Beendigung der Schule steht es jedem paranormalen Bürger frei, einen Beruf nach seinem Ermessen zu wählen.«
(Buch der Delegation, Artikel 18)

Lights Magen zog sich zusammen, als sie am nächsten Morgen gemeinsam mit Jude, Kane und Dante aus der Schwebebahn stieg. Es war ein kühler, aber schöner Tag. Die ersten Sonnenstrahlen fanden ihren Weg an den Horizont. Sie waren besonders früh losgefahren, damit Jude sich seine versäumten Unterlagen aus der Schulbibliothek holen konnte. Nur vereinzelt streiften Schüler über das Gelände.

Dante gähnte. »Hätten Dumm und Dümmer nicht ohne uns fahren können? Es ist zu früh.« Er drückte seinen Brustkorb nach vorne und streckte seine Arme über den Kopf. Seine Knochen knackten. Nach dem Aufstehen hatten sie sich einen erbitterten Kampf um das Badezimmer geliefert. Vermutlich wäre Dante auch vollkommen ungewaschen aus dem Haus gegangen, aber das Vergnügen, Light in den Wahnsinn zu treiben, wollte er sich nicht nehmen lassen.

»Nenn sie nicht so. Wir fahren immer gemeinsam in die Schule.« Light hob die Schultern. »Ist Tradition.«

»Traditionen sind scheiße«, fluchte Dante. Kane warf ihm einen bösen Blick zu. Er war schlecht gelaunt, was zum einen an Jude lag, den er nicht davon hatte überzeugen können, zu Hause zu bleiben, und zum anderen an der verlorenen Wette und der freizügigen Bademode, die im Moment noch durch seinen Mantel verborgen wurde. Light war sich sicher, dass Anna wegen der verlorenen Wette nicht im Bikini erscheinen würde, aber Kane nahm es mit seinen Verpflichtungen und Versprechungen sehr ernst – auch wenn er dafür bei Minusgraden eine Badehose tragen musste.

»Wir gehen ins Klassenzimmer, wenn es euch nichts ausmacht.« Light schlug den Kragen ihres Mantels zurück, als sie das Schulhaus betraten. Künstliche Wärme aus der Lüftung hüllte sie ein und wärmte ihre Glieder. Kane winkte ihnen zum Abschied, bevor sich ihre Wege trennten. Lights Schritte hallten im leeren Flur wider, als sie die Treppe ansteuerte.

»Wir treffen sie erst in der Pause wieder, oder?« Dante ging einen Meter hinter ihr.

»Nein, im Unterricht. Jude und Kane besuchen dieselbe Klasse.«

»Wirklich? Jude ist älter als du.«

»Aus gesundheitlichen Gründen musste er für ein paar Jahre aussetzen.«

Dante ging nun neben ihr. »War das bevor oder nachdem er Kane bekommen hat?«

»Dazwischen. Die Ärzte dachten, er würde sterben, und man wollte ihm seinen letzten Wunsch – einmal der Delegierte eines Wesens zu sein – erfüllen. Kanes früherer Delegierter ist kurz davor verstorben, und er hat sich bereit erklärt, Jude diesen Wunsch zu erfüllen.«

»Soll das heißen, das System hat die beiden nicht füreinander bestimmt?«

Light schüttelte den Kopf. »Nein. Da Jude ohnehin zu schwach war, um an einer Delegationsveranstaltung teilzunehmen, haben sie einfach nach einem freiwilligen Wesen gesucht. Jude hat überlebt und Kane ist geblieben.« Light spürte einen tiefen Schmerz, wenn sie an diese Zeit zurückdachte. Es war wie eine Last aus einem früheren Leben.

»Aber sie passen gut zusammen«, bemerkte Dante.

»Das tun sie.« Light blinzelte. »Kane hat Jude durch die schwerste Zeit seines Lebens begleitet, so etwas verbindet und lässt sich in keiner Statistik festhalten oder ausrechnen.«

Schweigend liefen sie ein paar Schritte. »Dumm und Dümmer gehören sicherlich zu den beliebten Schülern, oder?«, fragte Dante unvermittelt.

Light verdrehte die Augen. »Nenn sie nicht so! Aber ja, Kane ist eine Berühmtheit an der Schule. Fast drei Jahre lang war er das einzige Wesen in unserer Klasse – wir anderen mussten alle warten, bis wir siebzehn werden, um ein Wesen zu kriegen. Manchmal kam sich Kane vor wie eine Zirkusattraktion.« Light blieb vor einer der Türen stehen. »Das hier ist unser Klassenzimmer für die ersten zwei Stunden: Delegationsunterricht bei Delegat Roland.« Mit einem Quietschen öffnete Light die Tür. »Roland sieht streng aus, aber er ist ganz in Ordnung.«

Dante runzelte die Stirn. »Man lässt bei euch die Klassenzimmer offen?«

»Wieso nicht? Es ist eine Privatschule für Delegierte. Niemand stiehlt oder macht etwas kaputt. Wir alle haben Respekt vor dieser Schule und Angst, unseren Posten zu verlieren.« Light deutete auf einen Tisch direkt in der Mitte des Klassenzimmers. »Das ist mein Platz. Du wirst neben mir sitzen.«

Dante ließ sich auf seinen Stuhl sinken. »Hier muss nie jemand zum Direktor, oder?«

»Selten. Meist sind es Wesen, die aus Gewohnheit Magie verwenden. Aber sie werden nie bestraft. Magie ist in der Schule verboten, aber man kann niemanden für das bestrafen, was er ist. Es wäre, als würde man uns verbieten zu atmen.«

Dante schmunzelte. »Wie gut für dich, dass Dämonen in menschlicher Form über keine Magie verfügen.«

Light runzelte die Stirn. »Das steht auch in unseren Lehrbüchern, aber irgendwie konnte ich es nie glauben.«

»Wieso?«

»Für mich waren Dämonen immer mächtige Wesen«, gestand Light widerwillig.

»Nicht unbedingt«, erklärte Dante. »Jeder Dämon hat eine Fähigkeit, aber das ist keine wirkliche Magie. Es ist nur eine einzige angeborene Gabe. Manche können sehr schnell laufen, andere wiederum können Gedanken lesen. Das Spektrum der Fähigkeiten ist weit, aber die meisten davon sind harmlos.« Er streckte seine Beine unter den Tisch aus. »Wirkliche Magie kann ein Dämon nur in seiner dämonischen Form verwenden, aber davon würde ich abraten.«

»Wieso?«, flüsterte Light, ohne zu wissen, weshalb sie flüsterte.

»Es tut weh, sich zu verwandeln, und es kann passieren, dass man sich selbst in seiner dämonischen Form verliert und nie wieder menschlich wird. Etwas auffällig, als gehörntes Ding durch die Gegend zu laufen, findest du nicht?«

»Allerdings«, stimmte Light ihm zu, und bis die anderen Schüler eintrafen, gab sie Dante einen kurzen Überblick, was sie in den vergangenen Wochen gelernt hatten. Er zeigte nur mangelndes Interesse, aber Light redete unaufhörlich weiter. Sie suchte Ablenkung in den Worten, um ihre Nervosität zu vergessen.

Das Klassenzimmer füllte sich. Die Leute starrten Dante an, aber niemand sagte etwas. Entweder bemerkte Dante die Blicke nicht oder er ignorierte sie gekonnt. Light spürte vor Aufregung das Herz in ihrer Brust pochen, während sie Dante alles über ansteckende Lykanthropiekrankheiten erzählte.

Dann kamen Jude und Kane aus der Bibliothek. Kanes Aufmachung sorgte für Lacher und forschende Blicke einiger Mitschülerinnen. Kane scherzte mit ihnen über seine verlorene Wette und lenkte die Aufmerksamkeit auf sich. Light atmete auf. Sie war froh, dass die Leute anfingen Kane Fragen zu stellen und Dante für einen Moment ignorierten.

Bis eine grell kreischende Stimme sie wieder zurückholte. »Light!«, schrie Anna. Sie öffnete die Augen und sah ihre beste Freundin durch die Tür auf sie zustürmen. »Wer ist das? Wo ist dein Wesen?«

Hilfe suchend sah Light zu Dante. Mit einem heimtückischen Lächeln lehnte er sich zurück, ohne etwas zu sagen. Light seufzte. Sie war sich der Blicke der anderen Schüler bewusst, also tat sie das, was sie getan hätte, wäre Dante kein männlicher Dämon, sondern eine weibliche Vampirin. »Dante, das ist Anna, meine beste Freundin. Sie hat übernächste Woche ihre eigene Delegation. Anna, das ist Dante, mein Wesen für die nächsten Wochen.«

»Das kann nicht sein.« Ungläubig schüttelte Anna den Kopf. »Ihr passt überhaupt nicht zusammen. Light ist ein Engel. Und du –? Ihr seid wie … wie Licht und Dunkelheit.«

»Und doch ist es kein Scherz«, sagte Dante und streckte Anna die Hand entgegen. Verdutzt musterte diese zuerst seinen ausgestreckten Arm, dann sein Gesicht. Ihr Ausdruck änderte sich, wurde freundlicher. »Ich glaub es nicht«, raunte sie, ohne Dante loszulassen.

Alle Gespräche im Raum verstummten. Nach und nach bekamen alle mit, was sich gerade abspielte, und der Fokus der Aufmerksamkeit legte sich wie ein Scheinwerfer auf ihre kleine Gruppe. Dante räusperte sich und zog seine Hand zurück. Seine schwarzen Augen funkelten wie Diamanten.

»Es war ein Fehler im System«, erklärte Kane schließlich. »Dante wird bei uns wohnen, bis die Sache geregelt ist. Wir werden heute die Papiere für die Revision einreichen.« Er sah sich im Raum um. »Es ist nichts, und jeder von euch weiß, dass es unmöglich ist, dass ein Dämon das passende Wesen für Light ist. Es ist ein Irrtum und nicht mehr.«

»Danke«, formte Light mit ihren Lippen. Kane zwinkerte ihr aufmunternd zu. Es stimmte, was Dante zuvor gesagt hatte. Kane war beliebt, und wenn er kein Problem mit Dante hatte, hatte niemand ein Problem mit ihm. Nur Anna, die sich von Kane schon lange nicht mehr beeindrucken ließ, kam aus dem Staunen nicht heraus. Light konnte es ihr nicht verübeln. Dante als Wesen zu haben war eine aufregende Erfahrung, die sich so schnell nicht wiederholen würde.

»Also, du bist ein Dämon. So ein Richtiger?«, fragte Anna.

»Gibt es unrichtige Dämonen?«, stellte Dante die Gegenfrage.

Annas Wangen färbten sich rot. »Wie alt bist du?«

»Zwanzig.«

Sie verdrehte die Augen. »Ich meine dein wirkliches Alter.«

»Wie ich schon sagte: zwanzig«, wiederholte Dante geduldig, was Light überraschte.

»Er ist wirklich erst zwanzig«, bestätigte sie. »Ich wollte es zuerst auch nicht glauben, aber es stimmt.«

»Wow, noch ganz frisch. Ein Baby-Dämon.« Light klappte der Mund auf. Das hatte Anna nicht wirklich gesagt? Ein Ausdruck, den Light nicht deuten konnte, schimmerte in Dantes Augen. Was auch immer es war, sie war sehr dankbar dafür, dass Delegat Roland in diesem Moment ins Klassenzimmer kam und mit seinem strengen »Guten Morgen« den Unterricht einleitete.

Delegat Roland stellte seine Aktentasche mit einem dumpfen Knall auf den Tisch. Die Augenbrauen zusammengezogen blickte er in die Klasse. »Interessante Aufmachung, Kane. Was verschafft uns die Ehre, einen Blick auf Ihren athletischen Körper zu werfen?«, fragte Roland und verlor dabei etwas von seiner Strenge. »Wenn es um Ihre Note geht, mich können Sie so nicht beeindrucken.«

Verlegen rieb Kane sich über die nackte Brust. »Ich habe eine Wette verloren, Sir.«

»Eine Wette? Interessant, aber dürfte ich Sie darum bitten, sich von der Schulkrankenschwester eine Decke oder etwas Ähnliches zu holen? Sie lenken Ihre Mitschülerinnen vom Unterricht ab.« Roland wandte sich von Kane ab, der mit gesenktem Kopf das Klassenzimmer verließ. »Mr Leroy«, sagte Roland entzückt. »Wie schön Sie in unserer Klasse willkommen zu heißen. Ich war wirklich überrascht, als ich die Benachrichtigung über den Verlauf von Mrs Adams' Delegation gelesen habe.« Roland strich sich mit seinen kleinen, dicken Fingern das rote Haar aus dem

Gesicht. »Fehler passieren, und wir sollten das Beste daraus machen, finden Sie nicht auch?« Er wartete keine Antwort ab. »Wie gut, dass wir heute mit einem neuen Thema beginnen, das Ihnen wie auf den Leib geschneidert ist: Dämonenkunde.« Begeistertes Raunen ging durch die Klasse. Mit einer autoritären Handbewegung schnitt Roland allen das Wort ab. »Aber bevor wir uns diesem überaus interessanten Thema widmen, möchte ich einen Grundwissenstest schreiben.« Frustriertes Stöhnen hallte durch das Zimmer. »Mr Leroy, da es heute Ihr erster Schultag ist, werde ich Sie nicht dazu zwingen mitzuschreiben, aber Sie können ihr Glück gerne versuchen.«

»Ich schreibe mit.«

Begeistert klatschte Roland in die Hände und zog einen Packen Papier aus seiner Tasche. »Augen aufs eigene Blatt. Es gibt keine Verwarnungen«, drohte er, während er durch die Reihen ging und die Fragebögen verteilte. »Hilfsmittel sind nicht erlaubt. Viel Glück.« Er legte Kane, der jetzt in eine Decke eingehüllt war, das letzte Blatt vor die Nase.

»Wann erfuhr die Menschheit offiziell von der Existenz der Paranormalen?«, las Light die erste Aufgabe und seufzte erleichtert. Diese Frage konnte sie im Schlaf beantworten: Nach den ersten Gerüchten um lebende Vampire im Jahr 2013 wurde deren Existenz am 7. November 2013 offiziell nachgewiesen und anerkannt. In Reaktion auf die Proteste und die Forderung der Todesstrafe, ähnlich der Hexenverbrennungen, outeten sich am 3. Februar 2014 all die anderen Wesen – mit Ausnahme der Dämonen, deren Existenz erst wesentlich später, nämlich im Mai 2015, und unter heftigen Widersprüchen des Vatikans anerkannt wurde.

Es dauerte keine zehn Minuten, den Test auszufüllen. Kaum hatte sie ihren Stift auf die Seite gelegt, überkam sie die Neugierde. Was hatte Dante auf seinem Blatt stehen? Obwohl Roland damit beschäftigt war, alte Tests zu korrigieren, traute Light sich nicht, zu Dante hinüberzusehen. Stur heftete sie ihren Blick auf ihr eigenes Blatt und kontrollierte die Antworten ein drittes und viertes Mal, bis die kleine Eieruhr auf Rolands Schreibtisch klingelte.

Nachdem Roland alle Tests eingesammelt und sorgfältig in seiner Tasche verstaut hatte, drehte er sich zur Klasse. Er schob die Ärmel seines blauen Hemdes nach hinten. »Gut, lasst uns über Dämonen reden –«

Light beugte sich zu Dante. »Wie lief der Test bei dir?«, fragte sie.

Überrascht sah er sie an. »Du redest im Unterricht? Das hätte ich nicht von dir erwartet.«

»Idiot.« Sie rollte mit den Augen und verpasste ihm einen leichten Stoß in die Seite. »Also, wie war's?«

»Gut. Mein Dad hat mir alles über die historische Entwicklung zwischen Menschen und Wesen beigebracht«, sagte Dante. »Man muss den Feind kennen, um den Feind zu besiegen. Seine goldene Regel.«

Light kräuselte die Lippen. »Dein Vater hört sich streng an. Immerhin bekommst –«

»Mrs Adam und Mr Leroy.« Bedrohlich ragte Delegat Roland über ihnen auf. »Auch wenn Sie bereits Experten sind, wenn es um Dämonen geht, bitte ich Sie, meinem Unterricht zu folgen.«

»Natürlich, Sir«, erwiderte Light. Dante nickte schuldbewusst, aber in seinen Augen lag ein schelmischer Ausdruck, den Roland höflich ignorierte.

»Dann wollen wir doch Ihr Wissen testen, Mrs Adam. Erzählen Sie uns, wie Dämonen entstanden sind, und nennen Sie mir zwei Dämonenarten, die sich auf Grund ihres Äußeren von den anderen unterscheiden.«

Light stieß in Gedanken einen Seufzer aus und war erleichtert, dass sie die Antwort auf die Frage kannte. »Es gibt keine genaue Überlieferung über das Entstehen der Dämonen. Die meisten Bücher lehren jedoch den Verlust der Flügel. Dieser Theorie zufolge entstammen Dämonen Engeln, denen die Flügel genommen wurden und die sich daraufhin mit anderen Geschöpfen, wie Vampiren oder Hexern, gepaart hätten. Die aus diesen Verbindungen hervorgehenden Kinder wurden zu Dämonen«, erklärte Light. »Und es sind der Incubus und die Succubus, die sich von den anderen Dämonen unterscheiden. Ihre Augen sind nicht schwarz, sondern haben eine grüne oder blaue Iris, um ihre menschlichen Opfer zu täuschen.«

Roland nickte zufrieden und fuhr fort. »Bevor Mrs Adam und Mr Leroy uns unterbrochen haben, sprachen wir von den speziellen Fähigkeiten der Dämonen. Diese Fähigkeiten ähneln einer angeborenen individuellen Magie, die Dämonen zu jeder Zeit anwenden können. Vielleicht möchten Sie uns etwas über Ihre Fähigkeit erzählen, Mr Leroy?« Erwartungsvoll sah Roland ihn an und erneut hüllte eine abwartende Stille das Klassenzimmer ein. Für den Bruchteil einer Sekunde schien Dante unentschlossen. Er räusperte sich. Ein leises Raunen ging durch das Zimmer.

»Ich kann Persönlichkeiten sehen«, sagte Dante. »Ich sehe, wie ein Mensch oder ein Wesen wirklich ist. Leute verstellen sich aus den verschiedensten Gründen, aber ich weiß, wie sie wirklich sind.«

»Interessant«, raunte Roland. »Heißt das, Sie können Gedanken lesen?«

»Nein.« Dante gab ein so verächtliches Zischen von sich, als hätte er vergessen, dass er mit einem Lehrer sprach. »Jede Persönlichkeit hat ihre eigene Farbe – eine Aura, und diese kann ich sehen. Ich hab keine Ahnung, was Sie in diesem Moment denken.«

Erleichtert atmeten einige Schüler aus.

»Würden Sie uns eine kleine Vorstellung Ihrer Fähigkeit geben?« Rolands Tonfall war hoffnungsvoll.

»Ist das eine Bitte oder eine Aufforderung?«, brummte Dante.

Mr Roland verzog das Gesicht. »Sehen Sie es als Unterrichtsbeitrag für eine gute Note.«

»Ich brauche keine gute Note.« Light verpasste Dante unter dem Tisch einen Stoß. Er warf ihr einen wütenden Blick zu, gab aber schließlich nach. »In Ordnung, aber ich bräuchte einen Freiwilligen.«

Ein Gewirr von murmelnden Stimmen setzte ein.

»Vielleicht könnte Light diese Aufgabe übernehmen?«, fragte Roland, ohne Light anzusehen. Vermutlich hatte er nur Angst, selbst der Freiwillige zu sein. Doch noch bevor Light diese Aufgabe übernehmen konnte, schüttelte Dante den Kopf. »Das geht nicht. Ich kenne Light schon viel zu gut. Der Effekt wäre besser, wenn es jemand wäre, den ich noch nicht kenne.

Roland blinzelte. Er zögerte. »Gibt es einen Freiwilligen?« Kollektives Schweigen.

»Ich mach es«, sagte Kane. Er schlang die Decke um seinen nackten Körper. »Dante wohnt bei uns, aber wir haben bisher kaum miteinander gesprochen. Natürlich mach ich das nur, wenn es für Dante kein Problem ist.«

»Keineswegs.« Dante lächelte schief. Etwas Finsteres lag in diesem Lächeln.

»Soll ich mich hinsetzen? Irgendetwas Bestimmtes machen?«, fragte Kane.

»Nein. Ich weiß schon jetzt, was ich wissen muss.« Dante verschränkte die Arme vor der Brust. Light spürte ein Kribbeln auf ihrer Haut, als würden Ameisen über ihren Körper krabbeln und ihre Nerven kitzeln. »Kane ist sehr egoistisch«, sagte Dante. »Er ist sanftmütig und nett, solange er sich sicher ist, dass es nach seinem Willen geht. Widersetzt man sich seinem Willen, so wie Jude es heute getan hat, wird er unangenehm. Er hält seine Wut zurück, aus Angst, das Bild, das die Leute von ihm haben, zu zerstören. Wenn Kane sich etwas in den Kopf gesetzt hat, hält er daran fest. Ohne Rücksicht auf Verluste.«

Kane zog die Decke enger um seinen Körper. »Du hörst dich an wie ein Horoskop.« Zustimmendes Raunen. »Geht das nicht etwas genauer? Oder hast du uns belogen, was deine Fähigkeit angeht?«

Dantes Kiefer spannte sich an. Light konnte unter dem Tisch sehen, wie seine Hände sich ballten. Sanft berührte sie sein Knie. Er sah sie an und für einen kurzen Moment rückten alle anderen Schüler und Delegat Roland in den Hintergrund wie Statisten in einem Bühnenstück. Sie waren anwesend, aber nicht wirklich existent. Dante spielte die Hauptrolle. »Erzähl ihnen mehr«, sagte Light leise und der Hauch eines Lächelns zog sich über ihre Lippen. Dante blinzelte und der Moment löste sich auf. Das Bühnenstück war vorbei.

»Du willst von allen gemocht werden«, richtete sich Dante direkt an Kane. »Und du hast schreckliche Angst davor, dass jemand etwas über deine Vergangenheit erfährt und über deine Familie. Die letzten fünfzig Jahre haben deine Persönlichkeit sehr geprägt, denn ich sehe ganz deutlich einen Riss, der dich verändert hat. Eine weitere Unreinheit in deiner Persönlichkeit hat sich vor etwa fünf Jahren gebildet, als du Jude das erste Mal begegnet bist.«

Er hätte lügen können. Alles abstreiten. Aber der Ausdruck auf seinem Gesicht verriet Kane. Light wusste nicht, ob es möglich war, aber er wirkte auf sie noch farbloser als sonst. Kane sprach selten über seine Familie – eigentlich nie, wenn Light genauer darüber nachdachte. Sie hatte in den vergangenen zwei Tagen mehr über Dantes Vergangenheit erfahren als über die von Kane in den vergangenen fünf Jahren.

Zufrieden lehnte Dante sich in seinem Stuhl zurück. »Genügt das oder soll ich noch mehr erzählen?«

Regungslos starrte Kane auf einen entfernten Punkt neben Dantes Ohr. Sprachlos. Die Schüler um sie herum begannen leise zu reden. »Wirklich interessant«, sagte Roland mehr zu sich selbst. »Wie weit geht Ihre Fähigkeit? Könnten Sie uns verraten, wie diese Persönlichkeitsrisse entstanden sind?«

»Natürlich. Ich sehe alles, was die Persönlichkeit geformt hat«, sagte Dante beinahe sanft, wie ein Flüstern. Light lehnte sich nach vorne, um ihn besser zu verstehen. »Meistens sind es Erinnerungen aus der Kindheit oder besonders einschneidende Erlebnisse. Ein Unfall. Der Verlust einer geliebten Person. Dinge, die einen prägen, die einen festhalten und nicht mehr loslassen.«

Light überstand die ersten vier Stunden Unterricht ohne weitere Zwischenfälle, was man von Kane nicht behaupten konnte. Im

Gegensatz zu Delegat Roland fand Mrs Meyer, die Psychologielehrerin, sein Outfit weniger amüsant und schickte ihn auf direktem Weg zur Schulleitung.

Light reihte sich mit Dante in die Schlange für die Essensausgabe ein, während Anna am anderen Ende des Raumes versuchte, Logan Swimmer als Date für den Winterball zu gewinnen.

»Das sieht aus, als wäre es schon einmal gegessen worden«, bemerkte Dante. Er verzog das Gesicht und deutete auf eine zähflüssige orange Masse, die mit krakeliger Handschrift als »Kürbissuppe« ausgezeichnet war.

Light schüttelte den Kopf. »Du darfst hier niemals Suppe essen. Nach meiner ersten Suppenerfahrung hab ich mir zwei Tage lang die Seele aus dem Leib gekotzt.«

Dante rümpfte angewidert die Nase. »Zu viel Information.«

Verlegen sah Light ihn an. »Entschuldigung, ich wollte dir nicht den Appetit verderben.«

»Keine Sorge, der Appetit vergeht mir schon beim Anblick des Essens.« Er rührte mit einem Schöpflöffel in einer undefinierbaren brauen Masse, die nach verbranntem Kohl stank.

»Die Nudeln mit Tomatensoße sind okay.« Lights Tonfall klang entschuldigend. »Weich gekocht, aber essbar.«

Dante rückte in der Reihe weiter auf. »Kann ich dir vertrauen?«

»Natürlich.« Light verzog die Lippen. »Kannst du die Ehrlichkeit nicht in meiner Persönlichkeit erkennen?« Seit sie den Unterricht von Delegat Roland verlassen hatten, war kein Wort über seine Fähigkeit gefallen. Light konnte nicht fassen, dass Dante so etwas Wichtiges vor ihr verheimlichte. Sie räusperte sich, bemüht ihre Stimme möglichst fest, aber freundlich klingen zu lassen. »Du hättest es mir erzählen müssen. Meine Aufgabe als deine Delegierte ist es, dich vor dir selbst zu schützen, aber wie soll das funktionieren, wenn ich das Ausmaß deiner Kräfte nicht kenne?«

»Wie willst du mich vor meiner Fähigkeit beschützen?«, sagte Dante anmaßend.

Light öffnete den Mund und schloss ihn wieder. »Ich ... ich sollte so etwas wissen.«

»Jetzt weißt du es.«

»Zwei Tage zu spät. Du hättest es mir früher sagen müssen.« Light versuchte sich ihre Enttäuschung nicht anmerken zu lassen und wechselte das Thema. »Und überhaupt, wieso bist du zu allen so nett? Als dich Mrs Meyer darum gebeten hat, dich vorzustellen, hast du das in einer freundlichen und antidämonischen Haltung getan, die ich dir überhaupt nicht zugetraut hätte.«

Dante schob sich in der Reihe weiter nach vorne. Endlich erreichten sie das ansehnlichere Buffet mit frischem Obst, weich gedämpftem Gemüse, Reis- und Nudelgerichten. »Ich bringe sie dazu, mir zu vertrauen«, sagte er ohne emotionale Regung. »Wenn sie das tun, werde ich sie brechen.«

Es dauerte eine Sekunde, bis Light die Tragweite seiner Worte verstand. Sie starrte ihn an. Vorfreude glitzerte in seinen schwarzen Augen. »Was hast du vor?«

Sanft, fast schon liebenswert, lächelte Dante sie an. Ihr Herzschlag pochte unregelmäßig. Langsam lehnte er sich nach vorne. Light spürte seinen Atem, der warm ihre Wange streichelte. »Finde es heraus«, hauchte er in ihr Ohr. Light schauderte und im nächsten Augenblick berührten seine Lippen ihre Wange. Weich und warm schmiegten sie sich an ihre Haut. Es war ein unschuldiger, flüchtiger Kuss. Light war wie erstarrt. Ein undefinierbares Gefühl kochte in ihr auf. Das Blut pochte in ihren Schläfen und eine prickelnde Wärme breitete sich in ihrem Inneren aus, während ihr Körper so starr und unbeweglich wie Eis schien.

Dante wich zurück, immer noch ein schelmisches Grinsen im Gesicht. »Schade, dass Kane das nicht sehen konnte«, sagte er gespielt traurig. »Aber immerhin hat Anna uns beobachtet. Entweder das, oder sie hat einen Geist gesehen.«

Light fand ihre Stimme wieder. »Was erhoffst du dir davon?« Die Worte hingen dünn und hilflos in der Luft.

»Regel Nummer zwei, nach der goldenen Regel: Verrate dem Feind nie deinen Plan.« Dante kippte etwas von der Tomatensoße über seine Portion Nudeln, wandte sich ab und ging zum Tisch, an dem Anna auf sie wartete. Als Light sich aus ihrer Starre lösen konnte, bediente sie sich hastig am Buffet und folgte Dante. Sie wagte es nicht, sich umzusehen. Wie viele neugierige Blicke hatten den Kuss gesehen? Die Berührung seiner Lippen kribbelte noch immer auf ihrer Haut. Es war eine prickelnde Hitze, wie nach einem leichten Sonnenbrand.

»Wie war es mit Logan?« Light glitt auf den Platz zwischen Anna und Dante. Anna verdrehte die Augen. Ihr Versuch, das Gespräch von Grund auf in eine andere Richtung zu lenken, funktionierte. »Er hat mich gefragt, ob ich am Freitag mit ihm ausgehen möchte. Am Freitag! Am Tag meiner Delegation! Gott, wie kann er so etwas Wichtiges nur vergessen?«

»Er hat es sicher nicht wirklich vergessen«, versuchte Light sie zu beruhigen. »Er hat in diesem Moment einfach nicht dran gedacht.«

Anna sank in sich zusammen. »Vermutlich hast du Recht. Kommst du mit zur Essensausgabe?«

Light blickte sehnsüchtig auf ihren Teller und hörte ihren Magen protestieren. »Aber mein Essen ...«

»Dein Essen kann nicht kalt werden, das war es schon vor zehn Minuten.«

Darauf wusste Light nichts zu erwidern. Sie schob ihre Beine zwischen den Bänken hervor und begleitete Anna zur Ausgabe. Als ihnen der Gestank der nach Kohl riechenden Suppen entgegenschlug, begann Light durch den Mund zu atmen.

»Was war das gerade zwischen dir und Dante?« Annas Frage kam nicht unerwartet.

Light berührte ihre Wange mit den Fingerspitzen. Sie seufzte und ließ ihre Hand wieder sinken. »Das war nichts. Dante wollte mich nur verwirren. Du solltest nichts, was er sagt oder tut, auf die Goldwaage legen. Er ist ein Dämon und Dämonen lügen.« Sie zuckte mit den Schultern, als wäre es das Offensichtlichste.

»Du willst mir also sagen, dass zwischen Dante und dir überhaupt nichts läuft?«, hakte Anna nach.

Light reichte ihrer Freundin ein Tablett. »Nein. Gar nichts.«

»Und du findest ihn nicht gut aussehend oder attraktiv?«

»Das habe ich nie gesagt.« Light sah zurück zu ihrem Platz, wo Dante die Beine unter dem Tisch ausgestreckt hatte und sein Mittagessen herunterschlang. Seine braunen Haare ließen sein Gesicht weniger streng und jünger wirken. Sie blickte zurück zu Anna. »Er ist attraktiv, aber das ist Kane auch.«

»Du stellst Dante also mit Kane auf eine Stufe?«

Light schnaubte. »So war das nicht gemeint.« Sie verschränkte die Arme vor der Brust. Sie sprach leise, damit niemand sie hören konnte, aber ihre Worte klangen intensiv. »Kane ist einer meiner besten Freunde und mir sehr wichtig. Doch er ist das Wesen von Jude. Dante ist aber mein Wesen. Mein erstes. Er wird mir immer etwas bedeuten. Das ist es, was mich und ihn verbindet. Nicht mehr und nicht weniger.«

Anna, die ihr inzwischen voll beladenes Tablett auf einer Hand balancierte, strich Light eine Haarsträhne aus dem Gesicht und lächelte gutmütig. »Du magst ihn mehr, als du vermutlich zugeben willst, und das ist in Ordnung. Wirklich. Er ist neu und aufregend. Interessant. Unerwartet. Ich mach dir keine Vorwürfe. Ich bitte dich nur: Sei vorsichtig. Ich will nicht, dass er deine Gefühle verletzt und dich am Ende womöglich deinen Job als Delegierte kostet. Wir wollten doch in zwanzig Jahren gemeinsam im Rat sitzen.«

Light setzte ein schiefes Grinsen auf. »Seit wann bist du so vernünftig?«

»Das muss wohl am Alter liegen«, lachte Anna.

Sie gingen zurück zu ihrem Platz, an dem Dante auf sie wartete. Die Arme auf den Tisch gestützt ruhte sein Kinn in seinen Händen. Er hatte die Augenlider gesenkt, als wäre er erschöpft und müsste sich ausruhen. Ohne etwas zu sagen, setzten sich Anna und Light an den Tisch und leerten ihre eigenen Teller. Die Nudeln waren kalt und viel zu weich, aber die Tomatensoße hatte einen überraschend intensiven, natürlichen Geschmack. Lights Magen brummte vor Begeisterung, aber sie konnte dieses sättigende Gefühl nicht genießen. Ihre Gedanken kreisten um Dante und um Kane, aber je länger sie darüber nachdachte, desto komplizierter wurde das Chaos in ihrem Kopf. Für sie war es einfach, denn Kane war für sie wie ein Bruder. Aber seine Gefühle für sie reichten darüber hinaus, dessen war sie sich inzwischen bewusst. Sie musste ihm begreiflich machen, dass zwischen ihnen nie mehr sein würde, aber sie wusste nicht wie. Ein leichter Ausweg wäre schön, doch den gab es nicht. Denn Liebe war nicht einfach, sie war kompliziert, schmerzhaft und alles dazwischen.

11. Kapitel

»Die vom Staat auferlegte Bürde eines Delegierten beginnt mit Vollendung des 10. Lebensjahres und endet mit dem Tod. Ein zehnjähriger Schulbesuch sichert das Grundlagenwissen eines jeden Delegierten.«
(Buch der Delegation, Artikel 3)

Der Rest des Schultages verging schnell. Nach der Pause standen zwei Stunden Englisch und eine Stunde Wesenskunde bei Dr. Adrian auf dem Plan. Kane und Jude waren nach ihrem Besuch im Direktorat nicht zurückgekommen, was Light vermuten ließ, dass der Schulleiter sie nach Hause geschickt hatte.

Vor dem Schulgebäude warteten Light und Dante auf ihre Eltern, die mit ihnen ins Rathaus fahren wollten, um Revision gegen die Delegation einzulegen. Kurz nach 16 Uhr – mit einer halben Stunde Verspätung – fuhr der Wagen vor.

»Hallo, Schatz«, begrüßte ihre Mutter sie. »Ich hoffe, es gab keinen Ärger.«

»Nein. Keinen Ärger. Dante hat sich vorbildlich verhalten.«

Die Erleichterung war ihrem Dad anzusehen. »Das freut mich.«

Light erzählte von Annas bevorstehender Delegation und ihrem Wunsch, mit Logan Swimmer auf den Winterball zu gehen. Sie erwähnte auch die nach Kohl stinkende Suppe, denn ihr war jedes Mittel recht, um ihre Eltern zum Schweigen zu bringen. Sie wollte keine Fragen nach ihrem ersten Schultag mit Dante beantworten und nach den damit verbundenen Informationen.

Sie sollten nicht erfahren, welch eine Fähigkeit Dante besaß oder dass er auf Grund seiner Herkunft alle Fragen des Grundwissenstests beantworten konnte.

Mr Bennett wartete bereits am Eingang des Kapitols und trug ein gequältes Lächeln auf den Lippen. Er schämte sich noch immer wegen des Fehlers, der ihm mit Dante unterlaufen war. »Guten Tag«, begrüßte er sie und schüttelte ihnen nacheinander die Hand. »Dante, schön Sie wiederzusehen. Ich sehe, Sie haben Ihre Haarfarbe dem allgemeinen Standard angepasst. Gefällt mir sehr gut. Was halten Sie davon, wenn wir keine weitere Zeit verschwenden und gleich einen Blick in die Akte werfen?«, sprudelte es aus ihm heraus. Er führte sie in einen Konferenzraum, der direkt neben dem Saal lag, in dem Light und Dante sich das erste Mal begegnet waren. Seitdem schien eine Ewigkeit vergangen zu sein.

»Das ist Seth Conway.« Mr Bennett deutete auf einen Mann Ende zwanzig, der gerade dabei war, seinen Laptop aufzubauen. »Er arbeitet für die Abteilung, die sich mit der Verarbeitung der Fragebögen und Psychoanalysen beschäftigt. Er wird mit Ihnen in Ruhe die Bögen von Light und Dante durchsehen. Sobald wir den Fehler in den Daten gefunden haben, können wir die Revision beantragen. Ich lasse Sie mit Mr Conway alleine.«

Schneller, als Light »Auf Wiedersehen« sagen konnte, war Mr Bennett durch die Tür verschwunden. Lange Zeit war nichts zu hören außer dem Rattern des Computers, der sich darauf vorbereitete, die entsprechenden Daten aufzurufen. Mr Conway räusperte sich. »Hier sind Ihre Daten.« Er erhob sich von seinem Stuhl und deutete Light sich zu setzen. »Ich werde Ihnen gerne helfen, sollte es von Ihrer Seite aus Probleme geben, die Fragebögen zu verstehen. Beginnen wir mit Mr Leroy.« Dante setzte sich und rutschte seinen Stuhl näher zu Light, während Mr Conway Dantes Fragebogen öffnete.

Nur flüchtig blickte Light über Dantes Angaben. Sie wollte seine Privatsphäre achten, schließlich hatte er diesen Fragebogen in dem Vertrauen ausgefüllt, dass niemand ihn je zu sehen bekommen würde. Nach ein paar Minuten seufzte Dante und lehnte sich zurück. »Alles in Ordnung. Wie ich es ausgefüllt habe.«

Mr Conway nickte, beugte sich nach vorne und öffnete Lights Fragebogen. Sie begann zu lesen, wurde aber immer wieder von Dante abgelenkt, der weitaus weniger Diskretion zeigte als sie. Bei einigen ihrer Angaben schmunzelte er und bedachte sie mit einem amüsierten Blick.

»Diese Antwort meinst du doch nicht wirklich ernst?«, prustete Dante und deutete auf den Bildschirm. »Was wünschen Sie sich für die Zukunft?«, las er laut vor und imitierte Lights Stimme: »Ich wünsche mir den Frieden. Paranormale Bürger und Menschen sollen ohne Streit Seite an Seite leben können und voneinander lernen.« Er zischt verächtlich. »Ehrlich, Light, willst du Delegierte oder Miss Amerika werden?«

Unter dem Tisch ballte Light ihre Hände zu Fäusten, ohne auf Dantes Frage zu reagieren. Je mehr sie von ihrem Fragebogen las, umso nervöser wurde sie. Zum einem wurden die Fragen immer intimer, und zum anderen schwand ihre Chance, einen Fehler zu finden, mit jeder weiteren Frage, die korrekt in das System übertragen wurde.

»Ich habe keinen Fehler gefunden.« Enttäuscht ließ Light ihre Schultern sinken. »Alles so, wie ich es ausgefüllt habe.«

»Bist du dir sicher?« Väterlich legte ihr Dad ihr eine Hand auf die Schulter und drückte sie leicht.

»Ihr könnt euch den Bogen gerne noch einmal ansehen.« Mr Conway trat neben sie.

»Das ist nicht nötig«, seufzte Dante. »Ich habe den Fehler gefunden.«

Überrascht sah Light ihn an. »Wirklich?«

»Gleich auf der ersten Seite. Etwas so Offensichtliches, dass du es vermutlich übersehen hast.«

Light biss die Zähne zusammen. »Wieso hast du das nicht sofort gesagt?«

»Dumme Frage. Ich wollte deinen Fragebogen lesen.« Schief grinste Dante sie an. Mr Conway startete den Fragebogen von neuem. Dante lehnte sich nach vorne und deutete auf ein kleines hellblaues Viereck in der unteren linken Ecke von Lights Profilfoto. »Dieses Kästchen, es sollte rosa sein. Du bist ein Mädchen.«

Light klappte die Kinnlade runter. »Das ... das ist alles?« Sie starrte zu Mr Conway. »Sie haben bei der digitalen Übertragung aus Versehen angekreuzt, dass ich ein Junge bin? Soll das heißen, wenn ich ein Junge wäre, wäre Dante das perfekte Wesen für mich?« Ein undefinierbares Zittern erfasste ihren Körper.

Mr Conway biss sich auf die Unterlippe. »Ich glaube, diese Fragen sollten Sie mit Mr Bennett klären. Ich bin nur für die Datenpflege verantwortlich.« Bevor er sich noch irgendwelche Vorwürfe anhören musste, verschwand er durch die Tür, um Mr Bennett zu suchen.

Sprachlos starrten sich Lights Eltern an. Light wandte den Blick ab und sah aus dem Augenwinkel zu Dante, der die kleine

Narbe an seinem Handgelenk betrachtete. »Dante?« Ihre Stimme war ein Flüstern. »Dürfte ich dich etwas fragen?«

Er blickte zu ihr auf. »Du hast mich gerade schon etwas gefragt. Aber du darfst noch mal.«

»Dein Fragebogen. Hast du ihn wahrheitsgetreu ausgefüllt oder gelogen?«

Dantes Mundwinkel zuckten. »Ich bin ein Dämon …«

»Und Dämonen lügen«, beendete Light den Satz.

Dante schürzte die Lippen. »Cleveres Mädchen.« Er ließ von seinen Fingernägeln ab und lehnte sich nach vorne, bis seine Nasenspitze die von Light fast berührte. »Aber vielleicht war das eben auch nur eine dämonische Lüge.« Dante lachte dunkel auf.

Light schluckte schwer und wusste nicht, ob sie sich freuen sollte oder nicht. War es eine gute Sache, dass sie mit Dante nichts gemeinsam hatte, oder war es eine schlechte? Sicherlich wären viele Dinge einfacher, wenn sie auf einer Ebene wären, aber wollte sie wirklich mit einem Dämon, einem ehemaligen Mitglied der Censio, auf derselben Stufe stehen?

Nachdem Mr Bennett alle Anträge für die Revision vorbereitet hatte, brauchte er nur noch die Unterschriften von Lights Eltern, ihr selbst und Dante. Light durfte sich unter den wachsamen Augen ihrer Eltern keine Unsicherheit erlauben, doch entging ihr Dantes Zögern nicht. Es war nur der Bruchteil einer Sekunde, kaum wahrnehmbar, aber es war definitiv da und erfüllte Light mit Freude, denn vielleicht war sie Dante doch nicht vollkommen egal.

Die folgenden zwei Tage verliefen weitestgehend ruhig. Jude und Kane mussten für den Rest der Woche nachsitzen. Dante verhielt sich während des Unterrichts weiterhin vorbildlich. Im Grundwissenstest, den sie montags bei Delegat Roland geschrieben hatten, erzielte er als Klassenbester die volle Punktzahl. Auch in den Pausen mimte er weiterhin den freundlichen Dämon. Die anderen Schüler mochten ihn und sprachen ihn nach anfänglicher Schüchternheit immer wieder auf seine Fähigkeit an. Einige von ihnen wollten sogar erfahren, was er in ihrer Persönlichkeit lesen konnte. Meist erzählte er ihnen nur das, was sie hören wollten. Light erkannte es an dem Funkeln in seinen Augen, wenn er zum wiederholten Mal einem Mädchen erzählte, was für eine gutherzige, liebenswerte und großzügige Person sie doch war. Einige Mädchen steckten ihm Telefonnummern zu, aber Light konnte beobachten, wie jeder einzelne Zettel in den Müll wanderte. Und obwohl sich Dante allen gegenüber freundlich verhielt, gab es eine Person, die er zur Weißglut trieb: Light.

Er tat alles, um ihr den Alltag möglichst schwer zu gestalten. Er verschlief absichtlich und blockierte das Badezimmer. Sowohl dienstag- als auch mittwochmorgens fand Light ihre Zahnbürste in der Toilette, und er machte sich einen Spaß daraus, ihre Hausaufgaben zu verstecken, nur damit sie danach suchen musste. Und immer wenn Light versuchte, ihre Aufgaben am Nachmittag zu erledigen, beschallte Dante sie mit seiner Musik, bis sie Kopfschmerzen bekam.

Mit jeder Stunde wuchs in Light das Gefühl, dass Dante viel mehr einen Kindergärtner als einen Delegierten benötigte. Dieses Verhalten ließ in Light des Öfteren die Wut aufkochen, aber es reichte nie – nicht einmal ansatzweise –, um sie in die Verzweiflung zu treiben.

»Er treibt mich in den Wahnsinn«, sagte Light zu Dr. Suzan Melay und genoss es, sich über Dante auszulassen, ohne dass jemand davon erfahren würde. Es war Donnerstagmorgen, und Light befand sich in ihrer ersten Revuestunde, während Dante vor dem Zimmer wartete. Die erste Sitzung mit der Schulpsychologin war eine Einzelstunde. Jeder Schüler, der bereits sein Wesen erhalten hatte, war verpflichtet, einmal in der Woche gemeinsam mit seinem paranormalen Bürger Dr. Melay aufzusuchen. »Heute hat er wieder meine Hausaufgaben versteckt! Mrs Bird wird mich nachsitzen lassen«, seufzte Light. »Aber immerhin konnte ich meinen Vortrag über das London des 21. Jahrhunderts vor ihm retten.«

Milde lächelte Dr. Melay sie an. »Mach dir keine Sorgen, ich rede mit Mrs Bird.« Suzan Melay war eine Frau, zu der Light nur aufsehen konnte. Sie war bildhübsch. Ihre Gesichtszüge waren fein und ihr Teint war blass. Sie wirkte fast wie ein Gemälde aus einer längst vergessenen Zeit. Nur ihre moderne rahmenlose Brille, die ihre dunkelgrünen Augen betonte, zerstörte dieses Bild.

»Vielen Dank.« Light schenkte Dr. Melay ein Lächeln. »Eigentlich kann ich mich nicht beschweren. Dante ist anstrengend, aber gleichzeitig interessant, immerhin sind Dämonen selten.«

Dr. Melay nickte zustimmend. »Abgesehen von seiner überaus interessanten Rasse und der Tatsache, dass er gerne deine Zahnbürste in der Toilette versenkt, redet ihr auch über andere Dinge?«

»Andere Dinge?« Light ließ den Blick an Dr. Melay vorbei aus dem Fenster gleiten. Die Sonne strahlte voller Energie, als versuchte sie – koste was es wolle – den Frühling aus seinem Versteck zu locken, obwohl der Winter die Natur noch fest im Griff hatte.

»Erzählt er etwas über seine Eltern? Seine Freunde? Gemeinsame Hobbys?«, fragte Dr. Melay.

»Gemeinsame Hobbys?« Light zog die Brauen in die Höhe. »Ist das Ihr Ernst? Dante hat in seinem Fragebogen gelogen. Es gibt überhaupt nichts, was uns miteinander verbindet.«

Dr. Melay verzog schuldbewusst die Lippen. »Was ist mit seiner Familie?«

Unschlüssig, wie viel sie Dr. Melay von Dantes Vergangenheit erzählen durfte, nestelte Light am Saum ihres Pullovers. Was würde sie sagen, wenn sie erfahren würde, dass Dantes Vater Mitglied der Censio war? Oder wusste sie es bereits aus seinen Akten? »Gelegentlich. Er hat mir von seiner verstorbenen Mum erzählt und von Railay, seiner Großmutter. Sein Vater scheint ein strenger Mann zu sein, den er nicht sonderlich vermisst.«

Dr. Melay notierte sich etwas in ihre Akte. »Redet ihr auch über deine Vergangenheit?«

»Kaum. Ich meine, was gibt es zu erzählen? An mir ist nichts Besonderes. Dante interessiert sich nicht für mich. Er stellt nie Fragen oder versucht mir nahe zu sein. Vermutlich liegt es an seiner Fähigkeit, denn er weiß bereits alles, was er über mich wissen muss.« Wieder notierte Dr. Melay etwas in ihren Akten. Light sah auf die Uhr, die über Dr. Melays Kopf an der Wand hing. »Wir haben nur noch zehn Minuten, möchten Sie nicht noch mit mir und Dante gemeinsam sprechen?«

Dr. Melay setzte ihre Brille ab und legte sie auf den kleinen Tisch aus dunklem Mahagoniholz. »Das ist nicht nötig. Reden wir lieber über das Verhältnis zwischen Kane und Dante. Wie geht Kane damit um, nicht länger das einzige Wesen bei euch zu Hause zu sein?«

Von der Frage überrascht blinzelte Light die Psychologin an. »Gut … denke ich.«

Dr. Melay lehnte sich nach vorne, als wolle sie Light etwas zuflüstern. »Bist du dir sicher? Dante erschien mir in seinem Einzelgespräch etwas feindselig gegenüber Kane. Nichts Gravierendes, aber es ist nicht selten, dass es zu Konflikten zwischen männlichen Wesen zweier so dominanter Rassen kommt.«

»Dominanter Rassen?«, wiederholte Light.

»Sowohl Strigois als auch Dämonen haben einen starken Drang nach Macht. Stets streben sie den höchsten Rang innerhalb ihres Clans oder der Familie an, um diese zu kontrollieren, aber auch zu beschützen«, erklärte Dr. Melay. »Paranormale haben einen sehr starken Drang, diejenigen zu beschützen, die ihnen wichtig sind. Früher, als es noch keine Delegierten gab, waren Hetzjagden auf Paranormale an der Tagesordnung. Es wäre nicht ungewöhnlich, wenn dieser Urinstinkt zwischen Kane und Dante für Spannungen sorgte. Beide streben die Machtposition in deiner Familie an.«

Light lachte nervös. »Das ist nicht Ihr Ernst, oder?«

»Natürlich, aber ich behaupte nicht, dass diese Art Rivalität zwangsläufig zwischen Kane und Dante besteht. Ich stelle nur fest, dass es irgendein Problem zwischen den beiden gibt. Nicht umsonst hat Dante Kane als – ich zitiere – ›dressierte Fledermaus‹ bezeichnet.« Dr. Melay spähte über ihre Schulter auf die Uhr. »Gab es zwischen den beiden einen Streit, der dieses Verhalten ausgelöst haben könnte?«

Light faltete ihre Hände, um das Zittern zu verbergen. »Am Tag meiner Delegation ist Kane auf Dante losgegangen, nachdem dieser eine dämliche Bemerkung von sich gegeben hat. Wir haben sie sofort voneinander getrennt und seitdem ist alles in Ordnung.« Das Klingeln der Schulglocke erklärte die Stunde für beendet. Light stand auf und schulterte ihre Tasche.

»Mein Tipp: Versuch dich Dante gegenüber mehr zu öffnen. Auch wenn Dante glaubt, dich zu kennen, so ist es ein großer Unterschied, ob er dieses Wissen deiner Aura entnimmt oder ob du gewillt bist, ihm selbst von dir zu erzählen.« Light nickte höflich, als hätte sie vor, den Ratschlag zu befolgen. »Finde heraus, was Dante gerne unternimmt«, fuhr sie fort und erhob sich aus ihrem Sessel. »Geh mit ihm ins Kino oder in eine Spielhalle. Schafft euch ein Leben außerhalb der Schule. Im Haus eingesperrt findet Dante keine Möglichkeit, sich zu entfalten, und das endet schließlich in den vielen kleinen Gemeinheiten dir gegenüber.«

Mit vorgespieltem Interesse nahm Light ihren Vorschlag zur Kenntnis. »Vielen Dank«, sagte sie und räusperte sich. »Es ist spät, ich sollte mich beeilen. Delegat Roland ist zwar großer Befürworter der Revuestunden, aber er sieht es nicht gerne, wenn man zu spät im Unterricht erscheint.«

Light winkte Dr. Melay ein letztes Mal zu, bevor sie die Tür hinter sich schloss. Dante lehnte an der gegenüberliegenden Seite an der Wand. In seinen Augen lag ein dunkles Funkeln, das selbst Lights nervösem Zittern Einhalt gebot.

Fünf Minuten nach Unterrichtsbeginn schlüpften Light und Dante ins Klassenzimmer. Delegat Roland lief mit auf dem Rücken verschränkten Armen durch die Reihe und kontrollierte die

Hausaufgaben. Ohne sich umzudrehen, sagte er: »Es freut mich sehr, dass Sie mich mit Ihrer Anwesenheit beehren. Setzen Sie sich und holen Sie Ihre Aufsätze hervor.«

Light ließ sich neben Dante auf den Stuhl sinken. »Ich habe meine Hausaufgabe nicht«, gestand sie kleinlaut, als Delegat Roland vor sie trat. Sie hatte in der Früh fünfzehn Minuten damit verbracht, ihren Aufsatz zu suchen, hatte ihn aber nicht ausfindig machen können.

Tadelnd zog Delegat Roland die Augenbrauen hoch. »Sie interessieren sich also nicht für die annähernde Ausrottung der Dämonen durch die christliche Kirche?«

»Doch, natürlich«, sagte Light hastig. »Ich habe nur meinen Aufsatz verlegt. Sobald ich ihn ...«

»Sparen Sie sich das. Ich wollte den Aufsatz heute sehen und nicht morgen oder übermorgen.« Er wandte sich von ihr ab und blickte auf das Stück Papier, das vor Dante auf dem Tisch lag. Light wollte gar nicht genauer hinsehen, denn schon allein die Tatsache, dass Dante etwas zum Vorzeigen hatte, ließ sie wissen, dass es nicht seine eigene Arbeit sein konnte. Delegat Roland nickte anerkennend, während er den Aufsatz überflog, der wahrscheinlich Lights Feder entsprungen war.

»Sehr gut«, sagte Delegat Roland und reichte Dante die Hausarbeit. »Heute widmen wir uns einem ähnlich interessanten Thema, das indirekt mit der Vernichtung der Dämonen im Zusammenhang steht.« In seiner krakeligen Schrift schmierte Roland ein paar kaum leserliche Worte an die Tafel. »Das Thema der heutigen Stunde: Dämonen und ihre Schwachstellen. Können wir sie töten oder bleibt uns nur die Flucht?« Entschuldigend sah Roland zu Dante. »Der Titel ist zugegeben etwas dramatisch, aber so gewinne ich zumindest Ihre Aufmerksamkeit. Also, wer von Ihnen weiß, wie man einen Dämon tötet?« Das übliche Schweigen, wenn ein Lehrer eine Frage stellte, legte sich über das Klassenzimmer. Vereinzelt hörte man das Rascheln von Papier oder das nervöse Spiel eines Stiftes, der leise gegen die Tischkante geschlagen wurde. »Sie müssen gar nicht so Hilfe suchend zu Dante blicken. Ihn oder Light werde ich nicht aufrufen, das wäre witzlos. Viel mehr interessiere ich mich für Ihre Ideen. Wie sieht es mit Ihnen aus, Anna? Vorschläge?«

»Nun, ich weiß, dass man dafür einen Spruch oder ein Gebet benötigt, um die Seele des Dämons aus seiner menschlichen Hülle zu beschwören. Und ich habe gehört, dass jeder Dämon einen eigenen Namen hat, den man dazu benötigt.« Annas Antwort hatte den Unterton einer Frage, die Delegat Roland mit einem Nicken quittierte. »Fast richtig. Man benötigt natürlich ein Gebet, aber der dämonische Name spielt dabei keine Rolle. Diesen Namen kennen meist nur die Eltern eines Dämons, es wäre also so gut wie unmöglich sie zu exorzieren, würde man dafür dieses Hintergrundwissen benötigen.« Erneut notierte Roland etwas an der Tafel. »Was benötigen wir noch, um einen Dämon zurück in das ewige Höllenfeuer zu schicken?«

»Einen Spiegel«, rief Thomas aus der letzten Reihe.

»Auch wenn ich Ihre Methode des Reinrufens nicht sehr schätze, haben Sie völlig Recht. Um einen Dämon zu vertreiben, benötigt man einen Spiegel, der etwas größer ist als der, den Sie in Ihren Handtaschen tragen.« Roland lachte über seinen eigenen Witz. »Was passiert jetzt? Wir haben einen übergroßen Spiegel und ein Gebet.«

Thomas hob seine Hand, wartete aber nicht darauf, aufgerufen zu werden. »Mit dem Spruch sperrt man den Dämon in den Spiegel. Man muss das Glas zerbrechen, um die Seele zu vernichten. Wartet man mit dem Zerstören des Spiegels zu lange, so bringt das innere Feuer eines jeden Dämons das Glas zum Zerschmelzen. Das Glas zerläuft und der Dämon ist befreit.«

»Ich sehe, jemand hat seine Hausaufgaben erledigt«, lobte Delegat Roland. »Nehmt etwas zum Schreiben und notiert das, was Thomas euch soeben erzählt hat.« Eilig begann Light das Gesagte aufzuschreiben, während Roland Kopien eines Spruchs zum Exorzismus von Dämonen in der Klasse herumzureichte. Mehrfach betonte er, dass Exorzismus für Delegierte streng verboten sei, doch diese Worte linderten Dantes plötzliche Anspannung nicht. Er saß steif und reglos auf seinem Stuhl. Jede Bewegung schien zu viel zu sein, und fast glaubte Light, einen ängstlichen Glanz in seinen Augen zu sehen.

12. Kapitel

»Paranormale Bürger haben das Recht, in einer Kolonie zu leben. Jede Stadt ab einer Einwohnerzahl über 50.000 hat eine von Menschen separierte Kolonie zu führen, in der Paranormale unabhängig von ihrer Abstammung eine Unterkunft finden.«
(Buch der Delegation, Artikel 16)

Viel zu schnell war der Donnerstag Vergangenheit und bei einem gemütlichen Abendessen neigte sich auch der Freitag seinem Ende zu. »Also, Dante«, sagte ihre Mum und räusperte sich. »Du wohnst inzwischen schon eine Woche bei uns und ich weiß überhaupt nichts über dich.«

»Könnte daran liegen, dass Sie nie mit mir sprechen«, antwortete er mit vollem Mund.

Sie lächelte, fühlte sich aber sichtlich unwohl. »Ich ... die Situation ist ungewohnt, aber ich möchte es besser machen. Erzähl mir etwas über dich. Hast du irgendwelche Hobbys? Magst du Sport?«

»Wenn ich Sport mag, wäre das nicht eine Art Hobby?«, fragte Dante.

»Natürlich ist das eine Art Hobby.« Verlegen blickte ihre Mum in die Runde. »Ich habe mich nur gefragt, ob du nicht etwas unternehmen möchtest. Du und Light, ihr sitzt ständig in euren Zimmern, und was wäre besser geeignet als ein gemeinsames Hobby?«

Dante griff gerade nach seinem Glas, stockte aber in der Bewegung. »Gemeinsames Hobby? Mit Light?«

»Lächerlich«, zischte Kane, keiner schenkte ihm Beachtung.

»Light könnte mit dir etwas unternehmen, was dir gefällt, und du etwas, was ihr gefällt«, schlug ihre Mum vor. »Wäre das nicht schöner, als ständig im Bett zu liegen und Musik zu hören?«

»Möglich.« Sein Tonfall klang gleichgültig, aber Light sah das aufgeregte Wippen seiner Füße. »Ich mache wirklich gerne Sport«, gestand er. »Früher hab ich immer mit meinem Dad trainiert.«

»Wirklich?«, fragte ihre Mum entzückt. »Das klingt großartig. Daran könnten sich meine Männer nur ein Beispiel nehmen. Nicht wahr, meine Herren?« Schuldbewusst senkten Jude und ihr Dad die Köpfe. »Light, was hältst du davon, wenn ich euch etwas Geld gebe und ihr euch eine Wochenkarte für das Fitnessstudio kauft?« Sie war begeistert von ihrer Idee, aber Light krümmte sich innerlich. Dabei war es ihr Vorschlag gewesen, dass ihre Mum das Gespräch mit Dante anzettelt, denn sie wollte den Vorschlag von Dr. Melay, mehr mit Dante zu unternehmen, in die Tat umsetzten.

»Natürlich, das klingt großartig«, log sie mit einem breiten Lächeln. Vielleicht könnte sie selbst auf eine Anmeldung verzichten und sich darauf beschränken, Dante bei seiner körperlichen Ertüchtigung anzufeuern. Ihre Glieder schmerzten allein beim Gedanken an Sport.

Nachdem diese Sache entschieden war, kehrte die übliche Stille ein. Niemand sagte etwas, und wieder einmal tat Lights Familie so, als würde Dante nicht existieren. Es störte ihn nicht, Light hingegen schon.

Der Tiefpunkt des Abends war ein Streit zwischen ihr und Jude. Er wollte gemeinsam mit Kane und ihr ins Kino gehen, verneinte jedoch ihre Frage, ob Dante sie begleiten dürfte. Light lehnte die Einladung daraufhin ab. Obwohl Dante alles Erdenkliche unternahm, um ihr Steine in den Weg zu legen, fühlte sie sich ihm gegenüber verpflichtet. Das Gefühl, für ihn verantwortlich zu sein, ließ nicht nach, und immer wenn sie versuchte, sich das Gegenteil einzureden, nagte das schlechte Gewissen an ihr. Sie erinnerte sich an den Ausdruck in seinen Augen, wenn er von seiner Mum sprach, und an den Vorfall im Zug. Dort hatte er vielen Menschen das Leben gerettet, und deshalb hatte er es nicht verdient, von ihrer Familie wie Abschaum behandelt zu werden.

An irgendeinem Punkt schlug ihre schlechte Laune um und sie begann sich selbst Vorwürfe zu machen. Wieso konnte sie Dante nicht hassen, obwohl er sie ebenfalls schlecht behandelte? Sie kannte die Antwort und Tränen der Verzweiflung sammelten sich in ihren Augen. Doch sie weigerte sich, auch nur eine von ihnen zu vergießen. Dante sollte nicht auf die Idee kommen, gewonnen zu haben, denn nicht er war es, der sie in die Rastlosigkeit trieb, es waren ihre eigenen zwiespältigen Gefühle.

In dieser Nacht, als Dante sich neben sie legte, fühlte es sich an wie das erste Mal. Sie war nervös und zittrig. Eine innere Unruhe quälte sie und einzig ihre Müdigkeit trieb sie in den Schlaf.

Nie zuvor waren Light und Dante näher dran gewesen, gemeinsam in einem Bett erwischt zu werden. Light schmiegte ihre Wange in das Kissen. Ihr Bewusstsein wandelte noch zwischen Realität und Schlaf, als sie ein leises Klopfen hörte, wie von einem Specht, der gegen einen Baum hämmerte. Das Geräusch war definitiv da, aber dennoch wirkte es so unwirklich wie Schnee im Sommer.

Light drehte sich rum. Wie ein Schiff bewegte sich die Matratze unter ihr. Doch es waren nicht nur ihre eigenen Bewegungen, die das Schiff zum Schwanken brachten. Fetzen aus der Wirklichkeit drangen in ihr Gedächtnis und mit einem Ruck wurde sie endgültig aus dem Schlaf gerissen. Mit einem Schlag traf die Realität sie ins Gesicht. Ihr Herz begann schneller zu schlagen, als sie begriff, dass sie tatsächlich ein Klopfen hörte. Jemand stand vor ihrer Tür, hämmerte gegen das Holz und rief ihren Namen, immer und immer wieder.

Unkoordiniert blickte Light sich in ihrem Zimmer um. Niemand durfte sie gemeinsam mit Dante entdecken. Doch dieser war schon aus dem Bett gesprungen. Auch seine Augen waren vor Schreck geweitet. »Versteck dich«, sagte Light aus dem Impuls heraus. Sie wusste nicht, was Dante dazu trieb, aber bevor sie den Befehl wiederholen konnte, war er in das Badezimmer verschwunden. War es nicht sein Ziel, dass sie gemeinsam erwischt wurden? Bevor Light weiter darüber nachdenken konnte, öffnete sich die Tür zu ihrem Zimmer und Kane kam herein. Er trug nur ein zerknülltes Shirt und Boxershorts. »Guten Morgen«, sagte er mit einem Lächeln.

»Morgen«, antworte Light mechanisch. Sie saß aufrecht in ihrem Bett und ihre schnelle Atmung erzeugte einen leichten Schwindel. Sie konnte nicht glauben, dass Kane so gelassen in ihrem Zimmer stand und sein schulterlanges Haar zu einem Zopf zusammenfasste. »Wie früh ist es?«, fragte sie und ließ sich zurück in ihr Kissen sinken.

»6:30 Uhr und es ist Samstag.« Kane setzte sich auf die Bettkante.

»Ich weiß, dass Samstag ist«, seufzte Light. »Wieso weckst du mich so früh?«

Kane gähnte. »Das ist nicht meine Schuld. Anna und ihr Wesen stehen vor der Tür. Die beiden sind so aufgedreht, als hätten sie die ganze Nacht nicht geschlafen und literweise Kaffee getrunken. Sie warten unten in der Küche auf dich.«

Noch bevor Kane zu Ende gesprochen hatte, sprang Light aus ihrem Bett. Sie geriet ins Wanken, aber sie wollte unbedingt zu Anna und ihrem Wesen. Für eine Sekunde überlegte sie, einfach in ihren Schlafsachen in die Küche zu gehen, aber sie wollte keinen schlechten ersten Eindruck hinterlassen. Sie ballte ihre Hände und zwang sich für einen Moment zur Ruhe. Kaum hatte sich die Tür hinter Kane geschlossen, riss Light achtlos ein paar Klamotten aus dem Schrank. Sie streifte sich den Pullover über, während sie die Badezimmertür mit ihrem Ellenbogen aufstieß.

Dante saß auf dem Wannenrand. »Wo brennt es?«

»Anna und ihr Wesen sind hier«, erklärte Light. Hastig fuhr sie sich mit dem Kamm durch die Haare und quetschte zu viel Zahnpaste auf ihre Bürste – die Gott sei Dank nicht in der Toilette schwamm. Den beißenden Pfefferminzgeschmack ignorierend putzte sie sich die Zähne.

Vier Minuten später marschierte Light mit gezwungener Ruhe in die Küche. Ihre Schultern waren gestrafft und ihr Gang aufrecht. Anna saß mit dem Rücken zu ihr. Ihr dickes rotes Haar war zu einem französischen Zopf geflochten. Neben ihr saß ein schwarzhaariges Mädchen, das Light mit ihrem puppenartigen Gesicht an eine jüngere Version von Dr. Melay erinnerte. Ihre Augen hatten ein strahlendes Blau, heller als der blaueste Himmel.

»Hey!« Light lächelte, ohne den Blick von Annas Wesen abzuwenden. »Ich bin Light.«

Ein Grinsen trat auf ihr Puppengesicht. »Anna hat mir schon viel über dich erzählt. Ich bin übrigens Kathryn und gehöre zum Stamm der Nachtelfen.«

»Ist sie nicht toll?«, quietschte Anna vergnügt. Light verstand, was Kane meinte. Sie wirkten überdreht und ihre Pupillen waren vom vielen Koffein geweitet. Sehnsüchtig sah Light zur Kaffeemaschine und seufzte dankbar auf, als sie die bereits gekochte braune Flüssigkeit entdeckte. »Wie war die Delegation?«, fragte Light mit ehrlichem Interesse und goss sich etwas von dem Kaffee in eine Tasse.

»Es war großartig«, schwärmte Anna.

»Nein, fantastisch«, sagte Kathryn. »Es war nicht meine erste Delegation, aber mit Anna, das war Liebe auf den ersten Blick. Ihr Kleid sah wunderbar aus und diese Haare«, schwärmte sie. »Ich wollte schon immer Friseurin werden. Anna ist wirklich perfekt als Model für mich. Findest du nicht auch?« Light nickte und hörte den beiden zu, während sie von ihren ersten gemeinsamen Stunden erzählten. An den richtigen Stellen lächelte und nickte Light, doch von Mal zu Mal fiel ihr diese freundliche Geste schwerer und ein bittersüßes Ziehen breitete sich in ihrem Magen aus. Sie kannte diese Art von Schmerz, der nur von einem bestimmten Gefühl hervorgerufen wurde: Neid.

Sie wollte es nicht glauben, aber sie war neidisch auf Anna, denn sie selbst war nicht in den Genuss gekommen, diese aufregenden ersten Stunden mit ihrem Wesen zu verbringen. Zwischen ihr und Dante gab es keine Vertrautheit, sondern nur oberflächliche Nettigkeit, die immer dann zum Vorschein kam, wenn sie jemandem etwas vorspielten. Light schluckte schwer und versuchte ihren Neid zu vergessen, doch immer wieder drängte sich dieses hässliche Gefühl in ihr Bewusstsein.

Zwei Stunden später verabschiedeten sich Anna und Kathryn und vereinbarten mit Light ein Treffen für Sonntagnachmittag. Sie saß noch einige Minuten alleine am Küchentisch, um ihre Gedanken zu sortieren. Sie dachte an Anna und Kathryn und daran, dass Jude kein Problem damit gehabt hätte, Kathryn mit ins Kino zu nehmen. Obwohl Judes Abneigung Dante gegenüber nicht gerechtfertigt war, war es letztendlich ihre eigene Schuld, dass sie mit ihrem Bruder im Clinch lag.

Jetzt, nach einer ordentlichen Portion Schlaf, konnte sie darüber nur noch lachen. Wie hatte sie bloß so überreagieren können? Natürlich musste sie sich um Dante kümmern, aber das bedeutete nicht, dass sie das Haus nicht ohne ihn verlassen konnte. Sie durfte mit Jude und Kane ins Kino, auch wenn diese Dante nicht dabeihaben wollten. War es laut Dr. Melay nicht sogar natürlich, dass Kane und Dante eine gewisse Feindseligkeit füreinander empfanden?

Light seufzte und beschloss, sich bei ihrem Bruder und Kane zu entschuldigen. Vielleicht könnte sie die beiden als kleine Entschädigung ins Kino einladen. Sie nahm den letzten Schluck aus ihrem Kaffeebecher und rannte die Treppen nach oben in ihr Zimmer. Sie war nicht überrascht, Dante ausgestreckt auf ihrem Bett wiederzufinden. »Annas Wesen ist sehr nett«, sagt sie ohne Umschweife und ließ sich neben Dante auf das Bett fallen.

Er sah sie aus dem Augenwinkel heraus an. »Das ist aber schön für Anna.«

»Ja, obwohl ich etwas neidisch auf sie bin.«

»Neidisch?« Dante zog die Brauen in die Höhe. »Worauf?«

»Sie scheinen sehr viel Spaß miteinander zu haben. Das hätte ich auch gerne. Wir könnten etwas unternehmen. Machen wir doch das, was meine Mum gesagt hat: Gehen wir zusammen ins Fitnessstudio.« Euphorisch schubste Light Dante an die Schulter, als könnte sie es kaum erwarten. »Nur du und ich, klingt doch lustig, oder?«

»Sehr lustig.« Dante verdrehte die Augen. »Mir fallen noch ein paar andere körperliche Aktivitäten ein, die nur du und ich miteinander treiben können und die vermutlich noch viel mehr Spaß machen.«

Jetzt lag es an Light, die Brauen in die Höhe zu ziehen. »Nicht in hundert Jahren werden du und ich diese Art von körperlicher Aktivität betreiben.«

»In hundert Jahren bist du so faltig, dass ich dich nicht mehr möchte.« Um Dantes Mundwinkel zuckte es. »Aber wenn das Fitnessstudio meine einzige Möglichkeit ist, dich schwitzen zu sehen –« Er schwang seine Beine über das Bett und verabredete sich mit Light zehn Minuten später an der Haustür. Das Zucken seiner Mundwinkel hatte sich zu einem Lächeln gefestigt.

Light stopfte ihre Sportklamotten in eine alte Handtasche, bevor sie zu Kane eilte und anklopfte. »Ist das deine Rache für vorhin?«, fragte er mit einem müden Grinsen.

»Tut mir leid. Ich wollte mich nur für gestern Abend entschuldigen und fragen, ob Jude und du Lust hättet, mit mir heute Abend ins Kino zu gehen. Als Entschuldigung. Ohne Dante.«

Kane schob sich eine Haarsträhne, die sich aus seinem Zopf gelöst hatte, hinters Ohr. »Ohne Dante? Meinst du das ernst?« Ungläubig sah er sie an.

»Klar. Nur weil er mein Wesen ist, muss ich nicht jede Sekunde mit ihm verbringen«, teilte Light ihre Erkenntnis mit. »Wir gehen gleich gemeinsam ins Fitnessstudio. Ich unternehme was mit ihm und etwas mit euch. Das passt alles unter einen Hut und niemand muss sich streiten.«

Ein flüchtiger Ausdruck der Missbilligung huschte über Kanes Gesicht, ehe sein Lächeln zurückkehrte. »Gerne. Ich hab heute noch nichts vor. Ich werde später Jude fragen.«

»Eigentlich wollte ich ...«

»Lass mich ihn für dich fragen. Er schläft noch.«

»In Ordnung. Danke.« Nach einem Moment der Stille deutete Light verlegen auf ihre Sporttasche. »Ich muss jetzt los. Sag Jude auch, dass es mir leidtut, und sucht euch einen Film aus. Bis später.« Spielerisch winkte sie ihm zum Abschied und machte sich auf den Weg nach unten. In der Küche gönnte sie sich ein schnelles Frühstück und war noch vor Dante an der Haustür, wobei sie fast über den kleinen Roboter stolperte, der gerade dabei war, ihr Haus zu saugen.

»Das waren elf Minuten«, bemerkte Light spöttisch und deutete auf ihr Handgelenk.

Dante stieg die Treppe nach unten. »Klugscheißerin«, zischte er im Vorbeigehen.

Die Zugfahrt verlief ruhig. Light erzählte Dante belanglose Dinge über Anna, Kathryn und die Hausaufgaben, die sie noch zu erledigen hatte. Sie hatte nicht das Gefühl, Dante würde ihr wirklich zuhören, doch als sie erwähnte, dass sie am Abend mit Jude und Kane alleine weggehen würde, blickte er auf und nahm die Information mit einem kurzen Nicken zur Kenntnis, ehe er sich abwandte und aus dem Fenster starrte.

»Wir sind da«, verkündete Dante fünf Minuten später.

Das Fitnessstudio war ein modernes Gebäude aus Glas. Man konnte eine Bar sehen, an der sich Fitnessfanatiker Isodrinks bestellten. Daneben führten einzelne Gänge zu den verschiedenen Bereichen, Muskelaufbau, Ausdauersport, Kampfsport …

Dante hielt Light die Tür auf und ein leises Klingeln hieß sie willkommen. »Guten Tag, ich bin Danny. Was kann ich für euch tun?«, wurden sie von der Frau begrüßt, die bei genauerer Betrachtung keine war.

»Wir hätten gerne eine Wochenkarte für das Studio«, sagte Dante.

»Wir bieten keine Wochenkarten an. Nur Monatskarten. Aktuell haben wir ein Pärchen-Special.« Danny deutete auf einen Aufsteller auf seinem Tresen. »Pärchen erhalten bei gemeinsamer Anmeldung einen Rabatt von zehn Prozent. Oder zwanzig Prozent, wenn sie sich für ein ganzes Jahr anmelden.«

»Einen Monat«, sagte Light, bevor Dante etwas anderes behaupten konnte. Unauffällig schob sie sich näher an ihn, bis sie die Wärme seines Körpers spüren konnte. Danny schob ihnen zwei Tablets über den Tisch, auf denen je ein Formular angezeigt wurde. »Bitte ausfüllen«, sagte er, reichte ihnen zwei digitalisierte Stifte und ließ sie für einen Moment alleine.

Kaum war er verschwunden, schnaubte Dante. »Unglaublich. Vorhin erzählst du mir noch, du würdest in hundert Jahren keinen Sex mit mir haben, und jetzt prostituierst du dich für zehn Prozent Rabatt und erzählst einem fremden Kerl, wir wären ein Paar.«

Diebisch grinste Light, ohne von ihrem Formular aufzusehen. »Ich bin eine arme Schülerin, die heute Abend für drei Leute Kinokarten kaufen muss. Weißt du überhaupt, wie teuer das inzwischen ist? Außerdem werde ich diesen Kerl nach dem Monat nie wiedersehen, schließlich mache ich das hier nur für dich.«

»Was für eine Ehre«, sagte Dante hochnäsig. Er legte den Stift auf den Tresen und deutete eine Verbeugung an. »Aber so einen Pärchenbetrug hätte ich dir gar nicht zugetraut. Als Nächstes kaufen wir uns zwei Masken und überfallen eine Bank, was hältst du davon? Das zählt auch als gemeinsame Unternehmung.«

»Klar, und dann landen wir gemeinsam im Gefängnis.«

»Die männlichen Insassen werden mich beneiden«, grinste Dante und reichte Danny das Tablet mit dem ausgefüllten Formular. Danny druckte die Anmeldungen aus und überreichte ihnen provisorische Chipkarten. Er deutete ihnen den Weg zu den Umkleiden und meinte, sie sollten sich bei ihm melden, wenn sie Probleme mit den Geräten hätten.

In der Damenumkleide zog Light ihre Straßenkleidung aus und schlüpfte in ihre Sportsachen. Sie verstaute ihre Tasche in einem kleinen Spind und schob den Schlüssel in ihre Hosentasche. Als sie die Umkleide verließ, wartete Dante bereits auf sie und reichte ihr eine Wasserflasche.

»Woher hast du die?« Light runzelte die Stirn.

»Gestohlen.« Seine Stimme war ausdruckslos.

Light blieb stehen. »Du hast was?!«

»Mach dich nicht nass. Ich hab die Flaschen von der Bar geholt, während du dich umgezogen hast. Sie sind bezahlt. Du kannst gerne Danny fragen, er hat mir dafür zehn Dollar abgeknöpft.«

»Wirklich?« Misstrauisch sah Light in Richtung Bar, doch Danny schien keine Wasserflaschen zu vermissen. Er flirtete mit einem anderen Mann und schlürfte dabei ein dunkelblaues Getränk.

Zielstrebig führte Dante sie in einen Raum voller Geräte. Es war eine Maschinerie aus Eisen und Stahl. Frauen und Männer bedienten Gewichte und Hebel mit ihren Armen und Beinen. Keuchendes Atmen erfüllte die Luft ebenso wie der muffige Gestank nach Schweiß.

Light seufzte hörbar und ergab sich ihrem Schicksal. Unaufhörlich trieb Dante sie von einem Gerät zum nächsten. Nach einer halben Stunde körperlähmendem Training war Light am Ende ihrer Kräfte. Während Dante damit beschäftigt war, noch mehr Gewichte auf seine Hanteln zu schieben, verzog sie sich an die Bar. Sein Gesicht war leicht gerötet und vereinzelte Schweißperlen lagen auf seiner Haut. Doch erweckte er nicht den Eindruck, als hätte er vor, bald wieder zu gehen. Sich auf eine lange Wartezeit einstellend bestellte Light sich einen Früchtedrink und nahm sich eine Fitnesszeitung, über deren Rand hinweg sie Dante weiterhin beobachtete.

13. Kapitel

»Beziehungen zwischen Delegierten und paranormalen Bürgern sind erlaubt, sofern sie nicht gegen Artikel 6 verstoßen.«
(Buch der Delegation, Artikel 7)

Am späten Nachmittag verließen Light und Dante das Studio. Daheim angekommen verschlang Light eine Portion Lasagne und legte sich noch einmal ins Bett. Kurz bevor ihr Wecker klingelte, verkündete ihr Handy, dass sie eine SMS von Anna bekommen hatte. Anna wollte ihr Treffen am Sonntag um eine Stunde verschieben. Da es keinen Sinn mehr machte liegen zu bleiben, gönnte Light sich eine zweite Dusche.

Sie trocknete sich gerade das Bein ab, als es an der Tür klopfte. »Ich bin gleich fertig, Dante!«

»Ich bin es, Kane«, sagte die Stimme auf der anderen Seite. »Fahren wir in einer halben Stunde?«

»Klar. Habt ihr euch schon für einen Film entschieden?«

»Nein.« Ein Moment der Stille folgte. »Jude kommt nicht mit. Er fühlt sich nicht gut.«

Eilig schlang Light das Handtuch um ihren Körper und öffnete die Tür einen Spaltbreit. »Was hat er?«

»Ihm ist leicht schwindelig. Nichts Ernstes.« Kanes Blick streifte über Lights nacktes Schlüsselbein. Verlegen sah er zur Seite und rieb sich über die Stirn. Wäre er lebendig, so dachte Light, hätten seine Wangen sicherlich eine rote Farbe. »Jude meint, wir sollen ohne ihn gehen. Er möchte nicht, dass wir wegen ihm unseren Samstagabend daheim verbringen. Ich hoffe, das ist für dich in Ordnung?«

»Natürlich«, antwortete Light, ohne nachzudenken. Erst als Kane weg war, wurde ihr das Ausmaß der Situation bewusst. Sie hatte schon früher Zeit mit Kane alleine verbracht, doch seit sich Kanes Gefühle für sie verändert hatten, bemühte sich Light, solche Situationen zu vermeiden. Viel zu leicht wäre es, die gemeinsame Zeit falsch zu interpretieren. Und nun hatte sie ihm zugesagt, mit ihm ins Kino zu gehen. Alleine. Ohne Jude. Nur sie und Kane. Ein Date.

Light setzte sich auf den Wannenrand, denn von dem Gedanken, ein Date mit Kane zu haben, wurde ihr schwarz vor Augen. Nichts lag ihr ferner, als Kanes Gefühle zu verletzen, aber was sollte sie tun, wenn er ihr zu nahe kam? Was sollte sie tun, wenn er versuchte sie zu küssen?

Light schüttelte diese Vorstellung ab. Der Kinobesuch war eine Unternehmung unter Freunden. Ein Freund hatte abgesagt – das ist alles. Entschlossen, einen schönen, unromantischen Abend mit Kane zu verbringen, zog Light sich wieder an.

In ihrem Zimmer hatte Dante es sich mal wieder auf ihrem Bett bequem gemacht. Seine Augen waren geschlossen und sein Brustkorb hob und senkte sich in einem gleichmäßig ruhigen Takt. Light schrieb ihm eine Nachricht und schlich sich hinaus. Kane wartete bereits auf sie. Es war kaum zu übersehen, dass er sich mehr Mühe mit seiner Garderobe gegeben hatte als sonst. Er trug eine Jeans, die Light noch nicht kannte, und ein schwarzes Hemd, das seine blasse Haut wie edles Porzellan wirken ließ. Er lächelte sie an und in Light krampfte sich etwas zusammen.

»Es ist kalt.« Kane hielt Light ihren Mantel auf, damit sie bequem in die Ärmel schlüpfen konnte. Unauffällig – zumindest schien Kane das zu glauben – blieb seine Hand auf ihrem Rücken liegen. Sanft schob er sie aus der Tür und bugsierte sie in Richtung Auto.

Fast erleichtert atmete Light auf, als sie sich auf den Beifahrersitz gleiten ließ und der Körperkontakt mit Kane unterbrochen wurde. Früher hatte sie das nie gestört, aber an diesem kühlen Abend schien jede seiner Berührungen einen Schneesturm durch ihren Körper zu jagen. Unweigerlich glitten ihre Gedanken zu Dante, dessen Haut immer so warm war, als wäre sie vom Feuer geküsst.

Kane startete den Motor. »Möchtest du zuvor noch etwas essen?«

Light zwang sich ein Lächeln auf. »Nein. Ich habe vorhin Lasagne gegessen.«

»Stimmt«, erinnerte sich Kane. »Du warst richtig ausgehungert. Wie war es überhaupt mit Dante?«

Light ignorierte seinen herablassenden Tonfall. »Lustig. Weniger schlimm als erwartet, abgesehen vom Sport. Ich bin dafür wirklich nicht geschaffen.« Und weil sie nicht wusste, was sie sonst noch erzählen konnte, berichtete sie Kane von Danny, der aussah wie eine Frau, und von ihrem Pärchenbetrug, was Kane mit einem verächtlichen Schnauben quittierte. Mit diesem und anderem belanglosen Gerede füllte Light die Zeit, bis sie das Kino erreichten und es darum ging, sich für einen Film zu entscheiden. Light wählte eine Komödie für Kinder. Nichts Romantisches. Nichts Gruseliges. Nichts, was Kane als Ausrede dienen könnte, ihr körperlich näher zu kommen. Light bezahlte die Karten, was ihr etwas half sich zu beruhigen, denn dadurch, dass sie zahlte, fühlte es sich weniger an wie ein Date.

»Welchen Platz möchtest du?«, fragte Kane, als sie den bereits verdunkelten Kinosaal betraten.

Light zuckte mit den Schultern, ließ sich aber auf einen der Sitze gleiten. Die Sessel waren mit rotem Stoff überzogen, der den süßlichen Duft nach Popcorn verbreitete, doch leider genauso klebrig war. Mit gespieltem Interesse starrte Light auf die Leinwand und verfolgte die Werbespots. Von dem Film bekam sie nicht viel mit, denn sie lebte in ständiger Sorge, dass Kane auf die Idee kommen könnte, seinen Arm um sie zu legen oder nach ihrer Hand zu greifen. Verstohlen beobachtete sie ihn aus dem Augenwinkel, und jedes Mal, wenn er sich bewegte, und sei es nur einen Millimeter, tat sie eine Bewegung in die entgegengesetzte Richtung. Noch unangenehmer wurde die Situation für Light, als das Pärchen vor ihnen begann sich zu küssen. Der Kinobesuch erschien ihr wie die reinste Tortur.

Als der Film zu Ende war, wusste Light nicht, was sie sich die letzten achtzig Minuten angesehen hatte. »Wie hat er dir gefallen?«, erkundigte sich Kane.

Sie ließen den dunklen Kinosaal hinter sich und liefen in das grelle Licht des Eingangsbereichs. Light musste blinzeln, um sich an die Helligkeit zu gewöhnen. »War super!«, log Light. Sie legte so viel Ehrlichkeit in dieses Wort, wie ihr möglich war. Doch Kane schien sie zu durchschauen. Er runzelte die Stirn und ein besorgter Ausdruck zeichnete sich auf seinem Gesicht ab. Light wollte etwas sagen, aber ihre Worte verloren sich, als Kane nach ihrem Arm griff. In einer Mischung aus Führen und Drängen schob er sie in eine dunkle Ecke direkt unter der Treppe. Light wusste nicht, was sie sagen sollte. Fest presste sie ihre Lippen zusammen.

»Light«, flüsterte er sanft. »Was ist mit dir los? Du bist in letzter Zeit so anders. Ständig hängst du deinen Gedanken nach. Du gehst mir aus dem Weg. Hab ich etwas getan, was dich verärgert hat? Wenn es darum geht, dass ich Dante geschlagen –«

»Nein«, unterbrach ihn Light. Ihre Stimme war so dünn wie ein Stück Faden. »Es hat nichts mit Dante zu tun und das weißt du. Das mit dir und mir war schon zuvor … anders.« Die richtigen Worte wollten ihr nicht einfallen. Ein Nebel hatte sich über ihren Verstand gelegt. Sie wollte ihre Gefühle aussprechen, aber der Gedanke daran, Kane die Wahrheit zu sagen, schmerzte in der Brust.

»Du hast Recht.« Kane stand so nahe bei ihr, dass Light den kupfernen Geruch seines Atems riechen konnte. Er ließ ihren Arm los, bewegte sich jedoch nicht. Im Schatten erkannte Light, wie er seine Hand hob. Dennoch zuckte sie zurück, als seine kühlen Finger ihre Schläfe berührten. Ihr Herz pochte wie wild, und das Blut raste durch ihre Venen, dass sie glaubte, es hören zu können.

Kane kam ihr näher. Sein Körper war so kühl, dass Light für einen Moment dachte, sie würde neben einer Figur aus Eis stehen. Auch sein Atem war kühl, aber die Art, wie er ihren Namen sagte, wie er die Worte aussprach, verbrannten ihr nicht nur das Herz, sondern auch ihre Seele.

»Aku cinta kamu«, flüsterte Kane in der Sprache seiner Heimat Indonesien und beugte sich langsam nach vorne. Light verstand die Worte nicht, aber in Kanes Augen lag eine Sehnsucht, die sie nicht ignorieren konnte. Light verharrte in der Bewegung und ließ Kane gewähren. Seine Lippen waren nur noch Millimeter von ihren entfernt. Light spürte ein Kribbeln unter ihrer Haut. Das, was ihr Geist wollte, war nicht länger das, was ihr Körper verlangte. In angenehmer Erwartung der süßen Berührung stellte sich Light auf ihre Zehenspitzen. Kaum merklich schmunzelte Kane. Ein kaltes Feuer loderte in seinen Augen. Hitze brannte in Lights Körper. Gerade als sie glaubte, dass Kane diese wenigen Millimeter, die noch zwischen ihnen lagen, nie überwinden würde, drückte er seinen Mund auf ihren. Es war nur der Hauch einer Berührung, wie eine kühle Brise, die um die Knospen einer Blüte tanzt. Nur sehr langsam wurde Kane mutiger, sein Kuss fordernder. Seine Hände legten sich in ihren Nacken und zogen sie näher an seinen Körper. Light spürte das Heben und Senken seiner Brust, wie es im Gleichklang mit den Bewegungen seiner Lippen war. Sie seufzte und gab sich der Berührung hin, die sie eigentlich nicht wollte. Ihre Hände fanden den Weg auf Kanes Rücken und hielten ihn fest, damit er nicht zurückweichen konnte. Light wusste nicht, wie lange sie schon unter dieser Treppe stand und Kanes Nähe genoss, als sie sich voneinander lösten. Niemand sagte auch nur ein Wort. Atemlos, wie in Trance sah Light zu ihm auf. Sie presste ihre Lippen zusammen, als wollte sie seinen Kuss in ihrem Körper halten. Sanft strichen Kanes Finger über ihre Wange, ihre Körper noch immer gegeneinandergepresst.

»Light.« Kanes Lippen streiften erneut über ihre. »Ich liebe dich.«

Light schluckte hart, denn seine Worte brachten sie in die Realität zurück. »Kane. Es … es geht nicht.« Ihre Stimme war nur ein heiseres Flüstern. Jeder Faser in ihrem Körper widerstrebte es, Kanes Gefühle zu verletzen. Doch es ging nicht anders. Light fasste all ihren Mut zusammen. Ein letztes Mal atmete sie ein, bevor sie sagte, was gesagt werden musste. »Du bist mir wichtig, und der Kuss war wirklich schön, aber nicht richtig. Und ich wünschte, ich könnte dich lieben, so wie du mich liebst. Aber es geht nicht.« Der enttäuschte Ausdruck auf Kanes Gesicht brach Light das Herz. Sie schloss ihre Augen. Sie wollte nicht weinen, denn sie hatte kein Anrecht darauf. »Ich kenne dich schon zu lange und liebe dich wie einen Bruder. Und mehr kann ich dir nicht geben. Es tut mir leid.«

Light trat einen Schritt zurück, um Kane den nötigen Freiraum zu geben. Doch egal wie groß der körperliche Abstand zwischen ihnen war, er würde nie ausreichen, um Kane den Schmerz zu nehmen, der sich in seinen Zügen spiegelte. Seine Lippen, die Light noch Sekunden zuvor so weich erschienen waren, wirkten plötzlich sehr hart, als hätten sie sich in Stein verwandelt.

»Wieso?«, fragte er tonlos.

»Man kann Liebe nicht mit einem Wieso begründen.« Light bemühte sich um ein Lächeln. »Ich mochte dich vom ersten Moment an, denn du warst derjenige, der Jude wieder zum Lachen gebracht hat. Er war fast tot, bevor du zu ihm kamst. Manchmal glaube ich, dass du der einzige Grund bist, wieso Jude noch lebt.«

Kane schüttelte den Kopf. »Das ist der Grund? Der Grund …«, er brach ab und ließ seine Schultern hängen. Eine Ewigkeit schien zu vergehen. »Deshalb willst du nicht mit mir zusammen sein? Weil du glaubst, ich hätte Jude das Leben gerettet?«

Eine Gruppe von Teenagern zog an ihnen vorbei. Neugierig spähten sie in den schützenden Schatten der Treppe. Ein blondes Mädchen deutete auf Kane und begann mit ihrer Freundin zu tuscheln. Light biss sich auf die Lippe. Jedes Wort der Ablehnung, das sie an Kane richtete, schmerzte sie. »Es geht nicht um Jude. Es geht darum, was du für mich symbolisierst. Was du bist: mein Held. Ein Lebensretter. Ein Freund. Ich kann nicht mit dir zusammen sein und all das aufs Spiel setzen, denn das mit uns, es wird nicht funktionieren. Du bist unsterblich und ich bin es nicht. Wo soll das hinführen?« Sie versuchte es mit logischen Argumenten, aber tief in ihren Inneren wusste sie, dass es andere unsterbliche Wesen gab, denen sie eine Chance geben würde.

Kane ergriff ihre Hände. Mit seinen langen, kühlen Fingern umschloss er ihre Wärme und hielt sie gefangen. »Es gibt Mittel und Wege, das zu ändern. Ich könnte dich verwandeln oder meine Unsterblichkeit aufgeben.« Ein dringendes Flehen lag in seinem Blick. Das Atmen fiel Light zunehmend schwerer. Sie konnte seinen Anblick nicht länger ertragen und entzog sich seiner Berührung. Kraftlos lehnte Light sich gegen die Wand und ließ sich zu Boden gleiten, denn ihre Knie waren so weich, dass es ihr unmöglich erschien, sich länger auf den Beinen zu halten.

»Ich kann nicht«, sagte Light, ohne ihn anzusehen. »Ich kann und werde dich nicht lieben. Nicht auf diese Weise, und wenn du mich wirklich liebst, dann wirst du das verstehen.« Ihr Magen zog sich zusammen, dass ihr davon schlecht wurde. Es fühlte sich an, als würde ihr Innerstes zerfallen. Als hätte sich ein schwarzes Loch direkt neben ihrem Herzen gebildet.

»Du wirst deine Meinung nicht ändern.« Ein Zittern, wie Light es noch nie gehört hatte, lag in Kanes Stimme. Sie erwiderte nichts, denn es gab nichts zu sagen. Kane wandte ihr den Rücken zu und ließ sie alleine. Mit jedem Schritt entfernte er sich weiter von ihr, bis er verschwunden war und Light alleine mit dem schwarzen Loch in ihrer Brust unter einer dunklen Treppe saß.

Eine Weile kaute sie stumm auf ihren Lippen, bis sie den kupfernen Geschmack ihres eigenen Bluts realisierte. Es störte sie nicht. Es ekelte sie nicht. Doch hatte sie Angst vor dem brennenden Geschmack ihrer Tränen. Das Salz würde sich wie Feuer in den offenen Wunden anfühlen.

Es war weit nach 23 Uhr, als Light das Kino verließ. Kane war nicht mehr dort und das Auto war mit ihm verschwunden. Kraftlos machte Light sich auf den Weg zum Taxiparkplatz nur wenige Meter entfernt, denn zu dieser Uhrzeit war es nicht mehr sicher, alleine in der Schwebebahn zu fahren.

Unangenehm spürte Light die Blicke des Taxifahrers durch den Rückspiegel. Er hatte die Augen zusammengekniffen und musterte sie mit einem fragenden Ausdruck im Gesicht. Langsam drehte er sich zu ihr um. »Ist dir etwas passiert?«

Die Sitze der Rückbank waren mit billigem Leder überzogen und der Geruch vieler Jahre hatte sich in ihnen festgesetzt. Light konnte nur erahnen, was der Taxifahrer in diesem Auto alles schon erlebt hatte. Doch was ihr zugestoßen war, hatte nichts mit der Szene zu tun, die sich vermutlich gerade in seinem Kopf abspielte. Light gab ihm keine Antwort und nannte ihm nur ihre Adresse.

Daheim angekommen schloss Light so leise wie möglich die Tür auf, in der Hoffnung, alle anderen würden schon schlafen. Doch dieses Glück war ihr nicht vergönnt. Licht flackerte aus dem Wohnzimmer. »Light, bist du das?«, fragte ihre Mum und wurde dabei fast von Judes Lachen übertönt.

Light drängte jede Emotion aus ihrer Stimme. »Ja, ich bin es«, sie klang nicht halb so selbstsicher wie beabsichtigt. »Ich geh in mein Zimmer. Bin müde. Gute Nacht.« Bevor irgendjemand etwas sagen konnte oder auf die Idee kam, sie zu fragen, wie es im

Kino war, eilte Light die Treppen nach oben. Hinter sich hörte Light Jude fragen, wo Kane war, aber sie gab ihm keine Antwort und es war ihr egal. Er hatte sie im Stich gelassen!

Erleichterung durchströmte ihren Körper, als die Tür zu ihrem Zimmer ins Schloss fiel.

Dante lag noch immer auf ihrem Bett. Die Arme hinter dem Kopf verschränkt sah er aus, als hätte er sich, seitdem sie weg war, nicht bewegt. Aber dieses Mal war er wach. Seine schwarzen Augen, so dunkel wie das Loch in Lights Brust, starrten sie an. Er blinzelte und setzte sich auf. Ein Ausdruck ehrlicher Besorgnis spiegelte sich in seinem Gesicht wider. »Was ist passiert?« Mit den Fingern berührte er seine eigenen Lippen. Light wusste genau, was er meinte. Sie hatte noch nicht in den Spiegel gesehen, aber sie war sich sicher, dass ihre Lippen voller blutiger Hautfetzen waren, denn sie schmeckte noch immer das Kupfer in ihrem Mund.

»Nichts ist passiert.«

»Du kannst hier nicht mit verheulten Augen und blutiger Lippe auftauchen und behaupten, es wäre nichts passiert.« Er stand vom Bett auf und kam zu ihr. Seine Beine wankten ein wenig. »Zeig mal.« Sachte legte er seine Hand unter ihr Kinn und hob es an. Mürrisch zog er seine Brauen zusammen. »Hast du dir die Lippen ... aufgebissen?« Light zuckte zurück, konnte sich seinem Griff jedoch nicht entziehen. Plötzlich änderte sich der Ausdruck in Dantes Gesicht erneut und seine Finger schlossen sich fester um ihr Kinn. Seine Wärme brannte auf ihrer ausgekühlten Haut. »Hat Kane dir etwas angetan?«

Light wandte ihren Blick ab. »Wie du schon sagtest, ich habe mir die Lippen aufgebissen.« Die Kälte in ihrer Stimme überraschte sie selbst und auch Dante legte seine Stirn in Falten. Er seufzte und führte sie ins Badezimmer. Ohne ein Wort klappte er den Toilettensitz für sie nach unten und deutete ihr sich zu setzten. Light leistete keinen Widerstand, denn eine unerwartete Müdigkeit erfasste ihre steifen Glieder. Es fiel ihr schwer, die Augen offen zu halten. Jegliche Energie war aus ihrem Körper gewichen, fast so, als hätte das schwarze Loch in ihrer Brust sie geschluckt.

Dante zog ein weißes Tuch aus einem der Schränke und eine kleine blaue Tube, die er neben Light auf das Waschbecken legte. Mit seinem Handgelenk testete er die Temperatur des Wassers, ehe er das Tuch darin tränkte. »Willst du mir erzählen, was passiert ist?«

Light schüttelte den Kopf und wusste, dass Dante sie nicht dazu zwingen würde, irgendetwas zu erzählen. Er verstand besser als jeder andere, dass es Dinge gab, die nicht gesagt werden konnten. Lights Augen fielen für einen Moment zu, und als sie sie wieder öffnete, kniete Dante vor ihr. Sachte legte er ihr eine Hand in den Nacken, bevor er begann, ihr mit dem feuchten Tuch die blutigen Krusten von den Lippen zu waschen.

Light seufzte zufrieden, was Dante ein leichtes Lächeln entlockte. »Muss ja ein verdammt spannender Film gewesen sein«, scherzte er, wurde aber sofort wieder ernst. »Normale Menschen kauen aber auf ihren Nägeln und nicht auf den Lippen, bis sie aussehen, als hätte man sie mit Schmirgelpapier bearbeitet.«

Er wischte ihr ein letztes Mal über den Mund, legte ihr ein Stück Toilettenpapier zwischen die Lippen und wies sie an, fest zuzupressen, damit es aufhörte zu bluten. Nach einer Minute nahm er das Papier wieder weg und betrachtete ihre – vermeintlich selbst zugefügten – Verletzungen, bevor er die blaue Tube in die Hand nahm. Light erkannte, was es war: Vampirplasma, ein Stoff, den man aus dem Blut von Vampiren herstellte, um ihre Fähigkeit der schnellen Heilung auf den menschlichen Körper zu übertragen. Dante verteilte ein paar Tropfen der dunkelroten Flüssigkeit auf ihren Lippen, ehe er die Paste in kreisenden Bewegungen einmassierte. Light dachte daran, dass der Moment ihr peinlich sein sollte, doch sie war viel zu müde, um so etwas wie Scham zu empfinden.

»Fast wie neu«, sagte Dante, als er fertig war. Die Salbe brannte auf ihren Lippen. Sie lehnte sich gegen die kühlen Fliesen und schloss die Augen. Dante verließ das Badezimmer, nur um kurze Zeit später wieder zurückzukommen. Etwas Weiches landete in Lights Schoß: ihr Schlafanzug. Light sah zu Dante, aber der war bereits wieder aus der Tür verschwunden. Es dauerte ein paar Minuten, bis Light die Energie aufbringen konnte, sich umzuziehen. Der weiche Flanellstoff fühlte sich wunderbar an auf ihrer Haut. Ihre alten Klamotten ließ sie achtlos auf dem Boden liegen.

Dante saß auf dem Bett, als sie in ihr Zimmer kam – auch er hatte sich für die Nacht umgezogen. Nur das fahle Licht ihrer Nachttischlampe erhellte den Raum. Mit reiner Willenskraft schaffte es Light bis zur weichen Matratze. Ein Seufzer entwand sich ihrer Kehle, als sie sich auf den Rücken legte und sich jeder Muskel in ihrem Körper entspannte. Sie wollte nur noch schlafen.

Es war schon spät. Light fühlte es in ihren Knochen, als sie am nächsten Tag aufwachte. Vereinzelte Sonnenstrahlen fanden ihren Weg durch die Ritzen ihrer Jalousien. Sie blinzelte direkt in das Licht und streckte ihre Glieder von sich, die mit leisem Knacken protestierten. Mit der Zunge fuhr Light sich über ihre trockenen Lippen. Sie waren rau, und Light konnte die abstehenden Hautfetzen spüren, die einen leichten Geschmack nach Salz und Desinfektionsmittel hatten.

Die Erinnerungen an den vergangenen Abend kamen zurück. Kane hatte sie geküsst und die drei Worte gesagt, die sie nie von ihm hören wollte. Alleine und wie betäubt hatte sie unter einer Treppe gesessen. Kane war ohne sie gegangen – und als sie mit einem Taxi zu Hause ankam ... war da Dante gewesen. »Was ist passiert?«, hallte es in ihrem Kopf wider. Dante hatte sie ins Badezimmer geführt und sich um sie gekümmert. Ein Lächeln bildete sich auf ihrem Gesicht. Die spröde Haut auf ihren Lippen dehnte sich.

Ohne hinzusehen, wusste Light, dass er noch immer neben ihr lag, den Rücken zu ihr gewandt. »Dante? Bist du wach?« Sein Körper regte sich. Er gab ein tiefes Brummen von sich, drehte sich aber nicht um. Verlegen räusperte sich Light. »Vielen Dank wegen gestern.«

»Kein Ding«, sagte er mit verschlafener Stimme.

»Natürlich. Du warst noch nie zuvor so nett zu mir. Nicht wenn wir alleine –«

»Bild dir bloß nichts darauf ein«, unterbrach Dante sie und setzte sich auf. Die Bettdecke rutschte von seiner nackten Brust. Wäre Light diesen Anblick nicht gewohnt gewesen, hätte es ihr die Röte ins Gesicht getrieben. »Ich war gestern Abend einfach noch in der Rolle des lieben Dämons.«

»Was meinst du damit?«

Dante machte eine wegwerfende Handbewegung. »Nachdem du weg warst, ist Silvia in dein Zimmer gekommen. Sie hat mich gefragt, ob ich nicht Lust hätte, mit nach unten zu kommen, um mir einen Film anzusehen. Ich konnte schlecht Nein sagen, also bin ich mit nach unten.«

Light nickte, als würde sie verstehen, was er gerade zu ihr sagte. »Du meinst also, du warst nur nett zu mir, weil du mit meiner Mutter einen Film gesehen hast?« Wie am Abend zuvor spürte sie ein Stechen in ihrer Brust, nur fühlte es sich dieses Mal ganz anders an.

»Sie hat geweint«, sagte Dante, die Stimme voll von Abscheu. »Es war so eine tragische Lovestory und ich konnte sie schlecht alleine dort unten sitzen lassen. Immerhin soll sie einen guten Eindruck von mir bekommen.« Er setzte ein hinterlistiges Grinsen auf. »Also bin ich bei ihr geblieben, habe sie getröstet und mich mit ihr unterhalten.« Er zog das Wort in die Länge und betonte es, als würde er von etwas Ekelerregendem sprechen. »Vermutlich hält sie mich jetzt für den besten Schwiegersohn überhaupt.« Er strotzte vor Arroganz und Überheblichkeit bei diesen Worten.

Light wurde schwindelig bei dem Gedanken an Dante und ihre Mum, wie sie gemeinsam in einem Zimmer saßen, Tee tranken und redeten. Denn eines war sicher, für diese Kombination an Gesprächspartnern gab es nur ein potenzielles Thema, und das trug den Namen: Light Adam.

Sie beschloss, dass es keinen Sinn machen würde, mit Dante zu reden. Light schwang ihre trägen Beine aus dem Bett, schlüpfte mit ein paar frischen Klamotten ins Badezimmer und machte sich dafür bereit, in den Tag zu starten.

Obwohl es schon fast 13 Uhr war, wurde Light in der Küche von einem intensiven Duft nach Kaffee begrüßt. Gerade als sie Zucker in ihre Tasse kippte, kam ihre Mum in die Küche. »Hallo, Langschläfer. Wie geht es dir? Wir haben uns gestern Abend Sorgen um dich gemacht.«

»Ich war gestern einfach müde.« Light nahm einen großen Schluck Kaffee. Eine angenehme Wärme kroch ihr in den Magen und wärmte sie von innen heraus. Sie schüttete noch etwas mehr Zucker in ihre Tasse, um den bitteren Geschmack zu vertreiben.

»Ich hab gestern etwas Zeit mit Dante verbracht, während dein Dad und Jude beim Bowling waren«, sagte sie so unvermittelt, dass Light sich an ihrem Kaffee verschluckte. Dass Jude mit ihrem Dad bowlen gewesen war, wunderte Light nicht. Nach dem gestrigen Gespräch mit Kane hatte sie schon vermutet, dass Judes Krankheit nur ein Vorwand war, um mit ihr allein sein zu können.

»Wirklich?«, fragte sie mit gespieltem Erstaunen. »Über was habt ihr beide denn gesprochen?«

»Hauptsächlich über dich«, bestätigte sie Lights Vermutung.

Sie nippte an ihrem Kaffee, um ihre Nervosität zu überspielen. »Ich hoffe, nur Gutes.«

»Hauptsächlich. Er war wirklich sehr nett, ganz anders als erwartet.«

Light lächelte. »Das freut mich. Und was hat er über mich gesagt?«

»Eigentlich habe ich die meiste Zeit geredet«, gestand ihre Mum. »Ich hab ihm etwas aus deiner Kindheit erzählt. Dass du schon sehr schnell erwachsen wurdest, als man Judes Krankheit diagnostiziert hatte. Und ich hab ihn etwas über deine Hobbys erzählt.«

»Meine Hobbys?«, hakte Light nach. »Ich hab überhaupt keine.«

Sie hob die Schultern. »Wieso? Du schreibst doch gerne Tagebuch, oder?«

Light ächzte auf. »Ja, Mum. Aber Tagebuch schreiben ist total langweilig und kein Hobby.«

»Dante jedenfalls schien es zu interessieren. Er meinte zu mir auch, du erinnerst ihn sehr stark an jemanden, den er vor langer Zeit kannte.«

Light legte die Stirn in Falten. »Wirklich? Hat er gesagt, an wen?« Sie konnte sich nicht vorstellen, dass Dante jemanden kannte, der etwas mit ihr gemeinsam hatte.

»Wer es war, hat er nicht gesagt. Ich habe ihn aber auch nicht gefragt. Er machte auf mich den Eindruck, als wollte er nicht über diese Person sprechen.« Ein trauriges Lächeln bildete kleine Fältchen um ihre Augen. »Ich glaube, die Person, von der er gesprochen hat, lebt nicht mehr.« Sie seufzte schwermütig und stand auf. »Er ist ein sehr lieber Junge. Hätte ich nur schon etwas früher mit ihm gesprochen, hätte ich mir so viele Sorgen erspart.« Liebevoll tätschelte sie ihrer Tochter die Hand. »So, ich muss wieder an die Arbeit. Auf mich warten noch ein paar Fenster, die geputzt werden müssen. Geht ihr beide, Dante und du, heute wieder ins Fitnessstudio?«

»Dante vielleicht. Ich bin später bei Anna und Kathryn«, antwortete Light mechanisch, denn in Gedanken war sie noch immer bei der Frage, wieso sich Dante ihrer Mum anvertraut hatte.

14. *Kapitel*

»Aus Beziehungen zwischen Delegierten und paranormalen Bürgern hervorgehende Kinder haben, selbst wenn sie über Magie verfügen, Recht auf eine Delegiertenstellung.«
(Buch der Delegation, Artikel 8)

»Du bist zu spät«, sagte Anna vorwurfsvoll, als sie Light die Tür öffnete. Kathryn stand direkt hinter ihr und lächelte. Ihr schwarzes Haar lockte sich um ihre Schultern.

»Tut mir leid. Meine Mum hat mich gefahren.« Light legte ihren Mantel über den antiken Stuhl, der im Eingang thronte. Der goldene Lack, mit dem das Holz überzogen war, blätterte an einigen Stellen bereits ab. »Wir mussten Dante noch beim Fitnessstudio absetzen.«

Anna lächelte süffisant. »Und du kommst lieber zu uns, anstatt seinen schweißnassen Körper zu bewundern? Das rechne ich dir hoch an.«

»Ich bin wirklich eine sehr gute Freundin«, sagte Light ernst und marschierte geradewegs in Annas Zimmer. Sie kannten sich schon lange und Annas Haus war für Light wie ein zweites Zuhause geworden. Sie wusste, wo die leeren Batterien aufbewahrt wurden, wo Annas Mutter ihren geheimen Alkoholvorrat hatte, und sie kannte jeden Winkel von Annas Schlafzimmer, als wäre es ihr eigenes.

»Wieso hast du Dante nicht mitgebracht?«, fragte Kathryn. »Ich hätte ihn gerne kennengelernt.«

Light ließ sich ungeschickt auf einen mit Styropor gefüllten Sitzsack fallen. »Spätestens morgen im Unterricht triffst du ihn.« Sie rutschte auf dem Sack hin und her, um die bequemste Position zu finden.

Mit einem interessierten Funkeln in den Augen sah Kathryn sie an. »Ich habe in meinem ganzen Leben nur zwei Dämonen getroffen. Wirklich unfassbar, dass man sie beinahe ausgerottet hat. Zum Glück ist die Zeit der Massenexorzismen vorbei. Ist Dante nett zu dir oder … dämonisch?«

Light kräuselte die Lippen. »Er ist nicht wirklich böse, aber er ärgert mich von Zeit zu Zeit mit Kleinigkeiten. Manchmal ist er aber auch wirklich nett. Er hat gestern meine Mum getröstet, als sie angefangen hat bei einem ihrer Filme zu weinen.« Nervös lachte Light und sah auf die Schwebebahn, die lautlos an Annas Haus vorbeizog. Die Landschaft war von einem tristen Schatten überzogen, denn dunkle Regenwolken betonierten den Himmel. Light entfleuchte ein Seufzer. »Er kann nervig sein, aber ich glaube, wenn er nicht mehr da ist, werde ich ihn vermissen.«

Kathryn nickte verständnisvoll. »Dieses Gefühl kenne ich. Mit Andrew war es ähnlich.«

Light neigte den Kopf. »Andrew?«

Kathryn lächelte sanft. »Mein Sohn.«

Lights graue Augen weiteten sich. »Du hast einen Sohn?«

»Er sieht toll aus«, bemerkte Anna anerkennend und deutete auf einen Bilderrahmen, der neben ihrem Laptop stand. Das Foto darin zeigte einen Jungen, der vermutlich siebzehn, vielleicht achtzehn Jahre alt war. Er wirkte kaum älter als Kathryn. Er hatte dieselben pechschwarzen Haare und seine Gesichtszüge waren ähnlich sanft wie ihre.

»Das ist dein Sohn?«, fragte Light.

»Andrew«, wiederholte Kathryn. »Ich hatte die letzten zwanzig Jahre keinen Delegierten. Mein Sohn und ich lebten gemeinsam in einer Kolonie. Er hat sich zum Delegierten ausbilden lassen. Vor knapp sechs Monaten ist er siebzehn geworden, und es wurde Zeit, die Kolonie zu verlassen, damit er sein eigenes Leben leben kann.« Tiefe Sehnsucht spiegelte sich in ihrer Stimme wider.

»Wieso bist du nicht mit Andrews Vater in der Kolonie geblieben?«

»Ich habe mich vor zehn Jahren von Jonathan getrennt, als ich bemerkte, dass er für mich zu alt wird«, seufzte Kathryn. »Er ist ein Mensch. Ein großartiger Mann und liebevoller Vater. Ich liebe ihn noch immer, aber Beziehungen zwischen Sterblichen und Unsterblichen sind zum Scheitern verurteilt. Das wusste ich vom ersten Moment an und trotzdem habe ich mich auf ihn eingelassen.«

Light spürte eine aufkeimende Unruhe in ihrem Magen. Redete Kathryn noch immer über Jonathan? Oder waren ihre Worte ein versteckter Hinweis? Das konnte nicht sein, und dennoch wurde Light das Gefühl nicht los, dass Kathryn ihr etwas mitteilen wollte. »Wieso bist du nicht in der Kolonie geblieben?«

»Die Kolonien sind etwas für Familien. Wenn du alleine bist, fühlst du dich einsam und vom Rest der Welt ausgeschlossen«, sagte Kathryn. »Dort gibt es keine Menschen, und das habe ich vermisst, sehr sogar. Ich kann nicht verstehen, wieso manche Wesen das Leben in der Kolonie dem Leben unter der Aufsicht eines Delegierten vorziehen. Anna ist großartig und die Kolonien sind langweilig und spießig.«

»Ist sie nicht toll?«, quietschte Anna und umarmte Kathryn stürmisch. Sie drückte ihr einen Kuss auf die Wange und beide fingen an zu lachen. Den Rest des Nachmittags verbrachten sie mit einer 2-Liter-Packung Schokoladeneis und Gesprächen über die Schule, Freunde und Mode. Kathryn verlor kein Wort mehr über ihren Sohn, und Light hütete sich davor, Dante oder Kane zu erwähnen. Sie brauchte zuerst etwas Abstand von der Situation und ein klärendes Gespräch mit Kane, bevor sie dazu bereit war, das Geschehene mit Anna und Kathryn zu teilen. Mit Dante verhielt es sich ähnlich. Sie war nicht in ihn verliebt, aber der Gedanke, ihn schon bald nicht mehr jeden Tag zu sehen, war schmerzhaft wie ein Stich ins Herz. Er war in kurzer Zeit ein Teil ihres Lebens geworden und bestimmte ihren Tagesablauf. Keinem anderen Wesen würde es je gelingen, Dantes Platz einzunehmen, denn er war etwas Besonderes.

Auch nachdem Light sich von Anna und Kathryn verabschiedet hatte, blieb ein seltsames Gefühl, wenn sie daran dachte, dass Dante schon bald wieder aus ihrem Leben verschwinden würde. Sie rannte den Weg zur Schwebebahn, um einen klaren Kopf zu bekommen. Ihr Herz schlug wie wild gegen ihre Brust, als sie in die Bahn einstieg. Kaum saß sie auf ihrem Platz, fehlte ihr die Bewegung des Laufens, und sie begann den Reißverschluss ihrer Jacke nervös auf- und zuzuziehen. Unwillkürlich berührte Light ihre rauen Lippen mit der Zunge und die Erinnerung an den gestrigen Abend stieg in ihr auf.

Kanes kühle Finger in ihrem Nacken. Das Prickeln ihrer Haut. Seine kalten Lippen auf ihrem Mund. Besitzergreifend. Die Berührung ihrer Körper. Aneinandergepresst. Ihre Atmung im Gleichklang und doch nur stoßweise.

Niemals hätte Light gedacht, dass etwas so Falsches sich doch so richtig anfühlen konnte. Doch sie hätte Kane nicht küssen dürfen, es war ihm gegenüber nicht fair gewesen. Er war für sie wie ein Bruder, ihr bester Freund. Ob es zwischen ihnen je wieder so sein würde wie vorher, nach diesem Kuss?

Eine Frauenstimme verkündete über den Lautsprecher, dass die Schwebebahn die Station am Fitnessstudio erreicht hatte. Light zog den Reißverschluss ihrer Jacke ein letztes Mal nach oben, bevor sie sich der beißenden Kälte stellte. Die wenigen Meter bis zum Studio überquerte sie im Sprint, um sich warm zu halten.

Am Eingang wartete Dante bereits auf sie. Er trug noch immer seine Sporthose und ein einfaches T-Shirt. Seine Haut fühlte sich immer warm an wie nach einem heißen Bad. Seine Finger würden sich warm in ihrem Nacken anfühlen, ganz anders als die von Kane. Seine Lippen heiß auf ihrem Mund, wenn er sie –

Light schüttelte den Kopf, nun war es offiziell – sie wurde verrückt. Seit wann wollte sie Dante küssen? Der Stress nach ihrer Delegation war ihr nicht gut bekommen. Die ständige Sorge darüber, was Dante ihr und ihrer Familie antun könnte, seine nervenaufreibenden Spiele, die stetige Angst, was passieren würde, wenn sie die Wette verlor, und das Verlangen, den Kuss mit Kane ungeschehen zu machen, hatten ihr offensichtlich mehr zugesetzt, als sie dachte.

»Willst du nur herumstehen und mich anhimmeln, oder wollen wir gehen?« Dantes Stimme drang wie aus der Ferne an ihr Ohr und riss sie aus ihren Gedanken. »Ich kann verstehen, dass mein Anblick dich sprachlos macht, aber ich bin müde und hungrig. Und Silvia macht heute Hamburger – nach thailändisch mein absoluter Favorit! Du hast da übrigens etwas Braunes an der Backe kleben.«

Mechanisch hob Light ihre Hand und wischte sich über die Wange. Ihre Stimmung erreichte einen weiteren Tiefpunkt, während sie sich die klebrige braune Masse von der Haut kratzte. »Großartig! Schokoladeneis«, bemerkte sie sarkastisch und wischte sich ihre Hände an einem alten Taschentuch ab. Dante konnte sich eine weitere Bemerkung über die Ähnlichkeit der Eiscreme mit einem Produkt der menschlichen Ausscheidung nicht verkneifen und erntete von Light einen Blick, der so gefährlich war wie eine geladene Waffe direkt über dem Herzen.

»Ist die schlechte Laune noch von gestern oder ist die schon wieder neu?«, fragte Dante auf dem Weg zurück zur Bahn. Die in der Luft schwebenden Gleise leuchteten bereits in einem tiefen Rot, was das baldige Eintreffen der nächsten Bahn ankündigte.

Light blieb in dem für den Einstieg gekennzeichneten Feld stehen. »Eine Mischung aus beidem.«

»Erzählst du mir nun, was gestern passiert ist?« Dante stellte sich vor sie, kaum eine Handbreit entfernt. Sie spürte seine Wärme auf ihrer Haut, die vor Kälte schon ganz taub war. Für einen Moment stellte sie sich vor, wie es wäre, Dante zu umarmen. Sie würde ihre Arme um seinen warmen Körper schlingen, seine Hitze in sich aufnehmen und ihr Gesicht an seiner Brust vergraben. Es wäre so einfach, nur ein kleiner Schritt nach vorne. Vermutlich würde er sie nicht daran hindern. Doch stattdessen trat Light einen Schritt zurück. Weg von der Wärme. Weg von Dante.

»Es geht dich überhaupt nichts an, was gestern zwischen Kane und mir passiert ist.« Light hasste sich selbst dafür, dass ihre Stimme zitterte.

»Mein Gespräch mit Silvia hat dich auch nicht zu interessieren und dennoch hast du sie danach gefragt.« Vorwurfsvoll sah

Dante sie an, aber da war noch etwas anderes in seinem Blick, das Light nicht deuten konnte. Die einfahrende Schwebebahn verschaffte ihr etwas Zeit, über ihre Antwort nachzudenken. Menschen und Wesen tummelten sich in den Waggons, so dass es keinen freien Sitzplatz mehr gab und sie sich direkt neben den Ausgang stellen mussten.

Light seufzte frustriert. Wieder einmal stand Dante ihr gegenüber. Es war nur eine Fingerbreite, die sie voneinander trennte. Ihre Haut fing an zu prickeln, und ein undefinierbares Gefühl, so leicht wie Luft und doch so schwer wie Stein, schnürte ihr die Kehle zu. Was war nur mit ihr los? Es war, als hätte sich Kanes Kälte in ihren Körper eingenistet und nun lechzte er nach Dantes Wärme, um sie in sich aufzunehmen.

Eine Weile standen sie schweigend zwischen den anderen Fahrgästen. Light hatte schon die Hoffnung, Dante hätte ihr Gespräch vergessen, aber so viel Glück sollte sie nicht haben. »Wirst du mir nun sagen, was zwischen dir und Kane vorgefallen ist?«

»Was interessiert dich das überhaupt?« Die Worte klangen scharf und anklagend.

Unschuldig sah Dante sie an und zuckte mit den Schultern. »Ich bin einfach neugierig. Vielleicht verschafft mir das Wissen einen Vorteil.« Das Lächeln auf seinem Gesicht wirkte künstlich. Er zog die Mundwinkel so schief nach oben, dass es aussah, als hätte er Schmerzen.

Light schnaubte verächtlich. »Du denkst immer noch, du kannst die Wette gewinnen?«

»Die Hoffnung stirbt zuletzt.« Er sah auf die digitale Uhr am anderen Ende des Waggons. »Ich habe noch über vierundzwanzig Stunden Zeit. Fast einunddreißig, um genau zu sein.«

Verächtlich schüttelte Light den Kopf. »Wieso gibst du nicht einfach auf?«

»Wieso sagst du mir nicht einfach, was mit Kane passiert ist?« Herausfordernd hob er eine Augenbraue. Die Schwebebahn machte einen Ruck wie bei einer scharfen Bremsung. Die Leute verloren das Gleichgewicht. Eine Frau fiel auf Light und presste sie gegen Dante, der seinen Arm um sie legte, um sie festzuhalten. Tief atmete Light seinen Duft nach Duschgel ein, während die Bahn ihren Rhythmus wiederfand. Sie verharrte länger als nötig in dieser Position, ehe sie zurückwich. Verlegen schob sie eine Haarsträhne hinter ihr Ohr. »In Ordnung. Ich erzähl dir, was mit Kane ist, wenn du mir verrätst, an wen ich dich erinnere.«

Dantes Kiefer spannte sich an. »Das kann ich nicht.«

»Wieso nicht?«

»Ich will nicht darüber sprechen«, presste er zwischen seinen zusammengebissenen Zähnen hervor.

»Dann möchte ich auch nicht über Kane sprechen.« Sie wollte es wirklich nicht. Es war schmerzhaft genug gewesen, den Abend in ihrem Tagebuch niederzuschreiben. Aber wäre Dante auf Ihre Frage eingegangen, hätte sie es getan.

»Du verhältst dich kindisch«, zischte Dante. Sein Atem streifte ihre Haut.

»Dann erzähl mir wenigstens, was deine Fähigkeit in mir sieht«, antwortete Light, ohne auf seinen Kommentar einzugehen.

»Vergiss einfach, dass ich nach Kane gefragt habe.«

Das Tempo der Schwebebahn verlangsamte sich, ehe sie ganz stehen blieb. Light atmete tief durch. Sie wollte es nun unbedingt wissen. »Sag mir, an wen ich dich erinnere. Das kann doch nicht so schwer sein. Ich kenne diese Person schließlich nicht.«

»Nein.« Dante wandte ihr den Rücken zu. Die Schiebetür öffnete sich vor ihnen und die mechanische Treppe schob sich auf. Dante sagte kein Wort und der Ausdruck auf seinem Gesicht war eisern. Seine Lippen waren zu einem dünnen Strich gepresst. Auch Light wagte nicht, die Stille zu durchbrechen. Schweigend liefen sie nebeneinander her, bis sie das Haus erreichten. Es war bereits dunkel und ein fahles Licht fiel durch die halb heruntergelassenen Jalousien. Das erste Mal in ihrem Leben wünschte sich Light, die Fahrt mit der Schwebebahn hätte länger gedauert.

Kane erschien nicht zum Abendessen. Wieso, wusste Light nicht und eigentlich wollte sie es auch überhaupt nicht wissen. Sie war nicht in der Verfassung für einen Streit und war dankbar dafür, der Konfrontation noch ein paar Stunden lang aus dem Weg gehen zu können.

»Wie war es mit Anna und Kathryn?«, fragte ihre Mum, als sie den letzten Teller mit Tomaten- und Gurkenscheiben auf den Tisch stellte. Ihr Dad reichte ihr ein Burgerbrötchen, ehe er den Korb an Jude weitergab. Jude war überraschend schweigsam und begann sofort sein Brötchen zu belegen. Ob Kane ihm erzählt hatte, was am Abend zuvor geschehen war?

»Kathryn hat mir etwas über ihren Sohn Andrew erzählt.«

Ihre Mum wirkte überrascht. »Kathryn ist schon Mutter?«

»Sie ist hundertfünfundzwanzig. Vor Anna hat sie mit Andrew in der Kolonie gelebt«, berichtete Light und erzählte auch sonst alles, was sie an diesem Tag erlebt hatte. Immer wieder wanderte ihr Blick dabei zu Dante, der appetitlos an seinem Burger herumkaute. Noch kürzlich hatte er sie angetrieben, um das Essen nicht zu verpassen. Jetzt war sein Blick leer und jeder Bissen schien eine Qual zu sein.

Schließlich räusperte er sich und legte seinen halben Burger auf den Teller. »Ich würde gerne in mein Zimmer gehen. Ich fühle mich nicht besonders.« Seine Stimme klang rau und kratzig. Über seinem glasigen Blick zog er die Stirn kraus.

Ihre Mum seufzte, wie sie es immer tat, wenn eines ihrer Kinder krank war. »Möchtest du dir einen Tee mitnehmen? Oder vielleicht die Wärmedecke?« Sie war schon halb aufgestanden, doch Dante deutete ihr sitzen zu bleiben. »Danke, aber alles, was ich brauche, ist etwas Ruhe. Vermutlich hab ich es im Fitnessstudio etwas übertrieben.« Er lächelte verzerrt und stampfte mit trägen Schritten die Treppe hinauf.

Nachdem der Tisch abgeräumt war und Light ihrer Mum dabei geholfen hatte, die Küche sauber zu machen, kochte sie heißes Wasser und brühte einen Tee auf, den sie Dante mitbringen wollte.

»Ich bring Dante seinen Tee«, verkündete Light nach drei Minuten und lief langsam in ihr Zimmer. In der einen Hand hielt sie den Tee, mit der anderen umschloss sie fest das Geländer, um sich auffangen zu können, sollte sie stolpern.

Ihr Blick war starr auf den sich leicht hin und her wiegenden Tee gerichtet, so dass sie Kane nicht kommen sah. Erst wenige Zentimeter vor einem Zusammenstoß hob Light den Kopf – und erstarrte. Er sah noch genauso aus wie immer. Doch gab es einen Unterschied zwischen dem Kane von vor ein paar Tagen und dem Kane, der jetzt vor ihr stand … er lächelte nicht – dabei lächelte er sie sonst immer an.

Light rechnete damit, dass er sich einfach an ihr vorbeischieben und so tun würde, als wäre sie eine Fata Morgana. Sie beide verharrten in der Bewegung und sahen einander an. Light bemerkte, dass nicht nur das Lächeln auf seinen Lippen verschwunden war, sondern auch das Lächeln in seinen Augen.

»Ich wollte heute Nachmittag mit dir reden«, sagte er tonlos. Seine Finger krallten sich in das Treppengeländer, ähnlich wie die von Light. »Du warst aber nicht da.«

»Ich war bei Anna und Kathryn.« Verlegen starrte Light in die Tasse, die so herrlich nach Kamille roch. »Ich bin froh, dass du mit mir reden wolltest. Ich fühle mich seit gestern wirklich furchtbar wegen dem, was zwischen uns passiert ist.«

»Du bereust den Kuss«, presste Kane zwischen den Zähnen hervor.

Light wünschte, sie könnte einfach seine Hand in ihre nehmen, um ihn zu trösten. »Ich bereue den Kuss nicht.« Überrascht hob Kane den Kopf und ein Funke des alten Kane blitzte hinter seinen trüben Pupillen hervor. »Ich fühle mich schlecht wegen dem, was nach dem Kuss passiert ist. Ich wollte deine Gefühle nicht verletzen.«

»Das weiß ich doch.« Kane ließ sich auf eine der Stufen sinken. »Es ist schmerzhaft, etwas so sehr zu wollen und es doch nicht bekommen zu können.« Er lachte und dieses Lachen reflektierte all seinen Schmerz. »Ich habe mir oft vorgestellt dich zu küssen und davon geträumt, was du tun würdest, aber in keinem dieser Träume hast du mir gesagt, dass du mich liebst wie einen Bruder.«

Light setzte sich neben Kane. Die Tasse hielt sie mit beiden Händen, in der Hoffnung, ihr Zittern verbergen zu können. »Das ist das Schöne oder das Schlechte an Träumen, sie zeigen dir nicht die Realität, die dich erwartet. Ich wünschte mir wirklich, ich könnte dir deinen Traum erfüllen, aber es geht nicht. Noch nicht, vielleicht eines Tages.« Die Worte waren eine Lüge, aber das war Light in diesem Augenblick egal. Sie hätte alles gesagt, hätte alles getan, nur damit Kane sich besser fühlte.

»Eines Tages«, wiederholte Kane. Ungewollt nippte Light an dem Tee, der für Dante bestimmt war. Das Zittern in ihren Händen ließ ein wenig nach, aber sie hatte weiterhin ein seltsames Gefühl im Magen, das sie sich nicht erklären konnte. Es war ein dauerhaftes Vibrieren, das ihr Inneres erschütterte. Zwischen Kane und ihr schien alles wieder in Ordnung zu sein, aber da war etwas, das sie daran hinderte, ihren alten Rhythmus wiederzufinden. Sie fühlte sich wie ein Metronom, das den Takt verloren hatte.

»Du solltest Dante besser seinen Tee bringen, bevor er kalt wird«, bemerkte Kane und stand auf.

Verdutzt sah Light ihn an. »Woher weißt du, dass der Tee für Dante ist?«

»Ich bin ihm vor ein paar Minuten begegnet. Er meinte, es geht ihm nicht gut. Und du bist viel zu aufmerksam, um ihm keinen Tee oder Kekse zu bringen.« Kane grinste verschmitzt. »Wir sehen uns morgen. Ich bin mit Jude noch etwas Billard spielen. Ich denke nicht, dass du mitwillst, oder?«

»Nein, ich möchte Dante nur ungern allein lassen.«

Kane nickte verständnisvoll und drückte ihr einen letzten flüchtigen Kuss auf den Scheitel, ehe er zwei Stufen auf einmal nehmend die Treppe nach unten rannte. Light blieb einen Augenblick auf der Treppe und versuchte das letzte Gefühl der

Unruhe aus ihrem Körper zu vertreiben. Sie atmete tief ein und wieder aus, konnte aber das nervöse Kribbeln in ihrer Magengrube nicht abstellen. Was war nur los mit ihr? Sollte sie nicht erleichtert darüber sein, dass Kane ihr verziehen hatte?

Ihr Unbehagen wurde mit jedem Schritt schlimmer.

Light öffnete die Tür zu ihrem Zimmer. Ein sanftes Lächeln lag auf ihren Lippen. »Dante, ich habe dir –«, setzte sie an, doch das Klirren der zersprungenen Teetasse würgte sie ab. Splitter fielen zu Boden. Der Tee ergoss sich über das Parkett und saugte sich in den Teppich. Wie eine Lache aus Blut verlief die heiße Flüssigkeit zu Lights Füßen. Scharf zog sie die Luft ein, denn ein stechender Schmerz durchzog ihre Brust.

Reglos starrt sie Dante an.

Lässig, mit überschlagenen Beinen saß er an ihrem Schreibtisch, ein kleines braunes Buch auf seinem Schoß. »Wirklich eine amüsante Lektüre«, bemerkte er und hob ihr Tagebuch in die Luft, damit sie es sehen konnte. Das Grinsen auf seinem Gesicht war so gehässig, als stammte es vom Teufel selbst. »Ich bin gerade an der Stelle, wo du beschreibst, wie du Kane geküsst und dir für den Bruchteil einer Sekunde gewünscht hast, ich wäre es gewesen.« Er lachte kehlig auf. »Sehr gut gefällt mir auch diese eine Traumbeschreibung, in der ich einen weißen Anzug trage und aussehe wie ein Engel. Ehrlich, Light, ein Engel? Wie oft habe ich dir schon gesagt, dass ich ein Dämon bin. D-ä-m-o-n«, buchstabierte er. »Ein Dämon ist das genaue Gegenteil eines Engels, das solltest du eigentlich wissen.« Er seufzte selbstgefällig, legte das Tagebuch zur Seite und stand auf. »Aber weißt du, was die gute Nachricht ist? Als Dämon bin ich selbstverständlich gewillt, deine körperlichen Gelüste nach mir zu stillen.«

»Ich … ich habe keine körperlichen Gelüste«, stotterte Light. Sie war erstarrt, und nichts an ihr regte sich, außer den Tränen, die ihr den Blick verschleierten.

»Bist du dir sicher? Vielleicht sollte ich dir die Stelle noch einmal vorlesen, wo du beschreibst, wie wunderbar mein Körper aussieht und wie angenehm es ist, meine warme Haut zu spüren, so anders als die von Kane«, säuselte er und ging einen Schritt auf das Tagebuch zu. Als seine Finger den Ledereinband erneut berührten, war es für Light wie ein weiterer Stich direkt in ihr Herz. Sie presste ihre Lippen fest zusammen und spürte, wie das Gefühl der Demütigung ihr den Hals zuschnürte.

»Oh, du wirst doch wohl nicht anfangen zu weinen, Schätzchen, oder?« Dante baute sich direkt vor ihr auf und wedelte mit dem Tagebuch vor ihrer Nase. »Es war nicht sehr klug von dir, das hier einfach so in der obersten Schublade liegenzulassen, obwohl du wusstest, dass Silvia mir davon erzählt hat.« Er schüttelte theatralisch den Kopf. »Ist es nicht furchtbar zu wissen, dass deine eigene Mutter daran schuld ist, dass ich nun weiß, wie scharf du auf mich bist, obwohl Kane dich über alles liebt? Was würde Anna wohl sagen, wenn ich ihr erzähle, dass du sie manchmal für oberflächlich hältst?«

Lights Lippen bebten. Wie konnte Dante ihr Vertrauen nur so ausnutzen? Das Metronom in ihrem Inneren hatte den Takt vollkommen verloren. Ihre Beine wurden weich und das Gefühl der Hilflosigkeit zwang sie schließlich in die Knie. Der verschüttete Tee tränkte ihre Hose, doch es war ihr egal. Sie fühlte sich Dante schutzlos ausgeliefert – wie ein Tier in der Falle, das nur darauf wartete, ausgenommen zu werden.

Light schluchzte und ein schadenfrohes Lachen entwand sich Dantes Kehle. Dieses Geräusch erschien ihr grausamer als alles, was sie bisher gehört hatte. Es erzeugte eine Gänsehaut auf ihrem Körper. Ihr Widerstand zerbrach in Tausende Stücke und inmitten dieser Scherben rollte eine einzelne Träne über ihre Wange.

Dante ließ das Tagebuch neben ihr auf den Boden fallen. Seine Hand zuckte, und Light erzitterte aus der jähen Angst heraus, er könnte sie schlagen. Sie kniff die Augen zusammen und wartete ... doch alles, was sie spürte, war die flüchtige Berührung seiner Fingerspitzen auf ihrer Wange.

»Du hättest wissen müssen, dass man mir nicht vertrauen kann«, flüsterte Dante mit stockender Stimme. Dabei verstrich er sanft eine salzige Träne auf ihrer Haut, bis er ihr Kinn berührte und es sanft anhob. Hinter der Schwärze ihrer Lider nahm Light seine Wärme noch intensiver war. Er kam näher und sein Atem streifte ihre Haut. Lights Brust krampfte sich zusammen und ein erstickender Schmerz nistete sich in ihren Lungen ein, als Dante seine Lippen auf ihre legte. Es war ein flüchtiger Moment, den man nicht mit einer Sekunde hätte messen können, und doch schien es wie eine Ewigkeit.

Light keuchte auf und wollte Dante von sich stoßen, aber er hatte sich bereits zurückgezogen. Ohne ein weiteres Wort umrundete er ihren zusammengekauerten Körper und ließ ihr gebrochenes Herz hinter sich.

Light hörte nicht, wie er das Zimmer verließ oder wie er die Treppe nach unten stampfte. Sie hörte nicht ihr eigenes Wimmern, denn alles, was sie wahrnahm, war die Verzweiflung darüber, dass Dante sie verlassen hatte.

15. Kapitel

»Paranormale Bürger sind verpflichtet, religiöse, kulturelle und traditionelle Rituale ihres Delegierten zu würdigen und auf dessen Wunsch hin an diesen teilzunehmen.«
(Buch der Delegation, Artikel 14)

Dante blieb die nächsten Tage verschollen. Wenn jemand Light fragte, wo er war, zuckte sie gelangweilt mit den Schultern und erzählte ihnen, er würde seinen Vater besuchen. Jedes Mal, wenn sie diese Lüge erzählte, wurde sie von tiefer Verzweiflung erfasst und schmerzhafte Magenkrämpfe quälten sie.

Am Montag, noch vor Schulbeginn, suchte Light all ihre Tagebücher zusammen, befreite sie von Staub und blätterte ein paar von ihnen durch. Viele dieser Bücher hatten sich im Laufe der Jahre angesammelt. Einige hatten schwarze Umschläge, andere wiederum waren rot, aber die meisten hatten dieselbe braune Farbe wie das Tagebuch, das Dante gelesen hatte. Allein fuhr Light in die Schule, entwendete einen Schweißbrenner aus dem Chemieraum und verbrannte ihre Tagebücher in der hintersten Ecke des Schulhofes. Nie wieder würde Dante eines von ihnen zu Gesicht bekommen. Nie wieder würde Dante die Möglichkeit bekommen, ihr Vertrauen auf diese Weise zu missbrauchen.

Während Light in die Flammen starrte und sah, wie ihr Leben sich in ein kleines Häufchen Asche verwandelte, wurde aus ihrer Verzweiflung Wut. Sie war so wütend auf Dante wie noch nie zuvor in ihrem Leben. Der Zorn breitete sich in ihr aus und nagte erbittert an ihrem Herzen, bis der ziehende Schmerz in ihrer Brust schlimmer war als der in ihrem Magen.

Sie hätte nie gedacht, dass es möglich wäre, jemanden so sehr zu hassen, dass es körperliche Schmerzen bereitete, und sie wünschte sich Dante ebenso leiden zu sehen. Unaufhörlich stellte sie sich vor, was sie tun würde, wenn sie ihm das nächste Mal begegnete. Die Vorstellung, ihn zu schlagen, war verlockend, doch Light wusste, dass sie das nie tun könnte. Sie würde ihren Job als Delegierte riskieren und diese Befriedigung würde sie Dante nicht geben.

Es war Anfang Dezember und schon bald würde die Revision sie ein für alle Mal von Dante befreien.

Sie konnte es kaum erwarten.

Mittwoch nach der Schule ging Light gemeinsam mit Jude, Kane, Anna und Kathryn in ein kleines Café, das laut Kathryn die beste Schokoladentorte überhaupt servierte. Es war ein gemütliches Beisammensein, und beinahe wäre es Light gelungen, Dante zu vergessen, aber schon bald wurde ihr bewusst, dass sie als Einzige alleine war. Jude flirtete mit Anna und auch Kane und Kathryn waren in ein Gespräch über die guten alten Zeiten vertieft, zu dem Light nichts beitragen konnte außer eines stetigen Kopfnickens.

»Du kannst dir gerne noch etwas bestellen. Ich bezahl für dich mit«, sagte Kane, als Light die letzten Krümel der Torte von ihrem Teller kratzte und sie mit einem großen Schluck Kakao runterspülte.

»Wirklich?« Schüchtern zog Light die Mundwinkel zu einem leichten Lächeln. Niemand wusste, was zwischen ihr und Kane passiert war, noch nicht einmal Jude. Und auch wenn ihre Unterhaltungen noch etwas steif wirkten, merkte Light, dass sie auf dem Weg der Besserung waren.

»Wirklich«, sagte Kane und reichte ihr die Speisekarte. Nach kurzem Überlegen bestellte sich Light ein weiteres Stück Schokoladentorte. Seit Tagen war es, als hätte sie ein Loch in ihrem Magen, und fast glaubte sie, dass diese ständige Wut auf Dante ihr ein Magengeschwür bereitete. Denn egal ob sie Hunger hatte oder satt war: Alles, was sie fühlte, war der Hass auf Dante. Sie wollte sich über ihn auslassen, ihn beschimpfen, aber das konnte sie nicht. Nicht ohne Gefahr zu laufen, dass der Rat etwas von Dante und ihrer Wette erfuhr. Und sosehr sie ihn auch verabscheute, Light wollte nicht, dass er in einer Strafkolonie leben musste, nur um später womöglich hingerichtet zu werden.

»Hab ich euch schon erzählt, dass ich mit Kathryn auf den Ball gehe?«, verkündete Anna, gerade als die Kellnerin Light den Teller vor die Nase stellte. »Keiner der Typen, mit denen ich hingehen wollte, hat mich gefragt. Also gehe ich mit Kathryn und ich werde fantastisch aussehen. Die Kerle werden sich in den Arsch beißen. Ihre Begleiterinnen werden nicht einmal halb so gut aussehen wie ich – oder Kathryn«, fügte Anna hastig hinzu und schenkte Kathryn ein unschuldiges Lächeln.

»Geht ihr zusammen?« Kathryn ließ ihren Blick zwischen Light und Kane hin- und herwandern. Der Unterton in ihrer Stimme ließ erahnen, dass sie auf eine Verneinung hoffte.

Light spürte, wie sich ihre Wangen röteten. Sie sah zu Kane, der sich verlegen den Nacken rieb. Er hatte nicht vor, als Erster auf die Frage zu antworten. »Ich gehe nicht zu dem Ball«, sagte Light entschlossen. »Ich hab keine Lust und ein Kleid habe ich auch nicht.«

»Wie, du gehst nicht? Das kannst du mir nicht antun!« Enttäuscht schob Anna die Unterlippe nach vorne. »Ich dachte, du würdest mit Dante hingehen. Schließlich ist das euer einziger gemeinsamer Ball.«

Light verschluckte sich an ihrer Torte. Die Röte verschwand aus ihrem Gesicht. »Ich werde nicht mit Dante auf einen Ball gehen«, presste sie aus zusammengebissenen Zähnen hervor. »Er kann nicht tanzen. Er hat keinen Anzug, dafür aber eine konsequente Unlust, Zeit mit mir zu verbringen. Es gibt also rein gar nichts an ihm, was ihn dazu qualifizieren würde, mit mir auf einen Ball zu gehen. Dann lieber gar nicht.« Ohne dass sie es bemerkte, wurde ihre Stimme lauter. Das war ihr in den letzten Tagen häufiger passiert, denn es gab keinen Weg, ihrer Wut Ausdruck zu verleihen. Jedes Mal, wenn sie den Mund öffnete, sprudelte es aus ihr heraus.

Anna räusperte sich. »Light, gibt es vielleicht etwas, das zwischen dir und Dante vorgefallen ist?«

»Wie kommst du denn darauf?«, zischte Light giftig.

»Du bist so –«

»Sag nichts«, unterbracht Light ihre beste Freundin. »Das war eine rhetorische Frage. Was zwischen mir und Dante ist, geht auch nur mich und Dante etwas an.« Sie schob ihren Teller von sich, denn sie war zu aufgebracht, um weiterzuessen. Ihre Hände begannen zu zittern wie jedes Mal, wenn sie an ihn und den flüchtigen Kuss dachte. Wie konnte man jemanden nur so sehr hassen und dennoch vermissen?

Sie vermisste es, Delegierte zu sein. Sie vermisste es, ein Wesen zu haben. Sie vermisste es, den ganzen Tag über Stress zu haben. Sie vermisste ihn morgens nach dem Aufstehen. Sie vermisste seine schreckliche Musik, während sie versuchte ihre Hausaufgaben zu erledigen, und sie vermisste seine Wärme.

Trauer schnürte ihr die Kehle zu, bis sie keine Luft mehr bekam. Sie keuchte und schob ihren Stuhl zurück, der mit einem Knall auf den Boden schlug. Die anderen Gäste starrten sie an, aber es spielte keine Rolle. Light riss ihre Tasche an sich und stürmte aus dem Café.

Kane rief ihren Namen.

Obwohl Kane ihren Namen gerufen hatte, war es doch Jude, der ihr folgte. Light saß auf einer Parkbank unweit des Cafés, als er sich neben sie setzte. Liebevoll legte er seine Jacke über ihre Schultern und streichelte ihren Rücken. »Danke«, schniefte Light und wischte sich mit dem Handrücken über die Nase.

»Möchtest du mir erzählen, was zwischen dir und Dante passiert ist?«, fragte Jude, ohne sie anzusehen. Sein Blick folgte einer Frau im roten Mantel, die einen Kinderwagen an ihnen vorbeischob. Schließlich lächelte er Light freudlos an. »Egal was es ist, ich werde es niemandem verraten, nicht einmal Kane. Versprochen.«

Light bückte sich, hob eine Kastanie auf und ließ sie wieder fallen. »Ich kann nicht. Die Worte auszusprechen macht es realer.«

»Deine Gefühle machen es real. Versuch es. Sag mir, was passiert ist«, forderte Jude, ohne sie zu drängen. Seine Hand lag noch immer tröstend auf ihrer Schulter. Es schien so einfach, ihm die Wahrheit zu sagen, und Light wünschte sich, es wäre ebenso einfach, ihm zu vertrauen. Mit tiefem Bedauern rutschte sie von ihm weg. Seine Hand glitt von ihrer Schulter. »Ich möchte wirklich nicht darüber sprechen. Lass uns Kane holen und nach Hause gehen. Ich muss Dr. Melay noch anrufen und die Revuestunde für morgen absagen.« Light zog den Reißverschluss ihrer Jacke bis unters Kinn, um die kalte Luft abzuwehren. Ohne ein Wort folgte Jude ihr bis zum Café. Erst wenige Meter davor brach er das Schweigen. »Ich hoffe, du weißt, was in zwei Tagen ist.«

Light schürzte die Lippen. »Freitag?«

»Freitag, der ...« Mit einer Geste deutete Jude ihr weiterzusprechen.

Ahnungslos schüttelte Light den Kopf. »Freitag, der ... Weihnachtsmarkt«, platzte es aus ihr heraus. »Der 6. Dezember. Familienausflug zum Weihnachtsmarkt. Wie konnte ich das vergessen?«

»Du hattest andere Dinge im Kopf«, tröstete Jude sie. »Aber ich hoffe, du weißt, was das heißt.«

Drei Meter vor der Eingangstür blieb Light stehen. »Das glaubst du nicht wirklich, oder?«

Mitfühlend verzog Jude das Gesicht. »Doch, genau das glaube ich. Mum wird nicht ohne Dante auf diesen Markt gehen. Vielleicht macht sie eine Ausnahme, wenn du ihr erzählst, was wirklich zwischen euch passiert ist. Eine andere Chance sehe ich nicht.« Jude hatte Recht. Ihre Mum liebte den gemeinsamen Besuch des Weihnachtsmarktes. Es war eine Tradition. Jedes Jahr am 6. Dezember gingen sie alle gemeinsam auf den Markt, um dort die Weihnachtssaison einzuläuten. Am Wochenende danach wurden Plätzchen gebacken und ein Baum aufgestellt, der exakt bis zum 6. Januar stehen blieb.

»Ich werde ihn später anrufen«, sagte Light kleinlaut. Ihr gefiel die Idee nicht, denn alleine von dem Gedanken, mit Dante zu sprechen, zog sich alles in ihr zusammen. Es war, als versuche ihr Körper die Idee abzustoßen, aber sie hatte keine andere Wahl. Denn die Vorstellung, mit ihrer Mum darüber zu reden, was passiert war, war noch weitaus schlimmer, als Dante anzurufen.

Es klingelte. Light presste den Hörer so fest gegen ihr Ohr, dass es schmerzte. Sie hatte das Gespräch mit Dante so lange wie möglich hinausgezögert. Es war Donnerstagabend, und spätestens in vierundzwanzig Stunden musste er vor der Tür stehen, um mit ihnen den Weihnachtsmarkt zu besuchen. Bei dieser Vorstellung wurden Light die Knie weich und sie musste sich setzen. Ihr Bett hatte sie frisch bezogen, denn sie konnte den Geruch, den Dante hinterlassen hatte, nicht ertragen.

Nervös fuhr sie mit den Fingern über den flauschigen Stoff, der sie selbst in den kältesten Winternächten warm hielt. Das Freizeichen ertönte ein weiteres Mal und erschütterte Light bis ins Mark.

»Wenn ich das Handy zwanzigmal klingeln lasse, ohne abzuheben, heißt das entweder, ich bin nicht da, oder, ich möchte nicht mit dir sprechen. Ist das so schwer zu verstehen?« Es dauerte einen Augenblick, bis Light realisierte, dass Dante endlich abgenommen hatte.

»Ich hatte keine andere Wahl«, sagte Light mit einer ruhigen Stimme, die sie selbst überraschte und ermutigte weiterzusprechen. »Morgen ist der 6. Dezember, an diesem Tag gehen wir immer auf den Weihnachtsmarkt. Ein Familienausflug. Du musst kommen.«

Dante antwortete nicht und Light konnte sich auf die Geräusche im Hintergrund konzentrieren. Es hörte sich an, als wäre er in einer Bar. Musik, die noch schrecklicher klang als die, die er sich sonst anhörte, vibrierte im Hintergrund. Leute lachten und schrien durch die Gegend, wie Light es nur aus den alten Filmen kannte, die ihr Dad so gerne schaute. Eine Meute betrunkener Seeräuber. Ob Dante einer von ihnen war? Ein betrunkener Censio?

»Sag mir einen guten Grund, wieso ich mitgehen sollte«, zischte er in den Hörer. Er schluckte etwas und ächzte auf, als würde der Alkohol in seinem Rachen brennen.

»Es ist ein Familienausflug«, erwiderte Light.

»Und ich bin noch immer ein Teil dieser Familie? Light, hast du denn nichts kapiert? Wieso spielst du noch immer die fürsorgliche Delegierte?«

Light biss die Zähne zusammen. »Ich bin deine Delegierte, und alles, was ich möchte, ist, die letzten drei Wochen hinter mich zu bringen, damit wir getrennte Wege gehen können, ohne bleibende Schäden davonzutragen.« Sie atmete einmal tief durch und stand von ihrem Bett auf, um durch ihr Zimmer zu wandern. »Ich habe niemandem erzählt, was passiert ist. Das ist eine Sache zwischen dir und mir. Der Rat hat nichts damit zu tun.«

Dante lachte kehlig und fing an zu husten. »Kein Rat, und weiter?«

»Nichts und weiter. Ich möchte nur, dass du morgen zu diesem Treffen kommst.«

Er ächzte erneut. »Wieso?«

»Der Rat weiß von nichts. Meine Eltern wissen von nichts. Sie denken, du verbringst etwas Zeit mit deinem Vater.« Light betonte dieses Wort, sie spuckte es geradezu aus. »Sie erwarten von dir, dass du dich an das Regelwerk hältst, das besagt, dass ein Wesen sich den Ritualen und Traditionen seiner Delegiertenfamilie zu fügen hat. Das schließt auch unseren jährlichen Weihnachtsmarktbesuch ein.«

Wieder kehrte ein Moment des Schweigens ein, und Light hörte, wie sich jemand erbrach. Sie starrte auf den Boden, um die aufkommende Übelkeit zu vertreiben. »Dante?«

»Ich bin noch da. Der Kerl neben mir hat gerade ... du weißt schon.«

»Ich hoffe, er hat dich getroffen.« Ein finsteres Lächeln legte sich auf Lights Lippen. Sie konnte nicht glauben, wie tief sie gesunken war.

»Es tut mir leid, dir das zu sagen, aber er hat mich nicht erwischt, dafür aber meinen Drink.« Er seufzte frustriert und Light konnte das Schaben eines Stuhls hören. »In Ordnung. Ich werde morgen zu eurem kleinen Treffen kommen, aber du musst mir versprechen, dass niemand mir Fragen stellt. Es war dumm von dir zu erzählen, ich würde meinen Vater besuchen.«

»Das ist ganz allein dein Problem. Hättest du mir etwas genauere Anweisungen gegeben und wärst nicht einfach verschwunden, hätten wir dieses Problem nicht«, keifte Light. Es tat gut, ihm die Stirn zu bieten und der eigenen Wut Ausdruck zu verleihen.

Dante gab ein paar Flüche von sich. Einige davon verstand Light, andere wiederum waren in einer fremden Sprache. »Verdammt, um wie viel Uhr soll ich bei euch sein?«

Das Lächeln eines Siegers lag auf Lights Lippen. »Für gewöhnlich fahren wir um 19 Uhr.«

»Ich bin fünf Minuten vorher bei euch. Wartet auf mich. Ich weiß nicht, wo dieser Drecksmarkt ist.«

»Ausgezeichnet. Dann sehen wir uns morgen, und bitte dusch dich, du stinkst schon durch das Telefon«, säuselte Light und legte auf, bevor Dante etwas erwidern konnte. Sie schmiss den Telefonhörer auf ihr Bett, stand einfach nur da und grinste.

16. Kapitel

»Die Tötung eines paranormalen Bürgers unterliegt einem Strafmaß von mindestens 20, höchstens 50 Jahren Haft. Ebenso ist zu bestrafen, wer Jagd auf paranormale Bürger veranstaltet mit dem Ziel, diese zu verletzen oder zu töten.«
(Buch der Delegation, Artikel 23)

»Light, bist du fertig?«, rief ihre Mum die Treppe nach oben. Light stand vor dem Schrank, auf der Suche nach einer Mütze, die sie vor ein paar Jahren von Kane geschenkt bekommen hatte. Alle anderen waren schon fertig und warteten auf sie – auch Dante. Gedämpft hörte Light seine Stimme, wenn er gelangweilt etwas murmelte.

»Ich komme sofort! Ich muss noch meine Mütze suchen.« Da entdeckte sie in der hintersten Ecke ihres Schrankes das Stück Wolle. Sie zog sich die Mütze über den Kopf und warf einen letzten Blick in den Spiegel, bevor sie die Treppe nach unten stürmte. Sie wollte das erste Wiedersehen mit Dante so schnell wie möglich hinter sich bringen. In den letzten vierundzwanzig Stunden hatte sie viel darüber nachgedacht, wie es wohl sein würde, ihm in die Augen zu sehen. In jeder nur erdenklichen Version trieb Dantes Anblick einen Pfahl aus Wut durch ihr Herz, noch bevor der Schmerz der Erinnerung einsetzen konnte. Doch als sie ihm nun tatsächlich gegenüberstand, war da keine Wut, sondern nur ein nagender Wunsch nach Rache.

»Hey«, grüßte Dante sie mit einem leichten Lächeln auf den Lippen. Light musterte ihn. Er hatte sich überhaupt nicht verändert. Was hatte sie erwartet? Dass ihm plötzlich Hörner gewachsen waren? Er trug zu ihrer Überraschung einen sehr geschmackvollen Wintermantel, und seine Haarspitzen, die inzwischen alle die gleiche Länge hatten, glänzten noch feucht von einer Dusche.

»Wo ist denn dein Dad?«, fragte Light so laut, dass es unmöglich war, sie zu überhören. »Ich dachte, du wolltest ihn mitbringen, am Telefon war er so begeistert von meiner Idee.« Light verzog das Gesicht zu einer untröstlichen Miene, als hätte sie sich wirklich darauf gefreut, seinen Vater kennenzulernen.

Dante blinzelte sie an. Verwirrung spiegelte sich in seinen Augen, was Light einen Schauer der Befriedigung über den Rücken jagte. Sie musste ein breites Grinsen unterdrücken. Eine Sekunde später schien Dante zu verstehen. Wissend verzog er die Lippen zu einem Lächeln und taxierte sie mit seinem Blick. »Er wurde leider aufgehalten. Es kam zu Stromausfällen in seiner Kolonie, um die er sich kümmern muss. Ich soll euch alle von ihm grüßen.«

»Stromausfälle?« Light hakte sich bei Kane unter, der ihr seinen Arm anbot. »Ich dachte, dein Vater arbeitet in einer Buchhandlung. Zumindest hast du mir das bei unserem ersten Gespräch verraten.« Light begann zu zittern, als sie nach draußen traten. Die Temperaturen waren unter den Gefrierpunkt gerutscht, Straßen und Gehwege waren von einer Schicht aus Eis überzogen.

»Ja, er ist Buchhändler«, erwiderte Dante ausdruckslos. »Doch er hat Elektriker gelernt, und wenn Not am Mann ist, ist eben Not am Mann und er kann sich seiner Verantwortung nicht entziehen.«

Sie zwängten sich alle in das Auto, das für fünf Personen gedacht war. Jude saß in der Mitte zwischen Dante und Kane, während Light sich halb auf Kanes Schoß befand. Ihre Mum begann wieder damit, einen Vortrag zu halten, dass es an der Zeit sei, ein größeres Auto zu kaufen. Light wandte sich ihrem Gespräch mit Dante zu. »Natürlich ist das sehr ehrenwert von deinem Dad, aber was ist mit der Versicherung? Er hat doch sicher keine Lizenz, um eine Garantie auf seine Arbeit zu geben. Sollte etwas passieren, kostet das die Kolonie viel Geld.«

Genervt rollte Dante mit den Augen. »Das kann er wirklich nicht, aber besser ein paar Tausend Dollar zahlen, als Tausende von Wesen ohne Strom zu lassen, denkst du nicht?« Sein Tonfall wurde bissiger, fast schon aggressiv, was auch Kane zu bemerken schien. »Das war kein Vorwurf«, wies Kane ihn zurecht. »Nur eine allgemeine Frage. Kein Grund, sich aufzuregen.«

»Mhh«, brummte Dante und starrte aus dem Fenster.

Light sah zu ihren Eltern, die immer noch das Für und Wider eines größeren Autos diskutierten. Inständig hatte sie gehofft, dass ihre Mum sich mehr für das Gespräch interessieren und Dante mit ihren Fragen in eine Zwickmühle treiben würde. Dennoch verbuchte sie diese kleine Auseinandersetzung von eben als einen Sieg. Sie hatte ihn verunsichert und verärgert, und ging es ihr nicht genau darum?

Ihr Dad fluchte wegen eines schwarzen Geländewagens, der gefährlich eng auffuhr. »Ryan, könntest du das Radio lauter drehen?«, fragte Dante plötzlich. Er lehnte sich nach vorne. Lights Dad unterbrach seine Flüche und drehte das Radio lauter. Alle im Auto verstummten. Nur noch das Summen des Motors und die dunkle Stimme des Nachrichtensprechers waren zu hören: »Mitglieder der Impia stürmten heute Morgen eine Privatjacht. Angeblich befanden sich auf der Jacht Mitglieder der Censio.

Passanten meldeten den Übergriff, nachdem sie Schüsse und Schreie von dem Schiff gehört hatten, das erst fünf Minuten zuvor in den Hafen eingelaufen war. Noch bevor die Polizei die Jacht erreichte, löste sich der Übergriff auf. Es wurden keine Toten oder Verletzten gefunden. Alle auf dem Schiff gefundenen Dokumente waren verbrannt. Die Jacht gehörte einem 43-jährigen Mann, der seit drei Wochen vermisst wird. Wir werden Sie auf dem Laufenden halten. Alle weiteren Infos finden sie auf –«

Die Stimme des Moderators brach ab und die Geräusche des Motors verstummten. »Wir sind da«, sagte ihr Dad. »Die letzten Meter laufen wir besser.« Familien und Pärchen tummelten sich nicht nur auf dem Gehsteig, sondern auch auf der Straße. Etwa hundert Meter weiter ragte ein roter Torbogen in die Höhe. Lichterketten blinkten und verkündeten: »Ferrymore Village Weihnachtsmarkt«.

Gemeinsam folgten sie den Menschenmassen in Richtung des Eingangs. Alles war beleuchtet, überall glänzten Lichter in den verschiedensten Farben und Girlanden zierten die Dächer. Kinderlachen paarte sich mit dem Geräusch der weihnachtlichen Musik. Der herrliche Duft von frisch gebackenen Keksen, Zimt und gebrannten Mandeln lag in der Luft.

Eingenommen von dieser Pracht aus Lichtern und den Gedanken an gebrannten Mandeln zuckte Light zusammen, als sich eine Hand auf ihre Schulter legte. Erschrocken keuchte sie auf und wirbelte herum. Dante stand hinter ihr. »Ich brauche dein Handy«, sagte er leise.

»Wieso sollte ich …?«, zischte Light. Sie wollte sich umdrehen und weitergehen, aber Dantes verzweifelter Blick ließ sie innehalten. Sich selbst verfluchend reichte sie ihm ihr Handy und sah zu ihren Eltern, die bereits einige Meter vor ihnen waren. »Was hast du vor?«

»Hast du die Nachrichten nicht gehört?« Er wählte die Nummer auswendig und hielt das Telefon an sein Ohr. »Mein Dad war auf diesem verdammten Schiff. Wieso sind sie nur an den Hafen gefahren? Sie fahren sonst nie an den Hafen!« Seine Stimme klang mit jedem Wort verzweifelter, und Light hörte das Klingeln auf der anderen Seite der Leitung, bis sich mit einem Klicken die Mailbox ankündigte. Gespannt hielt sie die Luft an und lauschte, doch die Stimme war zu leise und die Musik, die vom Markt kam, zu laut. Bevor Light auch nur ein Wort verstehen konnte, legte Dante auf. Mit der Hand fuhr er sich über die Augen. Sie konnte nicht erkennen, ob es eine Geste der Trauer oder der Erleichterung war.

Seufzend reichte Dante ihr das Handy. »Danke. Es war nur seine Mailbox, aber es geht ihm gut.«

Light nickte und schob das Handy zurück in ihre Tasche, bevor sie sich nach ihren Eltern, Jude und Kane umsah. Sie schaute über die Menschenmassen, erblickte verkleidete Weihnachtsmänner und Kobolde, doch schnell wurde ihr bewusst, dass weder ihre Eltern noch Jude oder Kane in ihrer Nähe waren. »Wir haben sie verloren«, seufzte sie frustriert und zog ihr Handy wieder hervor. Doch weder ihre Eltern noch Jude gingen an ihr Telefon. Vermutlich war die Musik zu laut oder der Empfang zu schlecht. Light hinterließ eine Nachricht auf Kanes Mailbox und stopfte das Handy zurück in ihre Tasche. »Wir sollten Pennys Süßwarenladen suchen. Jude ist verrückt nach ihren Plätzchen. Meistens geht er mehrmals am Abend dorthin.« Gemeinsam gingen sie durch den roten Torbogen und wurden lächelnd von zwei

Kobolden begrüßt. Dante rümpfte angewidert die Nase. Noch verspürte Light so etwas wie Vorfreude, doch schwand diese Freude mit jeder Minute, die sie mit Dante verbrachte.

Light reckte ihren Hals, bis er ganz steif war, aber sie konnte niemanden sehen, nicht einmal Pennys Süßwarenladen konnte sie ausfindig machen. Als sie zum gefühlten zehnten Mal am selben Kinderkarussell vorbeikamen, blieb sie stehen. »Ich glaube, wir laufen im Kreis.«

»Ich weiß«, sagte Dante und liebäugelte mit einem Stand, der geröstete Mandeln verkaufte.

»Willst du mir helfen oder den Rest des Abends dumm herumlaufen?« Verärgert stemmte Light die Hände in die Hüfte. Eine Frau rempelte sie an, sch impfte und lief weiter. Genervt ließ Light ihren Arm wieder sinken. »Also, was ist?«

»Ich will dir nicht helfen. Egal ob mit dir alleine oder mit deinen Eltern, für mich ist es immer dummes Herumgelaufe.« Er zuckte mit den Schultern. »Du siehst, für mich macht es keinen Unterschied, und vermutlich ist es sogar besser für mich, mich von deinen Eltern fernzuhalten. Wer weiß, was du ihnen noch alles erzählen willst.«

»Du bist unmöglich.« Light stampfte mit dem Fuß auf den Boden, wandte sich um und marschierte in die entgegengesetzte Richtung. Sie sah sich nicht um, wusste aber, dass Dante ihr folgte. Offensichtlich war er der Einzige, der sich dafür interessierte, sie nicht aus den Augen zu verlieren. Ob ihre Eltern überhaupt schon bemerkt hatten, dass sie nicht mehr da war? Oder waren sie zu sehr damit beschäftigt, den Weihnachtsmarkt zu genießen?

»Wenn du weiter so wütend auf den Boden stampfst, gibt noch die Erde unter uns nach«, bemerkte Dante.

Light schnaubte und beschleunigte ihr Tempo. Aber Dante hatte Recht, sie war wütend. Nachdem sich ihre Chance auf Rache in Luft aufgelöst hatte, war die Wut wieder da. Die Wut auf Dante, die Wut auf sich selbst. Sie fühlte sich wie ein naives Kind, das zwischen den Gängen des Supermarktes hin und her irrte, auf der Suche nach seiner Mama.

»Es reicht«, sagte sie zwanzig Minuten später. »Wir gehen zum Auto. Irgendwann müssen sie schließlich wieder nach Hause fahren.« Entgegen der Masse schob Light sich bis an den Rand des Geschehens. Gemütlich würde sie mit Dante eine Seitenstraße nutzen, um zum Auto zurückzugelangen, ganz ohne Anrempeln. Sie stieg über einen ärmlich angebrachten Zaun, der zu einer angrenzenden Gasse führte. Dort gab es kein Licht, aber der Markt war hell genug, so dass sie ohne Probleme den Weg zwischen den Mülltonnen fanden.

»Wirklich ein toller Familienausflug«, sagte Dante, der jetzt neben ihr lief. »Mein Vater, der Buchhändler, wird sicher beleidigt sein, wenn ich ihm erzähle, was für einen Spaß ich heute hatte. Eine Stunde hinter dir herlaufen, während du genervt und wütend irgendwelche unverständlichen Worte murmelst. Besser als Disneyland.«

»Dante? Halt die Klappe.« Ihr scharfer Ton ließ Dante überrascht aufschauen. Er wollte etwas erwidern, als ein Schluchzen seine Worte abwürgte. »Hast du das gehört?« Wie abgesprochen blieben sie im selben Augenblick stehen, lauschten. Das Schluchzen war kaum zu überhören. Es wurde immer lauter und stammte zweifellos von einem Kind.

»Hallo?« Light trat einen Schritt nach vorne. »Ist da jemand?«

»Natürlich ist da jemand«, zischte Dante und erntete dafür einen Stoß in die Rippen.

Langsam, als hätten sie es mit einem scheuen Reh zu tun, steuerte Light auf den nächsten Müllcontainer zu. »Wir wollen dir nichts tun. Hast du dich verlaufen?«, fragte sie mit ruhiger Stimme.

Das Schluchzen verstummte, und eine halbe Minute lang höre man nur den Wind und die Musik, die vom Weihnachtsmarkt in die dunkle Gasse getragen wurde. »Ich kann meine Eltern nicht finden«, antwortete die Stimme eines Jungen, die sich weniger kindlich anhörte als das Schluchzen. Zehn Meter vor Light trat er aus dem Schatten von einem der Müllcontainer hervor. Er trug eine dicke Winterjacke und eine rote Mütze, die der von Light sehr ähnelte. Der Junge war zehn, wenn nicht schon elf Jahre alt. Ein blonder Haarschopf war unter der Mütze zu sehen, und sein Gesicht war von Tränen überströmt, doch sein Blick war klar.

»Warst du mit deinen Eltern auf dem Weihnachtsmarkt?« Light lächelte ihn an und ging zu ihm. Er zitterte am ganzen Körper, die Arme hatte er vor seiner dünnen Brust verschränkt. Seine Zähne klapperten, als er antwortete: »Ich habe die Katze gesucht.«

Light sah die Straße entlang, sie konnte weder eine Katze noch die Eltern des Jungens sehen. Er sah so verfroren aus, als würde er schon mehrere Stunden in der Kälte warten. Unsicher blickte Light sich ein weiteres Mal um. Sollte sie hier mit ihm warten oder ihn mit zum Weihnachtsmarkt zurücknehmen? Sie entschied sich für das Letztere, denn auf dem Markt konnten sie ihm noch eine Tasse heißen Kakao kaufen, bevor sie ihn am Infopoint abgeben würden. Wenn die Eltern nach ihm suchten, dann dort.

Sie streckte dem Jungen die Hand entgegen. »Ich bin Light. Wie ist dein Name?«

»Alexander«, schluchzte der Junge und nahm ihre Hand. Light drückte sie leicht, um ihn zu beruhigen. »Der schweigsame Typ hinter mir ist Dante. Wir gehen mit dir zurück zum Weihnachtsmarkt, um dort deine Eltern zu finden. Was hältst du davon?« Er überlegte einen Augenblick, schniefte ein letztes Mal und nickte.

»Hältst du das wirklich für eine gute Idee?«, fragte Dante. In einem Meter Abstand trottete er hinter ihnen her. Lustlosigkeit und auch ein Hauch Verunsicherung waren ihm anzuhören.

»Natürlich ist das eine gute Idee.« Light warf ihm einen warnenden Blick zu. Sie würde sich mit ihm nicht vor Alexander streiten. Der Junge war schon verängstigt genug.

Sie hatten kaum ein paar Schritte zurückgelegt, als drei schemenhafte Gestalten um das andere Ende der Straße bogen. An der schmal geschnittenen Taille erkannte Light, dass mindestens einer der Schatten eine Frau war. Sicherlich die Eltern, die Alexander suchten. Erleichtert atmete sie auf und steuerte eilig auf die Leute zu. Mit jedem weiteren Meter, den sie sich einander näherten, wurde sie zuversichtlicher, denn die Gestalten näherten sich ihnen mit sicheren Schritten. Alexander wurde unruhig. Er ließ Lights Hand los und stürmte auf die drei Personen zu. Mit einem zufriedenen Lächeln seufzte Light und wandte sich ab, um wieder zurückzugehen, als sie bemerkte, dass etwas mit der Szene nicht stimmte.

Alexander stand vor diesen Leuten, als wären es Fremde. Es gab keine Umarmungen. Keine Freudenschreie. Nicht einmal eine Rüge dafür, dass er weggelaufen war. Fragend sah Light zu Dante und erblickte hinter ihm weitere Leute, die direkt auf sie zukamen. Ihre Schritte waren starr und hatten ein genaues Ziel. Eine tiefe Falte bildete sich auf Dantes Stirn, als er sie bemerkte.

Ein beklemmendes Gefühl stieg in Light auf und auch Panik breitete sich in ihr aus. In der Dunkelheit der Gasse klangen die näher kommenden Schritte bedrohlich. Wie Donner, der über den Asphalt tanzte.

»Light, reg dich jetzt bitte nicht auf«, flüsterte Dante.

Light schluckte hart. »Aufregen?«, sagte sie mit hoher Stimme. »Worüber?«

»Ich denke, wir werden gerade überfallen.«

»Überfallen?«, japste sie. »Was wollen die von uns?« Ihr Herz begann schneller zu schlagen. Sie riss ihren Blick von den Schatten los und suchte nach einem Ausweg. In dieser Gasse gab es nichts, nur einen Haufen Müllcontainer und einen schmalen Pfad, der zum Weihnachtsmarkt führte. Light packte Dante an seinen Armen und deutete auf den Pfad. Doch genau in diesen Augenblick kamen zwei Männer den Weg entlang und versperren mit ihren massiven Körpern den Durchgang. Sie trugen schwarze Stiefel und Militärjacken, die ihre Schultern noch breiter wirken ließen. Doch es war nicht ihr Körperbau, der Light Angst einjagte. Es war ihr erbarmungsloser, starrer Blick, den sie auf Dante richteten.

»Die wollen mich«, sagte Dante. Schneller, als Light reagieren konnte, packte er sie an den Hüften und hob sie auf einen der umstehenden Müllcontainer. Ein herausstehendes Stück Metall durchschnitt ihre Jeans und hinterließ einen brennenden roten Streifen. Direkt hinter ihr schob sich Dante auf den Container. Die Schritte ihrer Verfolger wurden lauter. Dante schlang einen Arm um Light und presste sie gegen die Hausmauer. Panisch versuchte er Halt zu finden, um sich zu einem Fensterbrett hochzuziehen.

Eine Hand packte Lights Knöchel. Sie schrie auf und schlug mit dem Fuß um sich. Jemand jaulte vor Schmerz, ließ ihr Bein jedoch nicht los. Erneut wurde an ihr gezerrt, sie verlor den Halt und riss Dante mit sich. Nach Luft ringend lag sie auf dem Dach des Containers. Jemand rollte ihren Körper, der halb auf Dante lag, zur Seite, und sie schlug hart auf der Erde auf. Light keuchte, und ein Schmerz durchzog ihren Rücken, dass sie nicht mehr atmen konnte. Einer der Männer packte sie unter den Armen, zerrte sie auf die Beine und hielt sie fest. Light schrie und versuchte sich loszureißen.

Ein Schrei aus reinem Schmerz erfüllte die Luft. Es war Dante, der vor Qual aufheulte. Unbändig zerrte Light an ihren Gliedern, um sich zu befreien. Ihr Angreifer hob sie an und drehte sich um, bis Dante in ihr Blickfeld trat. Sein Kopf war rot, fast wie ein Ball aus Feuer, und Schweiß perlte von seiner Stirn. Er hatte die Zähne zusammengebissen, sein Gesicht war eine Maske der Qual. Man hatte ihm die Jacke vom Leib gerissen und eine Kette aus glänzendem Gold um den Hals gelegt. Der Gestank von verbrannter Haut stieg Light in die Nase. Blasen bildeten sich überall dort, wo die Kette Dante berührte. Sie platzten auf und Eiter quoll aus ihnen hervor.

Wie aus der Ferne hörte Light ihren eigenen Ruf. »Lasst ihn los!« Tränen der Verzweiflung traten ihr in die Augen. Sie fing an wilder um sich zu schlagen. Der Griff des Mannes verstärkte sich. »Sei ruhig!«, brüllte er in ihr Ohr, dass sie glaubte, ihr würde das Trommelfell platzen. »Wir wollen dich nur von diesem Dämon befreien.« Jemand neben ihnen lachte. »Wo bleibt

Henry?«, fragte ein anderer Angreifer, aber Light nahm es kaum war. Ihr Blick lag weiterhin auf Dante. Seine Augen waren rot geschwollen. Wieder lachte jemand und antwortete: »Alexander holt ihn bereits.«

Eiskalte Panik lief Light über den Rücken. Wer sollte kommen? Wen wollte Alexander holen? Adrenalin pumpte durch ihren Körper und vertrieb den Schmerz aus ihren Gliedern. Sie spuckte jemandem ins Gesicht. Nur kurz darauf schlug eine flache Hand gegen ihre Wange. Der Geschmack von Blut füllte ihren Mund, so dass sie abermals ausspucken musste, bevor sie wieder begann zu schreien. Kalte Finger legten sich über ihre Lippen, wollten sie zum Schweigen bringen. Ohne zu zögern, biss Light zu. Der Mann hinter ihr schrie, fluchte und reichte sie weiter.

Alexander kam angerannt, gefolgt von einem weiteren Mann, der etwas um die Ecke schleifte: einen Spiegel mit einem schweren Rahmen aus Holz. Die Leute um Light herum fingen an zu jubeln. Lights Gegenwehr erstarb. Reglos starrte sie zu Dante. Er war wie erstarrt, Angst stand in seinen Augen. Kein Schmerzensschrei kam mehr über seine Lippen, obwohl die Wunden an seinem Hals weiterhin Blasen warfen.

Henry stellte den Spiegel vor Dante. Eine der zwei Frauen half ihm, das schwere Gewicht aufrecht zu halten. Der Mann, den Light in die Hand gebissen hatte, holte etwas aus seiner Hosentasche – ein Blatt Papier. Plötzlich wurde es still. Eine beinahe andächtige Stimmung stellte sich ein. Keiner der Anwesenden gab auch nur einen Laut von sich.

»Nein!«, schrie Dante. Lights Starre löste sich. Ihre Arme ruderten orientierungslos in der Luft. Immer wieder versuchte sie

Dantes Blick einzufangen. Doch seine Bewegungen waren zu hektisch, nur von seiner Angst gesteuert. Er wollte nicht sterben. Und es lag an Light, ihn zu beschützen. Sie war seine Delegierte und durfte nicht zulassen, dass diese Monster ihn exorzierten.

»Nein! Das dürft ihr nicht«, kreischte Light. Sie sprach Flüche aus, die sie noch nie zuvor in den Mund genommen hatte. Ihre Kehle schmerzte, aber sie wurde nicht leiser. Der Mann, der Dante exorzieren wollte, lachte zufrieden und stellte sich neben den Spiegel, der wie das Tor zur Unterwelt vor Dante aufragte. Eine Frau rief Light zu, sie solle ruhig sein und dankbar dafür, dass sie sie von dieser Last befreiten.

»In nomine Iesu Christi dei et domini nostri«, begann der Mann zu psalmodieren. Dante stieß einen grellen Schrei aus. Rauch stieg aus seinen Wunden auf und eine Mischung aus Tränen und Blut tropfte aus seinen Augen. Light wehrte sich mit all ihrer Kraft gegen die Arme, die sie festhielten. Ihre Muskeln schmerzten so sehr, dass sie es kaum mehr aushielt. Doch sie wusste, dass Dante sterben würde, wenn sie sich nicht befreien könnte. Sie biss die Zähne zusammen, trat um sich und redete wirre Worte, in der Hoffnung, den Exorzisten aus der Fassung zu bringen.

»Intercedente immaculata vergine dei genetrice Maria, beato Michaele archangelo«, fuhr dieser fort. Dante schüttelte es am ganzen Körper und Blut tropfte aus seiner Nase und den Ohren. Eine dunkle Spirale bildete sich in dem Spiegel. Die Leute raunten und jemand klatschte vor Begeisterung. Und da geschah es – der Mann, der Light festhielt, lockerte seinen Griff nur für einen Wimpernschlag. Es genügte Light, um sich loszureißen. Sie stolperte nach vorne, und wie in Zeitlupe sah sie Leute auf sie zuschreiten, um sie aufzuhalten. Einige von ihnen schirmten Dante mit ihrem Körper ab. Niemand bewachte den Spiegel. In einer fließenden Bewegung, die niemand hätte aufhalten können, ließ Light sich in den Spiegel fallen. Henry und die Frau wichen zurück. Wie aus einem Traum hörte Light Dante ihren Namen rufen, kurz bevor der Spiegel auf dem Boden zersprang. Scherben flogen durch die Luft und Schreie unterbrachen die Zeremonie.

Light lächelte. Ein Schmerz durchzuckte ihren Körper. Sie keuchte auf, doch ihre Lungen schienen sich nicht mit Luft füllen zu wollen. Ihre Augenlider begannen zu flattern, während aufgeregte Stimmen um ihren Kopf herumschwirrten. Sie verstand kaum ein Wort, denn das Blut pulsierte in ihren Schläfen. »Sie wird sterben.« – »Wir müssen einen Krankenwagen rufen!« – »Sie werden uns verhaften.« – »Was ist mit dem Dämon?« Jemand weinte. Light neigte ihren Kopf zur Seite, doch sie konnte nichts sehen. Langsam verlor sie das Bewusstsein. Die Stimmen wurden leiser ... und nur eine einzige blieb.

Etwas Warmes berührte Lights Wange, liebkoste sie und verwischte die Feuchtigkeit auf ihrer Haut. Blutete sie? Light konnte nicht klar denken. Die Ohnmacht nagte an ihr und wollte sie in die Dunkelheit ziehen. Ein Hustenanfall erschütterte ihren Körper, als sie versuchte aufzustehen.

»Bleib ruhig liegen«, sagte die vertraute Stimme. »Der Krankenwagen kommt jede Minute. Halt nur durch.« Etwas Weiches – Haare? – schmiegte sich an ihr Gesicht. Sie erkannte den Geruch nach Holz und Wald. »Er lebt!«, dachte Light erleichtert. Dante war am Leben und sie hatte ihn gerettet.

»Du lebst«, krächzte sie rau. Ihre Zunge klebte an ihrem Gaumen. Sie wollte schlucken, aber jede Bewegung fühlte sich so an, als hätte sich ein Dolch durch ihren Körper gestoßen. »Die … die Goldkette.«

Etwas Feuchtes tropfte auf ihre Nase und schlängelte sich über ihren Kiefer. Waren es Tränen? Hatte Dante noch immer Schmerzen? »Ja ich lebe und das hab ich ganz alleine dir zu verdanken«, antwortete er und hielt einen Moment inne, als müsse er sich beruhigen. »Mir geht es gut. Die Kette ist weg, aber versprich mir, dass du nicht mehr sprichst. Sei einfach still und versuche wach zu bleiben. Kannst du das für mich tun?«

Light nickte. Sie zitterte am ganzen Körper und ihre Zähne schlugen aufeinander. »Mir ist kalt. Wo … wo ist meine Jacke? Ich möchte nach Hause.«

Dantes Finger wanderten über ihren Kiefer und spendeten ihr Trost. »Du bist bald wieder zu Hause. Aber bitte hör auf zu sprechen, das macht es nur schlimmer.« Light öffnete ihre Augen einen Spalt weit. Ihre Lider wollten wieder zufallen, aber sie kämpfte dagegen an. Sie musste Dante einfach sehen, musste sich davon überzeugen, dass es ihm gut ging. Ihren Kopf hatte er auf seinen Schoß gebettet und sein blutverschmiertes Gesicht schwebte über ihr. Ein Ausdruck tiefster Trauer, wie Light sie noch nie gesehen hatte, lag in seinen Augen. Sie wollte ihn aufmuntern und zwang sich zu einem müden Lächeln. »Mach dir keine Sorgen«, flüsterte sie mit kratziger Stimme, bevor ein weiterer Hustenanfall sie erschütterte. »Mir geht es gut. Ich habe keine Schmerzen.«

Dantes Lippen bebten. »Ich weiß, denn du stirbst gerade.«

17. Kapitel

»Jeder Delegierte hat das Recht auf eine Familie und die damit verbundenen einundzwanzig Jahre Berufsruhe. In dieser Zeit ist der Delegierte verpflichtet, sich eine neue Einkommensquelle zu sichern.«
(Buch der Delegation, Artikel 17)

Lights Augenlider zuckten und flatterten in ihrem Versuch, sich zu orientieren. Das monotone Piepen einer Maschine drang an ihr Ohr. Es erschien ihr wie aus einer fremden Welt. Sie wollte schlucken, doch ihr Mund fühlte sich an wie aus Sand. Trocken und Rau. Blind rollte sie auf ihrem Bett herum. Das Kissen war unbequem und roch nach billigem Desinfektionsmittel.

Wieder versuchte sie ihre Augen zu öffnen. Es war schwer, aber nicht länger unmöglich. Das grelle Licht über ihrem Bett blendete sie und wild tanzende Punkte durchzogen ihren Blick. Sie blinzelt und die Sicht wurde klarer. Sie erkannte ein Krankenhauszimmer. Weiß und steril. Wie war sie hierhergekommen? Am Ende ihres Bettes standen Blumen auf einem kleinen Tisch. Was war passiert? Sie konnte sich nicht erinnern. Suchend sah sie sich nach etwas zu trinken um. Ihre Kehle war kratzig, und es fühlte sich an, als würde sie verdursten … und dann sah sie Dante.

Er saß neben ihrem Bett auf einem Stuhl, den Kopf auf die Matratze gebettet. Sein Gesicht war ihr zugewandt und seine Augen geschlossen. Obwohl er schlief, war seine Atmung unregelmäßig und ein angespannter Ausdruck lag auf seinen Zügen, als würde er selbst im Schlaf keine Erholung finden. Salzige Spuren aus Tränen klebten auf seinen Wangen.

Light hob ihre Hand und streichelte über seine Haare, um ihn zu trösten. Es war noch feucht wie nach einer Dusche und mit jeder Berührung kehrte ein Stück Erinnerung zurück. Sie war mit Dante auf den Weihnachtsmarkt gegangen und wollte sich an ihm rächen, dafür, dass er ihr Tagebuch gelesen hatte. Im Auto kam die Meldung darüber, dass eine Jacht der Censio überfallen wurde. Sein Vater war auf diesem Schiff. Weinte er deswegen?

Light schüttelte den Kopf und die Erinnerungen rissen ab, während ihre Finger von Dantes Haaren über seine Wangen bis zu seinem Kiefer wanderten. Mit den Daumen versuchte Light eine Falte auf seiner Stirn zu glätten. Dante zuckte unter der Berührung.

Sein Bewusstsein hatte kaum die Realität gestreift, da schreckte er auf. Die Augen weit aufgerissen starrte er sie an. Ihre Hand rutschte von seinem Gesicht, lag leblos auf der Matratze. »Wie lange bist du schon wach?«

»Seit ein paar Minuten?«, fragte Light. Sie war sich nicht sicher. Ihre Stimme klang nicht wie ihre eigene. Dante rieb sich über die Augen. »Wieso hast du mich nicht geweckt?«

»Hab ich, oder bist du etwa nicht wach?« Sie lächelte, bis ihre Lippen spannten.

Dante ließ seine Schulter sinken und atmete tief durch. Er wurde ruhiger und beugte sich nach vorne. Ein Geräusch wie ein Schluchzer befreite sich aus seinem Mund. So schnell, dass Light nicht wusste, was passierte, schlang er seine Arme um sie und drückte sie fest an sich. Seine warmen Hände lagen auf ihrem Rücken, streichelten sie liebevoll. Sie erwiderte die Umarmung und vergrub ihr Gesicht in seiner Halsbeuge. Bilder eines Spiegels blitzten vor ihrem inneren Auge auf, ohne dass Light sie einordnen konnte.

»Ich dachte, ich hätte dich verloren.« Dantes Finger krampften sich in ihr Nachthemd. Minuten – so kam es Light vor – vergingen, in denen er sie einfach nur festhielt wie einen wilden Vogel, der davonfliegen würde, würde er ihn loslassen.

»Dante, möchtest du mich wieder loslassen?«

Sein heißer Atem streifte ihr Ohr, als er antwortete: »Nein«, und sie fester an sich drückte. Stumm zählte Light von zwanzig rückwärts, um Dante noch ein paar Sekunden zu schenken. »Ich möchte etwas trinken«, krächzte sie schließlich heiser und wusste, dass Dante sie loslassen würde, um ihr diesen Wunsch zu erfüllen. Er entließ sie aus der Umarmung, legte ihr jedoch eine Hand auf die Wange. Vorsichtig streichelte er die Partie unter ihren Augen. Unweigerlich beschleunigte sich Lights Puls und das Piepsen der Maschine neben ihr wurde schneller. Dantes Mundwinkel zuckten nach oben, und etwas, das Light noch nie gesehen hatte, blitzte in seinen Augen auf. Und dann war dieser seltsame Moment vorbei. Mit protestierenden Gliedern, als hätte er die letzten Tage in dem Sessel neben ihrem Bett verbracht, stand Dante auf und verschwand aus ihrem Blickfeld.

Kurze Zeit später kam er zurück, ein Glas Wasser in der Hand. »Trink langsam«, mahnte er und legte ihr eine Hand in den Nacken, während er das Glas an ihre Lippen führte. Unter anderen Umständen hätte Light protestiert, aber sie genoss seine Berührung zu sehr, um sich dagegen zu wehren. Zögerlich nahm sie einen kleinen Schluck, der in ihrem Mund wie ein Feuerwerk explodierte. Gierig trank sie das Glas leer. Ihr Magen brummte und zog sich krampfartig zusammen. Es schmerzte, aber Light war das egal. In ihrem Mund fühlte es sich an, als würde sie das Leben schmecken.

»Wo sind meine Eltern?« Lights Stimme klang wieder lebendiger, mehr wie sie selbst.

Dante ließ sich in den Sessel fallen. »Sie sind vor ein paar Stunden nach Hause gegangen. Ich habe ihnen schon eine SMS geschrieben, sie sind auf dem Weg. Vermutlich haben sie diesen nervigen Officer mit dabei, der dich seit Tagen schon befragen möchte. Er treibt mich in den Wahnsinn.«

»Seit –« Light wurde unterbrochen, denn in diesem Augenblick wurde die Tür zu ihrem Zimmer aufgestoßen und eine Krankenschwester kam herein. »Miss Adam, wie schön, dass Sie wach sind«, sagte sie und ging zu den Geräten, die um Light herum aufgebaut waren. »Wie geht es Ihnen?«

»Den Umständen entsprechend.«

Die Krankenschwester lächelte. »Ihre Vitalzeichen sind gut. Ihre Ärztin müsste jeden Moment kommen, sie hat eine lange Operation hinter sich. Lassen Sie mich wissen, wenn Sie etwas brauchen.« Mit diesen Worten rauschte sie wieder aus dem Raum.

Light setzte sich aufrecht und versuchte sich daran zu erinnern, was sie Dante fragen wollte, ehe sie unterbrochen worden waren. »Du sagtest, der Officer will mich seit Tagen befragen. Wie lange bin ich schon hier?«

»Seit Freitagabend«, seufzte Dante. »Es ist Montagmorgen.«

»Ich liege seit drei Tagen hier im Krankenhaus?« Fassungslos sah Light aus dem Fenster. Er hatte Recht. Es war Morgen und die Sonne erklomm gerade den Horizont. Vereinzelte Schneeflocken bedeckten die Umgebung wie eine milchige Decke.

»Kannst du dich daran erinnern, was passiert ist?«

Light schüttelte den Kopf. »Nur schemenhaft.«

»Das hat die Ärztin schon vermutet. Du bist zweimal auf den Kopf gefallen und hast eine leichte Gehirnerschütterung. Außerdem haben sie dich in einen künstlichen Schlaf versetzt, damit das Vampirplasma besser wirkt. Dr. Audrey meinte, ein kurzzeitiger Gedächtnisverlust wäre unter diesen Umständen normal. Nichts, worüber du dir Sorgen machen musst.« Er nahm ihre Hand und hielt sie fest mit seiner umschlossen.

»Wirst du mir erzählen, was passiert ist?«

»Ich möchte es nicht, aber wenn du mich darum bittest, werde ich es tun.«

»Bitte«, sagte sie.

»Erzähl dem Officer aber nicht, dass du es von mir weißt. Sonst denkt er nachher noch, ich hätte dir irgendetwas eingeredet.«

»Vielleicht kommt die Erinnerung zurück.« Light schob die Decke von sich.

Dante murmelte etwas Unverständliches, bevor er begann zu erzählen: »Wir waren auf dem Weg zum Weihnachtsmarkt, als ich erfahren habe, dass die Jacht, auf der mein Vater lebt, überfallen wurde. Ich habe ihn von deinem Handy aus angerufen, und als ich fertig war, hatten wir deine Eltern, Jude und Kane bereits verloren. Wir haben sie gesucht, jedoch nicht gefunden. Irgendwann warst du genervt und wolltest zurück zum Auto«, berichtete er mit der Neutralität eines Nachrichtensprechers. »Du wolltest dich nicht durch die Menschen zwängen, also sind wir eine Abkürzung durch eine Gasse gelaufen, wo wir Alexander begegnet sind – einem kleinen Jungen, der meinte, er hätte seine Eltern verloren. Du wolltest ihn zurückbringen. Erinnerst du dich?«

Light schüttelt den Kopf. »Nicht wirklich.«

Dante seufzte und begann zu erzählen, was geschehen war. Wie in Trance berührte er dabei immer wieder die Goldketten-Narbe, die seinen Hals zierte, als hätte er versucht sich zu erhängen. »Schließlich hast du dich losgerissen und bist gegen den Spiegel gerannt. Er zersprang und eine Scherbe hat sich direkt in deinen Magen gebohrt. Light, da war so viel Blut, und diese Leute ... sie bekamen Angst und rannten weg. Der Kerl, der mich festgehalten hat, hat mir die Kette vom Hals gerissen. Vermutlich hatte er Angst, dass seine Fingerabdrücke darauf zu sehen wären. Ich habe einen Krankenwagen gerufen und dann ...«, seine Stimme brach ab.

»Dann ...«, ermutigte ihn Light und erwiderte sanft den Druck seiner Hand.

Er atmete tief durch. »Und dann hat dein Herz aufgehört zu schlagen«, sagt Dante mit Nachdruck und Tränen bildeten sich in seinen Augen. Er wischte sie nicht weg. »Du hast dich geopfert, um mich zu retten, und ich dachte, ich würde nie eine Chance bekommen, dir zu danken.«

»Was ist danach passiert?« Light hatte nicht bemerkt, dass sie die Luft angehalten hatte. Ihr wurde schwindelig und sie legte sich wieder auf ihr Bett.

»Der Krankenwagen war sofort da.« Er zuckte mit den Schultern. »Sie haben dich reanimiert. Fast hätten sie aufgegeben. Du hattest einfach Glück im Unglück.«

Light biss sich auf die Lippen. »Ich kann mich an nichts davon erinnern.«

»Glaub mir, daran willst du dich nicht erinnern.« Er lachte ein trauriges Lachen und schüttelte ungläubig den Kopf. »Wie konntest du so etwas schrecklich Dummes tun? Wie konntest du nur in den Spiegel rennen?«

»Ich bin deine Delegierte. Ich muss dich beschützen.«

»Du musst mich beschützen, aber nicht mit deinem eigenen Leben. Wenn du Leute mit deinem Leben beschützen willst, solltest du über einen Berufswechsel nachdenken: Bodyguard.«

»Ich glaub, dafür bin ich zu klein«, bemerkte Light mit vollem Ernst.

Etwas polterte gegen die Tür, ehe sie aufgeschoben wurde. Ihre Eltern, gefolgt von Kane und Jude, kamen ins Zimmer. Alle hatten sie ein strahlendes Lächeln auf dem Gesicht und redeten durcheinander. Dante nahm seine Hand aus ihrer und wischte sich die Tränen aus den Augen, als wären sie nur für Light bestimmt.

»Wie geht es dir, mein Baby?« Ihre Mum schob sich als Erstes an Dante vorbei und schlang die Arme um ihre Tochter. Zögerlich erwiderte Light die Umarmung.

»Mir geht es gut, Mum! Du erdrückst mich.« Ihre Mum ließ sie los und umfasste ihren Kopf mit den Händen. Tränen glitzerten in ihren Augen und ein Lächeln lag auf ihren Lippen, als sähe sie zum ersten Mal ihr neugeborenes Kind. Sie drückte Light einen feuchten Kuss auf die Stirn und riss sich schweren Herzens los, damit auch die anderen eine Chance bekamen, sie wieder im Leben willkommen zu heißen. Es flossen viele Tränen und keine einzige davon gehörte Light. Es war wohl unmöglich, über etwas zu weinen, an das man sich nicht erinnern konnte.

Alle waren um das Bett versammelt. Jude und Kane standen am Fußende des Betts, während ihre Mum sich neben sie auf das

Bett gesetzt hatte. Auf der anderen Seite saß Dante in seinem Sessel und ihr Dad wanderte nervös im Zimmer umher. Keiner sagte etwas, als würden sie auf irgendetwas warten. »Wie lange muss ich noch hierbleiben?«, fragte Light schließlich. Die Piepstöne, die das Schlagen ihres Herzens signalisierten, machten sie verrückt.

»Noch zwei Tage, wenn es keine weiteren Komplikationen gibt«, antwortete Jude und blätterte in den Krankenakten, die am Ende ihres Bettes befestigt waren. Vermutlich hatte er während der wochenlangen Krankenhausaufenthalte in seiner Jugend gelernt, die Hieroglyphen in den Akten zu verstehen.

»Zwei Tage«, ächzte Light. »Ich werde mich zu Tode langweilen.«

Ihre Mum tätschelte ihr Knie. »Mach dir keine Sorgen. Wir werden fast immer bei dir sein. Die Ärztin meinte, unter den gegebenen Umständen sei es in Ordnung, wenn die Besuchszeiten für uns ausgeweitet werden.« Nur knapp konnte Light ein weiteres Stöhnen unterdrücken. Vor ihr lagen achtundvierzig Stunden, die sie damit verbringen würde, in einem Bett zu liegen, das so hart war wie ein Stück Beton, während sie mit ihrer Familie dämliche Spiele spielte.

Ohne ein Klopfen schob sich die Tür ein weiteres Mal auf und eine Frau im weißen Kittel kam herein. Ihre hellbraunen Haare hatte sie zu einem Zopf gebunden. »Guten Morgen, Light. Ich bin deine Ärztin. Dr. Audrey. Es tut mir leid, dass es so lange gedauert hat, aber ich hatte eine Operation. Wie geht es dir?« Sie setzte die Brille auf, die sie nach oben in ihre Haare geschoben hatte, und nahm Jude die Akte aus der Hand. Light gab ihr dieselbe Antwort wie den anderen auch: »Mir geht es gut.«

»Das freut mich. Ich würde mir gern deine Wunde ansehen.« Sie legte die Akte zurück und kam um das Bett herum. Mit einem fachmännischen Blick vertrieb sie Lights Mum von ihrem Platz. Anstandslos verließen Jude, Kane und ihr Dad das Behandlungszimmer, selbst Dante verabschiedete sich mit der Ausrede, er wolle sich einen Kaffee holen. Die Ärztin nahm das Stethoskop von ihren Schultern und hörte damit das Herz ab. Danach musste sich Light hinsetzen und versuchen, so tief wie möglich einzuatmen. In ihren Lungen nahm sie einen Widerstand wahr, der zuvor noch nicht da gewesen war, aber Dr. Audrey machte sich deswegen keine Sorgen. Sie entfernte den lockeren Verband, den man um Lights Taille gewickelt hatte, und begutachtete die genähte Wunde, die dank des Vampirplasmas so gut verheilt war, dass es aussah, als wäre der Unfall schon einige Tage her. »Sieht gut aus«, meinte Dr. Audrey und schickte die Krankenschwester von zuvor zu ihr, damit diese einen neuen Verband anlegte.

»Das war's«, verkündete die Schwester mit freundlicher Stimme und half Light dabei, ihr Nachthemd wieder anzuziehen. Sie kontrollierte noch einmal die Geräte und gab Light zwei Tabletten zur Beruhigung.

Light freute sich über eine ruhige Minute, als ein hochgewachsener Mann mittleren Alters ins Zimmer kam. »Guten Tag, Mrs Adam«, grüßte er Lights Mum.

»Hallo, Officer, ich habe mich schon gefragt, wie lange es dauern wird, bis Sie hier auftauchen«, sagte ihre Mum. Ihre Worte klangen nicht vorwurfsvoll. »Light, das ist Officer Wood. Er bearbeitet deinen Fall.«

Der Mann trug eine legere Jeans und ein schlichtes weißes T-Shirt, das unter seiner offenen Jacke hervorblitzte. Er war heute offensichtlich nicht im Dienst. »Guten Tag, Light, schön, dass du wieder unter uns bist. Ich möchte dich und deine Familie nicht lange aufhalten, aber es wäre schön, wenn ich dich kurz befragen könnte.«

»Selbstverständlich.« Light zog die Bettdecke bis unter ihr Kinn. Es war seltsam, dass ein fremder Mann sie in ihrem Schlafanzug sah. Wenigstens trug sie keines dieser peinlichen Krankenhaushemden. Von selbst verließ ihre Mum das Zimmer und Wood setzte sich auf Dantes Sessel. »Haben Sie heute frei?«, fragte Light, während er nach seinem Stift suchte. Ein nettes Lächeln, das ihn jünger wirken ließ, legte sich auf sein Gesicht. »Ja, mein Sohn feiert heute seinen vierten Geburtstag.« Er zog seinen Notizblock hervor.

»Trotzdem sind Sie hier, um mich zu befragen?«

»Das macht nichts. Kyle hat im Moment nur Augen für seine Geschenke. Also, Light, dein vollständiger Name lautet Light Adam. Du bist siebzehn Jahre jung, wohnst bei deinen Eltern und bist seit dem 22. November die Delegierte von Dante Leroy, zwanzig Jahre jung, Abstammung: dämonisch. Ist das richtig?«

»Ich frage mich gerade, wie Sie das alles sagen konnten, ohne einmal Luft zu holen – aber ja, es stimmt.«

Wood notierte sich etwas auf seinem kleinen Block. »Also, Light, woran erinnerst du dich?«

»Die Erinnerungen sind schwammig«, gestand Light mit einem schlechten Gewissen, weil sie Wood von dem Geburtstag seines Sohnes ablenkte, ohne wirkliche Informationen zu haben – also log sie. Fast wörtlich berichtete sie ihm das, was Dante ihr am selben Morgen erzählt hatte. Wood stellte Fragen, die Light so gut wie möglich zu beantworten versuchte, aber je genauer diese Fragen wurden, desto mehr stellte Light fest, dass sie eigentlich nichts wusste.

Officer Wood stellte noch eine Handvoll Fragen, ehe er Dante zum Gespräch hinzuholte. Dieser setzte sich zu Light auf das Bett, eine Tasse Kaffee in der Hand, deren Duft den sterilen Desinfektionsgeruch vertrieb. »Eine Sache ist mir noch unklar«, sagte Wood, nachdem Dante noch einmal seine Eindrücke des Geschehens geschildert hatte. »Woher wussten die Impia, dass ihr auf dem Weihnachtsmarkt sein würdet?«

Dante hob die Achseln. »Es ist reine Spekulation, aber auf dem Weg dorthin ist uns ein schwarzes Auto auffällig dicht aufgefahren. Vielleicht haben sie uns schon länger beschattet.«

»Könnte es einen direkten Zusammenhang zwischen dem Angriff auf der Jacht der Censio und diesem Überfall geben?« Woods Tonfall war sachlich, aber sein Blick strafte Dante für seine Vergangenheit, die der Officer zweifelsohne aus seinen Akten kannte.

»Möglich«, war alles, was Dante sagte.

»Wenn ich weitere Frage habe, melde ich mich bei euch.« Wood schob seinen Notizblock zurück in die Jacke. Er verabschiedete sich und Lights Familie kam zurück in ihr Zimmer. Sie redeten über nebensächliche Dinge, das Wetter und die Winterspiele, die zurzeit im Fernsehen übertragen wurden. Ihre Eltern erzählten Light auch von dem Weihnachtsmarkt, den sie verpasst hatte, und versprachen ihr, den Besuch nachzuholen, wenn sie wollte – sie wollte nicht.

Zuerst verabschiedeten sich Jude und Kane, die am Nachmittag noch einmal gemeinsam mit Anna und Kathryn kommen wollten. Zwei Stunden später machten sich auch Lights Eltern auf den Heimweg. Nur Dante blieb bei ihr. Wie ein Wächter, eine lebendige Statue, die auf dem Sessel neben ihr thronte. Mit halb geschlossenen Augen beobachte er, wie sie ihr geschmacklich undefinierbares Mittagessen hinunterwürgte.

»Ich habe Angst, den Pudding zu probieren.« Sie zog den Deckel von der kleinen Schale. Es war Schokolade, die zwar eine braune Farbe hatte, jedoch ebenso geruchslos war wie das Zimmer.

»Schokolade schmeckt am besten«, bemerkte Dante mit einem Blick in die Schale. »Vanille hat mich zum Würgen gebracht. Erdbeere ist so ein seltsames Mittelding, das weder schmeckt noch widerlich ist.«

»Warst du schon öfter hier im Krankenhaus?« Zögerlich nahm Light den ersten Löffel.

»Nein, aber sie servieren den gleichen Pudding in der Cafeteria.« Seine Stimme klang erschöpft, als würde jedes Wort ihm die Energie rauben, die er benötigte, um wach zu bleiben. Er wirkte so träge und erschöpft wie an dem Tag, als er ihr vorgespielt hatte, er wäre krank, nur um ihre Tagebücher zu lesen. Die Erinnerung an diesen Augenblick war verschleiert wie hinter einem Nebel. Es erschien Light unwirklich, wie aus einer anderen Zeit – belanglos und nichtig.

»Was möchtest du machen?« Light stellte die leere Puddingschale zur Seite.

Kraftlos hob Dante die Schultern. »Ich weiß nicht.«

»Wann hast du das letzte Mal geschlafen?« Light richtete sich in ihrem Bett auf.

»Ich weiß nicht so genau. Gestern?« Er sah sie an, als könnte sie ihm die Frage beantworten. Doch die dunklen Ringe unter seinen Augen straften ihn Lügen.

»Ich meine, richtig geschlafen. In einem Bett und nicht daneben.«

Er seufzte genervt. »Donnerstag. Ich habe das letzte Mal am Donnerstag geschlafen.«

»Bist du denn nicht müde?«

Dante lachte bitter auf. »Natürlich, aber ich muss bei dir bleiben.« Er streckte sich auf seinem Sessel. »Versuch nicht, es mir auszureden.«

»Du bist unverbesserlich«, seufzte Light. Sie rutschte ungeschickt bis zum Rand ihres Betts. »Komm her, leg dich zu mir«, forderte sie und klopfte auf den freien Platz neben sich. Dante zögerte, was Light nur ein mildes Lächeln entlockte. »Du hast zwei Wochen unerlaubt in meinem Bett geschlafen, jetzt biete ich es dir an und du zögerst. Schlaf dich aus, du hast es nötig. Und ich verspreche dir, ich werde dich nicht dafür erwürgen, dass du meine Tagebücher gelesen hast.«

»Tagebuch. Einzahl. Ich habe nur eines gelesen, auch nur ein paar Seiten, und es tut mir leid. Ich hätte das nicht tun dürfen.«

Misstrauisch hob Light eine Augenbraue. Was war nur mit ihm los? Sie wollte ihn danach fragen, beschloss aber zu warten, bis sie ihre Erinnerung wiederhatte. »Dante, ich möchte, dass du dich hinlegst und schläfst.« Bestimmend schlug sie ihre Bettdecke auf und deutete abermals auf den Platz neben sich.

Erschöpft quälte Dante sich aus dem Sessel. Er streifte die Schuhe von seinen Füßen und ließ sich schwer auf das Bett fallen. Mit einem genussvollen Stöhnen, als hätten seine Knochen nur darauf gewartet, legte er sich hin. »Das fühlt sich fantastisch an«, schnurrte er und drückte seinen Kopf tief in das Kissen.

»Tja, ich weiß eben, was mein Wesen braucht«, sagte Light hochnäsig. Sie schob ein Stück der dünnen Decke über Dante und machte es sich selbst bequem, auch wenn sie nicht müde war. Nachdem die Wirkung der Schlafmedikamente verflogen war, fühlte sie sich so ausgeruht wie seit langem nicht mehr.

Unvermittelt legte Dante ihr einen Arm um die Schulter und zog sie an sich, bis ihr Kopf auf seiner Brust ruhte. Mit geschlossenen Augen legte er seine Wange an ihren Scheitel und atmete tief ein. Ein Schauer lief Light über den Rücken, und sie fühlte sich wieder wie in der ersten Nacht, die sie gemeinsam verbracht hatten. »Ich glaube nicht, dass das eine gute Idee ist«, flüsterte Light. Sie spähte zur Tür, durch die jeden Moment eine Krankenschwester kommen konnte.

»Mach dir keine Sorgen«, gähnte Dante. »Für dich gelten im Moment mildernde Umstände.« Seine Atmung wurde augenblicklich flacher, und Light fragte sich, ob er sie festhielt, weil sie es sich wünschte oder weil er es wollte. Sie verdrängte den Gedanken und legte einen Arm über Dantes Brust, die sich nun vollkommen gleichmäßig bewegte. Ein Lächeln schlich sich in Lights Gesicht, als sie sich näher an ihn kuschelte und sein Atem sanft ihre Stirn streichelte.

Eine Weile lag Light wach neben ihm und versuchte sich zu erinnern, doch die Schatten in ihrem Kopf wollten kein klares Bild ergeben. Immer wieder erzählte sie sich im Stummen die Geschichte, wie Dante sie ihr erzählt hatte, aber ihre eigenen Erinnerungen blieben aus – als wäre sie einfach nicht dazu bestimmt zu erfahren, was an diesem Abend passiert war.

18. Kapitel

»Paranormale Bürger und Delegierte müssen sich vor der Vermittlung psychologischen Untersuchungen unterziehen, welche die Kooperativität ihrer Persönlichkeiten ermitteln, um eine mögliche Zusammenführung auszuschließen oder zu bestätigen.«
(Buch der Delegation, Artikel 19)

Die Zeit, bis Light das Krankenhaus verlassen durfte, verging unerwartet schnell. Jeden Tag hatte sie Besuch von ihrer Familie oder ihren Freunden. Ihr blieb kaum eine ruhige Minute, um über das Geschehene nachzudenken, und dennoch kamen ihre Erinnerungen zurück. Erst waren es grobe, undefinierte Fetzen, wie aus einem Film, den sie vor langer Zeit gesehen hatte, doch dann wurde ihr Gedächtnis klarer und einzelne Szenen offenbarten sich ihr.

Am schlimmsten war es in der Nacht von Dienstag auf Mittwoch. Sie träumte von dem Überfall. Dantes Schreie erschütterten sie bis ins Mark. Sie sah seine Brandblasen und das Blut, als würde sie alles noch einmal erleben. Kurz bevor der Exorzismus begann, schreckte sie aus ihrem Traum hoch. Sie war schweißgebadet und ihr Herz schlug wie wild in der Brust. Die Linie zwischen Traum und Realität war so verschwommen, dass Light sie nicht voneinander unterscheiden konnte. Panisch zwang sie eine Krankenschwester dazu, um zwei Uhr morgens bei Dante anzurufen, nur damit sie seine Stimme hören konnte.

Mittwochmorgen wurde Light ein letztes Mal von Dr. Audrey untersucht, bevor diese die Entlassungspapiere ausfüllte. Sie war gerade dabei, ihre Sachen zu packen, als jemand das Zimmer betrat. Sie wandte sich um und stellte überrascht fest, dass es Kane war, der mit in die Taschen geschobenen Händen vor ihr stand. »Was machst du hier?«

»Ich hole dich ab?«, fragte er zögernd.

»Und Dante?« Light konnte die Enttäuschung in ihrer Stimme nicht verbergen. Sie hatte fest damit gerechnet, dass er kommen würde, um sie abzuholen, jetzt, wo es gerade besser zwischen ihnen zu laufen schien.

Kane zuckte mit den Schultern. »Frag mich nicht. Er hat irgendwas von *Verantwortung übernehmen* gebrabbelt, von *vorbildlich sein* und einer Sondergenehmigung des Rektors. Er hat das Haus mit Jude verlassen, aber ich bin mir nicht sicher, ob er in der Schule ist oder einen Tabakladen ausraubt.«

»Dante raucht nicht«, stellte Light nüchtern fest.

»Wie dem auch sei. Ich bin hier, um dich abzuholen.« Kane spähte in das angrenzende Badezimmer und ein dämliches Grinsen trat auf seine Lippen. »Soll ich die Seife mitgehen lassen?«

»Riecht sie nach etwas?« Light faltete eines ihrer Handtücher.

Kane holte die Seife, roch an ihr und verzog die Nase. »Nein, riecht nur nach ... sauber.«

»Dann will ich sie nicht.« Light legte das Handtuch in ihren kleinen Koffer. Kane setzte sich neben ihrer Tasche auf das Bett. Mit ruhigem Blick beobachtete er sie. Eine Haarsträhne fiel ihm über die Schulter. Ohne nachzudenken, streckte Light ihre Finger aus, um die Strähne hinter sein Ohr zu schieben. Es war ein seltsames, aber vertrautes Gefühl, Kane so nahe zu sein. Eine Intimität, die Light seit ihrem Kuss vermisst hatte. Abrupt zog

Light ihre Hand zurück, als hätte sie einen Schlag bekommen. »Ich habe keine Sekunde an dich gedacht«, platzte es aus ihr heraus.

Verwirrt blinzelte Kane. »Was meinst du?«

»Ich erinnere mich.« Light ließ sich neben ihn auf das Bett fallen. »Ich erinnere mich an den Moment, als ich im Sterben lag.« Es war das einzige noch fehlende Puzzleteil. »Und ich habe nicht an dich gedacht oder an Jude oder an meine Eltern.« Sie wurde blass im Gesicht. »Wieso habe ich euch nicht gesehen?«

Kane hob die Achseln. »Als ich gestorben bin, habe ich überhaupt nichts gesehen.«

»Bei dir ist das etwas anderes, du wusstest vom ersten Augenblick an, dass du wiederauferstehst.«

»Was hat du gesehen?«, seufzte Kane, als kenne er die Antwort schon.

Verlegen biss Light sich auf die Lippen. »Weißt du was, du hast Recht. Ich konnte nichts sehen, weil ich tief in meinem Inneren wusste, dass es nicht enden würde.« Light setzte ein schiefes Lächeln auf und starb innerlich einen weiteren Tod für diese Lüge. Aber was sollte sie ihm erzählen? Die Wahrheit würde ihm nur ein weites Mal das Herz brechen.

Kane legte einen Arm um ihre Schulter. »Du machst dir zu viele Gedanken. Das, was mit dir passiert ist, war ein Unfall. Ein schrecklicher Unfall, der sich nicht noch einmal wiederholen wird. Was du jetzt brauchst, ist ein wenig Spaß, um dich abzulenken.« Schüchtern sah er sie an. »Ich weiß, es ist kurzfristig und du wolltest eigentlich nicht gehen«, fuhr er fort. »Aber ich fände es wirklich schön, wenn du mit mir zum Schulball gehen würdest.«

Unsicher wandte Light ihren Blick in die Ferne, doch prallte er an der weißen Zimmerwand ab. Sie nahm einen tiefen Atemzug. »Ich glaube, du hast Recht. Etwas Ablenkung würde mir sicherlich nicht schaden. Aber wir gehen nur als Freunde, verstanden?«

»Nur du, ich und Jude, als Freunde. Ein freundschaftlicher Dreier, wenn du so willst.«

»Kommt Dante nicht mit?« Light versuchte die Enttäuschung in ihrer Stimme zu verbergen.

Kane nahm die Hand von ihrer Schulter. »Nein, er meinte, Schulbälle wären nicht sein Ding.«

»Außer Sport ist wohl nichts sein Ding«, sagte Light neckisch und machte sich wieder über ihren Koffer her. Ein letzter Blick durch das Zimmer verriet ihr, dass sie nichts hatte liegenlassen. Mit Gewalt zog sie den Reißverschluss zu. »Ich bin fertig«, sagte sie kurze Zeit später voller Stolz und Eifer. Sie konnte es kaum mehr erwarten, diese farblose Einöde zu verlassen. Die letzten Tage hatte sie sich gefühlt wie eine Aussätzige, als hätte sie die Pest oder eine ähnlich ansteckende Krankheit. Sie hatte keinen Fernseher in ihrem Zimmer und Zeitschriften gab es nicht. Wenn sie jetzt daran zurückdachte, konnte sie nicht glauben, dass sie die letzten Tage mit Schlafen, Brettspielen und Sudoku verbracht hatte. Was geschah in der Welt außerhalb des Krankenhauses? Berichteten die Medien über sie? Wurde sie als Heldin gefeiert, oder war sie das naive Mädchen, das ihr Leben für einen Dämon riskiert hatte?

Den Koffer auf das eigene Bett zu legen, den Reißverschluss zu öffnen und die nach Desinfektionsmittel riechende Wäsche in die Waschmaschine zu geben war ein großartiges Gefühl. Es war ein behagliches Kribbeln im Nacken, das sich bis in die Fußspitzen ausbreitete. Nach Hause zu kommen hatte sich noch nie besser angefühlt. Jude und Dante waren mit Kane in der Küche, der gerade versuchte, ein Mittagessen aus den Resten der letzten Tage zu kochen. »Light! Willst du auch etwas zu essen?«, grölte Kane durch das Haus.

»Nein, danke«, rief sie zurück. Ihr Schrei klang im Vergleich zu seinem wie ein Flüstern. Erschöpft ließ sie sich auf ihr Bett fallen und genoss die weiche Federung. Sie streckte ihre Glieder von sich und rekelte sich genüsslich auf den Laken. Blind tastete sie nach ihrem Radio, um es einzuschalten. Sie war neugierig, ob man über sie und Dante berichtete. Ein Song, den sie nicht kannte, schallte ihr entgegen und wurde erst Minuten später von der Stimme des Moderators unterbrochen. Es waren keine Nachrichten und niemand verlor auch nur ein Wort über irgendwelche aktuellen Ereignisse. Enttäuscht, aber auch erleichtert nichts über sich zu hören, schaltete Light das Radio wieder aus und vergrub den Kopf tief in ihrem Kissen. Sie sog den süßen Duft nach Lavendel, Holz ... und Wald ein. Light runzelte die Stirn und inhalierte den Duft ihres Kissens. Dante hatte in ihrem Bett geschlafen. Ein Lächeln huschte über ihr Gesicht. Vielleicht war es gar kein Fehler im System, der sie und Dante zusammengeführt hatte. Vielleicht war es Schicksal. Hätte ein anderer Delegierter Dante sterben lassen? Allein der Gedanke daran versetzte Light einen Stich ins Herz.

»Du hast die letzten Tage nichts getan und dennoch liegst du schon wieder im Bett?« Dantes spöttische Stimme schreckte Light auf.

»Mein Bett ist bequemer. Es riecht nach dir.« Verlegen senkte Light ihren Blick. »Nicht dass das von Bedeutung wäre, mir ist es nur aufgefallen.«

»Schlaf dich aus«, sagte Dante und umging damit ihre Bemerkung. »Schließlich musst du für morgen keine Argumentation schreiben.« Er nahm seine Schultasche und ging damit zu ihrem Schreibtisch.

Light stützte sich auf die Ellenbogen, um Dante anzusehen. Mit geneigtem Kopf beobachtete sie Dante, wie er Block und Stifte bereitlegte. »Seit wann machst du Hausaufgaben?«

Er fuhr sich mit der Hand über den Kopf und einzelne Strähnen fielen ihm in die Stirn. »Seit ich wieder mit dir zur Schule gehe.«

Light musste an das denken, was Kane im Krankenhaus über die Sondergenehmigung des Rektors gesagt hatte, und ein breites Grinsen breitete sich auf ihrem Gesicht aus. »Du meinst, seitdem du meine Hausaufgaben nicht mehr als deine Hausaufgaben ausgeben kannst?«, neckte sie.

Dante wandte sich zu ihr, ein angespannter Ausdruck umspielte seine Lippen. »Nein, seitdem ich weiß, dass du es verdient hast, besser behandelt zu werden.«

»Ist das wieder eine deiner dämonischen Lügen?« Misstrauisch zog Light eine Braue in die Höhe.

»Keine Lüge.« Dante schüttelte den Kopf. »Du hast es verdient, gut behandelt zu werden.« Er ging zu ihr und setzte sich neben sie auf die Bettkante. Lights Herz begann schneller zu schlagen und ihr Magen zog sich vor Aufregung zusammen. Dante war so unerträglich nahe und doch nicht nah genug. »Weil ich dir das Leben gerettet habe?«, fragte sie.

»Das ist *ein* Grund.« Dantes Stimme war ein tiefes Brummen, das Light abwechselnd warme und kalte Schauer über den Rücken trieb. Sanft berührten seine Fingerspitzen ihre Wange. Strichen von ihrem Kiefer über ihre Schläfen und wieder zurück.

»*Ein* Grund?«, stotterte Light, denn seine Berührungen raubten ihr den Atem. »Es gibt noch einen zweiten?«

Abwesend beobachtete Dante seine Finger, wie sie Lights Gesicht liebkosten. Sein Blick und auch seine Gedanken waren meilenweit entfernt und doch fühlte sich Light ihm näher als je zuvor. Ein schmales Lächeln zuckte in seinen Mundwinkeln. »Hunderte. Es gibt hundert Gründe.«

»Was treibst du für ein Spiel mit mir, Dante Leroy?«

»Kein Spiel, das musst du mir glauben. Alles, was ich tue ... getan habe, hatte seinen Sinn.« Er nahm ihre Hand in seine und führte sie zu seinen Lippen. Andächtig hauchte er ihr einen Kuss auf jeden Knöchel. Light war wie erstarrt. Kein klarer Gedanke formte sich in ihrem Kopf, denn alles, was sie wahrnahm, waren Dantes Lippen auf ihrer Haut. Weich und süß. »Aber die Bedeutung meiner Taten ist mit dir gestorben«, flüsterte er die Worte auf ihren Handrücken.

Light schloss ihre Augen. Seine kryptischen Worte und seine Berührungen reizten ihre Geduld und ihre Vernunft. »Was soll das heißen?«

»Es bedeutet, ich werde nie wieder etwas tun, was dir schadet oder dich verletzt.«

»Und was bedeutet das?« Sie bewegte ihre Finger, die immer noch in seiner Hand lagen.

»Muss für dich alles eine Bedeutung haben?« Er hauchte einen weiteren Kuss auf ihr Handgelenk. »Ist es nicht das, was du wolltest? Mich auf deiner Haut spüren? Meine Wärme?«, zitierte er aus ihrem Tagebuch.

Light erstarrte. Ihr Blut gefror zu Eis, und der Moment, der ihr Herz erwärmt hatte, war vorbei. Sie entzog sich Dante. Riss ihren Arm aus seiner Hand. »Das ist deine Begründung? Deswegen berührst du mich, weil du denkst, du seist es mir schuldig?« Ihr Stottern hatte sich verflüchtigt. »Ich habe dir das Leben gerettet, weil es mein Job ist, und nicht, um deine Zuneigung zu gewinnen. Wenn es dir nur darum geht, mir zu danken, genügt mir ein einfaches: Danke Light, dass du mir das Leben gerettet hast.«

Mehrmals blinzelte Dante sie an, ehe er seine Stimme wiederfand. »So meinte ich das nicht«, stammelte er und streckt seine Hand nach ihrer aus. Light ließ keine weitere Berührung zu. In einer fließenden Bewegung stand sie vom Bett auf und marschierte in ihrem Zimmer umher.

»Wie meinst du es dann?«, fauchte sie. Wieder keimte in ihr die Wut, doch dieses Mal war es eine ganz andere Art Wut. Sie war beißender, stechender, wie die Wut einer betrogenen Frau. Mit funkelndem Zorn in den Augen starrte sie ihn an. »Erkläre es mir, denn ich verstehe es nicht. Ich verstehe dich nicht!«

Dante wandte den Blick von ihr ab. »Es war ein Fehler, damit anzufangen.«

»Nein«, fauchte Light. »Es ist ein Fehler aufzuhören.« Mit ihren Fingern, die von Dantes Berührung noch immer erwärmt waren, massierte sie sich die Schläfen. »Dante«, setzte sie an und nahm einen tiefen Atemzug, der in ihren Lungen kitzelte. »Ich bin nicht diejenige von uns, die in Menschen lesen kann wie in Büchern. Ich weiß nicht automatisch, wer du bist, wenn du vor mir stehst. Du musst mir erzählen, wer du bist. Wer du warst. Was du denkst.«

Dante seufzte. »Du willst es wirklich wissen?«

Light nickte und setzte sich neben ihn auf das Bett. Flehend blickte sie in seine schwarzen Augen, die ihr plötzlich wie das dunkelste Braun erschienen, das sie je gesehen hatte. In einer Geste, die sich viel zu natürlich anfühlte, ergriff sie seine Hand, und ihre Finger verschränkten sich ineinander. Die Intimität, die Light zuvor verspürt hatte, war wieder zurück, und ein Gefühl von Sicherheit hüllte sie ein.

»Ich wollte dir nie nahe sein.« Dantes Worte klangen gebrochen, wie ein Haufen Scherben.

»Wenn das ein Kompliment –«, setzte Light an, aber Dante unterbrach sie mit einer Handbewegung. »Lass mich ausreden, Light. Ich wollte dir nie nahe sein, aus Angst, du könntest sterben.« Unruhig öffnete und schloss er immer wieder seine Hand, die ihre hielt. Knetete sie sanft, als müsste er sich vergewissern, dass sie wirklich bei ihm war. »Jeder, der mir etwas bedeutet hat, ist tot. Deshalb habe ich dich von Anfang an belogen.«

Light presste ihre Lippen aufeinander. Die Frage, welche Lügen er meinte, lag ihr auf der Zunge. »Dein Vater ist am Leben. Ich bin es auch«, sagte sie stattdessen.

»Du wärst aber beinahe gestorben, alles andere war Glück«, sagte er weniger freundlich. Mit einer Bitterkeit, die Light überraschte. »Meine Mum ist gestorben, als sie mir das Leben gerettet hat.«

»Das ... das wusste ich nicht.«

»Woher auch?« Ein trauriges Lächeln zog feine Fältchen um seine Augen. »Sie wollte mich vor den Impia retten, wie du. Sie bezahlte dafür mit ihrem Leben. Ich wollte nicht, dass so was wieder passiert.« Er seufzte resigniert. »Wieso hab ich nicht gelogen, wie ich es immer tue?«

Light fing seinen Blick auf und hielt ihn fest. »Lügen wobei?«

»Dem Fragebogen, den ich ausfüllen musste, um einem Delegierten zugeordnet zu werden. Erinnerst du dich daran, dass ich dir gesagt habe, dass alle Antworten gelogen wären?« Light nickte. »Nichts davon war eine Lüge. Zuerst wollte ich nicht die Wahrheit schreiben, aber dann dachte ich mir: Wieso mir das Leben schwer machen mit einem Delegierten, der nicht zu mir passt?«

»Das ist alles? Du machst dir Vorwürfe, weil du nicht gelogen hast?«

Dante zuckte mit den Schultern. »Hätte ich gelogen, hätten die Impia dich nie getötet.«

Fassungslos starrte Light ihn an. »Das ist nicht dein Ernst, oder? Hätte es nicht mich getroffen, dann jemand anderen. Es spielt keine Rolle, was du tust, Dante.« Light umfasste sein Gesicht mit ihren Händen und zwang ihn sie anzusehen. »Du kannst nicht vor dir selbst fliehen.«

Dantes Blick schweifte aus dem Fenster und der Ausdruck auf seinem Gesicht änderte sich. Ein schiefes Lächeln vertrieb die Trauer aus seinen Zügen. »Du hast vermutlich Recht«, seufzte er. »Ich wünschte nur, ich könnte ändern, was dir passiert ist. Es tut mir leid.«

»Es muss dir nicht leidtun, es hätte auch mit Kane passieren können. Diese Leute, die Wesen auslöschen wollen, sind einfach nur verrückt oder neidisch«, sagte Light voller Überzeugung, und als hätte sein Name ihn herbeigerufen, hämmerte eine Faust gegen die Tür. Erschrocken fuhren Light und Dante auseinander.

»Hey.« Ohne Einladung kam Kane ins Zimmer und ließ die Tür hinter sich ins Schloss fallen. »Ich hab etwas für dich.« Er wiegte eine längliche rote Schachtel in seinen Armen. Dabei wurde sein Grinsen so breit, dass es in den Mundwinkeln schmerzen musste.

»Was ist das?« Neugierig hob Light den Kopf.

»Ein Kleid.« Kane blieb vor ihr stehen. Er bedachte Dante mit einem finsteren Blick, der diesen mit einem tiefen Knurren erwiderte. »Ich weiß, du hast erst heute Morgen eingewilligt mitzugehen, aber in kluger Voraussicht habe ich Anna schon am Montag darum gebeten, ein Kleid für dich zu kaufen.«

Light schnappte nach Luft. »Du hast mir ein Kleid gekauft?«

»Deine Eltern haben bezahlt. Anna hat es ausgesucht und ich den Auftrag gegeben.« In einer feierlichen Geste überreichte er ihr den Karton, den sie zögerlich entgegennahm und öffnete. Langsam hob sie das Kleid heraus. Es war ein Traum aus hellblauem Stoff, der sich um die Hüften herum bauschte. Spitze säumte das großzügig ausgeschnittene Dekolleté.

»Wunderschön«, hauchte sie und bewunderte den lang geschnittenen Rock. Vorsichtig legte sie das Kleid auf ihr Bett. »Danke, Kane.« Sie sprang auf und drückte ihn kurz an sich. Es war nur eine flüchtige Umarmung, die Light nicht vertiefen wollte, aus Angst, die Erinnerungen an ihren Kuss könnten wieder lebendig werden.

Das Kleid hatte wie angegossen gepasst. Anna hatte das perfekte Augenmaß und einen fantastischen Geschmack. Vorsichtig schob Light den Karton samt Kleid unter ihr Bett. Keine Sekunde später kamen ihre Eltern nach Hause und überschütteten sie mit ihrer Zuneigung. Unangenehm wurde es erst, als sie von dem Ball erfuhren. Geteilter Meinung fingen sie an, lautstark zu diskutieren. Während ihre Mum begeistert von der Idee war, machte sich ihr Dad Sorgen um ihre Gesundheit. Mehrfach versicherte Light ihm, dass es ihr gut ging und das Vampirplasma

Wunder bewirkte. Die zuvor tödliche Wunde war inzwischen nur noch ein roter Streifen, der ihre Haut vernarbte, aber auch die Narbe würde mit der Zeit verschwinden.

Immer wieder versuchte Light sich in ihr Zimmer zu stehlen, um mit Dante zu sprechen, aber niemand gönnte ihr eine ruhige Minute. Am späten Nachmittag kamen Anna und Kathryn zu Besuch. Light musste ihr Kleid ein weiteres Mal anprobieren, damit die beiden sich auf Frisur und Make-up einigen konnten. Sie blieben auch zum Abendessen, und es war, als würden sich Anna und Kathryn demonstrativ zwischen sie und Dante setzen. Zwischen Hauptgang und Nachspeise, die es zur Feier des Tages gab, gelang es Light, einen längeren Blick mit Dante auszutauschen. Doch seine Augen waren so schwarz und ausdruckslos, dass Light schon glaubte, sie hätte sich das Gespräch nur eingebildet. Konnte Vampirplasma Halluzinationen hervorrufen?

Kurz vor zehn verabschiedeten sich Anna und Kathryn mit wehmütig verzogenen Gesichtern, da sie im Gegensatz zu Light am nächsten Tag wieder in die Schule mussten. Dante hatte sich bereits zurückgezogen, angeblich – oder wirklich –, um sich seinen Hausaufgaben zu widmen.

»Gute Nacht«, verabschiedete sich Light mit einem unterdrückten Seufzer und rannte die Treppe nach oben in ihr Zimmer. Schwungvoll stieß sie die Tür auf, die hart von der Wand abprallte und gegen ihr Schienbein schlug. Sie fluchte und rieb sich über die schmerzende Stelle in der Erwartung, jede Sekunde ein schadenfrohes Lachen zu hören. Doch um sie herum war es still. Sie sah sich in ihrem Zimmer um und stellte fest, dass sie alleine war. Wo war Dante? Sein Rucksack war verschwunden und auch seine Schulsachen lagen nicht länger auf ihrem Tisch verstreut. Verunsichert spähte sie in das gemeinsame Badezimmer. An der Decke brannte das Oberlicht und zeichnete dunkle Schatten auf die Wände und den Boden. Ein Frösteln durchlief Light, denn auch hier war Dante nicht.

Unter dem Vorwand, sich etwas zu trinken zu holen, schlich Light wieder ins Erdgeschoss, um dort nach ihm zu suchen. Erfolglos. Wieder in ihrem Zimmer begannen ihre Glieder zu zittern. Ihr Herzschlag beschleunigte sich unweigerlich. War er wieder aus ihrem Leben verschwunden? Besuchte er eine Bar, um seinen Kummer zu ertränken? Hatte sie etwas getan, was ihn verletzt hatte? Light dachte an ihr Gespräch zurück und ließ sich kraftlos auf das Bett fallen. War er gegangen, um sie zu beschützen? Oder war alles doch nur eine Lüge? Eine Halluzination?

Eine dumpfe Verzweiflung, die sich mit Worten nicht beschreiben ließ, breitete sich in ihr aus. Sie hörte das Blut in ihren Ohren rauschen und ein Pochen, das sich anhörte, als würde jemand Nägel in ihr Herz schlagen. Light wollte die Geräusche aus ihrem Inneren zum Schweigen bringen, aber je mehr sie sich darauf konzentrierte, sie auszublenden, umso lauter wurden sie. Für einen Augenblick setzte das Hämmern in ihrem Kopf aus, und erst als es wieder einsetzte, wurde Light bewusst, dass es gar nicht von innen kam. Das rhythmische Schlagen kam aus dem Zimmer neben ihr. Sie stand auf, durchquerte mit weichen Knien das Badezimmer und öffnete die Tür, die sie in Dantes Zimmer führte. Wie hatte sie nur vergessen können, in seinem eigenen Zimmer nachzusehen?

Am anderen Ende des Raumes saß Dante auf dem Boden. Er trug nur seine Jeans, und in seiner Hand hielt er einen Schraubenzieher, mit dem er eine Schraube in ein Stück Holz drehte. Er nahm Lights Anwesenheit mit einem flüchtigen Blick aus dem Augenwinkel zur Kenntnis, bevor er die nächste Schraube ins Holz quälte.

Light ging zu ihm und setzte sich mit einigem Abstand neben ihn. »Was machst du da?«

»Nach was sieht es denn aus?« Er legte den Schraubenzieher auf die Seite und nahm eine Zange in die Hand, um die Schraube, die er gerade eingedreht hatte, wieder zu lösen.

»Dir ist langweilig, und du baust dein Bett zusammen, um es später wieder auseinanderzunehmen?« Mit den Fingern fuhr sie über die Kante eines der Bretter. Feiner Staub lag auf dem Holz.

Ohne sie anzusehen, verzog Dante seine Lippen zu einem Lächeln. »Ich baue es nicht wieder auseinander.« Seine Stimme wurde ernst. »Ich werde nie wieder etwas tun, was dir schadet«, wiederholte er seine Worte. »Dazu gehört auch, nicht länger deinen Job als Delegierte zu gefährden.«

»Das bedeutet, du wirst von nun an hier schlafen?«, fragte Light.

»Genau das bedeutet es.« Dantes Worte schnitten tief in Lights Brust, während seine Hände einen Nagel in das Holz trieben. Wie konnte er sie nur alleine lassen? Jetzt, wo sie ihn mehr denn je brauchte. Ihre Albträume suggerierten ihr, er wäre bei dem Überfall gestorben, und sie brauchte ihn an ihrer Seite, brauchte die Gewissheit, dass er am Leben war. Verzweifelt wandte Light ihr Gesicht ab, denn Dante sollte den Schmerz in ihren Augen nicht lesen können.

»Wenn es das ist, was du willst«, sagte sie, ohne etwas gegen ihren schroffen Tonfall tun zu können. Mit zittrigen Beinen stand sie vom Boden auf und wankte in ihr Zimmer.

»Gute Nacht«, sagte Dante hinter ihr. Sie antwortete nicht.

Zusammengekauert wie ein Embryo lag Light eine halbe Stunde später in ihrem Bett. Zuerst nur auf ihrer Seite, bis sie wirklich realisierte, dass Dante nicht kommen würde. Sie gähnte herzhaft, rutschte bis in die Mitte und streckte ihre Glieder. Ihre Gelenke knackten, und ehe sie sich's versah, lag sie auf Dantes Seite. Ihr Gesicht hatte sie in die Laken gedrückt. Tief atmete sie seinen Duft ein und versuchte sich einzureden, er wäre bei ihr. Doch sosehr sie sich auch bemühte diese Illusion hervorzurufen, es wollte ihr nicht gelingen. Die leichte Neigung von Dantes Gewicht auf der Matratze fehlte. Ebenso wie sein gleichmäßiges Atmen, das auf Light inzwischen dieselbe Wirkung hatte wie ein Schlaflied.

Light nahm einen weiteren tiefen Atemzug und versuchte sich zu beruhigen. Sie lag alleine in ihrem Bett, na und? Das war keine unbekannte Situation für sie, wieso also fühlte es sich so schrecklich an? Bevor Dante in ihr Leben gekommen war, hatte sie sechzehn Jahre lang alleine geschlafen. Nacht für Nacht.

Mit angespannten Muskeln zwang sich Light ihre Augenlider zu schließen, um sich der schlafbringenden Dunkelheit hinzugeben. Aber wie jede Nacht tauchten diese schrecklichen Bilder vor ihrem inneren Auge auf. Bilder von dem schreienden, sich windenden Dante. Menschen standen um ihn herum, und ein Spiegel war bereit, seine dämonische Seele in sich aufzunehmen. Light hörte ihre eigenen Schreie, als würde sie diesen Moment noch einmal erleben. Ein Schauer lief ihr über den Rücken und sie fing an zu zittern.

Sie schob die Decke von sich und warf ihre Beine über die Bettkante. Regungslos lauschte sie auf Geräusche aus Dantes Zimmer. Vor einer Viertelstunde hatte er den letzten Hammerschlag gesetzt, seitdem herrschte Stille. Light seufzte und vertrieb ihre Zweifel.

Leise, um niemanden zu wecken, schlich sie durch das Bad und öffnete geräuschlos die Tür zu Dantes Zimmer. Es war dunkel, aber vereinzelte Lichtquellen ermöglichten es Light, grobe Umrisse zu erkennen. Dante lag bereits in seinem Bett, und Light kam nicht umhin zu bemerken, dass er auf der Seite lag, die sonst immer ihr gehörte.

»Dante?«, fragte sie so leise, dass er sie nur hören konnte, wenn er wach war. Sein Körper bewegte sich unter der Bettdecke, und auch wenn sie sein Gesicht nicht erkennen konnte, wusste Light, dass er sie ansah. Sie räusperte sich. »Ich kann nicht einschlafen und wollte fragen, ob es in Ordnung wäre –«

»Schon gut«, unterbrach Dante sie. Er schlug seine Bettdecke zurück – eine unausgesprochene Einladung, die Light nur zu gerne annahm. Bevor er es sich anders überlegen konnte, flitzte sie zu seinem Bett und schlüpfte unter die Decke.

»Danke«, sagte sie und kuschelte sich in das Kissen. Es war für sie ungewohnt, nicht in ihrem Bett zu liegen, aber alles war besser, als alleine zu sein. Sie rieb ihr Gesicht an den Überzügen und spürte dabei, wie die Spannung von ihr abfiel. Sie schloss ihre Augen und ihre Muskeln entspannten sich. Erneut blitzten die Bilder des Überfalls in der Dunkelheit auf, doch dieses Mal musste Light nur auf Dantes Atmung hören, um sie aus ihrem Gedächtnis zu vertreiben.

19. Kapitel

»Der Einsatz von Magie gegenüber Delegierten, dem Staat oder dritten Personen ist untersagt und ist mit der fünfjährigen Verbannung in einer Strafkolonie zu bestrafen.«
(Buch der Delegation, Artikel 13)

»Und du möchtest wirklich nicht mitkommen?«, fragte Light zum zehnten Mal an diesem Abend. Dante half ihr in den Mantel, der vor langer Zeit ihrer Mum gehört hatte. Der dunkelblaue Stoff reichte fast bis zum Boden und am Ärmel war ein eleganter Fellbesatz angebracht.

»Nein.« Dante glättete eine Stofffalte in ihrem Nacken.

»In Ordnung«, seufzte Light mit einem letzten flehenden Blick. Dante reagierte nicht auf ihre stumme Bitte, also gesellte sie sich zu den anderen Ballbesuchern, die bereits im Wohnzimmer auf sie warteten. Jude und Kane trugen, typisch für den Ball, fast identisch aussehende Anzüge, während Kathryn ein knappes dunkelrotes Kleid trug, das bei Light den Eindruck erweckte, sie würden einen Sommerball besuchen. Annas violettes Kleid hingegen war ein Wintertraum. Der blasse Stoff hatte viele Rüschen und bauschte sich um ihre Hüften, die geradezu danach riefen, vom anderen Geschlecht beachtet zu werden. Über ihren nackten Schultern lag ein seidiges Tuch, dünn wie eine Eisschicht, und in ihren Haaren steckte ein schmales Diadem, das an jedem anderen lächerlich ausgesehen hätte, aber nicht an ihr.

»Ich habe wirklich einen hervorragenden Geschmack«, quietschte Anna begeistert, als sie Light sah. »Dieses Kleid verkörpert das Thema Winterball. Du siehst aus wie eine Schneekönigin.«

»Ich dachte, das Thema wäre Weihnachtsball«, bemerkte Kathryn.

»Winter-, Weihnachts-, Hanukaball, alles dasselbe«, sagte Anna mit einer wegwischenden Handbewegung und hakte sich erst bei Kathryn und dann bei Light unter. »Sind alle bereit?«

Kurze Zeit später saßen sie alle im Wagen auf dem Weg zum Schulball. Schon von weitem konnte man die Lichter sehen, die die Sporthalle beleuchteten. Zwei als Schneemänner verkleidete Personen dienten als Parkplatzanweiser, und zwei weihnachtliche Kobolde standen am Eingang, um die fünf Dollar Eintritt zu kassieren. Überall hingen Girlanden von den Decken, sie waren weiß, silbern, golden oder eine bunte Mischung aus allen drei Varianten. Leuchtketten rahmten die Fenster und künstliche Weihnachtsbäume patrouillierten an den Wänden und in jeder Ecke.

Kane legte seine Hand auf Lights Rücken. »Möchtest du etwas zu trinken?«

»Das wäre nett«, erwiderte Light mit einem schüchternen Lächeln.

»Sonst noch jemand?«, wandte sich Kane an Anna und Kathryn, bevor er sich mit Jude auf den Weg zur Bar machte, die am anderen Ende der Sporthalle lag. Lehrer bewachten das Buffet mit wachsamen Augen, denn es war nicht unüblich, dass der eigentlich alkoholfreie Punsch während der Feier in einen alkoholischen verwandelt wurde. Noch bevor Jude und Kane mit ihren Drinks zurück waren, kam Logan Swimmer angeschlichen, um Anna in eine dunkle Ecke zu entführen. Light wusste, sie sollte

Anna davon abhalten, da sie es später bereuen würde, aber ihre Freundin war nicht der Typ Mensch, dem man sagte, was er zu tun hatte.

Nachdem Jude und Kane zurück waren, standen sie eine Weile an der Wand, beobachteten die anderen Schüler und nippten an ihren Gläsern. Jude und Kathryn gesellten sich unter die Tanzenden, während Light und Kane sich einen Platz auf der Tribüne sicherten. Von dort aus konnten sie die ganze Halle überblicken. Kathryn unterhielt sich mit einem der Lehrer, und Jude tanzte mit einem Mädchen, das Light nicht kannte. Sie und Kane wählten die schönsten Kleider und die hässlichsten Anzüge. Später am Abend gesellte sich Kane jedoch zu Kathryn. Light beobachtete, wie die beiden sich unterhielten, gemeinsam lachten und schließlich zwischen all den anderen tanzenden Pärchen verschwanden.

Die Zeit verging schneller als gedacht und kurz vor elf leerte die Halle sich allmählich. Anna kam mit rot geschwollenen Lippen und einem Grinsen im Gesicht zu ihnen zurück. »Wir sollten uns auch auf den Weg machen«, sagte Kane und nahm Light den leeren Becher aus der Hand, um ihn in einen der Mülleimer zu werfen. »Hat einer von euch Jude gesehen?«

Light schürzte die Lippen. »Ich hab ihn das letzte Mal mit diesem Mädchen gesehen.«

»Der Rothaarigen?«, frage Kathryn. Sie zupfte an ihrem Kleid, um den Stoff zu dehnen. Seit die Leute die Halle verließen, strömte ein stetig kalter Wind durch die Tür und ließ die noch Anwesenden frösteln.

»Ich weiß nicht, ob sie rote Haare hatte«, gestand Light und schlüpfte in ihren Mantel. Der Saal war inzwischen fast leer.

Man hatte einige der Lichterketten ausgeschaltet und beleuchtete die Halle mit dem künstlichen Licht, das auch während der Sportstunden brannte. »Könnt ihr ihn sehen?«

Suchend sahen sie sich um, doch Jude war nirgendwo auszumachen. Beunruhigt blickte Light sich um, und ein nervöses Gefühl breitete sich in ihr aus, als würde sie von Hunderten von Leuten beobachtet werden, und doch war niemand da.

»Schreib ihm doch eine SMS«, schlug Kane vor. Light nickte und tippte die Nachricht in ihr Handy. Ihre verschwitzen Hände waren feucht und klebrig vor Sorge um Jude. Es sah ihm nicht ähnlich, einfach so zu verschwinden, und vor allem, Kane alleine zu lassen.

»Gesendet«, verkündete Light. Mit den Fingern umklammerte sie ihr Handy wie die Reißleine eines Fallschirms. Die Musik aus der Stereoanlage verstummte und der DJ begann sein Equipment einzupacken. Die letzten Besucher verabschiedeten sich, und ein Lehrer wies sie an, die Turnhalle zu verlassen.

Kurz darauf saßen sie im Auto, der Motor lief und blies warme Luft in das ausgekühlte Innere. Light hatte auf dem Beifahrersitz Platz genommen. Kane saß am Steuer und versuchte sich seine Besorgnis nicht anmerken zu lassen, starrte aber etwa alle zehn Sekunden auf das Display seines Handys. Er hatte Jude mehrfach auf die Mailbox gesprochen und ihm zwei Nachrichten geschickt.

»Vielleicht sollten wir nach Hause fahren«, sagte Anna, die sich mit Kathryn den Rücksitz teilte.

»Jude könnte noch hier sein«, protestierte Kane. Sein Blick glitt durch die Windschutzscheibe und tastete Meter für Meter die Umgebung ab. Die Dunkelheit hatte alles um sich herum verschluckt und nur einige wenige Lichter warfen Schatten in die Nacht. Es gab hier keine Wälder, nur die Schule und einen großen betonierten Parkplatz. Niemand konnte sich hier verstecken, ohne entdeckt zu werden.

Doch war es der perfekte Ort, um zu verschwinden. Hormongesteuerte Teenager, alkoholisierter Punsch und laute Musik boten die perfekte Kulisse, um sich davonzuschleichen. Menschen gingen in den Massen verloren, wurden davongetragen und verzogen sich in dunkle Ecken, wo niemand sie sehen konnte.

»Wenn Jude noch hier ist, hat er es verdient, dass wir ihn stehenlassen«, erwiderte Anna und kuschelte sich an Kathryns Schulter. Sie gähnte genüsslich und schloss die Augen.

»Wie kannst du nur so ruhig bleiben?« Wütend funkelte Light ihre Freundin an. »Jude könnte etwas passiert sein, und du tust, als wäre nichts!«

Beruhigend legte Kane eine Hand auf ihre. »Light, Anna hat Recht. Wir sollten nach Hause fahren. Im Wagen zu sitzen und aufs Handy zu starren hilft niemandem weiter. Und sollte er sich melden, hole ich ihn ab. Wie hört sich das an?« Light seufzte und willigte in den Vorschlag ein, auch wenn der Drang, Jude zu suchen, groß war.

Der Motor heulte auf, und obwohl es im Auto inzwischen warm war, fror Light am ganzen Körper. Eine Gänsehaut zog sich von ihren Armen über ihren Rücken bis zu ihren Fußspitzen. Sie sehnte sich danach, neben Dante im Bett zu liegen, doch sie wusste, dass dies eine lange Nacht werden würde, sollte Jude nicht zurückkommen.

Plötzlich fing das Handy in ihrem Schoß an zu vibrieren. Das elektrische Zittern erschütterte ihren Körper und trieb Hoffnung durch jede Vene. Sie hielt die Luft an und löste mit zittrigen Fingern die Tastensperre. Judes Name leuchtete auf dem Display auf und Light sackte vor Erleichterung zusammen. Kane hatte den Wagen an den Seitenrand gefahren und beobachtete gespannt jede ihrer Bewegungen. »Tut mir leid, dass ich einfach verschwunden bin«, las Light laut vor. »Ich bin bei Calla und komme morgen früh nach Hause. Jude.« Die SMS war, wie immer, in Judes perfekter Sprache geschrieben, nur der Inhalt wollte nicht zu ihm passen. Es passte nicht zu ihm, mit einem Mädchen zu verschwinden, das er erst wenige Stunden kannte. Unsicher sah Light zu Kane, um seine Reaktion zu sehen. Seine Gesichtszüge waren umschattet von Sorge und etwas, das Light nicht deuten konnte. Freude? Hoffnung? Männlicher Stolz?

»Was denkst du?«, fragte sie schließlich und las die SMS noch einmal.

Kane zuckte die Schulter. »Es sieht ihm nicht ähnlich, aber immerhin geht es ihm gut.«

»Glaubst du, wir sollten ihn anrufen?«

Anna räusperte sich. »Wenn ich ihn richtig verstanden habe, hat er gerade etwas Besseres zu tun, als mit seiner kleinen Schwester zu telefonieren, denkst du nicht auch? Und jetzt lass uns fahren, ich bin müde«, quengelte sie mit hoher Stimme und verpasste Kane einen Tritt durch den Fahrersitz. Er quittierte ihr Verhalten mit einem strengen Blick und startete den Motor erneut.

Während der ganzen Fahrt beobachtete Light Kane. Er schien wegen Jude nicht länger beunruhigt zu sein und Light wollte diesem Beispiel folgen. Doch das Gefühl, dass etwas nicht stimmte, wollte sie nicht loslassen. Sie faltete die Hände in ihrem Schoß und beobachtete die Lichter, die an ihnen vorbeizogen. Dabei klammerte sie sich an ihr Handy und konzentrierte sich auf Judes Worte, denn alles war in Ordnung.

Ihr Haus lag im Dunkeln. Die Jalousien waren heruntergelassen und kein Ton drang durch die geschlossenen Türen. Das Erdgeschoss war in Finsternis gehüllt und jeder Schritt durchbrach die Stille wie ein Pistolenschuss. Barfüßig und auf Zehenspitzen schlich Light hinter Kane die Treppe nach oben.

»Gute Nacht«, verabschiedete er sich von ihr und drückte ihr einen Kuss auf die Wange. »Mach dir keine Sorgen um Jude, er versucht einfach seinen Spaß zu haben.« Light zwang sich zu einem müden Lächeln und huschte in ihr Zimmer. Erleichtert ließ sie sich gegen die Wand sinken und atmete tief ein. Das kleine Licht auf ihrem Nachttisch brannte. Schatten tanzten an den Wänden und führten Light zur Badezimmertür, die wie eine Einladung von Dante offen stand.

Eilig, so dass der Stoff beinahe riss, zerrte Light sich das Kleid vom Körper und zog ein weites T-Shirt und eine bequeme Flanellhose an, deren weicher Stoff ihre Haut liebkoste. Sie löschte die Lampe und betrachtete sich flüchtig im Badezimmerspiegel, bevor sie zu Dante ging. Er saß auf dem Boden, den Rücken gegen das Bett gelehnt, und las ein Buch.

»Wie war der Ball?« Er blickte zu ihr auf, und das Lächeln, das seine Lippen umspielte, brachte Lights Herz dazu, schneller zu schlagen. Ohne hinzusehen, schob er ein Lesezeichen zwischen die leicht vergilbten Seiten seiner Lektüre.

»Der Ball war in Ordnung. Ich mache mir nur Sorgen um Jude. Er ist nicht mit uns nach Hause gefahren.« Light bemühte sich ruhig zu bleiben, aber die Sorge um Jude durchzog ihre Stimme. Sie ließ sich neben Dante auf den Boden gleiten. Ihre Schultern und Knie berührten sich. »Er hat mir eine SMS geschrieben«, erklärte Light. »Er sagt, er ist über Nacht bei Calla.«

»Das sieht ihm überhaupt nicht ähnlich«, bemerkte Dante.

»Das habe ich auch gesagt!« Light rutschte über den Boden, bis sie Dante gegenübersaß. »Kane macht sich keine Sorgen. Was meinst du? Soll ich es unseren Eltern erzählen?« Fahrig fuhr Light mit der Hand durch ihr Haar und blieb an einer Haarnadel hängen, die schmerzhaft an ihrer Kopfhaut riss.

Dante beugte sich nach vorne und half ihr, die Nadel aus ihrem Haar zu ziehen. »Gib Jude bis morgen Zeit. Er ist erwachsen und weiß, was er tut. Vielleicht ist das einfach seine Art zu rebellieren. Lass ihm ein paar Stunden. Ich bin mir sicher, es geht ihm gut. Immerhin hat er dir eine Nachricht geschrieben.« Er löste die letzten Haare, die sich in der Nadel verfangen hatten.

»Du hast Recht. Dieser Überfall hat mich paranoid gemacht.«

»Du bist nicht paranoid, du machst dir einfach zu viele Sorgen.« Dante reichte ihr die Haarnadel und berührte ihre Hand dabei eine Sekunde länger als nötig. »Gab es sonst noch irgendwelche Skandale?«

»Nein. Es war geradezu lächerlich langweilig für einen Schulball. Ich saß mit Kane die meiste Zeit auf der Tribüne. Wir haben geredet und die anderen Leute beobachtet. Ich finde es nur schade, dass du nicht mit dabei warst.«

Ein breites Grinsen zog sich über Dantes Gesicht. »Weil es mit mir interessanter gewesen wäre?«

»Weil es unsere einzige Chance war, gemeinsam auf einem Schulball zu sein.« Light wandte den Blick von Dante ab. Ehrliches Bedauern spiegelte sich in ihren Augen, und sie wollte nicht, dass er sie so sah. Einige Herzschläge lang sagte niemand etwas, und als Light wieder aufblickte, war Dantes Grinsen noch immer dasselbe. »Wieso siehst du mich so an?«

Dante schüttelte den Kopf. »Möchtest du schlafen gehen?«

»Du weichst meiner Frage aus.«

»Ich bin müde.« Er streckte seine Arme und gähnte, als müsste er ihr etwas beweisen. Light zuckte mit den Schultern und schlüpfte mit ihm unter die Bettdecke. Schon seit zwei Tagen schlief sie gemeinsam mit Dante in seinem Zimmer. Es war eine unausgesprochene Abmachung zwischen ihnen, dass Light, wann immer sie wollte, bei ihm übernachten konnte. Sie war sich der Folgen bewusst, die eintreten würden, sollte man sie erwischen. Doch sie war bereit das Risiko einzugehen, denn größer als ihre Angst, erwischt zu werden, war die Angst vor den Albträumen, die sie heimsuchten, wenn Dante nicht bei ihr war. Sein Atmen und seine Wärme gaben Light Sicherheit und ließen sie Träume über Tod und Mord vergessen. Ohne ihn quälten sie diese Träume, bis die Müdigkeit siegte und sie in eine unruhige Dunkelheit zog.

Sie wälzte sich auf der Matratze und versuchte sich auf Dantes Atmen oder das Ticken der Uhr zu konzentrieren. Irgendein Geräusch, an das sie sich klammern konnte, das ihr helfen würde einzuschlafen.

Doch es gab keine tickende Uhr und auch keine regelmäßigen Atemzüge. »Ich dachte, du wärst müde?« Light sah zu Dante, bewegte dabei aber nur ihren Kopf.

»Ich *bin* müde.« Er gähnte, um seine Lüge aufrechtzuerhalten. »Ich denke gerade nur über etwas nach.« Die Matratze schaukelte leicht, während Dante sich zu ihr umdrehte. Die Umrisse seiner schattenhaften Gestalt waren klar definiert, und auch ohne sein Gesicht sehen zu können, wusste Light, wie er aussah.

»Worüber?« Sie drehte sich zu ihm und schob die Hände unter ihren Kopf, um dem Drang zu widerstehen, sie nach ihm auszustrecken.

»Jude.« Nun setzte Dante sich auf und schaltete das Licht ein. »Erinnerst du dich an Ethan?«

Light blinzelte gegen das Licht und setzte sich ebenfalls auf. Die kühle Luft im Zimmer ließ sie schaudern und entzog ihr in Sekundenschnelle die Wärme, die sich unter der Decke gesammelt hatte. »Der Junge, der versucht hat, die Schwebebahn zu sprengen?« Dante nickte. »Natürlich erinnere ich mich an ihn. Wie könnte ich ihn vergessen? Aber was hat er mit Jude zu tun?«

Dante zögerte. Sein Kiefer spannte sich an. »Versprichst du mir etwas?«

»Natürlich«, stotterte Light verunsichert. »Alles.«

Dante wandte sich ihr mit vollem Körper zu. Wie eine Mauer ragte er vor ihr auf, fast so, als wolle er jede Chance auf Flucht schon im Keim ersticken. Doch es war nicht seine Haltung, die Light Sorgen bereitete, es war sein Blick. Trauer spiegelte sich darin. »Denk über das nach, was ich sage, und renn nicht einfach davon, verstanden?«

Light nickte. Jeder Nerv in ihrem Körper war zum Zerbersten gespannt. In ihrem Kopf formten sich die schlimmsten Szenarien und brachten ihre Hände zum Zittern. Eine Horrorvision nach der anderen jagte durch ihre Gedanken, und plötzlich wusste sie, was Dante ihr sagen wollte. Wie erstarrt sah sie ihn an, beobachtete seine Lippen, wie sie die Worte formten, die sie nicht hören wollten: »Er hat ihn. Jude ist bei Crispin.«

20. Kapitel

»Mitgliedschaft, Kontakt und Unterstützung einer Gruppierung, die gegen das politische Wohl handelt oder dessen Zielsetzung gegen Artikel 4 verstößt, ist mit 10 Jahren Haft zu bestrafen.«
(Buch der Delegation, Artikel 25)

Langsam durchzog ein dumpfer Schmerz seine Glieder. Die undurchdringliche Schwärze in seinem Kopf löste sich auf und Erinnerungen nahmen ihren Platz ein. Da war dieses Mädchen –

Schweiß trat auf Judes Stirn und rollte über seine geschlossenen Lider. Instinktiv wusste er, dass man ihn an einen Stuhl gefesselt hatte. Die Seile schnitten tief in seine Handgelenke, Blut tropfte zu Boden. Auch seine Beine waren gefesselt. Man hatte ihm den Mund verklebt, so dass kein Schrei aus seiner Kehle entweichen konnte. Seine Lungen brannten und forderten mehr Sauerstoff. Hektisch hob und senkte sich sein Brustkorb und in seinem Kopf fühlte er das Blut pulsieren.

Plötzlich spürte er ein Brennen im Gesicht. Grob riss jemand an dem Klebestreifen. Ein durchdringender Schmerz zerrte an Judes Haut, als wollte er sie von seinen Knochen lösen. Er keuchte auf und modrige, abgestandene Luft flutete seine Lungen.

Ein harter Schlag traf seine Wange. Keuchend riss Jude seine Augen auf, doch in dem Raum, in dem er sich befand, war es dunkel, und alles um ihn herum drehte sich. Orientierungslos ließ er seinen Blick durch den Raum gleiten. Er nahm eine Bewegung rechts von sich war, konnte aber nicht sagen, ob es eine

Ratte, ein Mensch oder nur seine Einbildung war. Wo war er? Wo war das Mädchen ... das Mädchen: Calla?

Allmählich klärte sich sein Blick und auch seine Gedanken wurden klarer. Er erinnerte sich daran, den Schulball mit Calla verlassen zu haben. Er wollte Kane und Light Bescheid geben, aber Calla hatte ihn überredet, aus ihrem Verschwinden ein Geheimnis zu machen. Wieso hatte er sich darauf eingelassen? Die Bilder in seinem Kopf waren wie Puzzleteile, die nicht ineinanderpassen wollten.

»Delegat Jude, was für eine Ehre«, drang eine dunkle Stimme aus der hintersten Ecke des Raumes. Jude riss den Kopf herum, doch er konnte niemanden sehen. Schritte ertönten, hallten bedrohlich von den Wänden wider, und ein Mann trat ins fahle Licht. Sein Gesicht war vernarbt wie von hundert kleinen Schnitten. Sein gestählter Körper wirkte brutal und das amüsierte Zucken in seinen Mundwinkeln erschien ihm bedrohlich. Jude lief ein Schauer über den Rücken.

Als könnte er seine Gedanken lesen, deutete der Vernarbte eine Verbeugung an. Seine Haltung und sein Lächeln zeugten von Verachtung und Missbilligung. »Wenn ich mich vorstellen dürfte, mein Name ist Crispin, Anführer der Censio. Meine Person sollte dir bekannt sein.«

Jude schluckte hart. Natürlich kannte er Crispin, er war eine Legende. In der Schule erzählten sie Horrorgeschichten über ihn und seine Leute, die es sich zum Ziel gemacht hatten, die Delegierten auszulöschen, damit Wesen ungestört ihre Magie ausüben konnten.

Jude merkte, dass Crispin immer noch auf eine Antwort wartete. Zögerlich nickte er und musste seinen Blick abwenden, da er Crispins Blick nicht länger standhalten konnte. Seine Augen waren schwarz und ein Funkeln wie vom Teufel persönlich blitzte in ihnen auf.

»Weißt du, weswegen du hier bist?«, fragte Crispin.

»Nein. Ich … ich weiß es nicht«, krächzte Jude. Crispin kam näher, und wieder glaubte Jude keine Luft mehr zu bekommen. Das Herz schlug ihm bis in den Hals und die Ohnmacht nagte an ihm. Was wollte er von ihm? Ihn töten? Foltern? Ihn quälen, bis er den Tod herbeisehnte?

Crispin stand nun direkt vor ihm, und obwohl er ihn nicht berührte, spürte Jude die Hitze, die von ihm ausging. »Sieh mich an!« Er umfasste Judes Gesicht mit seinen Händen und zwang ihn dazu, ihn anzusehen. »An wen erinnere ich dich?«, fragte er mit einem bedrohlichen Knurren in seiner Stimme.

Jude sah ihn an. Die wulstigen Narben durchschnitten seine Haut und ließen sie wie eine Kraterlandschaft wirken, und dennoch musste Jude zugeben, dass dieser Mann eine ganz eigene Attraktivität hatte. »Ich weiß es wirklich nicht«, stotterte er abermals.

»Aber ich komme dir bekannt vor, nicht wahr?« Jude nickte und Crispin ließ sein Gesicht los. »Ich erinnere dich an meinem Sohn: Dante. Man hat euch zusammen gesehen. Wir wissen, dass du sein Delegierter bist.«

Jude stockte der Atem. Dante. Crispin. Jetzt erkannte er die Ähnlichkeit. Ob Light wusste, wer Dante wirklich war? Wer sein Vater war? Vermutlich nicht, dachte Jude und drängte die Sorge um seine Schwester in den Hintergrund. Er musste seine Lüge aufrechterhalten, um Light zu schützen. Alles, was ihm blieb, war die Hoffnung, dass Crispin sein Fehler nicht auffallen würde. »Was wollen Sie von mir?«

Crispin lächelte. »Zuerst wollte ich mir nur meinen Sohn zurückholen, aber dann hatte ich eine bessere Idee.« Wie aus dem Nichts stand plötzlich ein zweiter Stuhl im Raum. Crispin zog ihn zu Jude heran und setzte sich ihm gegenüber. »Hat mein Sohn dir erzählt, wer er wirklich ist?«

»Nein«, sagte Jude.

»Ausgezeichnet.« Ein sadistisches Grinsen breitete sich auf Crispins Gesicht auf. »Jude, ich gebe dir zwei Möglichkeiten. Möglichkeit eins: Ich lasse dich laufen, und du versuchst, Dante so viele Geheimnisse wie nur möglich über die Censio zu entlocken.«

»Wieso?«, platzte es aus Jude heraus, und er bereute es sofort, denn Crispin verpasste ihm eine weitere Ohrfeige. Blut sammelte sich in seinem Mund, und er spürte mit seiner Zunge, wie sich einer seiner Zähne gelockert hatte. Übelkeit stieg in ihm auf.

»Ich mag es nicht, wenn man mich unterbricht«, zischte Crispin, antwortete jedoch auf seine Frage. »Ich glaube nicht, dass mein Sohn mir gegenüber loyal ist. Ich möchte wissen, ob ich ihm vertrauen kann. Und wenn er dir etwas über die Censio verrät, kann ich es nicht.«

»Was passiert, wenn er mir etwas verrät?«

»Ich hoffe nicht, dass dieser Fall eintritt, aber wenn es so ist, sehe ich mich gezwungen ihn zu töten.« Crispin zuckte gelangweilt mit den Schultern, als würde er von einer alten Zeitung sprechen, die er entsorgen musste.

»Wieso wollen Sie das Ihrem eigenen Sohn antun?« In Wirklichkeit fragte Jude sich nur, wie Light reagieren würde, wenn Dante weg wäre. Er mochte ihn nicht, spürte aber, dass seine Schwester inzwischen eine Verbindung zu dem Dämon aufgebaut hatte, obwohl dieser ihre Zuneigung nicht verdiente.

»Ich habe mein Leben den Censio verschrieben, und Verräter haben es nicht verdient, Teil der Gruppe zu sein.« Er änderte seine Sitzposition, dabei schlugen seine schweren Stiefel hart auf den Boden. »Dante ist wie seine Mutter, gefühlsbetont und leicht manipulierbar. Er ist eine Zumutung für die Censio, und wäre er mir … uns treu ergeben, wäre er schon längst zurückgekehrt.«

Jude schmeckte Galle auf seiner Zunge. »Was passiert, wenn Dante mir nichts über die Censio erzählt?«

»Darüber musst du dir keine Gedanken machen. Du solltest lieber über Möglichkeit zwei nachdenken …,« fuhr er fort. »Solltest du dich weigern mit mir zu kooperieren, sehe ich mich gezwungen, dich zu töten.«

Nun konnte Jude es nicht mehr zurückhalten. Er übergab sich direkt vor Crispin und augenblicklich war die Luft vom Gestank seines Erbrochenen geschwängert. Angewidert verzog Crispin das Gesicht, und fast glaubte Jude, er würde ihn für diese Respektlosigkeit schlagen, doch nichts dergleichen geschah. In einer geschmeidigen Bewegung stand Crispin auf und betätigte die Gegensprechanlage. Jude hörte, wie er sich mit jemandem unterhielt, aber die Worte waren zu leise, als dass er sie hätte verstehen können. Unwohl rutschte Jude auf seinem Stuhl hin und her. Er wollte nach Hause, weg von dem Gestank und weg von Crispin.

»Es kommt gleich jemand, der sich darum kümmert«, sagte Crispin und zog seinen Stuhl auf einige Meter Entfernung weg. Noch im selben Moment öffnete sich die Tür, und ein Mann, der Jude ebenfalls bekannt vorkam, betrat den Raum. Er hatte einen Eimer und mehrere Lappen bei sich. Seine Uniform wies ihn als hochrangiges Mitglied der Censio aus, dennoch schien es ihm nicht peinlich zu sein, sich hinzuknien und Erbrochenes aufzuwischen. »Wieso schaffst du es nie, einen Eimer vor ihre Füße zu stellen«, beschwerte sich der Mann, als er fertig war. Fast schuldig lächelte Crispin ihn an und deutete ihm den Raum zu verlassen. Woher kannte Jude ihn nur? War er ebenfalls ein Verwandter von Dante?

»Und?«, fragte Crispin neugierig. »Hast du dich für eine Möglichkeit entschieden?«

Verwirrt sah Jude ihn an, bis er sich daran erinnerte, was Crispin meinte. Er könnte für ihn als Spion arbeiten, ihm Dante ausliefern und dabei sein eigenes Leben retten. »Ich werde Ihnen helfen«, sagte Jude entschlossen. Er würde Dante zu einem Geständnis zwingen und kurze Zeit später wäre Light ihn los. Sie würde ein Wesen bekommen, das ihrer würdig war.

»Eine kluge Entscheidung, Delegat Jude«, spottete Crispin. Er stand von seinem Stuhl auf und ging in Richtung Tür. Als seine Hand schon auf der Türklinke lag, drehte er sich noch einmal um. »Geht es Dante gut?«, fragte er und das erste Mal überhaupt hörte er sich an wie ein Vater.

Jude zögerte. »Ich denke schon.« Sicher war er sich nicht, aber Crispin schien die Antwort zu genügen – er wandte sich ab, um zu gehen. »Hey!«, rief Jude ihm hinterher, als er schon halb aus der Tür war. »Was ist mit mir? Lassen Sie mich gehen! Ich habe doch gesagt, ich werde Ihnen helfen!« Verzweiflung und Furcht schwangen in seiner Stimme mit.

»Keine Sorge, ich lasse dich gehen«, versicherte ihm Crispin. »Aber erst in ein paar Tagen. Die Leute wissen, dass wir dich entführt haben, es kommt bereits in den Nachrichten. Lassen wir dich jetzt unversehrt gehen, werden sie wissen, dass etwas nicht stimmt.« Wieder umspielte ein teuflisches Lächeln seine Lippen.

Was sollte das heißen? Wie lange würden sie ihn hierbehalten? Einen Tag? Zwei? Vier? Das anfängliche Gefühl des Erstickens breitete sich erneut in Jude aus. Er keuchte und riss an seinen Fesseln, die tiefer in sein Fleisch schnitten, je mehr er sich dagegen wehrte. Ein Schmerzensschrei stieg in ihm auf und Tränen traten ihm in die Augen.

Gerade als er den Kampf gegen die Fesseln aufgeben wollte, öffnete sich die Tür erneut. Der Mann, der zuvor sein Erbrochenes aufgewischt hatte, kam zurück. Er betätigte zwei Schalter und Licht flutete den Raum. Jude kniff seine Augen zusammen und beobachte den Mann, wie er wortlos auf ihn zukam und den Koffer, den er bei sich trug, vor seine Füße stellte. Mit einem Klicken entriegelte er das Schloss und eine Vielzahl von Skalpellen, Zangen und anderen Gegenständen kamen zum Vorschein. Rost und Blut säumten die Klingen.

»Was haben Sie …« Die Worte blieben Jude im Hals stecken.

»Wir schätzen es sehr, dass du mit uns zusammenarbeitest«, sagte der Mann. »Doch wie Crispin schon sagte, wir können nicht riskieren, dass uns jemand auf die Schliche kommt. Ich verspreche dir, so sanft wie möglich zu sein.« Fast glaubte Jude ein Lächeln zu sehen. Der Mann griff nach einem Skalpell, und Jude wusste, dies war der schlimmste Tag seines Lebens …

21. Kapitel

»Ist es einem Delegierten auf unbestimmte Zeit nicht möglich, den ihm zugeteilten paranormalen Bürger zu beaufsichtigen, wird dieser für die Zeit der Berufsunfähigkeit in eine Kolonie aufgenommen.«
(Buch der Delegation, Artikel 10)

Das Essen hatte keinen Geschmack. Mechanisch schob Light sich eine weitere Gabel Salat in den Mund, ein rein zweckmäßiger Vorgang, ohne Genuss. Es waren genau fünfundvierzig Stunden vergangen, seit Jude verschwunden war, und noch immer gab es keine Spur von ihm. Nachdem Dante seine Vermutung geäußert hatte, dass ihr Bruder bei seinem Vater war, wollte sie ihm das zuerst nicht glauben, doch in ihrem Innersten kannte sie die Wahrheit. Dante bestand darauf, dass Crispin Jude als Köder benutzte, um an ihn heranzukommen.

In den Nachrichten zeigten sie im Stundentakt Bilder von Jude und forderten die Bevölkerung auf, jeden Hinweis der Polizei zu melden. Es gab zahlreiche Hinweise, aber alle führten sie ins Leere.

Ihre Eltern waren ununterbrochen auf der Polizeistation. Sie diskutierten die Hinweise mit den Beamten, sprachen mögliche Strategien durch, wie man Jude finden könnte, und gaben den Reportern Interviews über das Verbleiben ihres Sohnes. Kane wurde in Gewahrsam genommen, das übliche Vorgehen, wenn ein Delegierter verschwand, ermordet wurde oder einfach starb.

»Möchtest du noch etwas Dressing?«, fragte Dante. Light schüttelte den Kopf und kaute auf ihrem Bissen Salat, bis nichts mehr davon übrig war, was sie hätte runterschlucken können. Die Ungewissheit, ob er noch lebte oder nicht, nagte an ihr.

Dante ignorierte ihre Antwort und kippte ihr noch etwas von dem Dressing auf den Teller.

Seit Jude weg war, fehlte Light jegliche Energie, am liebsten wollte sie den ganzen Tag nur im Bett verbringen, aber Dante hinderte sie daran. Er zwang sie aufzustehen und schickte sie unter die Dusche, damit das Wasser ihrem Körper etwas Leben einhauchen konnte. Er kochte für sie und gab sein Bestes, um sie abzulenken. Light war ihm dankbar für alles, aber im Moment wünschte sie sich nichts sehnlicher, als sich ihrem Schmerz hinzugeben.

»Schmeckt es dir?«, erkundigte sich Dante und stellte die leere Dressingschale in das Spülbecken. Light nickte mehr aus Höflichkeit als aus Überzeugung, doch Dante durchschaute ihre Lüge, er seufzte und wandte sich dem Abwasch zu. »Wenn du wütend auf mich bist und möchtest, dass ich gehe, kannst du es mir sagen. Ich kann es verstehen, wenn du mich jetzt nicht in deiner Nähe haben möchtest.«

»Wieso sollte ich wütend auf dich sein?«, fragte Light mit belegter Stimme. Die Worte klangen matt und fremd, als hätte nicht sie, sondern jemand anders sie ausgesprochen. Jede Silbe war wie ein dumpfer Schmerz, der sie mehr und mehr Kraft kostete, bis nichts mehr davon übrig war.

»Ich bin sein Sohn, Light. Es ist meine Schuld, dass er auf Jude aufmerksam geworden ist.«

Light räusperte sich. »Es ist nicht deine Schuld.« Sie versuchte so überzeugt wie möglich zu klingen. Sie gab Dante nicht die Schuld an Judes Verschwinden, er sich allerdings schon. Als ihre

Eltern Dantes Geständnis über die Censio hörten, waren sie zuerst sprachlos und stotterten Worte, die keiner verstehen konnte, ehe die Wut folgte. Wut auf Dante für das, was er war, Wut auf Light dafür, dass sie ihnen nichts gesagt hatte, und Wut auf das System, das zugelassen hatte, dass jemand wie Dante überhaupt vermittelt wurde. Doch dann folgte die Ruhe, sie überwanden den Schock und fanden neue Hoffnung, durch Dante ihren Sohn zu finden.

Dante hatte versucht Crispin anzurufen, doch die Nummer, die vor wenigen Tagen auf dem Weihnachtsmarkt noch funktioniert hatte, war inzwischen tot. Zwei Ermittler, speziell vom Delegiertenrat geschickt, hatten Dante zu seinem Vater befragt, und mit einer Geduld, die Light von ihm nicht kannte, hatte er die Fragen beantwortet. Nur wusste er ebenso wenig wie alle anderen, wo sein Vater und die Censio sich im Moment aufhielten. Sie könnten im Haus nebenan sein oder etliche Meilen entfernt, in einem anderen Bundesstaat. »Du bist nicht wie er«, sagte Light entschlossen. »Wie oft hattest du die Möglichkeit, ihn anzurufen oder zu fliehen? Und doch bist du bei mir geblieben, und jetzt hilfst du dabei, meinen Bruder zu finden.«

Resignierend seufzte Dante. »Ich hasse es, nichts tun zu können. Hätte ich meinen Fragebogen damals anders ausgefüllt, wäre ich zu einer anderen Familie gekommen und …«

»Und dann würde diese Familie sich nun Sorgen machen.« Light schob den Teller von sich. »Du bist, wer du bist, und daran kannst du nichts ändern. Crispin hat Jude entführt, und alles, was du tun kannst, ist, die richtigen Entscheidungen zu treffen.«

»Richtige Entscheidungen?«, wiederholte Dante.

Light nickte. »Du hast versucht deinen Dad anzurufen, hast den Ermittlern auf ihre Fragen geantwortet und hast dich dafür entschieden, für mich da zu sein. Du hast dich richtig verhalten. Jude wäre dir dankbar dafür.«

»Denkst du das wirklich?«

»Natürlich, oder glaubst du, ich verschwende meine Zeit damit, dich zu belügen?«

Schneller, als Light reagieren konnte, überwand Dante die Distanz zwischen ihnen. Mit zwei Fingern umfasste er ihr Kinn und zwang sie dazu, ihn anzusehen. Sie wollte vor ihm zurückzucken, doch sein Griff war zu fest. Hass spiegelte sich in seinen Augen und klang in seinen Worten: »Ich glaube, es wird Zeit, dich daran zu erinnern, wer ich wirklich bin«, knurrte Dante. »Ich war in den letzten Tagen sehr nachsichtig und habe mich gut benommen. Aber hinter all dem schönen Schein hast du vergessen, dass ich immer noch ein Mitglied der Censio bin.«

»Ein ehemaliges Mitglied«, ergänzte Light.

Plötzlich, als hätte er sich verbrannt, ließ er sie los. »Verdammt, Light.« Angewidert verzog er sein Gesicht, als wollte er ausspucken. »Ich habe Menschen getötet, und das nicht, weil mich mein Vater dazu gezwungen hat!«

Light rieb sich die schmerzende Stelle an ihrem Kinn. »Du kannst sagen, was du willst, Dante, aber du bist nicht wie dein Vater. Wieso hast du Ethan gesagt, dass es nie wieder einen Anschlag auf die Zuglinie geben darf? Wieso hast du mich in der Gasse nicht verbluten lassen? Wieso gibst du dem Rat Informationen, die den Censio und deinem Vater schaden?« Sie war von ihrem Stuhl aufgestanden und erwiderte Dantes zornigen Blick. Er starrte sie an und sagte kein Wort, als versuchte er sie telepathisch davon zu überzeugen, was für ein schlechter Kerl er war.

Ungläubig schüttelte Light den Kopf und lachte trocken. »Weißt du was? Denk über dich, was du willst. Mir egal, ich geh schlafen.« Sie schob sich an ihm vorbei und stellte ihren Teller auf die Spüle. Ein Blick auf die Uhr zeigte ihr, dass es erst 18:47 Uhr war, aber dieses Gespräch hatte ihr die letzte Energie geraubt. Sie war es leid gegen die Trauer anzukämpfen.

In ihrem Zimmer angekommen versuchte Light nicht einmal in ihr Nachthemd zu schlüpfen. Sie zog ein Fotoalbum aus ihrem Schrank und ging hinüber zu Dante. Das Bett war frisch bezogen und jemand hatte das Fenster weit geöffnet. Light schloss es, zerwühlte die Laken und kuschelte sich tief in die Umarmung der Kissen.

Langsam blätterte sie das Fotoalbum durch. Darin waren Fotos von Jude, von seinem achten Geburtstag. Er stand mit einigen anderen Jungs um eine Torte, während Light im Hintergrund auf dem Arm ihrer Mum saß und weinte, weil Jude sie nicht mit dabeihaben wollte. Auf anderen Bildern war Jude im weißen Kittel zu sehen. Er lag in einem Krankenhausbett. Schläuche hingen ihm aus den Armen und aus der Nase. Er hatte eine Glatze von der Chemotherapie, und obwohl er jeden Grund gehabt hätte zu weinen, lächelte er in die Kamera, als wäre er der glücklichste Junge aller Zeiten, denn Kane saß an seiner Seite. *Unser erstes gemeinsames Foto,* stand in Judes krakeliger Handschrift darunter geschrieben.

Eine Träne schlich sich in Lights Augenwinkel und hinterließ eine feuchte, salzige Spur auf ihrer Wange. Sie erinnerte sich noch gut an den Tag, als sie erfahren hatten, dass Jude krank war. Es war früher Herbst und die Schule hatte gerade wieder angefangen. Im Krankenhaus hatten ihre Eltern angefangen zu weinen, während sie in der Ecke saß und mit ihrem neuen Teddybären spielte. »Warum weint ihr?«, hatte sie ihre Eltern ängstlich gefragt, denn sie konnte sich nicht daran erinnern, sie je weinen gesehen zu haben. Ihr Dad hatte geantwortet und ihr gesagt, dass Jude Leukämie hätte. Sie kicherte, weil sie das Wort lustig fand und nicht wusste, was es bedeutete.

Light blätterte im Fotoalbum weiter und Bilder von Judes nachträglicher Delegationsfeier und vergangener Geburtstage folgten. Noch eine Weile blätterte sie in den Erinnerungen, bis die Erschöpfung sie zwang ihre Augenlider zu schließen.

Es war das kaum hörbare Schließen der Tür, das Light aus ihrem oberflächlichen Schlaf holte. Die Angst vor Albträumen und davor, Judes Rückkehr zu verpassen, hielt sie wach und verwehrte ihr die Erholung, die sie so sehr brauchte.

Mit geschlossenen Augen spürte Light, wie Dante neben sie trat. Er nahm das aufgeschlagene Fotoalbum von ihrer Brust und zog die Decke über sie. Ein Teil von Light hoffte, er würde sich nach vorne beugen und ihr einen Kuss auf die Stirn geben, so wie ihre Mum es getan hätte.

»Das wollte ich mir noch ansehen«, murmelte sie. Ihre Zunge war schwer wie Blei.

»Du kannst es dir morgen ansehen«, sagte Dante mit sanfter Stimme. »Es tut mir leid, was ich vorhin zu dir gesagt habe. Ich war wütend auf mich und meinen Vater.«

»Schon in Ordnung«, gähnte Light und schlug die Decke zurück, damit er sich neben sie legen konnte. Unter ihren Augenlidern wurde es noch dunkler, als Dante das Licht löschte und zu ihr unter die Decke kroch. Schon kurze Zeit später wurde seine Atmung flacher. Wie jede Nacht lauschte Light diesem Geräusch in der Hoffnung, es könnte die Albträume vertreiben.

Erschrocken fuhr Light aus dem Schlaf. Kalter Schweiß stand auf ihrer Stirn und das Blut rauschte in ihren Ohren. Dante hatte das Fenster geöffnet. Wind blies durch den schmalen Spalt und ließ Light erschaudern. Schwer atmend setzte sie sich auf. Ihre Brust fühlte sich an, als würde ein Stein darauf liegen. Die Erinnerung an ihren Albtraum verblasste augenblicklich, und alles, was blieb, war das Gefühl, Jude für immer verloren zu haben.

»Alles in Ordnung?«, fragte Dante. Seine Worte klangen verschlafen und rau.

Sie schüttelte den Kopf, bis ihr bewusst wurde, dass Dante sie nicht sehen konnte. »Nein«, sagte sie mit zittriger Stimme. »Ich hatte einen Albtraum.« Sie fasste sich mit der Hand an ihr Herz, als könnte sie das Gefühl, das der Traum hinterlassen hatte, aus ihrer Brust reißen.

»Möchtest du einen Tee?«

»Nein.«

»Etwas zu essen? Schokolade?«

»Nein. Aber –« Verlegen blickte Light auf ihre Füße. Doch Dante verstand sie auch ohne Worte. Sachte berührten seine Finger ihren Nacken. Es war eine sanfte, kaum spürbare Berührung und dennoch vertrieb seine Wärme die Kälte ihres Albtraumes. In der Dunkelheit verlor Light ihre Unsicherheit, und sie ließ es zu, dass Dante sie an sich zog. Willig kuschelte sie sich an seine warme Brust und vergrub ihr Gesicht in seinem T-Shirt. Das Schlagen seines Herzens war schneller als gewöhnlich. Er legte einen Arm um ihre Schultern, und seine Finger wanderten über ihren Rücken, als würden sie nach etwas suchen.

Nach einer Weile legten sich seine nervösen Hände flach auf ihre Haut. Er drücke sie an sich, als hätte er vor, sie nie wieder loszulassen.

Die plötzliche Vertrautheit zwischen ihnen war für Light ungewohnt, auch wenn sie es sich immer gewünscht hatte. Es war seltsam sich keine Sorgen mehr darüber zu machen, was Dante wohl als Nächstes anstellte. Würde er sie in der Schule blamieren? Ihre Hausaufgaben verbrennen? Ihre Kleidung verstecken? Oder schlimmer, ihre Kleidung verbrennen?

Light schmiegte sich an seinen Körper und genoss seine Berührungen, die sie beruhigten, aber doch auf eine ganz andere Art nervös machten. Wie hatte sie nur denken können, in dieser Position besser schlafen zu können? Sie versuchte durch den Mund zu atmen, um Dantes Geruch zu vergessen. Doch es war, als würde sie den Wald und die Natur auf ihrer Zunge schmecken.

»Ich kann nicht einschlafen«, sagte sie in der Gewissheit, dass auch Dante noch wach war. Sie spürte seine unregelmäßigen Atemzüge, wenn sein Körper sich gegen ihren presste.

»Ich auch nicht.« Er lockerte seinen Griff.

»Erzähl mir etwas aus deiner Kindheit.« Light blickte zu ihm auf. Sie wünschte sich nur einen Funken Licht, damit sie den Ausdruck in seinem Gesicht erkennen könnte. Nur für einen kurzen Moment, um seine Reaktion auf ihre Bitte zu sehen.

»Ich weiß nicht, ob das eine gute Idee ist«, seufzte er. Behutsam streichelten seine Finger über ihren Rücken.

»Wieso nicht? Sag mir, wie du als kleiner Junge warst oder an wen ich dich erinnere. Ist es jemand aus deiner Kindheit?«

Dante erstarrte. Seine Finger hielten in der Bewegung inne, und Light spürte den Schauder, der ihn durchlief. Im nächsten Augenblick löste sich seine Starre und er rutschte von ihr weg. Eine schlagartige Kälte erfasste Light. Die Härchen in ihrem Nacken stellten sich auf, und fast wünschte sie sich, Dante nicht gefragt zu haben.

»Du willst es wirklich wissen?«

»Natürlich will ich es wissen.« Ihre Stimme war ein Hauch in der Dunkelheit. Light sah seine Berührung nicht kommen, als sich Dantes Hand auf ihre legte. Automatisch verflochten sich ihre Finger ineinander. Der Moment der Wahrheit war gekommen und fast vergessen war die Sorge um Jude.

»Du …« Dante schluckte hart. »Du erinnerst mich an meine Mum. Du siehst ihr nicht ähnlich, aber eure Seelen ähneln sich wie in einer Spiegelung. Ich sehe: Freundlichkeit. Güte. Liebe. Aufopferung. Kraft und Mut. Jedes Mal, wenn ich dich ansehe, sehe ich ihre Aura.« Unerwartet ließ er ihre Hand wieder los. Light sah das leichte Zittern in seinen Gliedern und konnte nicht glauben, was sie soeben gehört hatte. Sie wusste, sie sollte etwas sagen, aber brachte kein Wort hervor. Sekunden, die sich wie Minuten streckten, aalten sich in der Stille, bis sie es nicht mehr ertragen konnte. »Wieso hast du mir das nicht früher erzählt?«

»Wie?« In seiner Stimme war ein leichtes Zittern zu hören. »Wie? Wie hätte ich dir erklären können, dass du mich an die einzige Person erinnerst, die ich je geliebt habe?« Er richtete diese Fragen direkt an sie. Worte, die nicht ausgesprochen werden konnten, lagen Light auf der Zunge. Ihr Körper war taub, regungslos saß sie neben ihm und versuchte, das Gesagte zu begreifen.

»Das hört sich furchtbar an«, seufzte Dante.

»Nein, tut es nicht.« In der Dunkelheit tastete Light nach seiner Hand. Sie schob sich näher an ihn heran, bis sie seine Wärme auf ihrer Haut spüren konnte. Am liebsten hätte sie die Arme um ihn geschlungen, ihn geküsst und ihn nie wieder losgelassen. »Ich bin froh, dass du es mir endlich gesagt hast.«

»Großartig! Und was bringt dir dieses Wissen?«

Light spürte seinen Atem, wie er sanft ihr Ohr kitzelte. »Es hilft mir, dich zu verstehen.«

»Du willst mich verstehen?«, zischte er verbittert. Seine Hand schloss sich fest um die von Light. Zuerst war es nur ein zarter Druck, doch jetzt rieben ihre Knöchel aneinander, bis es schmerzte. Sie biss sich auf die Lippen, um nicht aufzuschreien, und versuchte sich ihm zu entziehen. »Ich hasse dich dafür, dass du mich jeden Tag an sie erinnerst – genauso sehr, wie ich dich dafür liebe.«

Sprachlos starrte Light ihn an und der Schmerz war vergessen. »Was ... was hast du gesagt?« Plötzlich hielt sie es in der Dunkelheit nicht länger aus, sie musste sein Gesicht sehen. Ungeschickt beugte sie sich über seinen Schoß, um das Licht einzuschalten. Die Helligkeit brannte in ihren Augen, und sie musste mehrfach blinzeln, ehe sie Dante wirklich sehen konnte. Sein Gesicht war eine Maske der Verzweiflung und tiefe Schatten lagen unter seinen Augen. »Was hast du gesagt?«, wiederholte sie.

»Dass deine Aura mich an meine Mum erinnert.« Müde fuhr er sich mit der Hand durchs Haar.

»Das meinte ich nicht. Ich rede von dem Teil, in dem du mir sagst, dass du mich liebst.«

»So war das nicht gemeint.« Dante drapierte die Decke über seinen Beinen, als wollte er sich vor Light und seinen Gefühlen versteckeen. »Wenn ich dich und deine Aura sehe, fühlt es sich so an wie früher, als ich noch ein Kind war. Kennst du dieses Gefühl? Dieses Gefühl absoluter Leichtigkeit, wenn du keine Sorgen, keine Ängste hast? Mit dir an meiner Seite erscheint alles so einfach. Bei dir kann ich ich selbst sein, ohne dafür von dir verurteilt zu werden, und ich liebe dieses Gefühl der Unbeschwertheit.«

»Du liebst also dieses Gefühl – nicht mich«, presste Light die Worte hervor. Es war eine Feststellung, keine Frage. Wie konnte sie nur so naiv sein zu glauben, er hätte Gefühle für sie? Alles, was Dante wollte, war ehrlich zu sein, denn Ehrlichkeit war seine Form der Dankbarkeit. Aber gerade diese Aufrichtigkeit versetzte Light einen Stich direkt in ihr Herz. Manchmal war es eben doch besser zu lügen.

»Ich glaube, ich möchte wieder schlafen«, sagte Light, das Zittern in ihrer Stimme war deutlich zu hören. Sie zog die Decke bis zu ihrem Kinn und presste die Augen fest gegen den weichen Stoff. Wortlos löschte Dante das Licht. Ohne dass ihre Körper sich berührten, lagen sie nebeneinander, gefangen in der Dunkelheit.

Eine Tür wurde zugeschlagen, eine andere aufgerissen. Schritte trampelten über den Boden und durchbrachen die frühmorgendliche Stille im Hause Adam. Unsanft erwachte Light aus ihrem Schlaf, der zu ihrer Überraschung das erste Mal seit Tagen albtraumfrei war. Sie blinzelte die Müdigkeit aus ihren Augen und gähnte herzhaft. Dantes Hand lag auf ihrer Hüfte, als wolle er sagen: »Du bist nicht alleine.«

Sie wollte ihren Platz nicht aufgeben, doch leider verspürte sie ein Bedürfnis, dem sie alleine nachgehen musste. Gerade als sie Dantes Hand von ihrem Körper schieben wollte, flog die Tür zu seinem Zimmer auf. Eine weibliche Silhouette stand zwischen den Türpfosten.

»Light!«, krächzte ihre Mum sichtlich irritiert. »Was tust du hier?«

»Ich schlafe«, antwortete Light und rieb sich demonstrativ über die vom Licht geblendeten Augen. »Gibt es etwas Neues von Jude?«

Ein verwirrter Ausdruck lag auf dem Gesicht ihrer Mum, als hätte sie für einen Moment vergessen, wer sie war und weswegen sie hier war. »Jude«, sagte sie seinen Namen wie aus einer Erinnerung heraus und ein sanftes Lächeln vertrieb die Verwirrtheit. »Jude. Sie haben ihn gefunden. Er ist im Krankenhaus und wartet auf dich.«

»Wirklich?« Eine Freudenträne löste sich aus Lights Augenwinkel.

Ihre Mum nickte und breitete ihre Arme aus, um ihre Tochter zu umarmen. Light sprang auf und rannte zu ihrer Mum, die in den letzten zwei Tagen sichtlich an Gewicht verloren hatte. »Alles wird wieder gut«, schluchzte ihre Mum in ihr Ohr. »Wir sollten uns besser auf den Weg machen, das Taxi wartet.«

Light nickte eifrig und wandte sich zu Dante. Er saß aufrecht im Bett und beobachtete sie. Seine Haare standen in alle Richtungen ab, und ein kleiner feuchter Fleck war auf seiner Brust zu sehen, als hätte jemand im Schlaf auf ihn gesabbert. Ungläubig weiteten sich Lights Augen, als ihr bewusst wurde, was ihre Mum gesehen hatte. Mit vor Scham geröteten Wangen sah Light zu ihr. Sie stand noch immer im Türrahmen, die Arme vor der Brust verschränkt, die Situation taxierend. Mit einem barschen Unterton wies sie die beiden an: »Beeilt euch.«

»Ich geh zuerst«, blaffte Light und rannte ins Badezimmer. Schneller als jemals zuvor in ihrem Leben riss sie sich die Kleider vom Leib, zog sich um und vollführte ihr morgendliches Ritual.

Sie wusste nicht wie, aber als sie die Treppe nach unten hechtete, mehrere Stufen auf einmal nehmend, wartete Dante bereits auf sie. Wie er dort auf sie wartete, erinnerte sich Light an ihr Gespräch von letzter Nacht. Wie er gesagt hatte, er würde sie lieben – oder auch nicht. »Guten Morgen«, begrüßte er sie. Beschämt und auch wütend schob sie sich an ihm vorbei und knurrte ein »Morgen«.

Im Taxi nahm Light mit ihrer Mum auf der Rückbank Platz, während Dante sich nach vorne setzte. Der Fahrer war ein alter Mann mit schütterem grauem Haar. »Zurück zum Krankenhaus?«, fragte er und startete den Motor.

»Zum Krankenhaus«, bestätigte ihre Mum. Sie legte den Arm um Light und gab ihr einen Kuss auf die Stirn. Bitter dachte Light daran, wie sie vor wenigen Stunden gehofft hatte, Dante würde sie auf diese Weise berühren. Doch vermutlich hatte sie sich die Vertrautheit nur eingebildet. Mit einem tiefen Seufzen vertrieb sie diesen Gedanken. Nur für ein paar Stunden sollte sie nicht an sich und Dante denken, sondern an ihren Bruder. »Wo war Jude? Was ist mit ihm passiert?«

»Wir haben heute Nacht eine Nachricht von den Entführern erhalten mit einer Lösegeldforderung«, begann ihre Mum zu erklären. »Wir lagen alle falsch. Es waren nicht die Censio, die Jude entführt haben. Es waren einfach irgendwelche Typen, die Geld wollten.« Dante würdigte sie keines Blickes, nicht einmal durch den Rückspiegel, aber Light wusste, dass er ihnen zuhörte. »Der Delegiertenrat hat nicht gezögert«, erzählte sie weiter. »Sie haben den Geldtransfer kurz darauf durchgeführt und kurze Zeit später lag Jude bewusstlos an dem von ihnen vereinbarten Ort. Er hatte die letzten Tage nichts zu trinken und man hat ihn verletzt –« Ihre Mum brach ab, um sich unter Kontrolle zu bringen. »Die Ärzte sagen, ihm wird es bald wieder besser gehen.«

»Das ist großartig« war alles, was Light dazu einfiel. Judes Zustand war alles andere als »großartig«, dennoch war es eine gute Sache, dass er wieder bei ihnen war. Dante konnte aufhören, sich Vorwürfe zu machen. Die Censio und sein Vater hatten nichts mit der Sache zu tun. Und fast bildete Light sich ein, Dantes Erleichterung spüren zu können.

Das Taxi hielt vor dem Krankenhaus. »13 Dollar 48«, bat der Fahrer und hielt ihrer Mum die Hand hin. Großzügig legte sie ihm einen Zwanzigdollarschein in die Hand und sagte: »Behalten Sie den Rest.« Lights Glieder kribbelten vor Vorfreude, Jude wiederzusehen. Was sollte sie ihm sagen? Sollte sie überhaupt etwas sagen oder ihn nur umarmen? Konnte sie ihn überhaupt umarmen oder waren seine Verletzungen doch zu schwer?

Vor dem Eingang blieb Light einen Herzschlag lang stehen und atmete tief ein. Noch vor einer Woche hatte sie in diesem Krankenhaus gelegen. Sie und Jude, zwei Verletzte innerhalb von zwei Wochen. Lights Blick glitt zu Dante, und sie kam nicht umhin, sich zu fragen, ob das alles nur ein dummer Zufall war oder er nicht doch womöglich etwas damit zu tun hatte. Vielleicht hatte die Kirche doch Recht, und Dämonen besaßen so etwas wie eine böse Aura, die alle um sie herum mit negativen Schwingungen infizierte wie die Pest oder eine andere Seuche.

»Alles in Ordnung?«, fragte Dante. »Du wirkst etwas blass um die Nase.«

Light schüttelte den Kopf – als Antwort auf seine Frage und um diese Paranoia loszuwerden. Es war nur ein dummer Zufall, eine Pechsträhne, die die Familie Adam heimsuchte. Das alles hatte nichts mit Dante zu tun. Niemand konnte durch seine reine Anwesenheit Böses hervorrufen. Light zwang sich zu einem milden Lächeln und schritt über die Schwelle.

Das Krankenhaus hatte noch denselben Duft wie bei ihrem letzten Aufenthalt: Desinfektionsmittel mit diesem Hauch von Krankheit, der einem einen Schauder über den Rücken trieb. Die Wände waren weiß ohne Farbe, und überall sah man steriles Metall und Plastik, das es einem unmöglich machte, sich wohlzufühlen.

»Mrs Adam«, grüßte eine Krankenschwester am Schalter und nickte ihnen zu. Zielstrebig steuerte ihre Mum auf ein Zimmer in der Nähe der Notaufnahme zu. Die Tür war geschlossen, aber sie machte sich nicht die Mühe anzuklopfen.

Das Déjà-vu, das Light erfasste, als sie den Raum betrat, raubte ihr den Atem. Jude in weißer Kleidung, wie er hilflos auf einem Bett lag, angewiesen auf die Hilfe der Krankenschwestern und seiner Eltern. Wie auch auf den Fotos, die sie sich am Abend zuvor angesehen hatte, umspielte ein schwaches Lächeln seine Lippen. Wie kann er in einer solchen Situation nur lächeln?, fragte Light sich erneut und griff nach Judes Hand. Kraftlos schlossen sich seine klammen Finger um ihre.

»Wie geht es dir?«, fragte Jude. Seine Augen waren groß und glasig. »Du wirkst etwas blass.«

»Wie es mir geht?« Light setzte ein schiefes Grinsen auf. »Die Frage ist: Wie geht es dir?«

»Es ging mir schon schlechter.« Jude rutschte etwas zur Seite, damit Light sich auf die Bettkante setzen konnte. Er zuckte zusammen, als sich die Nadel in seiner Hand bewegte. »Sind Kane und Dad schon wieder zurück?«

»Sie müssten jeden Moment kommen.« Das Lächeln ihrer Mum war ähnlich schief wie das von Light. Es war eine Qual und doch ein Segen, Jude in diesem Krankenhausbett liegen zu sehen. Seine helle Haut, die dunklen Ringe unter seinen Augen und die Blutergüsse auf seinen Armen. Feine Schnitte zierten seine Handgelenke. Light erkannte es an dem Aussehen der Schnitte, dass man Silberpulver in die Wunden gestreut hatte. Dadurch wurde Vampirplasma unwirksam und Jude würde sein Leben lang durch sie als Geschändeter gebrandmarkt sein.

»War Light in den letzten Tagen sehr schwer zu ertragen?«, fragte Jude, und seine Stimme hatte eine seltsame Nuance, die Light nicht deuten konnte. Sie sah auf, um zu sehen, mit wem Jude sprach. Sein Blick glitt über ihre Schulter hinweg zu Dante, der teilnahmslos an der Wand lehnte. »Ich habe in meinem Leben schon Schlimmeres aushalten müssen als eine frustrierte Siebzehnjährige.« Aus seinem Mund klangen die Worte wie ein Witz, als hätte Light wegen eines toten Goldfisches geweint.

»Ja, sie kann manchmal sehr emotional sein.« Jude lachte und musste husten. Ihre Mum reichte ihm ein Taschentuch, und Light kam nicht umhin zu bemerken, dass Blut seinen Speichel durchzog.

»Ich bin nicht emotional«, protestierte Light. »Ich hab mir Sorgen um dich gemacht, Idiot.« Sie deutete auf das Tuch, doch Jude warf es nur in den Mülleimer neben sich. »Du weißt doch, ich bin unkaputtbar.« Er zwinkerte ihr zu. Genau die gleichen Worte hatte er zu ihr gesagt, als er kurz davorstand mit seiner dritten Chemotherapie zu beginnen.

»Bist du nicht«, flüsterte Light. »Wieso war Blut in dem Tuch?«

Jude nahm ihre Hand und gab ihr einen Kuss auf den Handrücken. »Sie haben mir einen Zahn gezogen.« Er versuchte gelassen zu klingen, aber Light spürte seine Angst und die Verzweiflung. Ein längst vergangener Schmerz zog sich durch ihr Herz. »Ich geh mir einen Kaffee holen.« Mit zusammengepressten Lippen und blinzelnden Augenlidern verließ Light das Krankenzimmer. Sie hatte den Kaffeeautomaten schon fast erreicht, als sie Schritte hinter sich hörte.

»Alles in Ordnung?« Es überraschte sie nicht, dass Dante ihr folgte.

»Bestens«, zischte Light.

»Für mich sieht es aber nicht danach aus.« Dante hielt ihre Schulter fest und drehte sie zu sich um. »Warum weinst du? Freust du dich nicht, dass Jude wieder da ist?«

Trotzig rieb Light sich über die Augen. Dabei hinterließ einer ihrer Fingernägel einen roten Streifen, der sich quer durch ihr Gesicht zog. »Natürlich freue ich mich! Aber – ich hasse es, ihn so zu sehen. Und er tut so, als wäre nichts! Als wäre alles in Ordnung!«

»Jude will stark sein für dich.« Dante ließ ihre Schulter los und zog sie an sich. Tröstend legte er einen Arm um sie. »Er versucht nur, seine kleine Schwester zu beschützen.«

»Aber ich bin kein Kind mehr.«

»Jude weiß das, aber das spielt keine Rolle. Wenn er sechzig ist, bist du immer noch seine kleine Schwester, und wenn du vierzig wirst, bist du immer noch das Baby von Silvia und Ryan. Es gibt nichts, was du daran ändern kannst. Finde dich damit ab, und tu so, als wäre alles in Ordnung, denn das ist es, was Jude möchte.« Dante berührte sanft ihre Wange. »Und jetzt lass uns etwas Kaffee holen.«

Müde lächelte Light und legte ihr Ohr an sein Herz. Und nur für den Bruchteil einer Sekunde erlaubte sie sich zu vergessen, dass Dante nicht sie, sondern nur das Gefühl liebte, ihr nahe zu sein.

22. Kapitel

»Nach Beendigung der Schulausbildung erhält jeder Delegierte monatlich neben seinem an den Dienstjahren ermessenen Lohn einen Zuschuss. Dieser Zuschuss dient ausschließlich der Verpflegung des paranormalen Bürgers.«
(Buch der Delegation, Artikel 11)

Light setzte sich neben Dante auf das Sofa in Dr. Melays Büro. Es war Donnerstag, Lights erster Schultag nach Judes Verschwinden und ihr erstes Treffen mit der Psychologin seit Wochen.

»Wie geht es Jude?«, erkundigte sich Dr. Melay mit einem verhaltenen Lächeln.

»Gut.« Light setzte ein ähnlich künstliches Grinsen auf. Jude war am Mittwochvormittag aus der Klinik entlassen worden. Offiziell hatte er bis Freitag schulfrei, um sich von den Anstrengungen der letzten Tage zu erholen. Aber in Wirklichkeit verbrachte er seine Zeit mit dem Rat und der Polizei, die versuchten, seine Entführer ausfindig zu machen.

»Das freut mich.« Dr. Melay goss etwas Wasser aus einer gläsernen Karaffe in drei Gläser, die zwischen ihnen auf dem Tisch standen. »Wie geht es euch? Euer Leben war in der letzten Zeit sehr aufregend.«

Light spürte Dantes Blick auf sich ruhen, in Erwartung ihrer Antwort. Sie ignorierte ihn und auch die Frage von Dr. Melay. »Ich habe ihren Rat befolgt. Wir haben eine gemeinsame Aktivität gefunden.«

»Wirklich?« Interessiert sah sie von Light zu Dante.

»Wirklich«, bestätigte er und nippte zögerlich an seinem Glas, als befürchtete er, Dr. Melay hätte vor ihn zu vergiften. »Wir waren gemeinsam im Fitnessstudio, aber seit dem Überfall der Impia und dem, was mit Jude passiert ist, war dafür einfach keine Zeit mehr.«

Dr. Melay notierte sich etwas auf ihrem Block. Noch während ihr Stift über das Papier schabte, fragte sie: »Bei unserem letzten Treffen war eure Beziehung zueinander sehr angespannt und oberflächlich. Wie würdet ihr die Beziehung zum gegenwärtigen Zeitpunkt beschreiben?«

»Gut«, sagte Dante im selben Augenblick, in dem Light »Kompliziert« sagte.

Dr. Melay machte sich eine weitere Notiz. »Light, wieso definierst du die Beziehung zu Dante als kompliziert? Fühlst du dich in deiner Rolle als Delegierte überfordert? Oder bezieht sich die Einschätzung auf eine rein emotionale Ebene?«

»Nein«, widersprach Light. »Ich fühle mich nicht überfordert. Ich finde, ich mache einen sehr guten Job. Dante hat sich in den letzten Wochen viel zivilisierter verhalten als zu Beginn.« Dr. Melay nickte verständnisvoll, konnte es aber nicht unterlassen, ihren Kugelschreiber über das Papier wandern zu lassen. Zu gerne hätte Light gewusst, was sie dort notierte.

»Ich finde, dass unsere Beziehung sich in den letzten Tagen extrem gewandelt hat«, erklärte Light weiter. »Ich habe Dinge erlebt, von denen ich nie dachte, dass ich sie erleben werde.« Das erste Mal seit Beginn der Sitzung erlaubte sie sich, Dante anzusehen. Regungslos saß er auf dem Sofa und beobachtete sie wie ein Leopard die Antilope kurz vor dem Tod bringenden Sprung. Light fuhr mit den Fingern über den klebrigen Stoff des Sofas und wandte sich wieder Dr. Melay zu. »In den ersten Tagen war Dante ein Arschloch. Entschuldigen Sie den Ausdruck – aber inzwischen ist er sehr nett zu mir. Er hat sich um mich gekümmert, als Jude nicht da war, er erzählt mir Dinge über sich und er versteht mich im Moment besser als jeder andere.«

»Wie siehst du das, Dante?« Mit großen, interessierten Augen sah Dr. Melay ihn an.

Er zögerte. »Ich sehe Lights Problem nicht. Natürlich war ich zu Beginn ein … nicht sehr nett, aber ich habe ihr eine Erklärung für mein Verhalten gegeben, weshalb ich nicht verstehe, wieso sie ihre Beziehung zu mir deshalb als kompliziert bezeichnet.«

Mit zusammengezogenen Brauen musterte Light ihn. Er meinte wirklich ernst, was er erzählte, und wie aus dem Nichts platzte es aus Light heraus. Es spielte keine Rolle, dass Dr. Melay anwesend war, dass sie sich noch Notizen machte und die folgenden Sätze sie womöglich ihre Anstellung kosten könnten. »Du empfindest es also als normal, einem Mädchen zu sagen, dass du das Gefühl liebst, bei ihr zu sein, aber nicht sie? Was soll das überhaupt bedeuten? Ein Gefühl lieben?«, fragte Light mit verzweifelter Stimme und fügte für Dr. Melay hinzu: »Was soll ich als deine Delegierte darüber denken?«

»Ich mag es, bei dir zu sein«, seufzte Dante. »Was verstehst du daran nicht?«

»Es gibt einen Unterschied zwischen: ›Ich verbring gerne Zeit mit dir‹ und ›Ich liebe das Gefühl, bei dir zu sein‹.« Lights Herz begann vor Wut zu rasen und ihre Gefühle drohten sie zu überwältigen. Sie biss auf die Innenseite ihrer Wange, um sich zu beruhigen.

»Wäre es möglich, dass du romantische Gefühle für Dante hast?«, kam Dr. Melay Dante zuvor. Unwohl zog sich Lights Magen zusammen, denn der Ausdruck in Dr. Melays Augen verriet ihr, dass sie die Antwort auf ihre Frage bereits kannte. Ob sie das Gespräch dem Rat melden würde?

Light schluckte schwer. »Ich habe natürlich keine romantischen Gefühle für Dante«, log sie, obwohl jeder im Raum die Wahrheit kannte. Wieso musste sie ausgerechnet jetzt mit diesem Thema anfangen? »Dr. Melay, von Frau zu Frau, wenn Ihnen ein Mann sagen würde: Ich liebe das Gefühl, bei dir zu sein, was verstehen Sie darunter? Wären Sie nicht neugierig zu wissen, was in seinem Kopf vorgeht?«

Dr. Melay presste Luft zwischen ihren zusammengepressten Lippen hervor. Doch sie sagte nichts, und ungeachtet ihrer Besucher schwieg sie einige Minuten, um den Verlauf des Gespräches in ihren Notizen zu vermerken.

»Hätte ich gewusst, wie du darauf reagierst, hätte ich es nie gesagt«, flüsterte Dante.

»Das hilft uns jetzt nicht mehr«, zischte Light, den Blick starr auf Dr. Melay gerichtet, deren Stift über das Papier tanzte. »Und es geht nicht darum, *was* du gesagt hast, sondern *wie* du es gesagt hast.«

Den Rest der Stunde sprachen sie über die Entwicklungen ihrer Beziehung vor dem Überfall. Auch ihre Wette kam zur Sprache. Dr. Melay tadelte Dante dafür, Lights Tagebücher gelesen zu haben, und hielt ihm einen Vortrag über Privatsphäre und wie wichtig ihr Schutz war.

Light versuchte dem Gespräch zu folgen, aber immer wieder schweiften ihre Gedanken zum Beginn der Sitzung. Würde Dr. Melay dem Rat melden, was zwischen ihr und Dante war? Oder konnte Light sie überzeugen, den Vorfall vorerst für sich zu behalten?

Ein heller Klingelton leitete das Ende der Stunde ein. Dr. Melay stand auf, um sie und Dante zu verabschieden. Sie reichte Dante die Hand und wünschte ihm schöne Ferien und einen guten Rutsch ins neue Jahr. »Light, mit dir würde ich gerne noch sprechen, wenn es in Ordnung ist.«

Unsicher nickte Light. Das Gespräch abzulehnen wäre zu verdächtig gewesen. Sie deutete Dante, in den Unterricht zu gehen, und schloss die Tür hinter ihm. Sie wollte nicht hören, was Dr. Melay ihr zu sagen hatte, setzte sich aber dennoch zurück auf das Sofa. Ihre schweißnassen Finger krallten sich in die durchgesessenen Polster.

Dr. Melay seufzte geräuschvoll. »Man muss keinen Doktortitel besitzen, um zu sehen, dass du in Dante verliebt bist.« Light spürte, wie ihre Fingernägel in den Stoff einschnitten. »Du sorgst dich bestimmt, dass ich dies womöglich dem Rat melden könnte, aber ich kann dich beruhigen: Das werde ich nicht tun.« Sanft lächelte Melay sie an.

»Wieso?«, krächzte Light heiser.

»Eure Situation ist eine sehr besondere, und das, was du mit Dante erlebt hast, ist nicht gewöhnlich. Du bist in einem Alter, in dem man sich schnell verliebt, aber auch wieder entliebt«, sagte Dr. Melay. »Ich halte dich für eine fantastische Delegierte, und dafür zu sorgen, dass du deinen Job verlierst, wäre eine Schande. Ich möchte dich nur darum bitten, in den letzten Tagen keine Dummheiten anzustellen.«

»In den letzten Tagen?«, wiederholte Light.

»Ich habe heute Morgen mit Mr Bennett telefoniert. Die beantragte Revision wurde für rechtsgültig erklärt. Du wirst in Kürze einen Brief vom Gericht erhalten, der dich für den 27. Dezember vorlädt. Du wirst vor Zeugen bestätigen müssen, dass du deine Verantwortungspflicht gegenüber Dante zu lösen gedenkst.«

Light konnte fühlen, wie ihr jegliche Farbe aus dem Gesicht wich und ihr Herz für einen Schlag aussetzte. »Sie meinen ... ich bekomme schon bald ... ein neues Wesen?« Ihr Mund war wie ausgetrocknet. Dr. Melay nickte erfreut, als wäre sie davon überzeugt, dass dies eine gute Nachricht war. Doch in Light keimte die Übelkeit. Wie hatte sie das vergessen können? Nicht mehr lange und Dante würde einen neuen Delegierten bekommen. Nur noch wenige Tage und er würde für immer aus ihrem Leben verschwinden. Vielleicht hatte sie Glück und er würde einen Delegierten in der Nähe von Ferrymore Village bekommen, aber darauf konnte sie sich nicht verlassen. Nach der Revision könnte Dante überall sein.

Wie betäubt brachte Light den Schultag hinter sich. Sie sah, wie sich die Münder ihrer Lehrer bewegten, aber sie hörte die Worte nicht, die sie sagten. Ihr Mittagessen schaufelte sie mechanisch in sich hinein. Sie versuchte keine Aufmerksamkeit zu erregen, doch jeder am Tisch fragte sie, was mit ihr los sei – bis auf Dante.

Am späten Nachmittag kam Light nach Hause. Auf dem Tisch lag ein Brief, der an sie adressiert war. Mit feuchten und zittrigen Fingern öffnete sie den Umschlag.

Sehr geehrte Mrs Light Adam,

es freut uns Ihnen mitteilen zu dürfen, dass wir Ihre Revision erfolgreich bearbeiten konnten. Der vom System begangene Fehler bezüglich Ihrer Delegation kann behoben werden. Der Ihnen zugeteilte paranormale Bürger Dante Leroy entspricht nicht der gesetzlichen Regelung.
Für ein problemloses Revisionsverfahren bitten wir Sie, sich am Freitag, dem 27. Dezember, im Gerichtsgebäude Ihrer Stadt Ferrymore Village einzufinden.
Im Anhang finden Sie weitere Information zum Verlauf der beantragten Revision. Für Fragen stehen wir Ihnen jederzeit gerne zur Verfügung.

Mit freundlichen Grüßen,
Cooper Bennett

Jude hatte seine Tür nur einen Spaltbreit geöffnet. Mit wachsamem Blick beobachtete er, wie Dante aus Lights Zimmer kam. Der Dämon trug eine Jeans, die locker auf seinen Hüften saß, und ein schwarzes T-Shirt. Seine Haut wirkte ein wenig blasser als sonst, aber die letzten Tage waren auch an ihm nicht spurlos vorbeigegangen. Jude musste sich auch eingestehen, dass sich Dante in den letzten Wochen gut entwickelt hatte. Seine Gesellschaft war fast angenehm und er hatte sein rebellisches Verhalten abgelegt. Doch jetzt war nicht der Moment, um zu zögern. Seit einer Stunde lauerte er auf diesen Augenblick. Zielstrebig stieß er die Tür auf und marschierte auf Dante zu.

»Dante«, begrüßte Jude ihn mit einem falschen Lächeln. »Könntest du mir bei etwas helfen? Ich versuche gerade ein Regal umzustellen, aber –«, theatralisch fasste er an seine Rippe, obwohl er dank des Vampirplasmas eigentlich keine schlimmen Schmerzen mehr hatte.

»Kann das nicht Kane machen?«, fragte Dante sichtlich genervt.

»Er ist nicht hier.«

Dante stöhnte, antwortete aber nach einem kurzen Zögern. »Ich helfe dir.« Judes Lächeln verhärtete sich und er führte Dante in sein Zimmer. Licht flutete den Raum, obwohl die Jalousien geschlossen waren, denn jede Lampe brannte. Bücher lagen auf dem Boden und dem Bett verteilt. Jude deutete auf den ausgeräumten Schrank. »Ich möchte ihn gerne dort stehen haben.«

Dante nickte und verschob den Schrank Millimeter für Millimeter an seinen Zielort. Er mochte vielleicht ein Dämon sein, aber er besaß bei weitem nicht die Kraft eines Lykanthropen oder Zyklopen. »Ich wollte mich noch bei dir bedanken«, sagte Jude, als das Regal nur noch wenige Zentimeter von seinem Ziel entfernt war.

»Wofür?«, keuchte Dante. Schweiß glitzerte auf seiner Stirn.

»Du hast dich um Light gekümmert, als ich weg war.« Jude räusperte sich. »Und ich habe gehört, was du für mich getan hast, als die Vermutung nahelag, dass die Censio mich entführt haben.«

Dante ließ den Schrank los und sah zu Jude. »Was willst du damit sagen?«

»Nicht jedes Wesen hätte versucht, die Censio ausfindig zu machen«, sagte Jude. Seine Stimme klang geschwollen, fast ehrfürchtig. »Viele hätten Angst davor, mit ihnen in Verbindung gebracht zu werden. Und noch viel größer wäre ihre Angst davor, dass die Censio sich rächen könnten.«

Dante zuckte mit den Schultern. »Der Rat weiß um meine Beziehung zu den Censio. Ich habe nichts zu verbergen. Vermutlich hätten sie mich früher oder später ohnehin gefragt, ob ich ihnen dabei helfen möchte, gegen die Censio zu arbeiten.« Mit einem Stöhnen schob Dante das Regal weiter, bis es schließlich an seinem Platz stand.

»Wie meinst du das?« Verwirrt blinzelte Jude ihn an.

»Das spielt überhaupt keine Rolle.« Dante wischte sich den Schweiß aus der Stirn. »Du musst mir jedenfalls nicht für meine Hilfe danken. Die Censio sind ein Teil meiner Vergangenheit und dir zu helfen war das Richtige.«

Jude setzte sich zwischen zwei Bücherstapeln auf sein Bett. »Wie meinst du das? Die Censio sind ein Teil deiner Vergangenheit?« Ungläubig sah er Dante an. »Davon wusste ich nichts.« In seinen eigenen Ohren hörten sich diese Worte nicht überzeugend an, aber Dante schien nicht an seiner Unwissenheit zu zweifeln.

»Crispin, der Anführer der Censio, ist mein Vater«, gestand Dante. Jude biss sich auf die Unterlippe, um ein Grinsen zu unterdrücken. Konnte es wirklich so einfach sein? »Eine Gruppe von Delegierten hat mich vor einigen Wochen bei einer Razzia geschnappt. Ich kann mich noch daran erinnern, dass einer von ihnen Isaac hieß.« Dante schüttelte fassungslos den Kopf. »Es kommt mir so vor, als wäre es Jahre her.«

Neugierig lehnte Jude sich nach vorne. Er war auf dem richtigen Weg, aber er brauchte mehr Informationen, um Dante an seinen Vater ausliefern zu können. »Was waren deine Aufgaben bei den Censio?«

Dante rückte den Schrank noch näher an die Wand. »Meistens war ich für die Planung von Entführungen und Anschlägen verantwortlich.« Er presste die Lippen aufeinander, als würde er sich dafür schämen. »Gelegentlich war ich auch an einem Attentat beteiligt. Ich bin froh, dass diese Zeit vorbei ist.«

Jude nickte verständnisvoll. »Hast du dich inzwischen an das Leben unter einem Delegierten gewöhnt?«

»Ich denke schon.« Ohne zu fragen, begann Dante die Bücher zurück in das Regal zu räumen. »Mein Vater hat mir immer erzählt, er würde lieber sterben, als einem Delegierten untergeordnet zu sein. Ich habe ihm geglaubt, aber Light hat mich eines Besseren belehrt.« Ein verträumtes Lächeln umspielte seine Mundwinkel. »Ich hoffe mein nächster Delegierter ist wie sie.«

»Die Revision«, sagte Jude. Er strich eine Falte in der Bettdecke glatt. »Wann ist sie noch mal?«

Sein Lächeln verschwand und er wurde ernst. »Freitag in genau einer Woche.«

Jude runzelte die Stirn. »Du scheinst nicht erfreut zu sein.«

»Natürlich nicht. Light ist fantastisch, und sosehr ich es auch hoffe, weiß ich doch, dass ich keinen besseren Delegierten als sie bekommen kann.«

»Da hast du vermutlich Recht. Ich kenne niemanden, der meine Schwester nicht mag.« Ein ehrliches Grinsen breitete sich auf Judes Gesicht aus. »Erinnerst du dich noch daran, wie du gesagt hast, du möchtest Lights Blut trinken, und Kane auf dich losgegangen ist?«

»Er hat es dir erzählt?«

Jude reichte Dante ein paar Bücher. »Ja, als ich im Krankenhaus war. Er hasst dich dafür noch heute. In deiner ersten Nacht hier konnte ich Kane nur mit Mühe davon abhalten, in dem Badezimmer zwischen euren Zimmern zu übernachten.«

»Wieso hast du ihn aufgehalten?« Dante nahm den letzten Bücherstapel von Judes Bett und schob ihn in das Regal.

»Light hätte ihn dafür gehasst.« Jude beäugte den Schrank. »Perfekt, aber die Bücher hätte ich selbst einräumen können, schließlich habe ich sie auch selbst ausgeräumt.«

Dante machte eine wegwischende Handbewegung. »Light würde mich köpfen, wenn sie hört, dass ich dir dein Regal verschiebe, dir aber nicht beim Einräumen helfe.«

Jude lachte. »Sie hat wirklich großen Einfluss auf dich, nicht wahr?«

Verlegen spähte Dante zur Seite. »Ja, hat sie.« Seine Stimme war nur ein Flüstern. »Mehr, als sie ahnt.«

Wütend funkelte Light die Tür an, die hinter Dante ins Schloss gefallen war. Tränen der Frustration brannten in ihren Augen, aber sie wollte nicht weinen. Nicht wegen diesem sinnlosen Streit. Wieso musste ausgerechnet er ihr vorwerfen, dass sie heute – an dem Tag, nachdem sie den Brief von Mr Bennett bekommen hatte – nicht in die Schule gegangen war? Gerade er musste doch verstehen, wie sie sich fühlte.

Seit sie das Einladungsschreiben für die Revision erhalten hatte, keimte Übelkeit in ihr auf. Ein beißendes Gefühl, das sie nicht genauer definieren konnte, lag schwer in ihrem Magen. Sie wollte nichts essen oder trinken. Alles, was sie wollte, war, die Revision so schnell wie möglich hinter sich zu bringen. Nicht, weil sie Dante nicht bei sich haben wollte – ganz im Gegenteil –, sie wollte, dass es schnell vorbei war, um dem Warten – der Qual – ein Ende zu bereiten.

Natürlich hatte sie das »Was wäre wenn«-Spiel mit Dante gespielt: Was wäre, wenn sie und Dante nach der Revision in Kontakt bleiben würden? Was wäre, wenn sie eine Beziehung führen würden? Was wäre, wenn Dante sie auch liebt? Würde es funktionieren? Light war sich dessen nicht sicher, und in Anbetracht der Fernbeziehungen, die ihre Tante Vanessa geführt hatte, bestand nur wenig Hoffnung. Eigentlich konnte sie es sich auch nicht vorstellen, Dante nur alle paar Wochen zu sehen und dann auch nur für kurze Zeit, schließlich musste sie noch drei Jahre lang die Schule besuchen. Ein klarer Schnitt war besser, zumindest wollte sie das glauben.

Unangekündigt schob ihre Mum die Tür auf. »Darf ich reinkommen?«

»Du bist schon drinnen«, sagte Light und zog die Bettdecke bis unter ihr Kinn. Der ernsthafte Ausdruck im Gesicht ihrer Mum ließ nichts Gutes vermuten. Mit dem Handrücken wischte Light sich über die Augen. »Was gibt's?«

»Ich wollte mit dir über etwas reden.«

Der Knoten in Lights Magen wuchs zu einem Geschwür. Sofort war die Szene in ihrem Kopf, wie ihre Mum sie und Dante einige Tage zuvor gemeinsam in einem Bett erwischt hatte. Sie hatte mit Folgen gedroht, nun war es so weit. »Worüber?«

»Du weißt, worüber.« Der Schatten eines Lächelns schlängelte sich über ihr Gesicht. Light wagte es nicht, ihre Vermutung auszusprechen. »Es geht um Dante«, seufzte sie. »Ich habe gesehen, wie ihr nebeneinander im Bett gelegen habt. Ich hoffe du weißt, wie unangemessen dieses Verhalten ist.«

Light nickte. »Es war nur eine Ausnahme, weil Jude –«

»Light, ich möchte deine Ausreden nicht hören«, sagte ihre Mum unerwartet streng. »Glaubst du wirklich, ich hätte nicht bemerkt, dass Dante jede Nacht in deinem Bett schläft?« Schuldbewusst senkte Light ihren Blick. »Ich weiß es seit dem ersten Abend. Zuerst dachte ich, es wäre nur eine Art Scherz, womöglich ein Ritual unter euch jungen Leuten. Ich war so naiv und ich habe dir vertraut.« Sie lachte bitter auf, und es war zu hören, wie sehr die Worte sie schmerzten. »Doch dann wurde mir klar, dass es etwas Ernstes ist.«

Light wusste nicht, was sie sagen sollte. Mit unnachgiebigem Blick wartete ihre Mum auf ihre Erklärung. »In der ersten Nacht kam Dante in mein Bett in der Hoffnung, man würde uns erwischen und ich würde meinen Job als Delegierte verlieren«, flüsterte Light. »Am Anfang hat es mich gestört, aber ich wollte Dante auch nicht verraten. Ich wollte mir beweisen, dass ich mit diesem störrischen Dämon zurechtkomme. Und irgendwann«, Light zuckte mit den Schultern, »hat es mich nicht mehr gestört, dass er neben mir liegt. Nachdem wir von den Impia angegriffen worden waren, wollte Dante damit aufhören. Er wollte in seinem Bett schlafen, um meine Position als Delegierte nicht länger zu gefährden, doch ich konnte ohne ihn nicht einschlafen. Das Bett erschien mir zu groß und ich vermisste das Geräusch seiner Atemzüge. Du musst mir glauben, zwischen mir und Dante –« Light brachte es nicht über sich, die Worte auszusprechen. Flehend sah sie ihre Mum an und erkannte, dass ihr unnachgiebiger Blick verschwunden war. Verständnisvoll blickte sie nun auf ihre Tochter.

»Liebling«, seufzte ihre Mum und umarmte sie. »Ich wollte dir und Dante nichts unterstellen. Ich wollte dich nur warnen. Deine Gedanken sind unschuldig, aber Dante ist ein Mann, älter als du und ein Dämon, und womöglich sind seine Gedanken nicht so rein.« Sie umfasste ihr Gesicht mit beiden Händen. »Aber du musst mir versprechen, dass das nie wieder passiert, verstanden? Ich werde dein unangemessenes Verhalten für mich behalten, denn ich weiß, wie sehr du deinen Job liebst. Es wäre eine Schande, eine so aufopferungsvolle Delegierte zu verlieren, nur weil ein Junge ihr den Kopf verdreht.«

»Danke, Mum.«

»Mach dir keine Sorgen, nur noch ein paar Tage, dann ist es überstanden«, sagte ihre Mum mit einem Lächeln, das jeden bösen Geist hätte vertreiben können. Und Light zwang sich, dieses Lächeln zu erwidern, doch es kostete sie viel Kraft. Sie wollte nicht, dass die Tage vorübergingen. Sie wünschte sich nichts Sehnlicheres, als die Zeit mit Dante einzufrieren, um für immer daran festhalten zu können.

Sie wusste, Dante war nicht perfekt, aber doch perfekt für sie.

23. Kapitel

»Delegierte sind verpflichtet, religiöse, kulturelle, magische und traditionelle Rituale ihres paranormalen Bürgers zu würdigen und auf dessen Wunsch hin an diesen – unter Ausschluss der magischen Rituale – teilzunehmen.«
(Buch der Delegation, Artikel 15)

Die Revision war nahe, Weihnachten noch näher und das Chaos der letzten Tage hatte seine Spuren hinterlassen. Kein Fünkchen Weihnachtsstimmung loderte in Light – trotz der vielen Lichterketten, die ihre Mum angebracht hatte und der Weihnachtsmusik, die wie ein penetrantes Summen im Hintergrund lief. Selbst der Duft der frisch gebackenen Plätzchen konnte ihr kein Lächeln entlocken.

Unbeeindruckt liefen sie – die Familie und Dante – durch die Baumschule. Doch war von der ehemaligen Pracht kaum mehr etwas vorhanden. Nur ein paar wenige kahle Tannen säumten den Weg und die vergilbten Nadeln einiger bereits gefällter Exemplare rieselten bei der kleinsten Berührung zu Boden.

»Wir sollten dieses Jahr auf den Baum verzichten«, sagte ihr Dad. Er musterte eines der schöneren Exemplare und seufzte. »Diese Bäume sind entweder hässlich oder klein. Wieso Geld ausgeben?«

»Ryan«, zischte ihre Mum. Sie machte eine nickende Bewegung in Richtung des Verkäufers, der nur wenige Meter entfernt stand und darauf lauerte, seinen letzten Baum für dieses Jahr zu verkaufen. »Wenn wir keinen Baum haben, wo sollen die Geschenke liegen?«

Er zuckte mit der Schulter. »Unter einer Topfpflanze? Ganz ehrlich, Liebling, unsere Kinder sind keine zehn Jahre mehr. Sie brauchen keinen Baum, der interessiert sie doch nicht mehr.«

Light trat einen Schritt zurück. Ihr Dad hätte nichts Schlimmeres sagen können. Nach so vielen Ehejahren sollte er wissen, dass Traditionen und Feiertage seiner Frau alles bedeuteten. Diese verengte die Augen zu Schlitzen und eine Falte bildete sich auf ihrer Stirn. »Die Kinder interessiert es vielleicht nicht«, sagte sie so laut, dass jeder im Umkreis von fünfzig Metern sie hören konnte. »Aber mich interessiert es. Nach allem, was passiert ist, hat diese Familie ein schönes Weihnachtsfest verdient.«

Abwehrend hob ihr Dad die Hände in die Luft. »Kauf dir einen hässlichen Baum. Ich geh mir eine Brezel holen.« Er klappte den Kragen seiner Jacke nach oben und stapfte davon. Seine Schuhe hinterließen schwere Abdrücke im feinen Schnee. Wütend blickte ihre Mum ihm nach. »Wenn noch jemand von euch gehen möchte, dann wäre jetzt der richtige Zeitpunkt,« grollte sie.

Unsicher blickte Light sich um. Jude, Kane und Dante standen hinter ihr, als wäre sie eine Art Schutzmauer. Jude räusperte sich. »Ich müsste noch Geschenke einkaufen«, sagte er kleinlaut. Das rechte Auge ihrer Mum zuckte, als sie Jude fixierte. Er lächelte entschuldigend, schnappte sich Kane und zog ihn mit sich. Dieser schien kein Interesse zu haben, Jude zu begleiten, leistete jedoch keine Gegenwehr.

»Light. Dante. Möchtet ihr mich auch im Stich lassen?«, fragte ihre Mum.

»Nein«, sagte Light, obwohl sie ebenfalls noch keine Geschenke hatte. Doch sie wollte den Zorn ihrer Mum nicht auf sich ziehen. Nicht kurz vor Weihnachten, nicht nachdem ihre Mum ihr eröffnet hatte, dass sie über Dante und sie Bescheid wusste. Light glaubte nicht, dass ihre Mum sie aus Wut an den Rat verraten würde, aber konnte sie sich sicher sein? Besser, sie ging kein Risiko ein.

»Was ist mit dir?« Sie stemmte die Hände in die Hüfte und baute sich vor Dante auf.

»Ich bleibe.«

»Schön.« Der Blick ihrer Mum wanderte von seinem Gesicht über seinen Hals bis zu seiner Brust und den nackten Armen. »Wäre es wirklich zu viel verlangt, eine Jacke anzuziehen? Die Leute starren dich an!«

Dante grinste. »Ich bin halt ein heißer Typ.«

Sie rollte mit den Augen, ehe sie wieder eifrig mit ihrer Suche begann. Gemeinsam trotteten sie hinter Lights Mum her, die wie ein Spürhund jeden einzelnen Baum beschnüffelte.

»Was ist mit dem Mantel passiert?«, fragte Light, als sie keine Lust mehr hatte, still zu sein.

Im Vorbeigehen brach Dante einen Zweig ab. »Welcher Mantel?«

»Der schwarze, den du zum Weihnachtsmarkt anhattest.«

»Der.« Dante ließ den abgebrochenen Zweig fallen. »Ich hab ihn weggeschmissen.«

»Wieso?«

Er zog die Brauen in die Höhe, als wäre es offensichtlich. »Du hast ihn vollgeblutet.«

Schuldbewusst lächelte Light ihn an. »Soll ich dir einen neuen kaufen? Zu Weihnachten?«

Dante schüttelte den Kopf. »Ich möchte nicht, dass du mir etwas schenkst.«

Sie war vor einem Baum stehen geblieben und strich über die noch grünen Nadeln. »Wieso willst du nicht, dass ich dir etwas schenke?«

»Weshalb feiert ihr Weihnachten?«

Light überlegte. Sie wollte sich nicht die Blöße geben, etwas Falsches zu sagen. »Die Geburt Jes… oh, du willst nichts zu Weihnachten, weil du ein Dämon bist.«

Ein zufriedener Ausdruck trat auf sein Gesicht. »Hübsch und klug.«

Zum Glück konnte Dante die Hitze in ihren Wangen nicht sehen, da diese von der Kälte ohnehin schon gerötet waren. Verlegen vergrub sie ihre Hände tief in den Jackentaschen und scharrte mit ihren Füßen durch das Kies-Schnee-Gemisch. Für diese Jahreszeit war es außergewöhnlich warm, fast so, als würde Dantes Anwesenheit nicht nur ihr Herz erwärmen, sondern alles um sie herum.

»Darf ich dir etwas zum Abschied schenken?«, fragte Light unvermittelt.

Dantes Augen wurden groß. »Auf keinen Fall.« Er schüttelte heftig den Kopf. Sein fassungsloser Ausdruck veränderte sich und er wurde wütend. »Ich will nichts von dir.«

»Ich hab verstanden. Keine Geschenke«, sagte sie in ihrem Versuch, ihn zu beschwichtigen, und legte ihm eine Hand auf den Arm.

»Kommt mal her!«, rief ihre Mum aus ein paar Metern Entfernung. »Wie gefällt euch dieser Baum?«

Erleichterung durchströmte Light, als sie zu ihrer Mum ging. Sie wollte sich nicht mit Dante streiten, obwohl es vermutlich das Vernünftigste wäre. Ein Knick in ihrer Beziehung würde den Abschied womöglich erleichtern.

Der Baum, den ihre Mum ihnen zeigen wollte, war eine kleine Tanne, die ihr kaum bis zu den Schultern reichte, aber die Nadeln waren dicht und hatten ein gesundes Grün. Light starrte auf die Tanne, bis ihr Blick unscharf wurde. Zu sehr war sie sich Dantes Nähe bewusst. Sie müsste nur ihren kleinen Finger ausstrecken, um seine warme Haut zu berühren.

»Mir gefällt er auch«, sagte eine Stimme von hinten. Einen Augenblick dachte Light, es wäre ihr Dad, aber es war Kane, der zwei Einkaufstaschen bei sich trug. Auf seinem Kopf trug er eine blutrote Wollmütze, die er zuvor nicht besessen hatte.

Lights Mum lächelte ihn an. »Großartig. Ich suche den Verkäufer, und ihr passt auf, dass niemand anders den Baum entdeckt.« Aufgeregt lief sie davon.

»Wo ist Jude?« Gelassen, als hätte er den Beinahestreit von eben schon vergessen, lehnte sich Dante gegen das Gerüst einer riesigen Sägemaschine. Das Schild, das davor warnte, die Säge zu berühren, ignorierte er.

Kane zuckte mit den Schultern. »Wir haben gerade ein Geschenk für Light gekauft, als sein Handy geklingelt hat. Er meinte, es wäre Steve, der sich mit ihm in einem Café treffen möchte. Du weißt schon, Steven, dem er letztes Jahr in Psychologie Nachhilfe gegeben hat, und wir sollen ohne ihn fahren.«

»Jetzt?«, fragte Light überrascht. Kane nickte. »Jude verhält sich in letzter Zeit komisch, früher hätte er uns nie während der Weihnachtseinkäufe alleine gelassen.«

Kane nickte. »Es kommt mir so vor, als würde er mir aus dem Weg gehen.«

Gelangweilt zupfte Dante an den Nadeln einer Tanne. »Es hat sicher etwas mit der Entführung zu tun.« Light schlug ihm auf die Hände und deutete ihm, die Bäume nicht anzufassen.

Kane stellte die Taschen zwischen seine Beine. »Jude trifft sich doch mit diesem Psychologen.«

»Zwei Mal.« Demonstrativ hob Light zwei Finger in die Luft. »Ein Psychologe kann helfen, aber keine Wunder bewirken. Womöglich schämt er sich für das, was ihm passiert ist.«

»Wir sollten mit ihm reden.« Kane rieb seine kalten Hände aneinander.

»Wenn er sich wirklich schämt, ist reden das Letzte, was er will«, sagte Dante. »Lasst ihm Zeit. Er verhält sich komisch, na und? Solange er niemandem damit schadet, lasst den Jungen in Ruhe.«

»Seit wann seid ihr Freunde, du und Jude?« Kane neigte den Kopf.

»Sind wir nicht.« Ein angriffslustiges Lächeln zuckte in Dantes Mundwinkeln. »Kerle reden nicht gerne über ihre Gefühle, aber das musst du nicht verstehen.«

Kane trat einen Schritt auf ihn zu. Die Taschen, die zwischen seinen Füßen standen, fielen zu Boden. »Du redest mehr, als für dich gut ist, Leroy.«

Dante straffte seine Brust und baute sich zu seiner voller Größe auf. »Du solltest besser –«

»Haltet die Klappe«, fauchte Light.

»Er hat angefangen«, protestierte Kane wie ein kleines Kind.

»Es ist mir egal, wer angefangen hat. Vergesst euer Testosteron nur für einen Augenblick und denkt an Jude.« Light bückte sich, um die Sachen aufzuheben, die aus der Tüte gefallen waren. »Dante hat Recht, mit Jude zu reden wird uns nicht helfen. Wir sollten direkt mit seinem Psychiater sprechen.«

»Was willst du ihm sagen?« Dante kniete sich neben sie, um ihr zu helfen. »Dass Jude verrückt ist?«

Light schob ein Fläschchen von dem Lieblingsparfüm ihrer Mum in die Tüte. »Irgendetwas müssen wir tun.«

»Müssen wir nicht.« Dante legte seine Hand auf ihre. Selbst durch den Handschuh hindurch konnte sie seine Wärme spüren. »Gib Jude etwas Zeit, um mit der Sache klarzukommen. Nach dem Überfall der Impia standest du auch etwas neben dir.«

Light blickte auf ihre Hände. Zu gerne hätte sie ihre Finger mit denen von Dante verschlungen. Doch sie spürte Kanes Anwesenheit wie einen elektrischen Zaun, der zwischen ihr und Dante aufragte. Die Berührung wäre möglich, aber sie kannte das Ausmaß der Elektrizität nicht. »Eine Woche.« Sie zog ihre Hand unter seiner hervor und stand auf. »Ich gebe Jude eine Woche, bevor ich mit ihm rede.«

Light hatte versprochen Jude in Ruhe zu lassen ... doch sie konnte nicht. Wie durch einen Zauber oder den Gesang einer Sirene wurde sie von seinem Zimmer magisch angezogen. Ehe sie sich's versah, stand sie vor seiner Tür und klopfte fest mit der Faust gegen das Holz.

»Herein«, hörte sie Jude rufen und schlüpfte in das Zimmer. Jude lag auf seinem Bett, in der einen Hand ein Buch, in der anderen einen Leuchtstift. »Können wir reden?«, fragte sie geradewegs, da sie keine Vorstellung davon hatte, wie sie das Gespräch beginnen sollte.

»Klar, ich kann eine Pause gebrauchen.« Er klappte das Buch zu und setzte sich auf.

Light setzte sich auf die Bettkante und strich mit den Fingern über den kuscheligen Bettbezug. Sie betrachtete das Muster aus verwirrten Farben, kreuz und quer schlängelten sie sich über den Stoff, bis sie sich in ein schwarzes Feld am Fußende verliefen. Verschluckt von der Dunkelheit, dachte Light und blickte zu Jude. Seine Augen wirkten leer, fast etwas ängstlich. »Wie geht es dir?«

»Gut.« Es klang mehr wie eine Frage.

»Wirklich?«, sagte sie und fügte in Gedanken hinzu: Du siehst nicht so aus. Seit er aus dem Krankenhaus entlassen worden war, lagen tiefe Schatten unter seinen Augen, und seine Wangen wirkten eingefallen, als hätte er in den letzten Tagen viel Gewicht verloren.

»Wirklich, mir geht es gut.« Jude machte eine wegwischende Handbewegung, konnte dabei aber das Zittern seiner Finger nicht verbergen. »Ich bin nur noch etwas durch den Wind. Aber ich versuche mein Bestes, mich wieder in mein normales Leben einzufinden.« Demonstrativ nahm er das Buch in die Hand, in dem er zuvor Stellen markiert hatte. »Hausaufgaben. Es gibt nichts Besseres als Hausaufgaben, um sich der Normalität seines Lebens bewusst zu werden.« Ein künstliches Lachen entwand sich seinen Lippen.

»Du weißt, dass du mit mir über alles reden kannst, oder?« Sie sah tief in seine ausdruckslosen Augen. »Nach dem Überfall der Impia musste ich auch einen Therapeuten treffen, aber ich konnte mich dieser fremden Person nie wirklich öffnen. Aber mit Dante war das etwas anderes, ich wusste, er würde mich verstehen, und ich vertraute ihm. Danach ging es mir viel besser. Wenn du also reden möchtest, komm zu mir, ich bin immer für dich da.«

»Du magst ihn inzwischen wirklich, oder?«, fragte Jude. Neugierde oder doch etwas anderes?

»Er ist in Ordnung.« Light hoffte, ihr Tonfall verriet ihre wahren Gefühle für Dante nicht. »Aber darum geht es jetzt nicht. Bitte sag mir, dass du zu mir kommen wirst, um darüber zu reden.«

Jude krümmte sich unter ihren Worten. »Ich kann nicht darüber reden.«

Light bemühte sich, ihre Stimme ruhig klingen zu lassen. »Es ist schwer, aber danach würde es dir besser gehen. Wir alle machen uns Sorgen um dich. Kane hat das Gefühl, du würdest ihm aus dem Weg gehen. Er braucht dich jetzt, nachdem ... hat er dir erzählt, was zwischen uns passiert ist?« Diese Worte kosteten Light mehr Überwindung, als sie es je für möglich gehalten hatte. Jude nickte – fast etwas verlegen. »Er fühlt sich einsam und braucht dich«, wiederholte sie. »Jetzt mehr denn je, und du brauchst Kane, das hast du schon immer. Wenn du nicht mit mir reden kannst, dann rede mit ihm. Wir haben alle Angst um dich.« Sie griff nach seiner Hand und drückte sie fest.

Sanft erwiderte Jude den Druck. »Ich brauche noch etwas Zeit für mich.« Er blinzelte, und als er sie wieder ansah, sah sie den glasigen Glanz, der sich über seinen Blick gelegt hatte. »Bitte drängt mich zu nichts. Ich bin einfach noch nicht bereit.«

Light seufzte. »In Ordnung, aber versprich mir, mit jemandem darüber zu reden, sobald es dir möglich ist. Ich möchte nicht –« Sie schüttelte den Kopf. »Bitte pass auf dich auf.« Sie drückte ein letztes Mal seine Hand und kämpfte um ein müdes Lächeln, das Jude nicht erwiderte.

24. Kapitel

»Eine Revision darf nur unter Zustimmung des Delegierten erfolgen.«
(Buch der Delegation, Artikel 10)

In den nächsten Tagen sprach Light wenig mit Dante. Es war der Nachmittag des 24. Dezember und sie stand gemeinsam mit ihrer Mum in der Küche, um das Abendessen vorzubereiten.

Sie war müde und ihre Glieder schmerzten. Sie konnte kaum die Arme heben, ohne das Zerren in ihren angespannten Muskeln zu fühlen. Seit sie die Einladung zur Revision erhalten hatte, schlief sie alleine in ihrem Bett, um Abstand von Dante zu gewinnen. Sie dachte, sich langsam von ihm zu lösen wäre einfacher, doch das war es nicht. Ständig in seiner Nähe zu sein und ihm doch nicht nahe zu sein schmerzte.

Es war nicht dieser reine, definierte Schmerz, den man bei einer Schürfwunde verspürte. Es war dieser brennende Schmerz, als hätte man sich versehentlich an einem Stück Papier geschnitten. Es war eine solche unsichtbare, nicht blutende Wunde, die in Lights Innerem brannte. Als hätte sich ihr Herz an Papier geschnitten.

»Nimmst du bitte die Schokolade vom Herd?« Lights Mum kippte eine Handvoll gehackter Nüsse in eine Schüssel. Mit routinierten Fingern mischte sie alle Zutaten zusammen, koordinierte den Herd und hielt ihre Männer davon ab, zu viel zu naschen.

Light musste daran denken, wie es sein würde, mit Dante an einem Tisch zu sitzen. Seine Wärme würde ihre Haut streicheln, auch wenn er sie nicht berührte. Ihr Herz würde sich zusammenziehen und ihr Magen würde sich verkrampfen. Wäre es ein gewöhnliches Abendessen, würde sie sich noch vor der Nachspeise verabschieden. Doch es war Weihnachten, also musste sie den ganzen Abend mit ihrer Familie und Dante verbringen. Schon jetzt hatte sie das Gefühl zu ersticken. Nach diesem Abend würde sie kraftlos in ihr Bett fallen, in ihr Kissen schluchzen und sich wünschen, Dante wäre bei ihr. Doch er würde in seinem Bett liegen und schlafen, ohne einen Gedanken an sie zu verschwenden.

Und das war noch nicht einmal das Schlimmste. Das Schlimmste war es, den Schein zu wahren und so zu tun, als wäre alles in Ordnung. »Soll ich die Schokolade in den Topf kippen?«, fragte Light mit einem aufgesetzten Lächeln, das nichts bedeutete. Niemand zweifelte an ihrer Zufriedenheit. Niemand frage sie »Wie geht es dir?«, denn alle sahen nur das zufriedene Mädchen. Noch nie in ihrem Leben hatte sie sich einsamer gefühlt.

Das Abendessen verlief wie von Light erwartet. Ihre Mum präsentierte freudig die Speisen, die sie während des Tages vorbereitet hatte, der Streit um den Weihnachtsbaum war längst vergessen.

Dante war zurückhaltend, aber nicht im negativen Sinne, sondern auf eine freundliche Art und Weise. Er schien dankbar dafür zu sein, dass er an diesem familiären, intimen Treffen teilhaben durfte – ein erstes und letztes Mal. Doch Light spürte, dass seine Zurückhaltung aufgesetzt war und nur ein Mittel, um seine Unruhe zu verbergen. Es entging ihr nicht, wie er immer wieder seine Serviette faltete, zweimal seine Gabel fallen ließ und lustlos das Essen auf seinem Teller herumschob, ehe er einen Bissen nahm.

Und auch Light war der Appetit schon vor dem Essen vergangen, denn das Einzige, was sie zu schmecken schien, war ihre eigene Anspannung. Ein merkwürdig bitterer Geschmack auf ihrer Zunge, der ihr die Kehle zuschnürte. Sie wollte sich verkriechen, denn je länger und öfter sie Dante ansah, desto intensiver wurde der Druck hinter ihren Augen. Doch der Abend war noch lange nicht vorbei, denn dem Essen folgte das weihnachtliche Scharadespiel.

Paarweise setzten sich die Teilnehmer zusammen in das Wohnzimmer, ihre Eltern, Jude und Kane, Light und …

»Ich möchte gerne mit Mum spielen«, platzte es aus Light heraus, denn sie würde es nicht ertragen, mit Dante ein Team zu bilden. Ein falsches, aber angriffslustiges Lächeln legte sich auf ihre Lippen. »Frauen gegen Schlappschwänze. Was haltet ihr davon?« Jude verpasste ihr einen neckischen Tritt gegen das Schienbein, aber alle stimmten ihrer Idee zu. Neue Teams wurden gebildet, und so kam es, dass es am Ende Menschen gegen Wesen hieß.

Während Jude und ihr Dad gegen Light und ihre Mum um Platz eins kämpften, verloren Dante und Kane mit fast dreißig Punkten Rückstand. Die beiden schrien sich an und beschimpften einander. Der Höhepunkt war eine Ohrfeige, als Kane das Wort »Weihnachtsmann« nicht erraten konnte.

Obwohl es Light freute, Dante so ausgelassen zu erleben, vermied sie es, ihm zu viel Beachtung zu schenken. Denn jedes Mal, wenn sie ihn ansah, hielt sein Blick sie gefangen.

Und auch wenn Light nicht abstreiten konnte, dass es ihr Spaß machte, mit ihrer Mum Worte zu erraten, so zog es ihr jedes Mal den Magen zusammen, wenn Dante an die Tafel trat oder sich bemühte Kanes Hieroglyphen zu entschlüsseln. Mit ihm so lange in einem Raum zu sein war unerträglich. Nach zwei Stunden voller Qualen und Spaß im Wechsel wurde der Endpunktestand bekannt gegeben. Light und ihre Mum gewannen.

Mit einem strahlenden Lächeln, das ihre Wangen rötete, klatschte ihre Mum in die Hände. »Wer möchte noch einen Eierpunsch?« Drei Hände schnellten in die Höhe. Eierpunsch gehörte zu Lights Lieblingsgetränken, und es war der einzige Alkohol, den ihre Eltern ihr erlaubten, aber heute war ihr nicht nach Eierpunsch. Zum Teil aus Angst, ihr verkrampfter Magen könnte die zähflüssige Masse nicht in sich behalten, und zum anderen, weil sie den Raum endlich verlassen wollte.

Überrascht sah ihre Mum sie an. »Möchtest du keinen?«

Light seufzte übertrieben und legte sich eine Hand auf den Magen. »Danke, Mum. Ich fühl mich immer noch total überfressen. Das Essen war großartig.« Das Grinsen ihrer Mum wurde noch breiter, sie akzeptierte das Lob und fragte nicht weiter nach. Auch Dante lehnte den Punsch ab.

Gegen 23 Uhr saß Light im Kreis von vier angeheiterten Leuten – und Dante, der noch steifer und gereizter wirkte als während der Scharade. Mit einem falschen Lächeln lauerte Light nur auf den richtigen Moment, um sich zu verabschieden. Dieser kam kurz darauf, als Jude herzhaft gähnte. »Ich könnte auf der Stelle einschlafen.«

Light streckte ihre Arme über den Kopf. »Du sagst es.« Sie stand auf und versuchte, Judes Gähnen möglichst glaubhaft zu imitieren. »Ich glaub, ich gehe ins Bett, damit ich morgen früh fit bin.« Sie nickte in Richtung des Weihnachtsbaumes und der Geschenke. Das unechte Lächeln auf ihrem Gesicht schmerzte nicht nur in den Wangen, sondern auch in ihrem Herzen. Sie winkte ein »Gute Nacht« in die Runde und machte sich auf den Weg in ihr Zimmer, als sie hörte, wie sich auch eine andere Stimme verabschiedete.

Ohne sich umzudrehen, wusste Light, wer hinter ihr die Treppe nach oben schlich. Das elektrische Kribbeln in ihrem Nacken und die Wärme, die auf ihrer Haut kitzelte, verrieten Dante. Gemächlich zwang sich Light die Stufen nach oben, denn es sollte nicht wirken, als wollte sie vor ihm fliehen.

Mit ihrer Hand fuhr sie über das Geländer und wünschte sich, es wäre seine Haut. Es wäre so einfach, ihn zu berühren, sie müsste sich nur umdrehen und ihre Finger nach ihm ausstrecken.

»Gute Nacht«, murmelte sie leise, ohne Dante anzusehen, als sie ihr Zimmer erreichte. Sie schloss die Tür hinter sich und lehnte sich dagegen.

Nur noch drei Tage, dachte Light und schleppte sich energielos zu ihrem Bett. Gedankenverloren streifte sie sich Hose und Bluse vom Körper und zog ein Nachthemd über. Die kühle, abgestandene Luft in ihrem Zimmer ließ sie frösteln. Doch gerade als sie in ihr Bett wollte, öffnete sich die Tür zum Badezimmer. Wie angewurzelt blieb Light stehen. Obwohl es niemand anders sein konnte, überraschte sie Dantes Anblick. Wortlos starrten sie einander an. Er hob seine Hand, in der er ein kleines blaues Päckchen hielt. »Ich habe ein Geschenk für dich«, sagte er zögernd. Regungslos sah Light zu, wie er auf sie zukam und nur wenige Zentimeter vor ihr stehen blieb, das Päckchen zwischen ihnen. Trotz der Distanz legte sich seine Wärme wie eine Decke auf ihre nackte Haut.

»Möchtest du es nicht öffnen?«, fragte er mit heiserer Stimme.

Light nahm das Geschenk entgegen und hielt es fest, als wäre es das Kostbarste, was sie je besitzen würde. »Ich dachte, wir schenken uns nichts zu Weihnachten.«

»Es ist kein Weihnachtsgeschenk.« Ein sanftes Lächeln zog sich über sein Gesicht. »Mach es auf.«

Mit zittrigen Fingern löste Light die Klebestreifen und entfaltete das Papier. Ein schmales Buch mit braunem Ledereinband kam zum Vorschein. Sie ließ das Papier zu Boden fallen und schlug die ersten Seiten des Buches auf. Es waren leere, linierte Seiten, nur auf dem Einband stand ein einziger Satz: »Es gibt keine Worte für das, was ich dir und deiner Familie angetan habe. Dante«.

»Du schenkst mir ein Tagebuch?« Eine Träne löste sich aus Lights Augenwinkel. Dante hob seine Hand, doch Light wich zurück. »Du hast Recht, es ist kein Weihnachtsgeschenk. Es ist ein Abschiedsgeschenk.«

Er ließ seinen Arm sinken. »Es ist ein Wiedergutmachungsgeschenk.«

»Lügner«, zischte Light. Ihre Finger strichen sanft über den Einband.

»Du hast Recht«, seufzte Dante. »Ich bin ein Lügner.« Er verstummte und zog einen bisher unbemerkten silbernen CD-Rohling aus den letzten Seiten des Tagebuches hervor. »Ich habe ein Abschiedsgeschenk. Ich weiß, du wolltest mit mir auf diesen Schulball, aber –« Flüchtig streifte sein Blick über ihre Lippen, ehe er sich abwandte und die CD in den Player schob. Eine Melodie, so träge wie der frühe Morgen, zog sich durch das Zimmer. Unter das leise Klavierspiel mischte sich eine Geige. »Ich kann nicht tanzen«, gestand Dante. »Aber wenn du möchtest –«

Er nahm ihr das Buch aus den Händen und legte es auf den kleinen Nachttisch. Light brachte es nicht über sich, etwas zu sagen. Stumm nickte sie und reichte Dante ihre Hand. Er empfing sie in seinen Armen. Ihr Blick war verschleiert, denn die Tränen brannten noch immer in ihren Augen, doch die Musik hörte Light dafür umso deutlicher. Jeder Ton war eine Qual und jede Note zersägte ihr Herz. Sie klammerte sich an Dante, drückte ihr Ohr gegen seine Brust, bis sie das stetige Pochen hören konnte. Und so leise dieses Pochen auch war, es hatte die Kraft, den Schmerz von ihr zu nehmen, wenn auch nur für einen flüchtigen Moment.

Langsam und unrhythmisch wiegten sie sich im Takt der Musik. Dantes Hände lagen auf ihrem Rücken. Er hielt sie fest, ohne sie zu drängen. Jederzeit hätte Light sich seinem Griff entwinden können, aber es gab nichts, was ihr ferner lag. Sie wollte ihm nahe sein und ihn nie wieder loslassen. Tief atmete sie seinen Geruch ein und wünschte sich, sie wären an einem anderen Ort. In ihrem Zimmer fühlte Light sich plötzlich gefangen und eingesperrt, denn es gab Grenzen, die sie hier nicht überwinden konnte.

»Ich möchte nicht, dass du gehst«, flüsterte sie in Dantes T-Shirt. »Wir haben so viel miteinander durchgestanden. Du verstehst mich besser als jeder andere, auch wenn du manchmal ein ziemlicher Idiot sein kannst.« Sie lachte traurig, wurde aber sofort wieder ernst. »Kein anderes Wesen wird dich je ersetzen können. Ich will dich nicht verlieren.«

Dante hielt in der Bewegung inne und ließ seine Hände auf ihre Hüfte gleiten. »Es muss kein Abschiedsgeschenk sein.« Light löste sich von seiner Brust, um ihn anzusehen. Er lehnte sich zu ihr herunter, bis sein Gesicht über ihrem schwebte. Sein heißer Atem liebkoste ihre Haut. »Sie können mich dir nicht wegnehmen, wenn du es nicht zulässt.«

Light schloss für einen Moment die Augen und atmete tief ein. Ihr Herz fühlte sich schwer an, als würde es nicht mehr in ihre Brust passen. »Wir verstoßen gegen das Gesetz.«

»Es war ihr Fehler, nicht unserer. Sie werden dich fragen, ob du in die Revision einwilligst.« Light schüttelte den Kopf. »Dann sag: Nein. Du bist alt genug und kannst für dich selbst entscheiden.« Dante beugte sich weiter nach vorne, bis seine Stirn ihre berührte. Ein elektrisierendes Kribbeln breitete sich in ihrem Körper aus. »Sag Nein, wenn du willst, dass ich in Ferrymore bleibe, dass ich bei dir bleibe.« In seinen Augen loderte ein hoffnungsvoller Schimmer, so dass seine Iris fast wieder braun wirkte.

Light schluckte schwer, ihre Kehle war wie ausgetrocknet. Das, was man von ihr verlangte, und das, was sie wollte, waren zwei widersprüchliche Dinge. Sie wollte nichts sehnlicher, als seine Lippen auf ihren zu spüren, und das erste Mal in ihrem Leben tat Light etwas Selbstsüchtiges. Sie nahm all ihren Mut zusammen und drängte den Gedanken an ihre Eltern, Jude, Kane und den Delegiertenrat in den Hintergrund.

»Nein«, presste sie aus zusammengetriebenen Zähnen hervor. Bedeutungsschwer schien dieses eine Wort zwischen ihnen in der Luft zu schweben, und die Zeit schien stillzustehen, bevor Dante seinen Mund auf ihren legte. Wärme floss durch Lights Körper, und gerade als sie den Kuss vertiefen wollte, entzog sich Dante ihr wieder, ohne sie loszulassen. »Du weißt, dass es falsch ist?«, fragte er. Light nickte, denn sie war bereit, das Risiko einzugehen. Ihre Finger vergruben sich in seinem T-Shirt und zogen ihn an sich. Dantes Lippen pressten sich fest auf ihre und seine Hände legten sich auf ihren Körper – erforschten ihn –, während er sie gleichzeitig noch fester an sich drückte. Es war kein leidenschaftlicher Kuss, er war verzweifelt und hungrig, als wären sie Verdurstende, die seit Jahren auf einen Tropfen Wasser warteten.

Light schlang ihre Arme um Dante. Ihre Finger wühlten sich in sein Haar und tasteten sich langsam zu seinem Gesicht. Sie hielt ihn fest, nicht gewillt, ihn je wieder loszulassen. Sein Duft und sein Geschmack nach süßer Schokolade vernebelten ihren Verstand und all ihre Sorgen waren vergessen.

Seine Hände berührten ihre Oberschenkel und liebkosten ihre nackte Haut. Light wusste nicht, wie ihr geschah, als Dante ihre Beine um seine Hüfte schlang und sie zum Bett trug. Sie spürte sein Herz, wie es gegen seine Brust hämmerte, und seinen Unterleib, der sich hart gegen sie drückte. Doch fühlte Light weder Scham noch ihr Gewissen. Dantes Berührungen und sein Geschmack waren alles, was für sie noch existierte.

Die Matratze, die sich unter ihrem Gewicht beugte, erschien Light im Vergleich zu Dantes Haut unerträglich hart und kühl. Sie wollte mehr von ihm spüren. Ihre Hände fanden ihren Weg unter sein Shirt und betasteten seinen Rücken. Seine Muskeln zuckten unter ihren Fingerspitzen, während er sie weiter küsste. Sanft fuhr er mit seiner Zungenspitze über ihre Lippen. Light seufzte und öffnete ihren Mund. Zuerst zögerlich, dann ohne Scheu berührten sich ihre Zungen.

»Wir sollten das nicht tun«, keuchte Dante. Er zog seine Hände zurück, während sich sein Mund weiterhin gegen ihren

Hals presste. Ein Schauer lief Light über den Rücken, und sie umfasste sein Gesicht, um es an sich zu ziehen. »Wir sollten nicht aufhören«, flüsterte sie. Ihre Lippen berührten sich, doch bevor sie sich in einem neuen Kuss verlieren konnte, entzog Dante sich erneut. Er legte eine Hand an ihre Wange und fuhr die Spur nach, die zuvor ihre Tränen genommen hatten. »Es gibt nur ein mögliches Szenario, in dem wir das hier fortführen.«

Light konnte ihren Blick nicht von ihm abwenden. »Das da wäre?«

»Dass du beschließt, dich mir zu schenken.« Dante sah an ihren ineinander verschlungenen Körpern hinab.

Lights Beine rutschten von seinen Hüften. Sie genoss Dantes Nähe, aber für den nächsten Schritt wollte sie sich noch etwas Zeit nehmen, schließlich waren sie gerade erst dabei, sich näherzukommen.

Als hätte er den Zweifel in ihren Augen gesehen, rollte Dante sich neben sie. »Du hast Recht, wir sollten nichts überstürzen.«

Dante beugte sich zu ihr und hauchte ihr einen süßen Kuss auf den Mund. Seine Hand ruhte weiterhin auf ihrer Wange. »Möchtest du, dass ich bleibe?«

Sie konnte nur ahnen, wie dümmlich sein Grinsen war, während sie nickte. In einer geschmeidigen Bewegung stand Dante vom Bett auf und zog sich aus. Der Anblick seines Körpers entfachte in Light erneut das Verlangen, ihn anzufassen, doch sie beherrschte sich und versuchte der Hebung in seinen Shorts keine Beachtung zu schenken. Zurückhaltend kuschelte sich Light in Dantes Armbeuge, als er wieder neben ihr im Bett lag. »Darf ich dich etwas fragen?«

Dante breitete die Decke über ihrem Körper aus. »Ja, er ist wirklich so groß.«

Light lachte und verpasste ihm einen Klaps auf die Schulter. »Nein, du Perverser, etwas anderes.«

Dante erwiderte nichts, wartete auf ihre Frage. »Du musst nicht antworten, aber ich bin neugierig. Seit wann –« Sie zögerte. »Seit wann hast du Gefühle für mich?«

»Ehrlich? Manchmal glaube ich, vom ersten Moment an.« Kaum spürbar streiften seine Lippen ihre Haut. »Deine Aura hat mich nicht mehr losgelassen. Vor allem dein Mut, dich auf mich einzulassen, als alle anderen dachten, ich wäre ein Monster«, erklärte Dante mit gesenkter, geradezu andächtiger Stimme. »Aber wirklich gewusst habe ich es, als ich dich mit diesem Phoenix im Club gesehen habe. Ich kann mich nicht daran erinnern, jemals in meinem Leben so eifersüchtig gewesen zu sein – noch nicht einmal auf Kane.«

Light runzelte die Stirn. »Wenn du schon so lange Gefühle für mich hast, wieso hast du mir all diese Steine in den Weg gelegt, wenn ich dir nur helfen wollte?«

»Ich hatte Angst davor, dich zu verlieren, wie meine Mom und alle anderen, die mir je etwas bedeutet haben. Aber nach allem, was geschehen ist, habe ich erkannt, dass schlimme Dinge immer passieren. Egal, ob man seine Gefühle zulässt oder nicht«, sagte Dante und begann Küsse auf ihren Hals zu verteilen.

Light schwieg einen Moment und genoss das Gefühl der Lippen auf ihrer Haut, ehe sie etwas erwiderte. »Eigentlich hättest du eine Abfuhr verdient.«

»Gibst du mir eine?«, fragte Dante zwischen zwei Küssen.

Light schmunzelte. »Niemals.« Obwohl sie sein Gesicht nicht sehen konnte, spürte sie Dantes Grinsen, was sie wiederum zum Lächeln brachte. Ein warmes Gefühl, nicht wie Leidenschaft, sondern wie Glück, breitete sich in ihr aus. Wie konnte sie nur glauben, sich von ihm lösen zu können? Wenn sie bisher gedacht hatte, ihn gehenzulassen wäre schwer, so war es jetzt unmöglich. Dante war ihr Wesen und daran würde niemand etwas ändern …

Jude konnte nicht glauben, dass er sich an Heiligabend nachts um zwei Uhr aus dem Haus schlich. Vor wenigen Minuten hatte ihn eine SMS von Crispin erreicht. Er wollte ihn um 2:30 Uhr am Hafen treffen.

Leise schloss Jude die Haustür hinter sich und öffnete die Garage. Ebenso geräuschlos schob er sein altes Fahrrad, das er schon seit Jahren nicht mehr benutzt hatte, auf die menschen- und autoleere Straße. Die Pedale knarrten und auch das Licht funktionierte nicht, doch davon ließ er sich nicht aufhalten. Nur noch dieses eine Gespräch mit Crispin und er wäre für immer von den Censio befreit.

Dunkle Wolken säumten den nächtlichen Himmel. Feine, vereinzelte Schneeflocken fanden ihren Weg aus der dicken Wolkenschicht und schmolzen auf Judes Wangen, während die kühle Luft gegen sein Gesicht peitschte.

Schon von weitem erkannte Jude Crispins Gestalt. Er saß auf einer Bank direkt am Meer, zwischen zwei Straßenlaternen. Wie auch Dante trug er trotz Minustemperaturen keine Jacke. Jude ließ das Fahrrad ausrollen und lehnte es gegen einen Mast. Er klappte den Kragen seines Mantels nach oben und schob seine geballten Hände tief in die Taschen.

»Crispin«, begrüßte er den hochgewachsenen Mann und ließ sich neben ihm auf die Bank gleiten. Das ungute Gefühl, beobachtet zu werden, kribbelte in seinem Nacken, und ein Schauer überlief seinen Rücken, ob vor Kälte oder Angst, wusste er nicht.

»Tut mir leid, dass ich nicht zu unserem letzten Treffen erschienen bin.« Crispin reichte ihm einen Becher, der den herrlichen Duft nach Kaffee verströmte. Mit einem schiefen Lächeln nahm Jude das Getränk entgegen, doch er dachte nicht einmal daran, etwas zu trinken. »Mir kam etwas dazwischen.«

»Verstehe«, antwortete Jude. Er stellte keine Fragen. Crispin hatte ihn vor wenigen Tagen kontaktiert, während er mit Kane die Geschenke kaufen war. Sie wollten sich am Hafen treffen, aber Crispin war nicht aufgetaucht.

Crispin nippte an seinem Kaffee. »Was hat Dante dir erzählt?« Seine Lippen waren zusammengepresst, als hätte er Angst vor dem, was Jude ihm gleich sagen könnte.

»Alles.« Nervös drehte Jude den Becher in den Händen. »Allerdings denke ich, dass Dante es mir nur erzählt hat, weil der Rat ohnehin weiß, wer er ist und was er in der Vergangenheit getan hat.«

Die Anspannung fiel von Crispins Gesicht. »Das spielt keine Rolle, denn es macht einen großen Unterschied, ob man seinen Delegierten von den Censio erzählt oder ob es in irgendwelchen Geheimakten steht. Findest du nicht auch?«

»Ja, Sir.« Jude schluckte hart.

Crispin legte die Stirn in Falten. »Jude, wieso lügst du mich an?« Er wandte sich ihm frontal zu, so dass Jude keine Möglichkeit hatte, dem Blick seiner schwarzen Augen zu entkommen. Wütend funkelte Crispin ihn an und griff nach seinem Handgelenk. Erschrocken keuchte Jude auf, und der Kaffeebecher, den er noch immer in den Händen hielt, fiel zu Boden. Eine dampfende Flüssigkeit ergoss sich über die schneebedeckte Erde und brannte ein Loch in die weiße Schicht. »Warum lügst du?«, zischte Crispin erneut.

»Ich – lüge – nicht«, stotterte Jude. Das Herz schlug ihm bis in die Kehle.

»Jude, ich verlange von dir, dass du mir die Wahrheit sagst.« Er griff in seine Hosentasche und zog ein Klappmesser hervor. Mit einem Klick schnellte eine silberne Klinge hervor. Judes Augen weiteten sich. Er zerrte an seinen Handgelenken, doch Crispin war zu stark. »Sag mir, Jude, bist du wirklich Dantes Delegierter? Überleg dir deine Antwort sehr genau.« Die Klinge küsste Judes Kehle, ohne einzuschneiden. Ein Gefühl der Panik wie bei seiner Entführung überfiel ihn, bis er glaubte, nicht mehr genügend Luft zu bekommen. Der Atem verließ stoßweise seinen Mund.

»Ja, Sir.« Er zitterte am ganzen Leib.

»Lügner.« Crispin nahm die Klinge von seiner Kehle und zog sie quer über seinen Arm. Jude schrie auf und dunkles Blut quoll aus der Wunde hervor. Jude wurde schwarz vor Augen. Er musste heftig blinzeln, um bei Bewusstsein zu bleiben. »Jude, ich erkenne jede Lüge, sag mir die Wahrheit und ich lasse dich gehen. Bist du Dantes Delegierter?«

Seine Lippen bebten. »Nein.«

Ein sadistisches Grinsen überzog Crispins Gesicht. »Geht doch.« Er klappte die Klinge des Messers wieder ein, wobei er noch immer Judes blutendes Handgelenk festhielt. »Wer ist es?«

»Was wird mit seinem Delegierten passieren?« Jude spürte das Blut in seinen Ohren rauschen. Seine Schuldgefühle gegenüber Light zogen ihm den Magen zusammen.

Plötzlich ließ Crispin sein Handgelenk los. Er deutete in die Dunkelheit und zwei Gestalten lösten sich aus dem Schatten. Breitschultrig und mit verschränkten Armen blieben sie einige Meter entfernt stehen. »Er ist mein Sohn, ich habe ein Recht darauf, die Wahrheit zu kennen.«

»Ihr werdet ihr also nichts tun?« Schüchtern blickte Jude über seine Schultern zu den zwei Männern.

»Ihr? Der Delegierte meines Sohnes ist eine Frau?« Etwas an diesem Gedanken machte Crispin wütend. Zorn loderte in seinen schwarzen Augen.

»Ein Mädchen«, gestand Jude. »Sie ist meine Schwester. Bitte tun Sie ihr –«

Crispin deutete seinen Schatten näher zu treten. »Jude, ich werde dem Mädchen nichts tun«, versprach er und nickte den zwei Schlächtern zu, die Jude nun genauer erkennen konnte. Es waren zwei fast identisch aussehende Männer mit dunklen Haaren und Nasen, so platt wie die einer Perserkatze. Unruhig rutschte Jude auf der Bank hin und her. Er zog in Erwägung aufzuspringen und wegzurennen, als die beiden Männer bereits nach seinen Schultern griffen, um ihn festzuhalten.

»Lassen sie mich los!«, schrie Jude mit zitternder Stimme.

»Keine Sorge, Jude.« Crispin erhob sich von der Bank, seinen Kaffeebecher wieder in den Händen. »Wir sorgen nur dafür, dass du vergisst.« Jude sah die Spritze nicht kommen. Er zuckte zusammen, als die Nadel seine Haut am Hals durchbohrte und ihm eine brennende Flüssigkeit injizierte. Augenblicklich trübte sich seine Sicht. »Mach dir keine Sorgen um deine Schwester«, hörte er Crispin wie aus der Ferne. »Ich werde ihr nichts tun, es sei denn, mein Sohn gibt mir einen Anlass dazu. Aber wieso sag ich dir das überhaupt? Bis Morgen wirst du –« Die Worte brachen ab, denn eine undurchdringliche Dunkelheit senkte sich über ihn und betäubte jede Faser seines Körpers.

25. Kapitel

»Als gefährdete paranormale Rassen sind einzustufen: Amazonen, Furien, Dämonen jeder Art, Phoenixe, Wendigowak und Lykanthropen der Formen: Adler, Hirsch und Tiger.«
(Buch der Delegation, Artikel 28)

Dante weckte Light, noch bevor der Wecker klingelte. Zart hauchte er Küsse auf ihren Nacken und auf ihre Schultern. Sofort zog sich ein Lächeln über ihr Gesicht. Light konnte sich nicht daran erinnern, wann sie das letzte Mal so glücklich und zufrieden aufgewacht war. Vergessen waren die Sorgen der letzten Tage.

»Guten Morgen.« In seinen Armen drehte Light sich um.

Dante erwiderte ihr Lächeln. »Hast du gut geschlafen?«

»Fantastisch.« Sie zog die Hand zwischen ihren beiden Körpern hervor, strich ihm das Haar aus der Stirn und fuhr über seinen Kiefer. Dieser war nicht mehr weich wie am Abend zuvor. Unter ihren Fingerspitzen fühlte Light feine Bartstoppeln. »Du bist heute früh wach.«

»Ich warte schon seit einer Stunde darauf, dass du aufwachst.«

»Wieso?« Dante hielt ihr Handgelenk fest. Neckisch biss er in die Innenseite ihrer Handfläche und arbeitete sich über ihren Unterarm, dabei zog er sie immer näher an sich. »Ich dachte, wir könnten da weitermachen, wo wir gestern Abend aufgehört haben.« Fragend zog er die Augenbrauen in die Höhe. Light lachte und schlang ihre Arme um seinen Hals. Seine Lippen waren trocken, aber noch genauso weich wie am Abend zuvor. Light fuhr mit ihrer Zunge über seinen Mund. Stürmisch zog Dante sie an ihrem Nachthemd an sich. Light stöhnte leise in seinen Mund und schlang ihre Arme um ihn. Dante seufzte zufrieden und rollte sich über sie. Sein Körper strahlte noch mehr Hitze ab als sonst, und Light wünschte sich, er würde ihr das Hemd ausziehen. Mutiger als am Abend zuvor erkundeten ihre Finger Dantes Körper. Sie fühlte über seine Schultern über den Rücken bis zu seinem Gesäß, das nur von dünnen Shorts bekleidet war.

Schritte hallten im Flur vor Lights Zimmer wider. »Wir sollten besser aufstehen.« Schwer atmend entließ Dante sie aus seiner Umarmung und rollte sich von ihr. Schneller, als sie hätte protestieren können, verschwand er aus ihrem Zimmer, um sich für das Frühstück umzuziehen. Light tauschte ihr Nachthemd gegen einen Pullover und eine Jeans. Als sie hörte, dass Dante im Badezimmer war, öffnete sie die Tür einen Spalt weit. »Wir müssten heute Mittag zu Anna.«

»Du kannst reinkommen«, brabbelte Dante undeutlich. Er stand mit nacktem Oberkörper vor dem Waschbecken und putzte sich die Zähne. »Wieso muss ich mit zu Anna?«

»Sie und Kathryn haben uns zum Essen eingeladen.« Light setzte sich auf den Wannenrand. »Eine Art Abschiedsessen, das sie für uns veranstalten.«

Dante hielt in der Bewegung inne. »Es wird keinen Abschied geben.«

»Ich weiß.« Light schmunzelte über seine Reaktion.

Er spuckte in das Becken und spülte sich den Mund mit Wasser aus. »Wieso erfahre ich erst jetzt davon?«

»Ich hatte nicht vor hinzugehen«, gestand Light. »Ich wollte sie heute Morgen anrufen und erzählen, du hättest dir den Magen verdorben.«

»Du könntest trotzdem absagen.« Er stellte sich direkt vor sie. »Wir bleiben hier und verhalten uns unangemessen«, raunte er mit halb gesenkten Lidern und lehnte sich zu ihr, um sie zu küssen.

Die Verlockung, seiner Bitte nachzugeben, war groß. »Wir wollten thailändisch essen gehen.«

Dante lachte kehlig auf. »Ein verlockendes Angebot, aber du bist mir lieber als thailändisches Essen.«

»Ich fühle mich geehrt.« Light schlang die Arme um seine Hüften und schmiegte ihre Wange an seine warme Haut. »Aber lass uns hingehen, es sind nur zwei Stunden. Danach ist noch genug Zeit für unangemessenes Verhalten.«

»Wenn es sein muss«, seufzte Dante. »Nur für dich.«

»Ich hoffe, es gefällt dir.« Freudestrahlend überreichte ihre Mum Light ein kleines, in Rot gehülltes Päckchen. Mit einem schuldbewussten Lächeln, da sie selbst keine Geschenke eingekauft hatte, nahm Light die Schachtel entgegen und löste zugleich das violette Band, das ihre Mum in einer geschickten Schleife darumgebunden hatte. Im Inneren, auf Watte gebettet, lag eine lange silberne Kette, an der ein Schmetterling baumelte. Er war aus demselben Material und kleine Diamanten waren darin eingelassen. Die Flügel waren leicht gebogen, als wollte das Tier davonfliegen. Vorsichtig strich Light über die hauchdünnen Silberflügel. »Danke, Mum. Sie ist wunderschön.«

Light und ihre Mum umarmten sich, ehe sie sich ihrem nächsten Geschenk zuwandte. Es war von Jude, und es würde sie wundern, wenn es dieses Jahr etwas anderes als Make-up wäre. Seit sie zehn Jahre alt war, schenkte Jude ihr Schminke – zum

Geburtstag, zu Weihnachten und zu Ostern. Seine Kreativität in Sachen Geschenke war ebenso wenig vorhanden wie sein Gefühl für Farben. »Danke«, grinste Light und zog einen türkisen Lidschatten und einen blutroten Lippenstift aus der kleinen Tüte. Sie wollte Jude umarmen, doch er winkte nur ab. Kraftlos kauerte er neben dem Weihnachtsbaum und beteuerte, es am Abend zuvor mit dem Eierpunsch übertrieben zu haben.

Dante, der als Einziger nicht vor dem Weihnachtsbaum saß, beobachtete das Geschehen von der Couch aus. Entspannt lümmelte er auf einem großen Kissen und hatte ein Lächeln im Gesicht. Seine Mundwinkel zuckten nach oben und er deutete auf die Uhr. Es war bereits kurz nach 11 Uhr und um 12 Uhr wollten sie sich mit Anna und Kathryn vor dem Restaurant treffen.

»Dante!«, rief ihre Mum überrascht. »Das hätte ich fast vergessen. Komm her!« Es klang fast wie ein Befehl. Sie beugte sich nach vorne und zog ein weiteres in violett verpacktes Geschenk hervor. »Ich wusste nicht, was dir gefällt, aber ich habe mein Bestes gegeben.« Sie zuckte mit den Schultern und reichte Dante das Päckchen. Verhalten nahm er das Geschenk entgegen und ließ sich neben Light auf den Boden nieder. Ihre Hände berühren sich für den Augenblick einer Sekunde, bevor Dante das Papier löste. »Das wäre wirklich nicht nötig gewesen«, sagte er, die Freude in seiner Stimme deutlich hörbar.

»Ach, es ist nur eine Kleinigkeit«, rechtfertigte sie sich mit einem mütterlichen Lächeln. Light hätte sie für diese Geste am liebsten ein zweites Mal umarmt. Ihr Geschenk an Dante war ein Buch, das die wichtigsten Rockbands der letzten fünfzig Jahre auflistete und ihre Musik in wenigen Sätzen charakterisierte. Mit großen Augen blätterte Dante durch die Seiten. »Danke, Silvia, es ist großartig«, bedankte er sich, ohne aufzusehen, und las die Beschreibung einer seiner Lieblingsbands.

»Meine Frau hat echt ein Händchen für die richtigen Geschenke«, lachte ihr Dad und spielte mit seinem sechzehnfachen Zauberwürfel. Es gab ein zustimmendes Nicken von allen Seiten, und die restlichen Geschenke wurden verteilt, ehe Light und Dante sich auf den Weg zum Restaurant machten.

Gerade als Light ihre Jacke überstreifen wollte, berührte eine kalte Hand ihre Schulter. »Könnte ich kurz mit dir sprechen? Unter vier Augen?«, fragte Kane.

Überrascht legte sie die Stirn in Falten. »Ähm, natürlich.« Sie legte die Jacke zurück in die Garderobe und folgte Kane die Treppen nach oben bis in sein Zimmer. Die Jalousien waren noch heruntergelassen und das künstliche Licht seiner Schreibtischlampe erhellte den Raum. »Was gibt's?«, fragte Light, kaum dass sich die Tür hinter Kane geschlossen hatte.

»Du weißt genau, um was es geht.«

»Sag es mir«, forderte sie ihn auf, und wie nicht anders zu erwarten zögerte er einen Moment.

»Es geht um uns. Um dich und mich. Ich weiß jetzt, dass wir nie ein Paar sein werden«, seufzte Kane. »Es gibt viel zu viele Dinge, die zwischen uns stehen. Ich kann kein Mensch sein und du würdest deine Sterblichkeit niemals freiwillig aufgeben.« Er ging zu seinem Schreibtisch und zog eine kleine Schachtel hervor. »Ich habe über mich und dich, aber vor allem über meine Gefühle nachgedacht und ich habe mit Kathryn darüber geredet.« Light wollte fragen, wann er sich mit Kathryn getroffen hatte, doch sie biss sich auf die Zunge und schwieg. »Mir ist bewusst geworden, dass ich dich lieben wollte«, fuhr Kane fort. »Ich wollte, dass diese Liebe mehr bedeutet als nur Freundschaft, aber das tut sie nicht – nicht für dich. Ich habe es mir eingeredet, in der Hoffnung, wir könnten eine Beziehung führen, denn genau das will ich: eine Beziehung. Light, wann, glaubst du, war ich das letzte Mal mit einer Frau zusammen? Ich meine, richtig zusammen, nicht nur körperlich.«

Light schüttelte den Kopf. Kane redete nie über seine Vergangenheit. Sie kannte noch nicht einmal die Namen seiner Eltern.

Kanes Augen nahmen einen traurigen Ausdruck an. »Das war vor über zwanzig Jahren. Ich wollte so sehr eine Beziehung, dass ich mir eingeredet habe, ich würde dich auf diese Weise lieben.« Nervös drehte er die kleine Schachtel in seinen Händen. »Und dafür muss ich mich entschuldigen. Ich habe unsere Freundschaft riskiert und das tut mir leid, und daher will ich dir das hier schenken.« Er reichte ihr das Päckchen und lächelte verlegen. Verunsichert nahm Light es entgegen und klappte die kleine Schatulle auf. Darin steckte ein Ring aus feinem Silber. Ein V, dessen Mitte mit einem roten Rubin gefüllt war, schmückte seine Oberseite. »Ist das –«

Kane lachte. »O Gott, nein. Hast du mir gerade überhaupt zugehört?« Er nahm ihr das Schächtelchen aus der Hand, und Light hielt die Luft an, als er ihr den Ring an den mittleren Finger ihrer rechten Hand steckte. »Diese Ringe wurden speziell für meine Familie angefertigt. Das rubinrote V ist unser Familienemblem. Du gehörst zu meiner Familie, daher möchte ich, dass du diesen Ring besitzt.«

Erleichtert atmete Light auf. »Besitzt Jude auch einen?« Sie musterte das Schmuckstück an ihrer Hand. Der Schliff war sehr fein, und sie konnte nur erahnen, wie wertvoll dieser Ring war.

»Nein.« Fahrig fuhr sich Kane durch sein Haar und ein paar braune Strähnen lösten sich aus seinem Zopf. »Jude ist mein bester Freund, aber du bist für mich wie eine Schwester.«

»Kane –« Light räusperte sich. »Du weißt gar nicht, wie viel mir das bedeutet.« Sie breitete ihre Arme aus und umarmte ihn, wie sie ihn die letzten zwei Jahre nicht umarmt hatte, aus Angst, er könnte etwas falsch verstehen. Fest drückte sie seinen kalten Körper an sich. »Danke«, flüsterte sie ihm ins Ohr.

»Gern geschehen.«

»So, ich glaube, ich sollte besser wieder nach unten gehen. Dante wartet schon auf mich.« Fast widerwillig löste Light sich von ihrem besten Freund. Er nickte verständnisvoll und gab ihr einen flüchtigen Kuss auf die Stirn. Gerade als Light die Tür schließen wollte, drehte sie sich noch einmal um. »Kane?«

Neugierig zog er die Brauen in die Höhe. »Ja?«

»Seit wann triffst du dich mit Kathryn?«

»Ich treffe mich nicht mit ihr.« Er rollte mit den Augen. »Nicht in diesem Sinne. Nachdem Jude aus dem Krankenhaus entlassen wurde, waren wir einen Kaffee trinken, und es war nett, mit jemandem zu reden, der nicht erst in diesem Jahrhundert geboren wurde.«

Light lachte und verabschiedete sich noch einmal. Auf dem Weg nach unten bewunderte sie ihren neuen Ring und ein warmes Gefühl breitete sich in ihrer Brust aus. Vielleicht würde sich doch alles zum Guten wenden.

Anna winkte ihnen schon von weitem. In einen roten Mantel gehüllt wartete sie gemeinsam mit Kathryn vor dem thailändischen Restaurant. »Ihr seid spät«, rief sie und lief ihnen entgegen. Kathryn wartete mit zitternden Beinen am Eingang auf sie. Nach einer kurzen Begrüßung gingen sie in das hoffnungslos überfüllte Restaurant, dankbar dafür, einen Platz reserviert zu haben. Sie bestellten mehr Essen, als gut für sie war, und unterhielten sich über belanglose Dinge. Niemand sprach die bevorstehende Revision an, wofür Light sehr dankbar war. Sie hatte sich noch nicht überlegt, wie sie ihren Beschluss, Dante als Wesen zu behalten, begründen sollte.

Drei Stunden später verließen sie gemeinsam das Restaurant. Die winterliche Kälte war beißender und der Wind frischer geworden. Schaudernd schlang Light einen Arm um ihren Oberkörper.

Verlegen räusperte sich Anna. »Also, ähm, Dante, falls wir uns nicht mehr wiedersehen ...« Sie biss sich auf die Lippe. »Ich weiß überhaupt nicht, was ich sagen soll.«

»›Auf Wiedersehen‹ genügt mir«, erklärte Dante mit einem leichten Lächeln und reichte Anna die Hand. Befangen erwiderte sie seinen Händedruck. Kathryn winkte zum Abschied.

Light atmete erleichtert auf, als die beiden außer Hörweite waren. »Endlich ist es vorbei.«

Dante zog eine Braue in die Höhe. »Endlich? Darf ich dich daran erinnern, dass das deine Idee war?«

»Schon, es war auch schön, aber ich hatte ständig Angst, Anna würde bemerken, dass sich etwas zwischen uns geändert hat.«

Dante blickte Anna und Kathryn hinterher, bis sie um eine Ecke verschwunden waren. Mit beiden Händen griff er nach Light und zog ihr Gesicht an sich. Seine nach Zitronengras schmeckenden Lippen streiften ihre. »Das wollte ich schon seit der zweiten Vorspeise machen.«

Herausfordernd sah Light ihn an. »Lust auf eine zweite Nachspeise?« Sie stellte sich auf die Zehenspitzen und presste ihren Mund auf seinen. »Lass uns das in meinem Zimmer fortführen«, seufzte Light zufrieden.

Für einen Feiertag war es ausgesprochen ruhig auf den Straßen. Nur ein paar wenige Fußgänger kamen ihnen entgegen, was sicher an dem kalten Wetter lag. Der am Morgen noch blaue Himmel war inzwischen von grauen Wolken durchzogen und Schneeflocken wie aus Asche schwebten in der Luft und rieselten auf die Erde.

Unerwartet blieb Dante an einer Kreuzung stehen. Forschend glitt sein Blick über die Straße, als könnte er etwas sehen, das für Light im Verborgenen lag. Sanft zog sie an seiner Hand, um ihn weiterzuziehen, doch er bewegte sich keinen Millimeter.

»Hast du nicht das Gefühl, beobachtet zu werden?« Dante spähte über seine Schulter.

Light lachte. »Dieses Gefühl habe ich, seit wir das Haus verlassen haben. Ich fühle mich, als hätte ich den Spruch *Hat eine Affäre mit ihrem Wesen* auf meine Stirn tätowiert.« Dante formte seine Augen zu Schlitzen und schien von ihrer Theorie nicht überzeugt, dennoch setzte er sich wieder in Bewegung. Im Fünf-Schritte-Takt sah er über seine Schulter. Mit seinen zusammengezogenen Brauen und dem angespannten Körper wirkte er wie ein Bodyguard. »Könntest du bitte damit aufhören«, zischte Light, als sie nur noch drei Querstraßen von ihrem Haus entfernt waren. »Du machst mich ganz nervös.«

»Tut mir leid, aber –« Er beugte sich zur Seite, um ihr etwas ins Ohr zu flüstern, dabei bildete sein Atem eine nervenkitzelnde Mischung zu der Kälte. »Ich denke, wir werden verfolgt.«

»Was?«, platzte es aus Light hervor. Doch ihr Entsetzen erstarb, als Dante sie anzischte: »Sei still. Sie sollen nicht wissen, dass wir sie bemerkt haben.«

»Das letzte Mal, als du so etwas gesagt hast, wäre ich beinahe gestorben«, flüsterte Light. Die Erinnerung an den Überfall durch die Impia kehrte zurück, und fast glaubte Light, dass die Stelle pulsierte, an der die Glasscherbe ihren Körper durchbohrt hatte. »Was sollen wir tun?«

Unsicherheit spiegelte sich in Dantes Augen und seine Stirn legte sich in Falten. »Ich weiß es nicht, aber versprich mir zu fliehen, sobald sich die Gelegenheit ergibt. Sie wollen mich, du hast mit der Sache nichts zu tun.«

»Ich bin deine –«

»Sag es nicht. Ich will es nicht hören. Du rennst weg, sobald du kannst, verstanden?«

Light nickte. Es war ein Versprechen, von dem Light wusste, dass sie es brechen würde. Sie presste sich an Dante und wünschte sich sehnlichst, er könnte das Zittern ihres Körpers vertreiben, doch es war nicht die Kälte, die sie erzittern ließ, es war die Erinnerung an ihren Tod.

Gerade als Light sich so weit gefasst hatte, dass sie weitergehen konnte, ertönte ein Klatschen, ein hohles, langsames Klatschen. Erschrocken blickte Light auf und starrte in zwei schwarze Augen inmitten eines vernarbten Gesichts. »Herzzerreißend«, sagte die Gestalt mit einem Lachen, das Gift für Lights Ohren war. Sie kannte diesen Mann nicht, und doch wusste sie, wer er war. Sein dunkelbraunes Haar, die schwarzen Augen und seine ausgeprägten Gesichtszüge, die Light so vertraut waren, verrieten seine Identität: Crispin Leroy.

»Dad«, keuchte Dante. Sein Griff um Lights Hand wurde fester, bevor er ihn lockerte und sie schließlich losließ. Schützend stellte er sich vor sie. »Was machst du hier?«

»Beobachten, wie du dich zum Affen machst, mein Sohn. Eine Delegierte? Ist das dein Ernst?« Crispin trat einen Schritt näher und erst jetzt entdeckte Light die dunklen Ringe unter seinen zu Schlitzen verengten Augen.

»Bist du deswegen hier? Um meine Freundin kennenzulernen?«, knurrte Dante.

»Deine Freundin«, schnaubte Crispin. »Das ist lächerlich, aber wenn ich ehrlich zu mir bin, hätte ich damit rechnen müssen. Es war nur eine Frage der Zeit, bis dieser jugendliche Leichtsinn auch dich befällt.« Theatralisch schüttelte er den Kopf.

»Jugendlicher Leichtsinn?«, grollte Dante tief aus seiner Brust. »Und das, was du mit meiner Mutter hattest, war wohl auch nur: jugendlicher Leichtsinn?« Provokant trat er einen Schritt auf seinen Vater zu. Gleichzeitig deutete er Light zu verschwinden.

Ein Geräusch, fast wie ein Knurren, drang aus Crispins Kehle. »Was hast du gesagt?« Er ballte seine Hände zu Fäusten. »Du vergleichst deine Mutter, eine 236 Jahre alte Sukkuba, mit diesem siebzehnjährigen Flittchen?«

Dante knurrte ebenfalls und stürzte sich auf Crispin. Im Bruchteil einer Sekunde überquerte er die Distanz zu seinem Vater und riss ihn zu Boden. Sie rollten über den nassen Beton, bis sie kurz vor Lights Füßen zum Liegen kamen. Dante saß auf den Hüften von Crispin, mit den Händen umfasste er dessen Hals und drückte zu. Keuchend und um sich tretend versuchte Crispin zu sprechen. Seine Finger krallten sich in Dantes Unterarme. Ein erstickter Schrei wandte sich aus Lights Kehle, als Blut aus der Wunde floss. Sie trat nach vorne, um Dante zu helfen, als ein kräftiger Arm sie zurückriss und ihr abermals einen Schrei entlockte.

»Sei still«, zischte eine männliche Stimme und ein Dolch fand den Weg zu ihrem Hals. Die Klinge drückte gegen ihre Haut, bis sie einschnitt. Light schluckte, die Klinge bohrte sich tiefer und öffnete die Wunde weiter. Feucht und warm lief das Blut über ihren Hals. »Dante«, krächzte Light seinen Namen. Er riss den Kopf herum und seine Augen weiteten sich vor Schreck. Einen Herzschlag lang geschah nichts, die Welt schien eingefroren im Schock des Moments.

Crispin nutzte diesen Augenblick für sich. Mit seinen zu Klauen geformten Händen kratzte er Dante über das Gesicht. Blut lief über seine Augen, seine Nase und die Lippen. Er stöhnte vor Schmerz und seine Finger lösten sich vom Hals seines Vaters. Crispin holte tief Luft und stieß seinen Sohn von sich. Mit einem Knacken fiel Dante zu Boden. Noch bevor er aufstehen konnte, verpasste Crispin ihm einen Tritt in den Magen. Dante rollte sich zusammen und würgte.

»Nein!« Light zappelte in dem stählernen Arm, der sie festhielt. Der Mann ließ seinen Dolch zu Boden fallen und umklammerte sie nun beidseitig. »Lassen Sie ihn gehen«, schrie Light und Tränen rannen über ihr Gesicht. »Lassen Sie ihn gehen! Er ist Ihr Sohn«, flehte sie immer weiter, bis Crispin den Kopf hob und sie ansah. Seine Lippen formten ein boshaftes Lächeln, was sein vernarbtes Gesicht verzog und es noch grausamer erscheinen ließ. Genau mit diesem Lächeln trat Crispin noch ein weiteres Mal zu und noch einmal und noch einmal … bis Dantes

Wimmern erstarb und er regungslos liegen blieb. Speichel und Blut tropften aus seinen Mundwinkeln.

»Wieso?«, krächzte Light mit verschleiertem Blick. »Wieso? Wieso? Wie …« Eine flache Hand schlug ihr ins Gesicht. Augenblicklich füllte der Geschmack von Kupfer ihren Mund. Eine Frau mit kurz geschnittenem Haar war an sie herangetreten, der eiserne Ausdruck in ihrem Gesicht war unbarmherzig.

»Sei nicht so hart mit dem Mädchen«, sagte Crispin. Er verpasste seinem Sohn einen letzten Stoß mit dem Stiefel, ehe er auf Light zukam. »Mach dir keine Sorgen um ihn. Er ist ein Dämon und steckt weit mehr weg, als du glaubst.«

»Wieso?« Ihre Stimme war nur ein Flüstern.

»Wieso?«, wiederholte Crispin. »Weil er es verdient hat. Er hat mich und die Censio verraten. Ihr könnt euch glücklich schätzen, dass ich euch nicht beide auf der Stelle umbringe. Ihn wegen Hochverrat und dich –« Er zuckte mit den Schultern. »Du weißt zu viel. Also sei ein braves Mädchen und vielleicht lasse ich dich gehen, so wie deinen Bruder Jude.« Er hob seine Hand und tätschelte ihr auf geradezu liebevolle Weise die Wange.

Light kämpfte gegen diese Berührung an. Sie zerrte an ihren Armen und setzte Tritte mit ihren Beinen in die Luft. Sie traf Crispin direkt zwischen die Beine. Ein tiefer Schrei drang aus seiner Kehle. Er fluchte Worte, die Light noch nie zuvor gehört hatte, und wandte sich um, die Hände in seinen Schritt gepresst. Ein selbstgefälliges Lächeln lag auf ihren Lippen und entblößte ihre blutigen Zähne.

Crispin warf einen tödlichen Blick in ihre Richtung. Er flüsterte ein Wort, das Light nicht verstehen konnte, und sofort verschwand die maskuline Frau, die ihr die Ohrfeige verpasst hatte, aus ihrem Blickfeld. Was hatten sie vor? Hektisch sah Light sich um, doch immer wieder glitt ihr Blick zu Dantes reglosem Körper und der Blutlache, die sich unter seinem Kopf gebildet hatte.

Crispin atmete noch einmal tief ein und richtete sich zu seiner vollen Größe auf. »Das wirst du bereuen«, zischte er, während sich ein stechender Schmerz in Lights Hals bohrte. Sie blickte ein letztes Mal zu Dante und prägte sich die Konturen seines Gesichtes ein. Die Form seiner Lippen und seiner Hände. Ihre Augenlider wurden schwerer. Schwärze senkte sich über sie …

26. Kapitel

»Gewaltanwendung gegen Delegierte durch paranormale Bürger ist mit einer Freiheitsstrafe von 50 Jahren in einer Strafkolonie zu ahnden.«
(Buch der Delegation, Artikel 20)

Lights Gesicht lag auf einem Tisch. Noch immer hatte sie den Geschmack des Bluts in ihrem Mund und in ihrer linken Wange pulsierte ein brennender Schmerz. Stöhnend setzte sie sich auf und kniff ihre Augen zusammen. Grelles Licht blendete sie, als würde ihr jemand eine Taschenlampe ins Gesicht halten. Das Letzte, woran sie sich erinnerte, war Dante, wie er regungslos auf den Boden lag und sie dachte, sie und Dante würden sterben. Instinktiv betasteten ihre Finger die Stelle am Hals, an der der stechende Schmerz einer Nadel sie getroffen hatte. Was war passiert? Wo war sie?

Das helle Licht vor ihren Augen verschwand, und sie musste blinzeln, bevor ihr Blick den Raum erfassen konnte. Sie saß auf einem Stuhl und vor ihr stand ein kühler, eiserner Tisch. Das Zimmer hatte keine weitere Einrichtung und schummriges Licht tauchte die Wände in ein Gänsehaut erzeugendes Blau. Doch all das nahm Light nur am Rande wahr, denn ihr gegenüber saß Crispin. Er hielt eine kleine Lampe in den Händen, so wie Ärzte sie hatten, um die Pupillenreaktion zu testen.

»Da bist du ja wieder«, sagte er mit hoher Stimme, als würde er sich tatsächlich freuen, sie wiederzusehen. »Wie geht es deinem Kopf? Du bist auf den Asphalt geschlagen, nachdem du das Bewusstsein verloren hast.« Light unterdrückte den Drang, auf seine Worte zu reagieren. Schweigend starrte sie ihn an. »Wirklich?« Crispin legte die Lampe auf den Tisch. »Du redest nicht mit mir?« Er schlug die Beine übereinander und musterte eindringlich ihr Gesicht. Light bemerkte, dass er noch dieselbe Kleidung trug wie bei ihrem Überfall. Es konnten also nur wenige Stunden vergangen sein. »Wir können hier gerne sitzen und uns anschweigen, aber eigentlich wollte ich mit dir über Dante sprechen.«

Dante. Ihr Herz zog sich zusammen. »Wie geht es ihm? Was haben Sie mit ihm gemacht?«, platzte es aus ihr heraus. Ihre Stimme war nur ein heiseres Krächzen. Crispin schob seinen Stuhl zurück und mit langen Schritten durchquerte er den Raum, bis er hinter Light stand. Sie versuchte sich umzudrehen, aber ihre Hände waren an den Stuhl gefesselt. Das Blut pulsierte in ihrer Schläfe und jeder Zentimeter ihres Körpers stand unter Strom. Doch nichts geschah. Crispin trat wieder in ihr Blickfeld und hielt eine Karaffe in den Händen. Missmutig beobachtete Light, wie er ein Glas vor ihr abstellte und füllte. Das sanfte Plätschern des Wassers klang verführerisch und hielt Light vor Augen, wie durstig sie war.

Crispin zog ein Messer hervor und schnitt das Seil auf, das ihre Hände fesselte. »Trink«, befahl er und ließ sich wieder auf den Stuhl neben sie gleiten.

Zögerlich betastete Light ihre Handgelenke. Rote Abdrücke zogen sich wie Armreife über ihre Haut. Sie unterdrückte den ersten Impuls, nach dem Glas Wasser zu greifen, und beäugte es misstrauisch. Konnte sie es trinken oder versuchte Crispin sie zu vergiften? Vermutlich nicht. Hätte Crispin die Absicht, sie zu töten, hätte er genug Zeit dafür gehabt, während sie ohnmächtig war. Und hatte er nicht eben noch gesagt, er wolle mit ihr über Dante sprechen?

»Wie geht es ihm?«, wiederholte Light ihre Frage, noch bevor sie das Glas an ihre Lippen führte. Sie seufzte, als die kühle Frische ihren ausgetrockneten Mund flutete. Eilig kippte sie den kompletten Inhalt in ihre Kehle, ehe Crispin es sich anders überlegen und es ihr wegnehmen konnte.

»Dante geht es gut. Physisch.«

Lights hasserfüllter Blick bohrte sich in Crispin. »Was soll das heißen?«

»Dass es ihm körperlich gut geht. Er lebt, nur –« Ein sadistisches Grinsen trat auf seine Lippen. »Ich habe ihm erzählt, ich hätte dich getötet. Du hättest ihn sehen müssen, er hat geheult wie ein Mädchen. Das letzte Mal, als ich ihn so gesehen habe, war nach dem Tod seiner Mutter.«

Zorn flammte in Light. Sie wollte ihre Hände um seinen Hals legen und zudrücken, so wie Dante es getan hatte. »Wieso tun Sie ihm das an? Ihrem Sohn!«

»Er ist ein Verräter!«, schrie Crispin ihr ins Gesicht, wurde aber gleich darauf ruhiger. »Als die Impia meine Frau getötet haben, habe ich mir geschworen, dieses korrupte System der Delegierten zu stürzen und die Impia auszulöschen, koste es, was es wolle.«

»Wie haben Sie uns gefunden?«

»Ethan, du kennst ihn doch, nicht wahr?« Crispin fuhr mit den Fingerspitzen über die Tischkante. »Ich wollte Dante schon viel früher zurückholen, doch leider kamen uns die Impia dazwischen. Wenigstens konnten wir die meisten von ihnen töten.«

»Sie sind grausam.« Lights Lippen bebten vor Wut. Allmählich begriff sie, wieso Dante nicht versucht hatte vor ihr und der Delegation zu fliehen, er war zu sehr damit beschäftigt gewesen, vor Crispin zu flüchten.

»Danke.« Crispin seufzte. »Ich verstehe, wieso Dante dich mag, doch ich frage mich die ganze Zeit, wieso du ihn magst. Du weißt, was er ist, und dennoch verhältst du dich, als wäre er es wert.«

»Er – *ist* – es – wert«, presste Light hervor.

»Du weißt, dass er ein Dämon ist?« Light nickte. »Und du weißt, dass er ein Mörder ist.« Wieder nickte sie. »Dann sag mir, Light, seit wann ist es ein Mörder wert, gerettet zu werden?«

»Er hat diese Leute getötet, weil Sie es ihm befohlen haben.«

»Wirklich?« Crispin zog die Brauen in die Höhe. »Und deswegen ist er weniger ein Mörder? Das Blut dieser Menschen klebt an seinen Waffen, an seinen Händen, und du sagst mir, er hätte keine Schuld?«

Light ballte ihre Hände zu Fäusten. »Sie sind ein Monster!«

Ein feines Lächeln zuckte in Crispins Mundwinkeln. »Nicht ich, wir alle sind Monster. Hast du eine Ahnung, woher ich diese Narben habe?« Er deutete auf sein Gesicht und kam ein Stück näher, als könnte Light nur so die weißen Stellen sehen, die aussahen wie feine Schnitte. Light nickte. Delegat Roland hatte ihnen erzählt, dass die menschliche Hülle eines Dämons jedes Mal eine Narbe bekam, wenn der Dämon sich seinen dämonischen Instinkten überließ und sich verwandelte. »Nun, genau aus diesem Grund«, fuhr Crispin fort, »ist Dante ebenso ein Monster wie ich.«

»Nein, Dante ist kein Monster. Er hat sich noch nie verwandelt. Er hat keine Narben.« Sie hatte seinen Körper oft genug gesehen, um es zu wissen.

»Du hast Recht.« Erwartungsvoll senkte Crispin seine Stimme. »Doch hat die Nachricht deines Todes ihn so schockiert, dass er kurz davorsteht seine erste Wandlung zu vollziehen.« Ein zufriedener Geschichtsausdruck trat auf Crispins Gesicht, wie der eines Vaters, dessen Sohn das erste Mal ohne Stützräder fährt. »Dieses erste Mal ändert alles. Eigentlich wollte ich meinen Sohn den Impia überlassen, aber seine überaus dämonische Reaktion lässt mich hoffen, dass es für ihn noch nicht zu spät ist.«

Light dröhnte der Kopf. »Was haben Sie vor?«

Crispin sah sie an, als hätte er nur auf diese Frage gewartet. »Ich werde mit dir in sein Verlies gehen und ihm befehlen, dich zu töten.«

»Nein! Das würde Dante nie tun.« Light ballte ihre Hand zur Faust und ignorierte den Schmerz ihrer einschneidenden Fingernägel. Sie wünschte sich, sie wäre stärker, wünschte, sie könnte Cripsin schlagen, wie er Dante geschlagen hatte.

Crispin lächelte selbstgefällig. »Abwarten, in seiner dämonischen Form ist er unberechenbar. Er ist ein Monster – wie ich.«

»Hören Sie auf!«, schrie Light, doch Crispin fuhr unerbittlich fort: »Ich werde ihn rufen, bei seinem Namen, den nur ich kenne, und werde ihn zwingen dich langsam und qualvoll zu töten, bis nichts mehr von dir übrig ist.«

Lights Augen weiteten sich und Taubheit erfasste ihren Körper. Mehrere Herzschläge lang war das einzige Geräusch das Blubbern der Kohlensäure im Wasser. »Das würde Dante nie tun«, stotterte sie erneut, aber weniger überzeugt als zuvor.

»Du hast Recht, Dante würde das nie tun.« Crispin erhob sich von seinem Stuhl. »Nur wird er in seiner dämonischen Form nicht länger Dante sein. Sein innerer Dämon wird alles tun, was ich ihm sage.«

»Er wird Sie dafür hassen«, fauchte sie, als Crispin ihre Arme packte und sie auf die Beine zerrte.

»Dante hat mich schon immer gehasst. Er gibt mir die Schuld am Tod seiner Mutter«, sagte er, und in seinem Tonfall lag eine Nuance, die Light nicht deuten konnte. »Daddy, wieso hast du Mommy nicht beschützt? Daddy, wieso bist du noch hier? Mit diesen Fragen hat er mich gequält, bis ich mich damit abgefunden habe, dass er mich nie so sehr lieben wird wie seine Mutter.« Grob zerrte Crispin Light in Richtung Tür. Sie kämpfte gegen seinen Griff an, aber Crispin ließ sich nicht abbringen. »Wie alle Kinder wollte Dante Zuneigung«, fuhr er unbeschwert fort, »also hat er getan, was ich von ihm verlangt habe. Er wäre ein ebenbürtiger Nachfolger geworden, doch dann habe ich zugelassen, dass du Teil seines Lebens wurdest, und diesen Fehler werde ich jetzt wiedergutmachen.«

Das Verlies war kein wirkliches Verlies, wie Light es sich immer vorgestellt hatte. Es gab keine Gitter und keine Toiletten, bei denen jeder zusehen konnte, wie man sein Geschäft erledigte. Es war schlichtweg ein dunkler Keller. In die kahlen Wände waren kleine Fenster eingelassen, und die Tür, hinter der Light Dante vermutete, wurde von einem Mann bewacht. »Valix«, grüßte Crispin ihn und klopfte ihm auf die Schulter.

Nach dem halben Weg hatte Light ihre Gegenwehr aufgegeben und sich mit Crispin darauf geeinigt, dass sie ihm folgen würde. Natürlich hatte er seine Bedenken, aber sie beide wussten, dass sie Dante nicht im Stich lassen würde. Denn entgegen

Crispins Worten konnte und wollte Light nicht glauben, dass Dante sie töten würde – egal ob in seiner menschlichen oder dämonischen Form. Er hatte ihr versprochen, ihr nie wieder zu schaden, und sie zweifelte nicht an seinem Versprechen.

»Hallo, Crispin.« Valix' Blick glitt an seinem Anführer vorbei zu Light. »Ist das seine Freundin? Ziemlich klein«, sagte er über ihren Kopf hinweg zu Crispin. Irgendetwas an Valix' Stimme kam Light vertraut vor, aber sie hütete sich davor, es laut auszusprechen oder ihn gar danach zu fragen.

Crispin nickte. »Wie geht es ihm?«

»Nicht gut.« Valix schüttelte den Kopf. »Er hat mich angeschrien, ich soll dem Ganzen ein Ende bereiten, aber es waren wohl die Schmerzen, die aus ihm gesprochen haben. Er steht kurz vor der Wandlung.«

»Können wir zu ihm oder würde das die Wandlung stoppen?« Lights Herz begann bei dem Gedanken, Dante schon bald wiederzusehen, schneller zu schlagen. Sie wollte sehen, dass es ihm gut ging, und dann auf direktem Weg mit ihm verschwinden. Wieso hatte sie nicht auf ihn gehört, als er den Tag zu Hause mit ihr verbringen wollte?

»Die Wandlung ist weit fortgeschritten. Ich denke nicht, dass er sie noch zurückhalten kann.« Crispin nickte und deutete ihm aufzuschließen. Zielsicher griff Valix nach dem richtigen Schlüssel und das Schloss entriegelte sich mit einem knarrenden Klicken. Um sicherzugehen, dass sie es sich nicht anders überlegte, packte Crispin Light wieder am Arm und zerrte sie hinter sich in den dunklen Raum. Eine lose Glühbirne flackerte an der Decke und Schatten tanzten über die Wände. Die Luft war stickig und ausgesprochen warm, als hätte vor kurzem ein Feuer in diesem Zimmer gebrannt.

Ein Geräusch wie ein Wimmern drang aus der dunkelsten Ecke des Raumes. Light hörte etwas knacken und einen gepressten Schrei, als hätte man Dante etwas in den Mund geschoben, um ihn ruhigzustellen. Sie trat einen Schritt nach vorne und hörte dabei das Rasseln von Ketten, die über Stein schabten. »Dante?«

Lange war nichts zu hören. »Light? Bist du das?«, fragte Dante. Er klang nicht wie er selbst.

Light nickte heftig. »Ja.« Aufsteigende Tränen legten sich auf ihre Stimme. Eine dunkle Gestalt löste sich aus dem Schatten und kam auf sie zu. Prellungen, die langsam verheilten, überzogen sein Gesicht. Seine Unterlippe war aufgeplatzt und das getrocknete Blut klebte an seinem Kinn. Er wollte zu ihr, aber die Kette an seinen Beinen hielt ihn zurück.

»Dante!« Sie wollte zu ihm, aber etwas in seinem Blick hielt sie ab und im selben Moment zerriss ein Schrei die Luft. Dante krümmte sich wie zuvor auf der Straße, als Crispin ihm in den Unterleib getreten hatte. »Dante«, formten ihre Lippen tonlos seinen Namen.

»Komm – nicht – näher«, grollte er mit schmerzverzerrter Stimme. Er hob seinen Kopf, um Light anzusehen. Etwas an seinen Gesichtszügen war schrecklich falsch. Es sah aus, als würden seine Wangenknochen sich bewegen und neu formen, während sein Haar sich in Sekundenschnelle aus seiner Kopfhaut schob. Kaum war sein erster Schrei verklungen, reichte es ihm schon bis zur Schulter.

»Was passiert mit ihm?«, flüsterte Light voller Entsetzen. Crispin antwortete nicht, denn sie beide kannten die Antwort: die Wandlung. Dante hatte die Zähne zusammengebissen, seine Kleidung war verschwitzt und blutverschmiert. Narben von Schnitten, die man ihm zugefügt hatte, überzogen seine Haut und verblassten mit jedem Herzschlag ein wenig mehr.

»O Gott!«, schrie Light und schlug sich die Hand vor den Mund, als Dantes Wangenknochen sich erneut verschoben. Crispin lachte. Er schien sich köstlich dabei zu amüsieren, seinen Sohn leiden zu sehen. Dieser stieß erneut einen gequälten Schrei aus und warf sich auf den Rücken. Seine Glieder verkrampften sich, bis sie in unnatürlich formierten Winkeln von seinem Körper abstanden.

»Es soll aufhören.« Tränen rannen über Lights Gesicht und ihre Knie gaben nach. Crispin fing sie auf und drängte sie in Richtung Wand, weg von Dante. Die Kette um Dantes Füße begann zu glühen und färbte sich in einem flackernden Orange wie Kohle, die dabei war Feuer zu fangen. Wie Schnee schmolz das erhitzte Metall von seinem Knöchel und hinterließ rote, verbrannte Haut.

Keuchend wand Dante sich auf dem Boden hin und her. Sein Dämon wollte aus ihm herauswachsen und brodelte unter seiner Oberfläche. Ein erwartungsvolles Grinsen trat auf Crispins Gesicht, kurz bevor Dantes Schläfen aufplatzten. Es war kein Blut, das aus der Wunde hervortrat, es waren Hörner wie die eines Ziegenbocks. Sie waren dunkel, fast schwarz, wirkten jedoch nicht wie aus Horn, sondern vielmehr wie aus schwarzem Edelstein.

Light sah, wie Crispins Lippen sich bewegten. Immer wieder formten sie dasselbe Wort, das in Dantes Geschrei unterging. Nachdem die zwei Hörner ihre vollendete Form gefunden hatten und bedrohlich aus seinem Kopf hervorragten, begann sein

Haar sich weiter aus seiner Kopfhaut zu schieben. Doch es war nicht dieses seidige Braun, das Light kannte. Es war ein ebenmäßiges Weiß, das einen unnatürlichen Kontrast zu seinen Hörnern bildete. Gleichzeitig verkrampften sich seine Finger. Sie formten sich zu Klauen mit scharfen Krallen. Wie Kanonenschüsse durchschnitten Dantes Schreie die Luft … bis er plötzlich verstummte. Doch seine Rufe hallten in ihren Ohren wider.

»Ist es vorbei?«, flüsterte Light kraftlos, als hätte sie selbst die Wandlung durchgemacht. Crispins seliges Lächeln sagte alles. Er trat einen Schritt auf Dante zu, der reglos auf dem Boden lag. Er kniete sich neben ihn und berührte das helle Haar mit den braunen Spitzen – und streichelte es. Dantes Körper zuckte unter der Berührung, und mit einem Sprung, der Crispin von den Beinen riss, stand Dante auf. Wild um sich blickend keuchte er und fletschte die Zähne.

Sein Kopf wandte sich zu Light, die sich verängstigt gegen die Wand drückte. Schlimmer als seine Hörner, seine Klauen und seine spitzen Zähne waren seine Augen. Das Schwarz, das Light inzwischen so vertraut war, war verschwunden. Dante hatte keine Iris, keine Pupillen – gar nichts. Seine Augen waren weiße Äpfel, die tot in die Luft starrten.

Crispin kam wieder auf die Beine. Er sagte etwas zu Dante, aber wieder konnte Light die Worte nicht verstehen. Blitzartig wandte Dante den Kopf, und erst jetzt fiel Light auf, dass er auch gewachsen war. Sein innerer Dämon war größer als er selbst, denn er überragte Crispin bei weitem.

Lights Herz schlug wie ein Presslufthammer gegen ihre Brust. Sie atmete hektisch, und dennoch hatte sie das Gefühl zu ersticken, als Dante sich ihr wieder zuwandte. Crispins Worte wurden klarer. »Töte sie und nimm wieder deinen Platz an meiner Seite ein.«

Light wusste, sie sollte fliehen, aber ihre Glieder waren steif und regten sich nicht. Dante neigte den Kopf, seine leblosen Augen tasteten ihren Körper ab. Er zog seine Lippen nach oben und fletschte die Zähne ein weiteres Mal. Ohne Hektik, als wäre er sich ihrer Unterlegenheit vollkommen bewusst, schritt Dante – Light schüttelte den Kopf, nicht Dante, sein Dämon – auf sie zu.

Hoffnungslos presste sie ihre Augenlider zusammen, bis sie einen starken Druck innerhalb ihres Kopfes spürte und es in ihren Ohren rauschte. Ihre Angst lähmte sie, und sie hoffte, dass das Adrenalin ihr auch dieses Mal die Schmerzen vor dem Tod ersparte.

Ihre Gedanken brachen jäh ab, als warmer Atem, feucht wie Dampf, ihr Gesicht streifte. Das Ding stand direkt vor ihr. Eine Kralle bohrte sich in ihre Schulter, um sie festzuhalten. Nur mit reiner Willenskraft schaffte Light es, sich nicht zu übergeben, denn diesen letzten Funken Würde wollte sie für sich behalten, wenn sie ihrem Mörder schon nicht in die Augen sehen könnte. Seine Zähne waren ihr nun so nahe, dass sie den Gestank nach Blut und verbranntem Fleisch riechen konnte.

Mit jeder Faser ihres Körpers wusste Light, dass der Moment gekommen war. Sie war nicht bereit zu sterben, doch es gab nichts, was sie hätte tun können. Jude. Kane. Mum. Dad. Wie ein Mantra wiederholte sie die Namen. Dante – »Ich liebe dich.« Sie wollte, dass er es wusste, auch wenn dieses Ding seinen Körper kontrollierte und er sie nicht hören konnte. Schwindel breitete sich in ihrem Kopf aus, dass sie glaubte ohnmächtig zu werden.

Das Rauschen in ihren Ohren wurde mit jeder Sekunde lauter, doch weder die Ohnmacht noch ein todbringender Schlag trafen ein.

»Was ist?«, knurrte Crispin. »Worauf wartest du? Töte sie!«

Nichts geschah. In einem Anflug aus Hoffnung und Übermut wagte es Light, die Augen zu öffnen. Nur unscharf erkannte sie die Gestalt des Dämons, der vor ihr aufragte. Ihre Blicke begegneten sich. Wortlos sahen sie einander an, als der Dämon ihre Schulter freigab. Blut quoll aus der Wunde, die seine Krallen hinterlassen hatten. Light war es egal, sie ignorierte den Schmerz und konzentrierte sich auf den Dämon. Ein dunkler Schatten flackerte wie ein kurzes Flimmern in den toten Augen der Kreatur auf. Es gab keinen Beweis, keine vernünftige Erklärung, aber Light wusste, dass dieses Flackern Dante war, der um seinen Körper kämpfte.

»Dante.« Sein Name war nur ein heiseres Flüstern. Light fasste all ihren Mut zusammen, um die Angst zu verdrängen. »Dante, kannst du mich hören? Was immer dein Vater dir erzählt hat, ich bin nicht tot und ich liebe dich.« Ihre zurückhaltende Stimme wurde lauter, als sie merkte, wie der Dämon auf ihre Worte reagierte. »Du musst das nicht tun, um deinen Vater zu beeindrucken. Wieso willst du die Anerkennung eines Mannes, der dich zwingt Dinge zu tun, die du nicht willst?«

Tonlos formten die Lippen des Dämons Worte, als wollte er einen Klang erzeugen, ohne zu wissen, wie es funktioniert. »Sermon«, rief Crispin. »Ich befehle dir, sie zu töten.« Der Dämon wandte sich zu Crispin. Die Muskeln an seinem Hals und in seinen Armen spannten sich an. Seine Klauen bewegten sich in der Luft, als würden sie einen unsichtbaren Gegner zerfetzen.

»Sermon! Hör auf«, befahl Light. Sie warf einen Blick zu Crispin, dessen Augen sich ungläubig weiteten. Er hatte ihr diesen Namen – Dantes dämonischen Namen – nicht verraten wollen und doch hatte er es getan. »Sermon, gib mir Dante zurück.« Der gebieterische Ton in ihrer Stimme machte Light zuversichtlich und sie trat nach vorne. »Gib ihn zurück!«

»Nein! Sermon, töte sie.« Der Dämon trat zwei Schritte in Crispins Richtung und wieder einen zurück. Hätte man irgendeine Emotion in seinen Augen sehen können, wäre es Verwirrung. Dessen war Light sich sicher. Wie oft kam es vor, dass ein Dämon zwei Gebieter hatte, die völlig unterschiedliche Dinge wollten? Light erkannte, dass dieses Machtspiel keinen Sinn hatte. Alles, was sie hier taten, war, Dante und Sermon mit ihren widersprüchlichen Befehlen zu quälen und zu verwirren.

Jeglicher Vernunft zuwider schritt Light auf Sermon zu. Ihre Knie zitterten noch immer, aber neue Hoffnung hielt sie auf den Beinen. Der Dämon beobachtete jeden ihrer Schritte, als wäre plötzlich nicht mehr er, sondern sie das Monster. »Sermon«, sagte sie den Namen der Kreatur und streckte langsam ihre Hand nach ihm aus. Ihre Finger umklammerten das, was von dem Stoff seines T-Shirts noch übrig war. Darunter spürte Light die warme Haut, von der sie wusste, wie weich sie war. »Bitte, Sermon, lass Dante gehen. Lass uns gehen.«

Der Dämon zeigte keine Reaktion auf ihre Worte. Er stand einfach da und starrte sie an wie einen Fremdkörper, der nicht hierhergehörte. »Sermon«, schrie Crispin. »Töte sie oder ich töte euch beide.« Aus dem Augenwinkel sah Light, wie Crispin einen silber glänzenden Dolch hervorzog. Sie sollte sich vor der tödlichen Berührung der Waffe fürchten, aber ihre Angst war verflogen. Alles, was davon noch übrig war, war der starke Wille, Dante vor seinem Vater zu beschützen.

»Bitte, lass uns gehen«, flehte Light und wusste dieses Mal nicht, ob sie mit Sermon oder Crispin sprach, der mit erhobener Waffe auf sie zukam. Light schloss ihre Augen und rief ein Bild von Dante in ihrem Kopf hervor. Bevor ihr Mut sie verließ, schlang sie ihre Arme um den massigen Körper des Dämons, dessen fauliger Atem ihre Haare streifte. Sie drückte Sermon an sich, als wäre es Dante. Sie fühlte das Heben und Senken seiner Brust und hörte seinen Herzschlag.

Sermon knurrte und stieß Light von sich. Schmerz durchzuckte ihre Glieder, als sie hart auf dem Steinboden aufschlug. »Nein«, grollte Sermon mit unbeholfener Stimme, und für den Bruchteil einer Sekunde dachte Light, er würde sich auf sie stürzen, doch dann ging alles ganz schnell. In einer Bewegung, zu elegant für seine Größe, wirbelte Sermon herum. Er stürmte auf Crispin zu, der seinen Dolch angriffsbereit in den Händen hielt.

Vermutlich war es Crispins Leichtsinn, der ihn das Leben kostete. Er hätte sich verwandeln können, um Dante ein ebenbürtiger Gegner zu sein. Doch sein Übermut ließ ihn glauben, den Dämon auch in seiner menschlichen Form besiegen zu können. Noch bevor er den Dolch positionieren konnte, durchbohrten Sermons Krallen seinen Hals.

Wie Lava aus einem Vulkan spritzte das Blut aus Crispins Wunde, als Sermon seine Klaue zurückzog. Er gab ein gurgelndes Geräusch von sich und röchelte. Er hob seine Hände, um die Blutung zu stoppen, doch er war dazu verurteilt zu sterben. Unter das Gurgeln mischte sich ein Würgen.

Mit einer Bewegung, die schneller war, als Light es dem schwerfälligen Dämon zugetraut hätte, trennte er Crispins Kopf von seinem Rumpf. Wie ein Ball rollte das vor Entsetzen verzerrte Gesicht über den Boden und blieb nur wenige Meter vor Light liegen. Ihr Mund hatte sich zu einem Schrei geöffnet, der ihr im Hals steckenblieb. Sie hatte noch nie zuvor einen Toten gesehen und wusste, sie sollte sich deswegen schlecht fühlen, doch in ihrer Brust war kein Gefühl der Trauer oder Betroffenheit.

»Light.« Ihr Name war ein kehliges Grunzen. Sie blickte auf und sah in die Augen von Sermon, die nicht länger weiß, sondern von einem schattigen Grau durchzogen waren. Wieder öffnete Sermon seinen Mund, aber die Worte zu formen kostete ihn viel Kraft. Ehe er noch etwas sagen konnte, erschütterte ein Anfall, ähnlich epileptischen Zuckungen, seinen Körper. Seine Knie gaben nach, und mit einem dumpfen Schlag, der den ganzen Raum erzittern ließ, sackte er leblos in sich zusammen.

27. *Kapitel*

»In jeder Stadt mit einer Einwohnerzahl von über 100.000 ist ein Konsulat für jede paranormale Rasse einzurichten. Das Konsulat ist für rechtliche Vertretung, Schutz und Sicherheit der paranormalen Bürger verantwortlich.«
(Buch der Delegation, Artikel 26)

Im Schock beobachtete Light, wie Sermon zusammensackte. Ohne zu zögern, rannte sie zu ihm, um zu helfen, denn es war noch immer Dante hinter der dämonischen Maske. Light streckte ihre Hand nach ihm aus, doch noch bevor sie Sermon berühren konnte, schrumpfte dieser in sich zusammen. Die Hörner und Klauen zogen sich zurück, und alles, was blieb, war eine Narbe an der Schläfe, direkt neben dem linken Auge. Dante wirkte klein und geradezu zerbrechlich, als Light seinen Kopf in ihren Schoß legte. Sie streichelte ihm die Haare aus dem blassen Gesicht.

»Dante«, flüsterte sie seinen Namen, und Blut aus der Wunde, die Sermon ihr zugefügt hatte, tropfte auf Dantes Wangen. Die Tropfen schlängelten sich über seine fahle Haut. »Wach auf. Wir müssen weg von hier.« Lights eigene salzige Tränen mischten sich unter die Blutstropfen und zogen rote Schlieren bis zu seiner Brust. Mit zitternden Fingern tastete Light seinen Puls und hielt den Atem an. Erleichtert fühlte sie das schwache, aber regelmäßige Zirkulieren in seinen Adern.

Ruhig, um ihn nicht zu überfordern, versuchte Light Dante zu wecken. Allmählich zeigte er eine Reaktion, aber Light wusste, sie hatte nicht lange Zeit. Früher oder später würde Valix hereinkommen, um zu sehen, ob sie schon tot war. Doch die einzige Leiche, die Valix finden würde, wäre die seines Anführers.

»Dante, bitte, wir müssen von hier weg.« Leicht tätschelte Light seine verschmierte Wange, als sich sein Körper unerwartet aufbäumte. Ein Ruck durchlief seine Glieder und plötzlich setzte er sich auf und begann zu husten. Geräuschvoll würgte er Blut hervor. Light klopfte Dante auf den Rücken und beobachtete ihn besorgt, bis der Hustenanfall aufhörte und er keuchend nach Luft schnappte. Seine zuvor blassen Wangen wurden nun von einer erstickenden Röte überzogen. Orientierungslos tastete sein Blick durch den Raum, bis er an Crispins totem Körper hängenblieb. »Ich habe ihn umgebracht«, keuchte Dante atemlos.

»Nein, Sermon hat ihn umgebracht.« Light legte ihre Hand an seine Wange und drehte seinen Kopf zu sich, damit er nicht länger die Leiche seines Vaters anstarren konnte.

Dante schüttelte den Kopf. »Nein, Light. Ich war es, der ihn umgebracht hat. Der Moment, als ich auf ihn losgegangen bin, das war ich. Ich wollte mich rächen, für –« Seine Stimme brach ab. Er presste seine Augenlider zusammen, und als er sie wieder öffnete, lag so viel Liebe in seinem Blick, dass Light es fast nicht ertragen konnte. Er beugte sich zu ihr und presste seine Lippen auf ihre. Es war ein harter Kuss, ohne Zärtlichkeit und ohne Leidenschaft. Verzweiflung schnürte Light die Kehle zu, als sich der Geschmack von Blut und Schweiß auf ihre Zunge legte. Dantes Hand, an der noch immer das Blut von Crispin klebte, grub sich in ihr Haar und zog sie an sich. Ihr Kuss schmeckte nach Salz und Kupfer.

»Ich dachte, du wärst tot«, hauchte Dante in ihren Mund. Sein Atem streichelte ihre Haut, die sich anfühlte, als stünde sie in

Flammen. Noch bevor Light etwas erwidern konnte, drückten sich Dantes Lippen erneut auf ihre. Light dachte, sie müsste Linderung verspüren, doch der Schmerz und die Sehnsucht in ihrer Brust wurden immer größer. Sie ignorierte das Stechen in ihrer Schulter und presste Dante an sich. Ihre Hände tasteten über seinen Körper. Sie musste sich vergewissern, dass alles an ihm in Ordnung war, dass Dante sich durch die Verwandlung nicht verändert hatte.

Doch das hatte er.

Light zog ihren Kopf zurück. Ihr Blick glitt über die Narbe an seiner Schläfe. Sie hob ihre Hand und berührte das Mal, das Dante nun für immer tragen würde. Er seufzte unter ihrer Berührung und schmiegte seinen Kopf in ihre Hand. Mit dem Daumen fuhr Light die helle Linie nach.

»Sieht es sehr abstoßend aus?«, fragte Dante.

Light schüttelte den Kopf. »Nein.« Sie beugte sich nach vorne und küsste das vernarbte Gewebe. »Es lässt dich aussehen wie ein Mann, dessen Wille stärker ist als seine Natur.« Der Hauch eines Lächelns zuckte in Dantes Mundwinkel, es war ein flüchtiger Ausdruck auf seinem Gesicht, und doch genügte er, um Light neue Kraft zu geben. Sie reichte ihm ihre Hand und half ihm auf die Beine.

Besorgt musterte Dante die blutige Stelle an ihrem Pullover. »Wie geht es deiner Schulter?«

»Es tut weh, aber es hat aufgehört zu bluten«, sagte Light und fügte hinzu: »Wir sollten von hier verschwinden. Hast du eine Idee?«

»Ich glaub, ich weiß, wo wir sind.« Dante sah sich in dem kahlen Raum um. Er ließ Lights Hand los und vermaß das Zimmer mit langen Schritten, dabei zog er die Brauen zusammen und schürzte die Lippen. »Wenn ich mich nicht täusche, ist das hier Kellerraum siebenundzwanzig. Im Zimmer nebenan müsste es einen Geheimgang geben, der zu einer Gasse drei Häuserblocks weiter führt.«

»Bist du dir sicher?«

»Ziemlich. Es ist schon eine Weile her, seit mein Va... seit Crispin dieses Versteck benutzt hat. Als Kind habe ich hier unten immer gespielt und so getan, als wäre ich der mächtigste Censio-Anführer aller Zeiten.« Ein schelmisches Grinsen, wie Light es von ihm kannte, trat auf seine Lippen. »Bleibt nur die Frage: Wie überlisten wir Valix, ohne dass er Alarm schlägt?«

Lights Hände waren feucht von Blut und Schweiß. Sie stand vor der Tür, hinter der Valix auf Crispins Rückkehr wartete. Mit einem verzweifelten Ausdruck im Gesicht zerrte Dante Crispins Leiche in die hinterste Ecke des Raumes, wo Valix ihn nicht sofort sehen würde. Light wischte ihre klebrigen Finger an ihrer Hose ab. Würde der Plan wirklich funktionieren?

»Bereit?«, fragte Dante, als Crispins Körper vollständig, mit Rumpf und Kopf, im Verborgenen lag. Er befreite den Dolch aus den leblosen Händen seines Vaters. Das Blut, das auf der Klinge war, wischte er an dessen Shirt ab, ohne Light dabei aus den Augen zu lassen. »Wenn du das nicht tun –«

»Nein«, winkte Light ab. »Ich schaff das schon. Versteck dich.«

Schneller, als Light reagieren konnte, kam Dante zu ihr und umarmte sie, bevor er sich wieder in die dunkle Ecke zurückzog. Light atmete tief durch, um sich zu beruhigen. Sie schloss ihre

Augen und versuchte, sich an die Angst zu erinnern, die sie verspürt hatte, als sie dachte, sie müsste sterben.

Sie hob ihre Fäuste und hämmerte mit voller Kraft gegen die Tür. Für einen Moment hielt Light die Luft an, um sie dann in einem erstickenden Schrei auszustoßen. »Hilfe«, krächzte sie und ließ ihre Hände gegen die Tür schlagen. »Valix!« Bewusst rief sie seinen Namen. »Dante und Crispin! Hilfe!« Das alte Holz krümmte sich unter ihren Schlägen und die Angeln knarrten.

Ein Schlüssel wurde in das Schloss geschoben, ein Riegel quietschte und etwa auf Augenhöhe öffnete sich ein Spalt. Valix Augen starrten Light durch den Schlitz hindurch an. »Was ist?«, bellte er. Seine Stimme war ein verärgertes Grollen.

»Dante. Crispin«, presste Light wieder hervor. Die Worte klangen selbst in ihren Ohren überzeugend. »Er hat die Kontrolle verloren. Er blutet!« Hektisch wandte Light sich um, als würde sie den Kampf beobachten. Dante schrie auf, um den Effekt zu verstärken. »Jemand muss ihn aufhalten!« Light drückte einen Finger in ihre Wunde an der Schulter und Tränen rollten über ihre Wange.

»Verdammt!« Valix knallte die Öffnung zu, riss den Schlüssel herum und die Tür zum Verlies sprang auf. Mit einer Kraft, die Light ihm nicht zugetraut hätte, stieß Valix sie gegen die Wand. Wieder schrie Dante auf und imitierte die Kampfgeräusche. Er saß rittlings auf Crispin, so dass Valix nicht sehen konnte, dass dieser bereits tot war er zog eine Machete und stürmte auf Dante zu. Light biss sich auf die Unterlippe. Sie konnte nur hoffen, dass Dante schneller und stärker war als Valix. Unter anderen Umständen hätte sie nicht an Dantes Überlegenheit gezweifelt, doch er war bereits von dem inneren Kampf mit seinem Dämon geschwächt.

»Dämon!«, rief Valix Dante zu und schwang die Machete über seinen Kopf. Im selben Augenblick wirbelte Dante herum. Er hielt Crispins Kopf in den Händen. Valix starrte in die weit aufgerissenen toten Augen seines Anführers und jegliche Farbe wich aus seiner ohnehin schon blassen Haut. Seine Füße überschlugen sich und er geriet ins Stolpern, doch schnell hatte er sich wieder gefangen. Ein wütender Schrei durchschnitt die Luft, während die Klinge von Valix' Waffe nur wenige Zentimeter von Dantes Ohr entfernt herabsauste. Dieser fluchte und zog Crispins Dolch hervor. Dante hob die Klinge an, richtete sie auf Valix' Herz und stieß zu. Der stöhnte auf, als die blutverschmierte Klinge seinen Körper durchbohrte. Wie von selbst lief er noch ein, zwei Schritte, ehe er regungslos neben Crispins Leiche zu Boden ging.

Dante kniete sich neben Valix, um seine Waffen an sich zu nehmen. Light ging zu ihm und nahm den Dolch entgegen, den er ihr reichte. Es war eine ziemlich einfache Waffe mit schmucklosem Holzgriff und einer gewöhnlichen silbernen Klinge, an deren Kante ein wenig Rost – oder Blut – klebte. »Ist er wirklich tot?« Ihre Kehle fühlte sich rau und wund an.

»Valix ist ein Strigoi. Der Dolch im Herzen hat ihn nur paralysiert.« Ein letztes Mal wanderten seine Hände über den leblosen Körper, um sicherzugehen, dass er vollends entwaffnet war.

»Lass uns von hier verschwinden.« Dante griff nach Lights Hand und führte sie bis zur Tür. Zögerlich spähte er nach links und rechts, bis er sich sicher war, dass niemand sie sehen konnte. Auf Zehenspitzen schlichen sie zu Raum 28. Die Tür war verschlossen, aber in seiner Geistesgegenwärtigkeit hatte Dante Valix' Schlüsselbund mitgenommen. Unruhig spähte Light über ihre Schulter, während Dante das Schloss entriegelte.

Das Zimmer war eine Art Vorratsraum, in dem sich Konservendosen sammelten. Eine Wand war bis auf den letzten Zentimeter von einem Regal bedeckt, in dem sich Wein- und Rumflaschen stapelten. Dante ging in die Hocke, um einen alten verlumpten Teppich zu verschieben. Wie Light es aus alten Filmen kannte, verbarg das Stück Stoff eine Falltür. Mit einem Ruck, der Light zusammenzucken ließ, öffnete Dante den Geheimgang. Ein letztes Mal drehte Light sich um, bevor sie die morsche Holztreppe hinabstieg. Dunkelheit hüllte sie ein, doch als Dante die Falltür hinter sich schloss, flackerte Licht aus allen Ecken.

»Nett«, raunte Light und folgte dem Pfad.

»Ich weiß. Deshalb habe ich hier auch immer gerne gespielt.« Wieder nahm Dante ihre Hand. In der anderen hielt er – genauso wie Light – einen Dolch, bereit, jeden zu pfählen, der sich ihnen in den Weg stellte.

»Was werden wir jetzt tun?«, fragte Light.

Dante seufzte tief aus seiner Brust. »Mir einen Anwalt suchen.«

»Einen Anwalt?« Light blieb wie angewurzelt stehen.

Dante ließ ihre Hand los. »In meinen Bewährungsauflagen steht, dass mir jeglicher Kontakt zu den Censio und Crispin untersagt ist. Verstoße ich gegen diese Auflagen, muss ich in die Strafkolonie.«

»Können wir nicht so tun, als wäre nichts geschehen?«, stotterte Light. »Die einzige Person, die uns bedroht hat, war Crispin, und er ist tot. Bis er zurückkommt, vergehen fünfzig, vielleicht hundert Jahre. Es gibt nichts, was der Rat tun könnte.« Light atmete tief ein. »Und selbst wenn wir den Vorfall berichten bis der Rat hier eintrifft, sind Valix und die anderen verschwunden.«

Dante rieb sich die Nasenwurzel zwischen Daumen und Zeigefinger. »Vermutlich hast du Recht, aber wenn sie doch von diesem Zwischenfall erfahren und herausfinden, dass ich daran beteiligt war, kann ich mich nicht mehr aus der Sache herausreden.« Mit seinen Fingern zeichnete er die Konturen ihres Kiefers nach. »Lass uns zum Dämonenkonsulat gehen, dort haben sie Anwälte für genau diese Fälle. Wenn ich ehrlich bin, kann ich den Rat womöglich davon überzeugen, dass das alles nichts mit mir zu tun hatte und dass es der Plan der Censio war.«

Es widerstrebte Light, dem Rat mitzuteilen, dass Dante gegen seine Auflagen verstoßen hatte, aber auf keinen Fall wollte sie das Risiko eingehen, dass ihre Verschwiegenheit einen falschen Eindruck erweckte. »Lass uns dem Konsulat einen Besuch abstatten.«

Blutverschmiert und mit zerrissener Kleidung standen Light und Dante vor der Botschaft für Dämonen. Es war früher Abend und Laternen beleuchteten den schmalen Eingang. Das Gebäude befand sich schon seit Jahrzehnten im Besitz der Dämonen und wirkte zwischen all den modernen Bauten deplatziert. Dörre Pflanzen rankten sich über die alten Backsteinmauern, die an manchen Stellen von Metallstangen gestützt wurden, und Moos bedeckte das komplette Dach.

»Ob überhaupt jemand hier ist?«, fragte Light. Ihr Blick glitt über die verdunkelten Fenster. Sie zitterte am ganzen Körper. Irgendwann während ihres Aufenthalts bei den Censio waren ihr Pullover und auch ihre Jacke abhandengekommen, so dass sie nur ein T-Shirt am Leib trug, das die Kälte nicht abhalten konnte.

»Es muss jemand da sein, es ist ein Konsulat.«

»Es ist Weihnachten.«

»Das spielt keine Rolle.« Dante zog sie näher an sich, um sie zu wärmen. »Das Konsulat muss jedem Dämon zu jeder Zeit Schutz und Sicherheit gewähren. Ohne Ausnahme.« Entschlossen nickte er, bevor er die Stufen zum Eingang erklomm. Obwohl es eine Klingel gab, benutzte er den alten Türklopfer, der die Form eines kupfernen Löwenkopfs hatte. Das Maul des Raubtiers war weit aufgerissen und ein schwerer Ring lagerte zwischen seinen Zähnen.

Light hauchte sich warmen Atem in die Hände, während sie darauf wartete, dass ihnen jemand öffnete. Es dauerte nicht lange und die Tür wurde aufgezogen. Ein Mann Ende zwanzig trat zwischen die Pfosten. Er trug einen weihnachtlichen Pullover in den Farben Grün und Rot und war zweifellos ein Dämon. Seine dunklen Augen wanderten zwischen ihr und Dante hin und her und sein fröhlicher Gesichtsausdruck wich einem ernsten.

»Wir brauchen eure Hilfe«, sagte Dante geradeheraus. »Wir waren mit Freunden –«

»Kommt rein, es ist viel zu kalt«, unterbrach der Dämon Dante und deutete ihnen einzutreten.

»Danke«, murmelte Light im Vorbeigehen, als sie den mit Marmorfliesen ausgelegten Eingangsbereich betrat. Eine glühende Wärme, wie sie nur ein echtes Feuer erzeugen konnte, kroch in ihre Glieder. Am Ende des Raumes, unter einer Wendeltreppe, die in den ersten Stock führte, loderten Flammen in einem Kamin. Davor standen zwei Sessel, und der Dämon deutete ihnen, darauf Platz zu nehmen.

»Ich bin Clay, der vorsitzende Dämon des Konsulats«, stellte er sich vor.

»Ich bin Dante und das –«

Wieder schnitt Clay ihm das Wort ab. »Ich weiß, wer ihr seid. Dante Leroy und Light Adam. Glaubt nicht, dass euer Fall dem Konsulat unbemerkt geblieben ist. Wir wissen, an welche Delegierten unsere Leute vermittelt werden.« Ein Lächeln umspielte seine Lippen. »Ich hole euch etwas Frisches zum Anziehen, Decken und etwas Warmes zu trinken, dann könnt ihr mir erzählen, was passiert ist.« Ohne auf eine Reaktion zu warten, drehte er auf dem Absatz um und verschwand in einem Flur neben der Treppe.

»Er ist gut informiert«, bemerkte Light und streckte ihre gefrorenen Finger in Richtung Feuer.

»Das ist sein Job.« Dante rutschte mit seinem Sessel näher an sie heran. Schweigend saßen sie nebeneinander und beobachteten die tänzelnden Flammen, wie sie sich die Mauer emporschlängelten. »Was macht deine Schulter?«

»Der geht es gut«, log Light und beugte sich nach vorne, um ihn zu küssen. Noch bevor sich ihre Lippen berührten, war hinter ihnen ein vernehmliches Räuspern zu hören. Light zog ihren Kopf zurück und erblickte einen Mann Mitte vierzig, der ein Tablett in den Händen hielt. Seine schwarzen, grau melierten Haare hatte er nach hinten gekämmt. Eine Strähne fiel ihm ins Gesicht, als er sich nach vorne beugte, um zwei Teetassen abzustellen. »Ich bin Samuel, Clays Delegierter«, stellte er sich vor, das Tablett an seine Brust gedrückt. »Ihr zwei seht gar nicht gut aus.« Er musterte ihre zerschlissene Kleidung und das Blut in ihren Haaren.

»Ich bin Da…«

»Ich weiß, wer ihr seid«, sagte Samuel, als wäre dies selbstverständlich. »Wir im Konsulat sind mit eurem Fall sehr gut vertraut. Übermorgen ist die Revisionsveranstaltung, nicht wahr?«

Light nippte an ihrem Tee, um nicht antworten zu müssen, aber wie es schien, erwartete Samuel das auch gar nicht. Ungehalten redete er weiter: »Euer Fall ist wirklich ein Streitpunkt in unserem Konsulat.«

»Ach ja?« Interessiert zog Dante eine Braue in die Höhe. »Streit worüber?«

Samuel setzte sich auf den kleinen Tisch und schlug die Beine übereinander. Diese Geste ließ ihn sehr jung wirken. »Weniger ein Streit als vielmehr eine Diskussion. Wir vom Dämonenkonsulat sind schon seit Jahren dafür, dass die Regelung, die Menschen und paranormale Bürger geschlechtlich separiert, aufgehoben wird. Es ist eine sehr sexistische Einstellung. Man kann Freundschaft nicht am Geschlecht festmachen und auch das ›Problem‹«, er setzte das Wort in Anführungszeichen, »einer möglichen Beziehung wird dadurch nicht behoben.«

»Sam, hör auf, sie mit deiner Politik zu nerven.« Clay kam mit einem Stapel Decken in den Händen zurück und ein paar alte Klamotten hingen über seiner Schulter.

»Ich erzähle ihnen nur von der Idee für den neuen Gesetzesentwurf.«

»Sehen die beiden so aus, als würde sie das interessieren?« Ungläubig schüttelte Clay den Kopf und reichte ihnen die Klamotten. »Den Flur entlang, die zweite Tür rechts, dort könnt ihr euch gerne umziehen, danach können wir reden.« Light bedankte sich und schlich hinter Dante den Flur entlang. Das Zimmer, in das Clay sie geschickt hatte, war wider Erwarten kein Büro, sondern ein Schlafzimmer mit angrenzendem Bad.

»Was hältst du von den beiden?«, fragte Dante und streifte sich das zerfetzte T-Shirt vom Leib.

»Ich weiß nicht.« Light schaltete das Licht im Badezimmer ein und befeuchtete zwei Handtücher mit Wasser. »Ich habe noch nie von ihnen gehört. Aber um ehrlich zu sein, es macht mir etwas Sorgen, dass Samuel gesehen hat, wie wir uns fast geküsst hätten.«

»Darüber machst du dir Sorgen!? Du bist gerade vor weniger als einer Stunde nur knapp dem Tod entkommen!« Dante nahm das Handtuch entgegen, das sie ihm reichte, und begann das Blut von seinem Körper zu wischen.

Light säuberte ihre Arme. »Ich habe einfach Angst, dass er uns verrät.«

»Das wird er nicht.« Dante wischte sich ein letztes Mal über den Hals, ehe er das Handtuch auf den Boden warf und sein Hemd anzog. »Ich hab seine und Clays Aura gesehen und sie werden dem Rat nichts erzählen. Vertrau mir.«

»Ich ...« Light streifte sich das T-Shirt über und schlüpfte in den weiten Pullover, den sie von Clay hatte. »Ich vertraue dir, aber ganz wohl ist mir nicht.«

»Clay und Samuel werden uns helfen«, sagte Dante voller Überzeugung. Er nahm ihre Hände in seine und zog sie an sich. Seine Nähe wirkte auf Light wie ein Balsam, der ihre angespannten Nerven beruhigte. »Wir gehen da jetzt raus und erzählen ihnen alles über die Censio, Crispin und Sermon. Wir stehen das zusammen durch, hast du gehört?«

Light nickte und drückte ihm einen flüchtigen Kuss auf die Lippen. Trotz ihrer Unsicherheit wusste sie, dass das dämonische Konsulat ihre einzige Chance war, um Dante davor zu schützen, in eine Strafkolonie verfrachtet zu werden.

Kurze Zeit später saßen sie mit Clay und Samuel an einem Tisch in einer Art Wohnküche und erzählten ihnen, was passiert war. Dabei ließen sie nichts aus. Sie berichteten von Crispins Tod und wie sie Valix überrumpelt hatten. Samuel – den sie Sam nennen durften – rief sofort einen Anwalt an und verständigte Ratsmitglieder, von denen er wusste, dass sie gewillt waren, mit dem Dämonenkonsulat zu kooperieren.

»Ich glaube nicht, dass dieser Überfall als ein Bruch deiner Bewährungsauflagen angesehen wird«, verkündete Clay schließlich zuversichtlich und klappte sein Handy zusammen. »Der Rat ist froh darüber, dass ihr kooperiert. Sie schicken gerade einen Trupp mit Durchsuchungsbefehl zu dem Versteck der Censio. Allerdings wird es noch ein paar Tage dauern, bis wir wissen, was los ist. Über die Feiertage sind viele der Mitglieder im Urlaub oder bei ihrer Familie zu Besuch.« Clay setzte sich neben Sam an den Tisch. Stille trat ein und die beiden wechselten einen bedeutungsvollen Blick. Sam zuckte mit den Schultern, und Clay rollte mit den Augen, als wäre es eine geheime Sprache, die nur sie verstehen konnten. Als Antwort zog Sam seine Nase kraus.

»Wir wollen mit euch über etwas reden«, sagte Sam schließlich. »Wie ihr vielleicht wisst, hat es so einen Fall wie euren bisher nicht gegeben. Dadurch gibt es auch kein Gesetz, das diesen Präzedenzfall abdeckt. Es ist untersagt, Menschen und paranormale Bürger des anderen Geschlechts zu vermitteln, aber gleichzeitig kann eine Revision nur dann durchgeführt werden, wenn der Delegierte damit einverstanden ist.«

Dante nickte. »Das wissen wir bereits.«

»Wirklich?«, fragte Sam überrascht. »Soll das heißen, ihr habt schon darüber nachgedacht, die Delegation aufrechtzuerhalten?«

»Ja. Dante und ich hatten zu Beginn unsere Schwierigkeiten«, gestand Light. »Nach dem Überfall der Impia haben wir uns ausgesprochen und seitdem läuft es großartig.«

»Du könntest dir vorstellen Dantes Delegierte zu bleiben?« Clay wirkte mehr als nur überrascht.

»Ja, ich habe ernsthaft darüber nachgedacht.«

Sam klatschte in die Hände. »Das ist fantastisch, denn genau darum wollten wir euch bitten. Ihr seid absolut perfekt für unsere Kampagne gegen Artikel 9 der Delegiertenverfassung.«

Misstrauisch hob Dante die Augenbraue. »Wieso? Sind Sie mit Clay als Wesen nicht zufrieden? Hätten Sie lieber ein Wesen des anderen Geschlechts?«

Samuel lachte. »Nein, ganz im Gegenteil. Aber die Welt kann nicht von heute auf morgen geändert werden, es ist ein langwieriger Prozess und Artikel 9 zu streichen ist der erste Schritt in die richtige Richtung.«

»Der erste Schritt?« Dante verzog die Lippen. »Mein Vater war auch immer sehr begeistert von seinen Schritten in die richtige Richtung. Es braucht schon etwas mehr, um mich zu überzeugen.«

Clay ergriff das Wort. »Wie Sam euch vorhin schon erzählt hat, wollen wir zeigen, dass man Freundschaften und Beziehungen nicht an einem Geschlecht festmachen kann. Es macht keinen Sinn, dass der Delegierte und sein Wesen demselben Geschlecht angehören, und noch weniger Sinn macht es, eine intime Beziehung zu verbieten. Der Rat behauptet, es würde den Einfluss auf das Wesen schwächen, aber vielmehr ist das Gegenteil der Fall, wie man an euch beiden sieht. Es ist wichtig, den Leuten zu zeigen, wie ihr miteinander lebt und womöglich können wir bald nicht nur Artikel 9, sondern auch Artikel 6 streichen, der eine Beziehung zwischen dem Delegierten und Paranormalen verbietet.«

Ein nervöses Kribbeln zog sich durch Lights Magen bei dem Gedanken, dass ihre Beziehung zu Dante womöglich schon bald nicht mehr verboten war. Dann könnten sie ihre Liebe offen zeigen, ohne Angst haben zu müssen, dass sie ihren Job verlor oder Dante in einen anderen Teil der Staaten ziehen musste.

»Moment«, abwehrend hob Dante seine Hand. »Das hört sich alles ganz großartig an, aber wieso sollte das dämonische Konsulat daran Interesse haben, dass Beziehungen zwischen ... Ohh, jetzt verstehe ich.« Dante starrte auf Clays Hand, die sich über die von Sam gelegt hatte. Ihre Finger hatten sich ineinander verflochten und geradezu zärtlich streichelte Clays Daumen über den Handrücken seines Partners.

»Genau«, lächelte Sam. »Das dämonische Konsulat hat ein persönliches Interesse daran. Doch wenn wir nicht zuerst Artikel 9 streichen, wäre das ein Faustschlag ins Gesicht aller heterosexuellen Paare. Denn erst, wenn Beziehungen zwischen Delegierten und Wesen uneingeschränkt möglich sind, besteht eine Chance auf endgültige Gleichberechtigung. Du und Light, ihr wärt die perfekten Repräsentanten dafür, dass auch gemischte Paarungen funktionieren. Natürlich müsstet ihr eure Beziehung geheim halten, bis wir Artikel 6 endgültig loswerden, aber wäre das nicht wunderbar?«

»Das hört sich wirklich großartig an«, gestand Light. »Aber während meiner Zeit mit Dante wurden wir von den Impia und den Censio angegriffen. Eine repräsentative Aufgabe für das dämonische Konsulat würde nur noch mehr Aufmerksamkeit auf uns ziehen.«

Clay ließ Sams Hand los. »Das verstehen wir natürlich vollkommen. Wir wollen euch zu nichts zwingen, die Entscheidung steht euch frei, aber solltet ihr euch entscheiden ein Teil unserer Kampagne zu werden, seid euch sicher, dass ihr im Schutz des dämonischen Konsulats steht.«

28. Kapitel

»Paranormale Bürger sind in ihren Grundrechten den Menschen gleichgestellt. Sie dürfen nicht wegen ihrer Abstammung oder Magie benachteiligt oder bevorzugt werden.«
(Buch der Delegation, Artikel 1)

Light zupfte am Saum des schwarzen Kleides, das Clay eigens für sie organisiert hatte. Der Stoff reichte ihr bis zu den Knien und war am Hals zu einem Rollkragen geschnitten. Sie wirkte seriös wie eine junge Politikerin oder schlichtweg wie eine Delegierte, die genau wusste, was das System von ihr verlangte. Es war der Tag der Revision und Light saß in der ersten Reihe des Verhandlungszimmers. Hinter ihrem Rücken waren mehrere Dutzend Leute versammelt, die sie nicht kannte. Revisionen waren selten. Ihre Revision war ein Präzedenzfall, der die Schaulustigen anzog wie Motten das Licht.

Nach dem Zwischenfall mit den Censio und ihrem Besuch im dämonischen Konsulat ging alles drunter und drüber. Ständig trafen neue Meldungen über das Versteck der Censio ein. Doch niemand wollte die Informationen bestätigen, geschweige denn Dante eine Immunität für seine Kooperation zusprechen. Clay hatte ihnen versichert, Dante würde nichts geschehen, aber Light konnte diesen Worten kein Vertrauen schenken, zumal es viele Menschen – Politiker – gab, die den Sohn des ehemaligen Censio-Anführers hinter Gittern sehen wollten.

Light schüttelte diesen Gedanken ab. Sie wollte sich auf die Revision konzentrieren und auf das, was darauf folgen würde:

das Gespräch mit ihren Eltern. Denn sie hatte sich bis jetzt nicht überwinden können mit ihnen zu sprechen, so dass ihre Eltern noch nichts von ihrem Glück wussten, Dante weiterhin in ihrem Haus willkommen heißen zu dürfen. Auch Jude und Kane hatten keine Ahnung, aber die Konfrontation mit ihnen konnte noch warten. Die beiden waren zu Hause geblieben, in dem Glauben, sie würden den Ausgang der Verhandlung bereits kennen.

»Bist du aufgeregt?«, fragte ihre Mum von der Seite und tätschelte beruhigend die Hand ihrer Tochter. Light verzog ihre Lippen zu einem schiefen Lächeln. Es war ein jämmerlicher Versuch, ihr schlechtes Gewissen zu verbergen. Sie hätte ihren Eltern von der repräsentativen Aufgabe im Konsulat erzählen müssen, aber vermutlich war es nicht nur der Zeitmangel, sondern auch die Angst vor ihren Reaktionen, die Light dazu gebracht hatte, es ihnen zu verschweigen.

»Es geht schon.« Light ließ ihren Blick durch den Gerichtssaal schweifen. Dante saß auf der anderen Seite des Saals zwischen zwei blau uniformierten Delegierten. Auch er sah sich um, und als ihre Blicke sich trafen, zuckte es in seinen Mundwinkeln. Er schien keinerlei Bedenken zu haben, was ihren Plan betraf, und diese Selbstsicherheit gab Light mehr Vertrauen und Hoffnung, als Dante sich vorstellen konnte. Es würde schwierig werden, ihre Beziehung geheim zu halten, aber sie konnten es schaffen. Mit der Hilfe von Clay und Samuel würden sie alles verändern und den Rat dazu bringen, erst Artikel 9 und schließlich Artikel 6 zu streichen.

Clay und Samuel saßen wenige Reihen hinter Dante. Von Zeit zu Zeit beobachtete Light, wie ihre Fingerspitzen sich berührten oder wie sie sich zueinanderbeugten, als wäre es im Gerichtssaal zu laut. Light konnte sich vorstellen, wie es mit ihr und Dante wäre: Unauffällig würde er sich zu ihr beugen, sein Atem würde ihre Haut streifen und ihr Herz dazu bringen, schneller zu schlagen. Es waren gestohlene Momente, eine Rebellion gegen das, was das System von ihnen verlangte, aber nur jene, die es sehen wollten, konnten sie auch sehen: die Veränderung.

Eine plötzliche Stille legte sich über den Saal, als der Richter den Raum betrat. Alle erhoben sich von ihren Plätzen, während ein älterer Herr mit schütterem Haar sich neben Mr Bennett stellte. Mr Bennetts Kopf war rot und Schweißperlen lagen auf seiner Stirn. Ihm schien die Revision unangenehm, denn sein Team war verantwortlich für den Fehler, der sie und Dante zusammengeführt hatte. Nur ein kleines Missgeschick, ein falscher Klick, der Light als Jungen gekennzeichnet und damit alles verändert hatte.

»Sie können sich setzen«, sagte der Richter, bevor er selbst hinter seinem Pult Platz nahm. Die Gerichtsunterlagen in den Händen verkündete er: »Den Dokumenten entnehme ich, dass es zu einem formellen Fehler in den Unterlagen von Light Adam gekommen ist, was eine Anomalie im Delegationssystem zur Folge hatte«, fasste der Richter zusammen. »Light Adam und ihre rechtlichen Vormünder Silvia und Ryan Adam klagen gegen das System und fordern die Entlassung von Dante Leroy aus der Obhut von Light Adam.«

Mr Bennett, der neben dem Richterpult stand, nickte. »Das ist richtig, Euer Ehren.«

»Wenn es von Seiten des Klägers und Angeklagten keine Einwände gibt, würde ich gerne Light Adam in den Zeugenstand rufen.« Aus dem Augenwinkel sah Light, wie ihre Eltern den Kopf schüttelten, und auch Mr Bennett hatte keine Einwände. »Light Adam«, sagte der Richter und deutete auf einen Stuhl neben sich. »Bitte treten Sie in den Zeugenstand.«

Light löste ihre feuchten Händen, die das Holz der Sitzbank umklammert hatten, und nahm auf dem Stuhl neben dem Richter Platz. Ihr Magen krampfte sich zusammen, als sie aufblickte und in die Augen von hundert Fremden starrte. Einige von ihnen waren Menschen, sie hatten ihre Mäntel um ihre Körper geschlungen oder auf ihrem Schoß liegen, andere Besucher hingegen waren eindeutig Wesen. Neben Clay und Dante war mindestens ein weiterer Dämon im Saal. Light entdeckte auch zwei Feen und eine Nixe, deren Haar so blau war wie der Ozean. Es herrschte andächtige Stille, bis der Richter sie durchschnitt. »Ihr Name ist Light Adam. Sie sind siebzehn Jahre alt und leben gemeinsam mit Ihren Eltern und Ihrem Bruder Jude Adam in Ferrymore Village?«

»Das ist richtig, Euer Ehren.« Wieder gruben sich Lights Finger in den Saum ihres Kleides. Ihre Nerven waren zum Zerbersten gespannt.

»Sie wissen, dass Sie vor Gericht trotz Minderjährigkeit eine vollwertige Delegierte sind und Ihre eigene Entscheidung bezüglich der Lossagung von Dante Leroy treffen können?«

Light blickte auf ihre Füße. »Ja, Euer Ehren.«

»Sie wurden belehrt, dass eine Entlassung Sie von jeder Pflicht Mr Leroy gegenüber entbindet.«

»Ja, Euer Ehren.«

»Somit frage ich Sie, Delegierte Adam, willigen Sie in die Entlassung von Dante Leroy aus Ihrer Obhut ein?« Aus seinem Mund klangen diese Worte banal und gefühllos, als würden sie keine Rolle spielen, aber für Light bedeuteten sie die Welt. Für Dante bedeuteten sie die Welt und für all jene Wesen, die wie Clay für mehr Gleichberechtigung kämpften, bedeuteten sie einen Neubeginn.

Die Blicke der Anwesenden durchbohrten Light. Sie konnte es förmlich auf ihrer Haut spüren, als sie es sagte, das eine Wort, das alles verändern würde: »Nein.« Sie war überrascht, wie fest und entschlossen ihre Stimme klang, als duldete sie keine Widerworte, als wäre ihre Entscheidung in Stein gemeißelt.

Augenblicklich brach Gemurmel im Gerichtssaal aus, Schuhe schabten auf dem Boden und Mäntel raschelten. Hier und da wurden Diskussionen laut. Dante setzte ein schiefes Grinsen auf. Light musste ein Lachen unterdrücken. Die Stimmen im Saal wurden aufgeregter, doch der Richter griff nicht zu seinem Hammer, um sie zum Schweigen zu bringen, vielmehr blickte er Hilfe suchend zu Mr Bennett. Dieser wirkte ebenfalls verwirrt, stand jedoch auf und kam zu ihr. Die Schweißperlen standen ihm nun nicht länger auf der Stirn, sondern liefen ihm über das Gesicht und sammelten sich über seinen Lippen. »Light, was tun Sie da?«, fragte er empört. Fahrig tastete er nach einem Taschentuch, doch seine Hände waren so zittrig, dass er es kaum schaffte, das Tuch aus seiner Jacketttasche zu ziehen.

Einen Moment sah Light ihn nur an, blickte in seine verängstigten Augen. Wovor hatte er Angst? Dass Dante ihr etwas antun könnte? Dass er seinen Job verlieren konnte? Oder wusste er, dass es der Anfang von etwas Größerem war? »Ich tue das, was ich für richtig halte, Mr Bennett.«

»Ihre Entscheidung verstößt gegen Artikel 9«, warf der Richter ein, als wüsste sie das nicht.

»Bei allem Respekt, Euer Ehren, Mr Bennett war es, der am Tag meiner Delegation Artikel 9 gebrochen hat, indem er zugelassen hat, dass Dante bei mir einzieht. Er und sein Team waren es, die diesen Fehler begangen haben, nicht ich und auch nicht Dante.« Die Stimmen im Hintergrund wurden immer lauter. Menschen diskutierten mit Wesen und zwischen all diesen Leuten saß Clay. Er lächelte, als wäre dieser Tag der glücklichste in seinem Leben, und er hielt Samuels Hand – niemand schenkte ihnen Beachtung. »Davon abgesehen«, fuhr Light fort, »kann eine Revision nur dann durchgeführt werden, wenn der Delegierte einwilligt und die dazugehörigen Dokumente unterschreibt. Ihre Gesetze führen uns also in eine Sackgasse, Euer Ehren.«

Der Richter nickte und dachte einen Moment über ihre Worte nach. »Sie hat Recht, Mr Bennett. Ohne ihre Einwilligung kann ich die Revision nicht rechtens machen.« Mr Bennett tupfte sich nervös den Schweiß von der Stirn, ohne etwas zu erwidern. »Mir sind die Hände gebunden, daher schließe ich diesen Fall zu Gunsten von Light Adams Entscheidung ab, aber ich verlange, dass sich um eine baldige Regelung gekümmert wird«, sagte er an Mr Bennett gewandt, der wie in Trance nickte und wieder seinen Platz einnahm. Mehrfach wurde der Hammer auf das kleine Podest geschlagen, ehe Ruhe im Saal einkehrte. Der Richter räusperte sich. »Nach Klärung der Gesetzeslage, hier insbesondere des Artikels 21, der besagt, dass einer Revision nur dann stattgegeben werden kann, wenn der Delegierte ihr zustimmt, stellt das Gericht das Revisionsverfahren vorerst ein. Der Verstoß gegen Artikel 9 muss geklärt werden und bleibt im Fall Adam/Leroy unbeachtet, bis der Rat ein entsprechendes Gesetz erlässt.«

Der Richter verfasste eigens ein kurzes Plädoyer, ehe er Light aus dem Zeugenstand entließ und die Gerichtsverhandlung für geschlossen erklärte. Obwohl die Verhandlung nur zehn Minuten gedauert hatte, fühlte sich Light, als wäre sie einer stundenlangen Tortur ausgesetzt gewesen – aber noch hatte die Quälerei kein Ende. Unter den erfreuten, erstaunten und empörten Blicken der Besucher ging sie zu ihren Eltern. Der Ausdruck im Gesicht ihres Dads war leer, doch ihre Mum lächelte sie an. Hatte sie schon etwas geahnt?

Mit weichen Knien ging Light zu ihnen und setzte sich zwischen sie. Sie griff nach den Händen ihres Dads, denn sie wusste, dass sie ihn und nicht ihre Mum von ihrer Entscheidung überzeugen müsste. »Dad, hör mir zu. Ich weiß, du kannst Dante nicht leiden, aber er ist ein netter Kerl, wenn man ihm die Chance gibt, es zu zeigen. Ich habe das alles nicht von Anfang an geplant, das musst du mir glauben, aber ... aber sie brauchen uns.«

»Wer sind *sie*?«, fragte ihr Dad und ein Hauch Leben trat auf sein ausdrucksloses Gesicht.

»Das dämonische Konsulat«, erklärte Light. »Es plant eine Initiative für mehr Gleichberechtigung zwischen Delegierten und ihren Wesen. Sie wollen, dass die Paarungen nicht länger demselben Geschlecht angehörten, denn Freundschaft kann man nicht auf diese Weise definieren. Sie wollen Wesen und Menschen auf derselben Stufe sehen. Ist das nicht großartig?«

Etwas wie Stolz blitzte in den Augen ihres Dads auf. »Wieso musst *du* das durchsetzen? Gibt es dafür nicht jemand anderen? Jemanden mit mehr Erfahrung?«

»Nicht ich alleine, Dante und ich – gemeinsam. Wir verkörpern all das, was das Konsulat sich wünscht. Ich habe Dante das

Leben gerettet und er meines. Er ist nicht ›mein Wesen‹, er ist Dante, dem ich für immer dankbar sein werde. Dante, den ich mit meiner Entscheidung, weiterhin seine Delegierte zu sein, nicht behandle, als wäre er austauschbar. Er und ich, wir sind gleichwertig, und genau darum geht es: um Gleichberechtigung. Mit der Abschaffung von Artikel 6 und 9 gehen Samuel und Clay nur den ersten Schritt in die richtige Richtung. Es wird sich noch vieles ändern müssen und es wird ein langer Weg, aber wir beide, Dante und ich, wollen die Repräsentanten dieser neuen Politik werden … wir sind Vorbilder und sollen zeigen, dass es funktioniert.«

Ihr Dad fuhr sich durch das Haar und seufzte. »Du weißt, dass er ein Dämon ist.«

»Ja.« Light imitierte seinen Seufzer. »Aber er ist wirklich ein guter Kerl. Als du dich davor gedrückt hast einen hässlichen Weihnachtsbaum zu kaufen, war es Dante, der die Tanne getragen hat, und er hat sich mit Mum freiwillig einen kitschigen Film angesehen.« Sie sah zu Dante, der darauf wartete, dass sie ihn zu sich holte. »Aber das Wichtigste: Er hat mir das Leben gerettet.«

»Dein Leben, das gar nicht in Gefahr gewesen wäre, würde es ihn nicht geben.«

Light ließ seine Hände los. »Darum geht es doch gar nicht. Wenn nicht mich, dann hätte es jemand anderen getroffen, und letztlich war es nicht Dante, sondern Crispin und die Impia –« Light unterbrach sich. »Weißt du was? Vergiss es. Was ich sagen will, ist, dass Dante mich gerettet hat. Er wollte und konnte mich nicht töten. Für mich hat er sein altes Leben aufgegeben. Er will nicht dorthin zurückkehren, er will sich ändern und besser sein als sein Vater.«

Ihr Dad sah zu Dante, der auf seinem Platz wartete. Er wusste genau, dass Light dieses Gespräch alleine durchstehen musste. Vielleicht war es Dantes Ruhelosigkeit, die ihren Dad schließlich dazu brachte zu lächeln. »Light, gibt es irgendetwas, das ich oder deine Mum tun könnten, damit du deine Entscheidung änderst?«

Entschlossen schüttelte Light den Kopf. »Nein.«

»Und du weißt, worauf du dich einlässt? Es könnte gefährlich werden.«

»Ich bin bereit dieses Risiko einzugehen«, sagte Light.

»Dann bin ich es auch.« Er lächelte. »Es ist deine Entscheidung, und ich vertraue dir – dir und Dante.« Er lehnte sich zu ihr und gab ihr einen Kuss auf die Stirn. Und in diesem Augenblick wusste Light, dass sie und Dante es schaffen konnten. Mit der Unterstützung ihrer Eltern und der Hilfe von Clay und Samuel würden sie zuerst Artikel 6 und 9 abschaffen und später auch all die anderen Paragrafen. Irgendwann würde der Rat ihre Liebe akzeptieren und für dieses Ziel war Light bereit zu kämpfen.

Epilog

Light umklammerte das Champagnerglas in ihren Händen, während sie sich durch die Masse drängte. Das Dämonenkonsulat war zum Zerbersten gefüllt. Überall standen Menschen und Dämonen in kleinen Gruppen zusammen und warteten darauf, dass das neue Jahr begann. Immer wieder nickten die Leute ihr freundlich zu, lächelten sie an und versicherten ihr, wie großartig sie die neue Kampagne des Konsulats fanden. Sie kannte niemanden auf dieser Party außer ihren Freunden, ihrer Familie, Dante, Clay und Samuel – und doch schienen alle Besucher zu wissen, wer sie war.

»Light, wie geht es Ihnen?« – »Ihr Kleid sieht wirklich hinreißend aus.« – »Wo haben Sie Ihre dämonische Hälfte gelassen?«, wollten die Leute wissen, aber auf diese letzte Frage kannte sie selbst keine Antwort. Mit den Ellenbogen voran schob Light sich durch eine Gruppe Dämonen, die über schmutzige Witze lachten. Sie entdeckte Jude, der sich inzwischen völlig von seinen Verletzungen erholt hatte, gemeinsam mit Anna neben dem Buffet stand und ausgiebig lachte. Light wollte die beiden nicht stören und drängte sich weiter durch die Massen an Gästen. Von irgendwoher hörte sie Kanes und Kathryns Stimmen, aber bevor sie nach ihnen Ausschau halten konnte, tauchte Sam vor ihr auf. Mit einem breiten Grinsen hielt er ihr ein Tablett mit Aperitifs unter die Nase. »Durstig?«

Light schüttelte den Kopf. »Ich bin auf der Suche nach Dante.«

»Ich glaube, er ist mit Clay im ersten Stock, in der Mediathek. Clay wollte ihm seine CD-Sammlung zeigen.« Samuel deutete die Treppen nach oben in den rechten Flur. »Die dritte Tür von links.« Light bedankte sich und schob sich wieder in die entgegengesetzte Richtung. Ihr Kleid war lang und elegant, aus einem fließenden hellbraunen Stoff, der es ihr nicht einfach machte, die Treppen schnell zu erklimmen.

»Ich liebe diese Band«, hörte sie Dantes Stimme, als sie kaum mehr einen Schritt von der Mediathek entfernt war. Sie blieb stehen und lauschte seinen Worten. »Am besten gefällt mir das Gitarrensolo im fünften Song. Der Mann ist einfach ein Gitarrengott. Ein Gott!« Ein Lächeln huschte über Lights Gesicht. Sie hatte Dante die letzten Tage wirklich vermisst. Sie waren nie voneinander getrennt, aber die Kampagne kostete sie schon jetzt sehr viel Kraft und Zeit. Fast jeden Tag standen mehrere Interviews und Besprechungen auf dem Plan. Sie trafen sich mit Leuten aus den anderen Konsulaten und dem Delegiertenrat, der überraschend mild auf ihre Entscheidung und die Kampagne des dämonischen Konsulats reagiert hatte. All diese Termine hatten sie gemeinsam wahrgenommen und doch hatten sie nie Zeit für sich. Abends waren sie zu müde und erschöpft, um lange Gespräche zu führen, und genau danach sehnte sich Light: nach einem Gespräch. Seit ihrer Entführung hatten sie keine Minute gehabt, um über das zu reden, was dort passiert war, und viel wichtiger, Dante hatte nie auf ihr »Ich liebe dich« reagiert, obwohl er es definitiv gehört hatte.

»Dante?«, fragte Light, als wüsste sie nicht schon längst, dass er in diesem Zimmer war. Sie schob die Tür auf und sah, wie er mit Clay vor einem großen CD-Regal stand. Er trug einen der Anzüge, die das dämonische Konsulat finanziert hatte, denn sie wollten Dante nicht in Jeans und T-Shirt der Öffentlichkeit präsentieren, und auch Lights Kleid war eine – wie Samuel es nannte – Investition in die Kampagne.

»Light«, er sagte ihren Namen mit einem Lächeln.

»Du siehst wirklich wunderbar aus.« Clay musterte sie von Kopf bis Fuß. »Deine Haare sehen fantastisch aus.«

»Danke, meine Freundin Anna hat zwei Stunden damit verbracht, sie so zu frisieren.« Mit Kathryn an ihrer Seite hatte Anna kunstvolle Locken in ihr Haar gezaubert und es anschließend mit Nadeln aufgetürmt, bis nur noch einzelne Strähnen ihr Gesicht rahmten.

»Ist sie heute auch hier?«, fragte Clay neugierig, als hätte er vor, etwas an seiner Frisur zu ändern.

»Ja, sie ist mit den anderen unten.« Als wäre es eine Art Stichwort, blickte Clay hektisch auf seine Uhr. »Schon so spät? Ich hab Sam versprochen, dass ich in fünf Minuten wieder unten bin.« Schneller, als Light sich hätte verabschieden können, rauschte er aus dem Zimmer und schloss die Tür hinter sich.

»Sehr dezent«, schnaubte Dante und umfasste noch im selben Atemzug Lights Hüfte, um sie an sich zu ziehen. »Aber er hat Recht, du siehst wirklich fantastisch aus.« Er neigte seinen Kopf und gab ihr einen flüchtigen Kuss.

»Du siehst aber auch nicht schlecht aus.« Mit den Fingern fuhr sie über den dunkelblauen Stoff seines Jacketts.

»Clay und Sam haben mir mehr Anzüge gekauft, als ich in meinem ganzen Leben tragen werde.«

»Sie meinen es nur gut mit uns.« Light bettete ihren Kopf auf Dantes Schulter, etwas, was sie zuvor noch nie hatte tun können, aber mit Zehn-Zentimeter-Absätzen war alles möglich. »Ich wollte mit dir über etwas reden«, sagte sie wie aus einer vagen Erinnerung heraus. Seine Nähe ließ sie die Worte vergessen, die sie sich zurechtgelegt hatte.

Doch Dante löste sich von ihr. Etwas wie Sorge oder Bedauern spiegelte sich in seinem Gesicht. »Bekomme ich Ärger? Ist es wegen des hochgeklappten Toilettensitzes? Ich wusste, dass dich das stört«, seufzte er und fuhr sich mit der Hand durch sein locker nach hinten gekämmtes Haar.

»Erstens, es gibt keine Frau, die hochgeklappte Toilettensitze mag, und zweitens, glaubst du ernsthaft, ich suche dich auf einer Silvesterparty auf, um mit dir über Toilettensitze zu reden?« Fragend zog sie die Brauen in die Höhe.

»Vermutlich nicht.« Dante nahm ihre Hand. Wie von selbst verflochten sich ihre Finger ineinander. Ein nervöses Kribbeln breitete sich in Light aus, nicht nur wegen der Berührung, sondern auch vor Aufregung. »Ich –«, setzte sie an, brach jedoch wieder ab. Sie konnte spüren, wie sich Schweiß in ihrer Handfläche sammelte, und dennoch ließ Dante sie nicht los. Beruhigend nickte er ihr zu. »Weißt du noch, was ich zu dir gesagt habe, als du Sermon warst?«

Er schüttelte den Kopf. »Ich weiß, wie ich dich verletzt habe.« Wie von selbst glitt sein Blick zu ihrer Schulter, obwohl die Wunde schon längst verheilt war. Nicht einmal eine Narbe war zu sehen. »Und wie ich Crispin getötet habe.« Ein dunkler Schatten legte sich über sein Gesicht, als er von seinem Vater sprach, und Verzweiflung funkelte in seinen Augen. »Aber der Rest ist verschwunden. Es ist wie bei einem dieser Träume. Du weißt genau, dass du ihn hattest, und grobe Erinnerungen sind vorhanden, aber du kannst sie nicht erreichen. Und je mehr du versuchst, den Traum wieder in dein Gedächtnis zu rufen, umso mehr entgleitet er dir.«

Light hatte nicht gemerkt, wie nahe sie sich gekommen waren. Sie war ihm so nah, dass sie jede Faser seines Körpers spüren konnte: seine Atmung und seinen Herzschlag, der eine aufgeregte Melodie schlug. Sein Geruch nach Wald und dem teuren Aftershave von Clay stieg ihr in die Nase. Sie konnte ihre Augen schließen und sich jede Kontur seines Körpers vorstellen. Aber nicht nur sein Körper war ihr vertraut, sie wusste, wie sein Lachen klang, wenn er es ernst meinte, und sie kannte den heiseren Unterton in seiner Stimme, wenn er erregt war. Er neigte den Kopf nach rechts, wenn er sie küsste, und er mochte, wie sich ihre Hände in seinen Haaren anfühlten. »Als du Sermon warst, habe ich dir gesagt, dass ich dich liebe. Ich habe dich vor vier Wochen geliebt. Ich habe dich vor zwei Tagen geliebt und ich liebe dich jetzt.« Dantes Augen wurden mit jedem Wort größer. »Ich will nicht aufdringlich sein, und ich verstehe es, wenn du die Worte nicht erwidern willst, aber ich muss wissen, wie du darüber denkst.«

Sprachlos starrte Dante sie an. »Das hast du – du –« Er brach ab und sah sie ohne ein weiteres Wort an. Im Schweigen streichelte er mit seinem Daumen über ihren Handrücken – eine Geste, die mehr sagte als jedes Wort. Er lehnte sich nach vorne, und so sanft, als würde sie es sich nur einbilden, küsste er erst ihre Stirn, ihre Nase und schließlich ihre Lippen. »Damit habe ich nicht gerechnet.« Seine Stimme zitterte. Zärtlich streichelte Light über seine Wange. Fast schüchtern lächelte Dante sie an. »Könntest du –«

»Könnte ich *was*?« Seine unerwartete Verlegenheit brachte Light zum Grinsen.

Er zog sie in eine tiefe Umarmung, als wollte er sein Gesicht verstecken. »Könntest du es noch einmal sagen?«, flüsterte er leise in ihr Ohr.

»Ich liebe dich«, wiederholte sie die Worte, ohne zu zögern. Sie entwand sich seiner Umarmung, so dass sie ihn ansehen konnte. Ein seliges Lächeln brachte seine Augen zum Glänzen, bevor er sie küsste, stürmisch und leidenschaftlich ihre Lippen eroberte. Eine Flut aus Emotionen stürzte auf Light ein, und sie wünschte sich nichts sehnlicher, als in ihrem Bett zu liegen. Alleine zu zweit. Dante schien jedoch keine Bedenken zu haben, dass jemand sie ertappen könnte. Er presste sie an sich, raubte ihr Atem und Verstand. Doch es waren nicht seine Küsse, mit denen er sich ihr Herz nahm, es waren die drei Worte, die er sanft an ihren Lippen hauchte.

ENDE

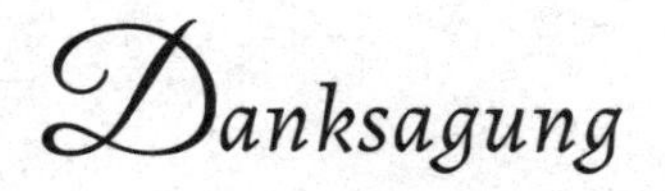

Mein erster Dank geht an Yvonne. Sie ist nicht nur eine großartige Testleserin, sondern vor allem eine gute Freundin. Sie ist sich nie zu schade, sich meine »Schreibprobleme« anzuhören, auch wenn es sie manchmal sicherlich schon nervt. Dennoch hat sie nie aufgehört an mich zu glauben und wurde es nicht leid, mir das zu sagen. Ich wüsste nicht, ob es »Light & Darkness« ohne ihre Unterstützung so weit geschafft hätte.

Ein großer Dank geht auch an meine anderen Testleserinnen Anja, Astrid, Sandra und all jene, die ihren Beitrag zu »Light & Darkness« geleistet haben. Ihr seid zu viele, um euch aufzuzählen!

Nicht immer hilfreich, da im Nest zu viel geschnattert wird, aber trotzdem danken möchte ich meinen Möwen vom Schreibwahnsinn: Barbara, Bianca, Rebecca, Tina und all den anderen.

Danken möchte ich auch meiner Mom, die den Namen Dante merkwürdig findet. Meinem Dad, der glaubt, ich wäre erfolgreicher, hätte ich ein Buch über englische Gärten geschrieben, und meiner Schwester, die vermutlich enttäuscht ist, dass kein Charakter ihren Namen trägt. Irgendwann!

Nicht vergessen darf ich den Carlsen Verlag, sein Imprint Impress und meine Lektorin Pia Trzcinska, die an Light und Dante geglaubt und mir dabei geholfen hat, »Light & Darkness« zu dem Roman zu machen, der er jetzt ist.

Zuletzt und ganz besonders möchte ich dir, meinem Leser, dafür danken, dass du »Light & Darkness« gelesen und Light und Dante auf ihrer Reise begleitet hast. Ich hoffe, es hat dir gefallen.

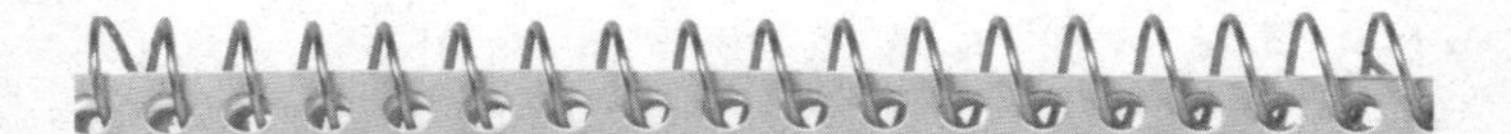

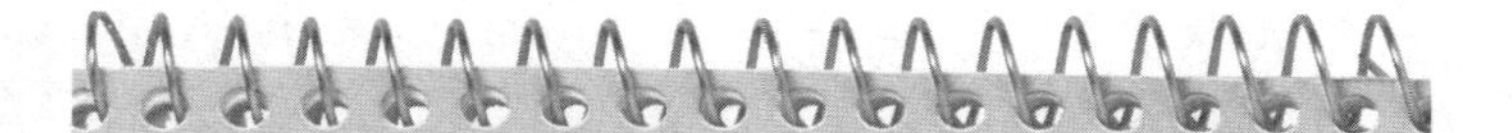

Die komplette Pan-Trilogie zum Verlieben!

Sandra Regnier
Die Pan-Trilogie.
Band 1-3 im Schuber
1200 Seiten
3 Taschenbücher im Schuber
ISBN 978-3-551-31507-6

Felicity ist nicht gerade das, was sich die Elfenwelt unter der ihr prophezeiten Retterin vorgestellt hat. Sie ist erst achtzehn, trägt eine Zahnspange und arbeitet abends in einem heruntergekommenen Pub. Leander hingegen, der Neue an Felicitys Schule, ist der wohl bestaussehende Junge Londons – und ganz sicher nicht Felicitys Typ. Merkwürdig ist nur, dass er einfach nicht mehr von ihrer Seite weichen will. Und damit fängt das Chaos erst richtig an …

www.carlsen.de